W0323844

LES CINQ DERNIERS JOURS DU PROPHÈTE

DU MÊME AUTEUR
AUX ÉDITIONS DU ROCHER

Vatandas, 2004.

TAHSIN YÜCEL

LES CINQ DERNIERS JOURS DU PROPHÈTE

Peygamberin Son Bes Günü

Traduit du turc par Noémi Cingöz

Terres étrangères

ÉDITIONS DU ROCHER

Collection « Terres étrangères »
dirigée par Olivier Delavault

Déjà parus

Eméreï Aïpine, *L'Étoile de l'Aube*
Alaï, *Les Pavots rouges*
Linda Hogan, *Le Sang noir de la terre*
LeAnne Howe, *Équinoxes rouges*
Manohar Malgonkar, *La Fureur du Gange*
Manohar Malgonkar, *Le Vent du diable ou l'histoire vraie du prince Nana Sahib*
Donna Meehan, *Mon enfance volée. Une vie d'Aborigène*
S. P. Somtow, *L'Année du caméléon*
Tahsin Yücel, *Vatandas*

Titre original : *Peygamberın Son Bes Günü*

ISBN 2 268 05745 3

UN AVERTISSEMENT INDISPENSABLE

Personne ne trouve étrange qu'un roman ait l'apparence du réel. À l'inverse, donner au réel l'apparence du roman dérange tant l'écrivain que le lecteur. Certes, on rencontre bien souvent des gens affirmant que leur vie est un roman et qui sont à la quête de romanciers qui écriraient leurs aventures ; il en existe aussi d'autres qui, persuadés non seulement du romanesque de leur vie, mais aussi de leur talent d'écrivains, prennent la plume pour s'épancher. Il paraît tout de même difficile de dire que ces êtres enthousiastes sont sur la bonne voie. Demandez-leur pourquoi ils veulent détacher de la réalité leur propre vécu et le présenter comme une fiction, comme le pur produit de leur imagination alors qu'ils le jugent fort intéressant, vous ne parviendrez pas à obtenir une réponse conséquente parce que cette manière d'agir est fondamentalement bancale, quel que soit l'angle de vue.

Après avoir évoqué cette question, venons-en à notre propre choix et avouons sans attendre notre point faible : le « roman » qui est entre vos mains est le produit d'une entreprise encore plus incohérente ! Loin d'être écrit avec l'ardeur d'un amateur convaincu de l'intérêt de son aventure, il a pour sujet la vie authentique d'un personnage que les auteurs de ce livre ne connaissent pas de près. Ensuite, basé sur les enquêtes et documents d'un groupe de cinq chercheurs et écrivains, il a pris forme après de longs et fatigants efforts, néanmoins toujours empreints de minutie et de pondération. Enfin, et c'est le plus important, rédigé tout d'abord sous forme de « recherche », il s'est transformé ou plutôt il a fallu le transformer en « roman » en effectuant quelques changements superficiels.

Précisons dès maintenant que nous nous étions retrouvés, nous, les cinq amis chercheurs, pour préparer dans la mesure du possible une biographie exhaustive et objective, il ne pouvait donc pas être question d'attirance pour la forme romanesque ; nous avons emprunté cette voie parce que nous avons été contraints de choisir entre ne pas publier du tout ou publier en apportant des changements à cette modeste production qui était le résultat d'un effort partagé pendant au moins deux ans et demi.

Ce qui est fait est fait, venons-en aux explications.

Nous n'avions pas entrepris ce travail de nous-mêmes pour réaliser une œuvre en notre propre nom, mais suite à la proposition d'un grand homme d'affaires afin de préparer un ouvrage qui serait édité sous sa signature. Il va sans dire que nous n'étions pas exempts d'une certaine amertume, mais l'influence ensorcelante d'une somme que nous ne pourrions jamais gagner avec nos travaux personnels se mêlant à l'affaire, nous n'avions pas vu d'inconvénients à répondre « oui » à ce grand patron. De toute façon, nous n'étions pas les premiers à nous galvauder pour ce genre d'affaires. On savait fort bien qu'en ce monde de valeurs décadentes dans lequel nous nous enfoncions ces dernières années, les nababs du pays, aidés de leurs valets en tous genres, ne s'étaient pas contentés de transmuer la condition de nanti en la plus digne des conditions humaines, ils voulaient être considérés comme omniscients dans tous les domaines, que ce soit l'histoire, la philosophie, la politique ou l'art, aussi louaient-ils, pour de grosses sommes d'argent, les services des écrivains ; ils apposaient leur signature en faisant écrire, dans des livres à paillettes, le misérable récit de leur vie et leurs opinions de bistrot pour retraités. Comme beaucoup, nous ferions partie nous aussi des écrivains mensualisés par ces gros richards, mais c'était tout. Il aurait d'ailleurs été inexact de dire que nous nous identifiions totalement avec ces personnes. Ainsi, nous ne nous acharnions pas à ressembler à ces parvenus, nous envisagions de préparer une étude plutôt objective malgré quelques enjolivures, sur la vie et l'œuvre d'un poète de gauche oublié qui s'avérait être l'ami d'enfance d'un patron prestigieux.

Tout en gardant le nom d'emprunt de ce personnage, qui faisait essentiellement référence à sa vie personnelle, nous avons exploité toutes les sources imaginables, orales ou écrites, anciennes ou récentes, concernant la vie de ce poète marxiste dont nous avons transformé le vrai nom en le nommant Rahmi Seunmèze pour des raisons qui ne sont pas difficiles à comprendre ; nous avons soigneusement rassemblé et daté des centaines de poèmes notés sur divers bouts de papier disséminés entre les pages de vieilles revues et de cahiers d'école jaunis ou dans les fonds des tiroirs ; en résumé, au bout d'un travail intense qui a duré au moins deux ans et demi, nous avons produit un ouvrage faisant probablement plus de cinq cents pages si on y inclut les poèmes. Malheureusement notre grand patron, que nous appellerons Féhmi Gulmèze dans ce récit, au lieu de nous féliciter, nous a incriminés ; comme s'il avait oublié notre accord oral, il a exprimé qu'il serait irrespectueux à l'égard de son souvenir de présenter Rahmi Seunmèze comme un poète marxiste. Il trouvait inconvenant, pour plus d'une raison, d'éditer tels quels les poèmes que nous avions rassemblés.

Cet homme qui avait réellement fait preuve d'une amitié aussi ardente que généreuse en préparant l'enterrement de son ami et en nous commandant, en vue de l'éditer, une étude objective sur ses œuvres et sa vie, avait, le temps passant, changé d'avis et avait commencé à trouver ce projet inopportun, voire dangereux. Pourtant, sachant qu'au départ il nous avait dit : « Écrivez tout ce qu'il en est ; je ne veux rien voir de plus ni de moins que la réalité », et que nous avions agi selon sa volonté, où était notre faute ? Par ailleurs, même si pour l'argent nous avions consenti à une telle falsification, nous n'étions pas encore suffisamment compétents pour travestir en son contraire un poète marxiste ! Nous le lui avons exprimé clairement. Il nous a répondu en disant : « Si vous voulez recevoir votre argent, partez en laissant les dossiers et ne parlez de cette affaire à personne. » Si lui avait de l'argent, nous, nous avions notre honneur d'écrivains : après avoir dit que nous allions l'éditer nous-mêmes, nous sommes partis en emportant les dossiers.

Féhmi Gulmèze, par l'intermédiaire de quelques lointains parents qui s'avéraient être les héritiers légaux de Rahmi Seunmèze, nous a fait parvenir avertissements sur avertissements et, comme si cela ne suffisait pas, il a organisé le même jour à la même heure une perquisition dans les cinq maisons à la fois ; s'il n'a pas réussi à mettre la main sur tous les éléments de notre étude, il nous a cependant démunis des poèmes que nous avions rassemblés avec tant d'acharnement. Devant cette situation, étant donné que presque la totalité des poèmes nous était retirée, qu'il était impossible d'éditer cet ouvrage en évoquant nommément les personnes et qu'une biographie qui donnerait des noms fictifs à tous les protagonistes n'aurait rien d'une recherche scientifique, il ne nous restait plus qu'une seule voie : présenter cette biographie sous la forme d'un roman. C'est ce que nous avons fait.

N'ayant pas souhaité transformer plus que nécessaire notre enquête minutieuse, il en est malheureusement sorti un récit bancal oscillant entre le roman et l'étude biographique. Par exemple, le déséquilibre entre la première partie nommée « Court récit de la vie du Prophète » et la seconde portant le titre du livre aurait pu être aisément évité ; grâce aux techniques de récit actuelles, par exemple le flash-back ou le flux de conscience, on aurait pu grouper les deux parties ou du moins intégrer la première dans la seconde. Mais nous nous sommes contentés de légères transformations, juste pour donner à cet ouvrage une allure de roman. Il va sans dire que cela n'a pas abouti à une œuvre exempte de défauts. Toutefois, pour pouvoir reconstituer les cinq derniers jours de Rahmi Seunmèze de la manière la plus exhaustive possible, nous avons utilisé tous les filons possibles, y compris notre imagination, et notre plus grand travail a été de préparer la première ébauche du fragment qui a donné son nom au livre : notre démarche est authentique et se doit d'être considérée avec indulgence. Ainsi, la seconde partie intitulée « Les cinq derniers jours du Prophète » forme l'ossature du livre, du moins sur le plan du récit ; quant à la première, intitulée « Court récit de la vie du Prophète », elle se déroule sur une durée très importante, comme cela se voit dans certains romans du XIXe siècle ; il s'agit d'une sorte de préambule permettant une meilleure compréhension de la partie principale.

Peut-être n'est-il pas nécessaire de le préciser, mais le fait même de faire un lien entre nos travaux et le roman du XIXe siècle suffit à montrer que nous n'avons pas été en mesure d'apporter une quelconque nouveauté dans l'art du roman. Généralement tout ce que font nos écrivains, sûrs de leur supériorité, se doit d'être une «première en Turquie»; en ce qui nous concerne, nous regrettons d'avoir été obligés d'en arriver au roman. À vrai dire, nous ne voulions pas qualifier notre livre de cette façon; nous pensions nous contenter d'un terme plus général et plus modeste en employant le terme de «récit». Si finalement nous avons choisi celui de «roman», c'est parce que nous n'avons pas voulu nous opposer au souhait de notre valeureux éditeur qui avait résisté héroïquement aux pressions et aux menaces du riche ami de notre héros.

Plutôt que de supporter tant de difficultés, d'utiliser tant de subterfuges, n'aurait-il pas été préférable d'obtempérer au désir de Féhmi Gulmèze et de fermer totalement le dossier de Rahmi Seunmèze? Peut-être bien. Cependant, en étudiant de près sa vie et son œuvre, nous nous sommes beaucoup attachés à sa personne; de plus, Rahmi Seunmèze nous a semblé représentatif d'une catégorie de poètes très répandue dans notre pays. Ainsi, en éditant cette biographie, même à travers un roman bancal, il ne s'agissait pas seulement de redonner existence à un poète oublié, mais aussi d'éclairer un pan précis de notre littérature.

Sans compter le plaisir incomparable du refus.

Les auteurs

PREMIÈRE PARTIE

Court récit de la vie du Prophète

I

Avant que l'un ne devienne un poète marxiste inflexible et l'autre un grand capitaliste, Rahmi Seunmèze et Féhmi Gulmèze étaient si proches que, dans le quartier et à l'école, presque tout le monde les comparait à des frères siamois. La comparaison, sans doute aussi banale qu'exagérée, n'en contenait pas moins une part de vérité : ces enfants, presque depuis leur naissance, étaient tributaires l'un de l'autre : les deux étaient nés et avaient grandi à Uskudar ; ils habitaient la même rue, dans deux maisons en bois, sales et vétustes, celle des Seunmèze à droite, celle des Gulmèze à gauche : on aurait dit deux vieilles sœurs jumelles au piquet, côte à côte ; ainsi, s'ils n'étaient pas partis ensemble ailleurs, ils avaient la possibilité de se voir à toute heure de la journée ; en plus, la clôture qui séparait les deux jardins étant endommagée depuis fort longtemps, ils n'avaient même plus besoin de passer par la rue pour se retrouver. Il faut ajouter que le père de Rahmi Seunmèze avait son échoppe de ferronnier sur le marché d'Uskudar et le père de Féhmi Gulmèze, son atelier de couture dans le magasin attenant. Ces deux hommes s'entendaient sur tous les sujets allant de la religion à la politique si bien que chaque matin, puis chaque soir, en chœur, ils descendaient, puis remontaient la rue en pente, tous les vendredis ils priaient côte à côte à la mosquée, chaque midi ils partageaient le contenu de leurs gamelles et, plusieurs fois par semaine, prenant leur fils dans les bras et leur femme à leur côté, ils se rendaient chez l'un ou chez l'autre pour passer la soirée. En bref, Rahmi Seunmèze et Féhmi Gulmèze ont, d'une certaine manière, poursuivi une camaraderie qui avait commencé avant leur naissance ;

toutefois, dès les premières années, ils ne se sont pas contentés de la poursuivre, ils ont transformé cette camaraderie en une amitié rarement rencontrée : dans la rue, au marché, dans les terrains de jeu, ils se sont toujours défendus mutuellement ; en primaire, au collège ou au lycée, ils se sont toujours assis sur le même banc, ils ont toujours joué dans la même équipe, ils ont toujours défendu le même point de vue et soutenu le même club de foot, celui de Fénerbatché. Ils ne se quittaient jamais si bien qu'on finissait par ne plus les distinguer comme le montre l'attitude de leur maître Houloussi : après avoir donné un jour en primaire un coup de règle magistral à Rahmi en raison d'une bêtise de Féhmi, il avait dit d'un air renfrogné, en réponse aux remarques entendues dans son dos : « Rahmi Seunmèze ou Féhmi Gulmèze, c'est du pareil au même. » Pour quelle raison ? Était-ce parce qu'ils étaient identiques, en corps et en esprit, de la même façon que leurs maisons se ressemblaient ? Non, au contraire, leur apparence physique ainsi que la structure de leurs cerveaux étaient quasiment opposées. Cependant, durant les cours, les jeux ou les bagarres, ils étaient si complémentaires que leur différence se transformait en une sorte de ressemblance : qu'on le veuille ou non, Rahmi Seunmèze faisait penser à Féhmi Gulmèze et Féhmi Gulmèze faisait penser à Rahmi Seunmèze.

Il faut cependant préciser dès maintenant que le lourd poids de cette complémentarité pesait constamment sur les épaules de Rahmi Seunmèze : il n'aimait pas du tout se battre et il n'avait pas l'occasion de se quereller avec quiconque, car bien qu'il prononçât les « r » comme les « l », personne n'osait se moquer ouvertement de lui, étant donné qu'il était le plus costaud de ses congénères ; par contre, du fait que son ami provoquait les conflits avec tout un chacun sans se soucier de sa petite taille et se retrouvait en dessous dans presque toutes les bagarres, Rahmi Seunmèze se voyait dans l'obligation, malgré lui, de bousculer certains enfants, et pire, de tenir parfois les mains de ces malheureux pour les faire battre : c'était donc son ami, plus que lui, qui tirait parti de sa supériorité physique. Une autre qualité dont son ami avait largement profité était l'incroyable mémoire de Rahmi Seunmèze : dès la première année d'école, il connaissait par cœur ses tables de multiplication, il effectuait à une vitesse hallucinante toutes les opérations, excepté les divisions, il lisait couramment, sans ânonner, non seulement l'alphabet, mais aussi son livre de lecture et les revues scolaires. La deuxième année, s'est ajoutée à cette primauté, une passion pour mémoriser des poèmes qui subjuguait tout le monde, en troisième année, il savait faire des divisions : s'il trouvait un poème épique dans les revues ou les manuels des classes supérieures, il le mémorisait en un clin d'œil et il se mettait à le réciter « avec le ton », il pouvait calculer du premier coup des multiplications et des divisions à neuf ou dix chiffres que même les élèves de fin de primaire avaient du mal à faire. Aussi, vu que durant tous les examens de mathématiques il a permis à Féhmi de profiter de ses facultés, en lui montrant sa feuille ou en lui chuchotant à l'oreille les résultats dont il avait besoin et qu'il a été tout aussi généreux au cours des examens nécessitant de la mémoire comme la biologie, l'histoire ou la géographie, son instruction se transformait, pour lui et pour Féhmi Gulmèze, en une voie royale.

Au bout de trois années d'école, un équilibre presque parfait s'est établi entre les deux amis. Rahmi Seunmèze maintenait sa supériorité inégalable en biologie, en Histoire et en géographie, mais achoppait subitement sur des sujets exigeant de se creuser un peu la tête, il peinait considérablement pour résoudre un banal problème de mathématiques ou une question de grammaire que la majorité pouvait traiter. Toutefois, par un étrange hasard, Féhmi Gulmèze maîtrisait le sujet : à condition que les opérations fussent effectuées par un autre, il résolvait sur-le-champ les problèmes les plus subtils de robinets et de piscines et bien qu'il eût besoin de temps pour les mémoriser, il lui suffisait d'entendre une seule fois les sujets les plus compliqués pour les comprendre. Ainsi, aux examens, face à un problème, Féhmi montrait à Rahmi les opérations à faire et Rahmi donnait à Féhmi les solutions ; pour le reste, Rahmi chuchotait à Féhmi qui n'arrivait pas à s'en souvenir, les dates, les définitions, les noms des capitales ou des padischahs, et Féhmi, en classe et à la maison, aidait Rahmi à comprendre les sujets abordés. Moyennant cette étrange association, ils sont demeurés jusqu'à la fin du lycée les élèves les plus brillants de leur classe. Non contents de cela, durant les vacances d'été, sur le marché d'Uskudar, Rahmi et Féhmi ont gagné leur argent de poche en tant qu'apprentis privilégiés de leurs pères. Ils ont appris pour l'un la couture pour l'autre la ferronnerie afin de combler leurs lacunes. Cependant après la première année de lycée, ils ont commencé à diablement s'ennuyer dans les échoppes de leurs parents : ils se sont alors tous les deux enflammés d'une passion irrépressible pour la littérature, sous l'influence ensorcelante d'un jeune professeur de lettres nouvellement muté au lycée.

Comme on peut aisément l'imaginer, ils ont fait en sorte d'être complémentaires dans ce domaine aussi : Féhmi Gulmèze a décidé d'être critique et Rahmi Seunmèze, poète. Tous les deux cependant se trouvaient maintenant bien loin de la littérature héroïque de leur enfance : « modernité oblige », ils consultaient les revues contemporaines, car le jeune professeur de lettres soulignait, entre deux cours, qu'une littérature sans visée sociale ne pourrait d'aucune manière être qualifiée de contemporaine, l'objectif étant de réaliser la révolution universelle qui conduirait l'humanité à une société mondiale sans classes selon le cours irréversible de l'Histoire. Toujours « modernité oblige », ils voulaient suivre les sentiers empruntés par les écrivains et les poètes socio-réalistes, en lisant à s'en gaver leurs œuvres, avec en tête celles de Nazim Hikmet. Ils passaient leur temps à débattre à propos de la nature et de la fonction d'un écrit afin de combler leurs manques théoriques et pratiques et d'évacuer la douleur d'avoir à dépenser du temps pour autre chose que la littérature. Ils se mettaient finalement d'accord sur le fait que l'intellectuel et l'artiste devaient participer à l'édification de l'homme et du monde de demain ; ils disaient comme leur grand maître : « *Nous sommes rassasiés de rose, de rossignol, d'âme, de clair de lune et d'autres choses*[1] » et ils rêvaient de manière masochiste d'un monde qui serait une plaine infinie de bitume ombragée par des « *montagnes de béton armé de soixante-dix-sept étages* » construites seulement avec des « *machines enserrant la force de mille buffles dans chacune de leurs griffes* » et ils rêvaient aussi d'un homme de « *trente kilos d'os, sept litres de sang, un ou deux kilomètres de veines, de muscles, de viande, de nerfs et de peau* »

1. Toutes les citations en italiques sont de Nazim Hikmet et toutes les notes sont des notes de traduction.

façonné selon «la conscience marxisto-léniniste». Ainsi, Féhmi Gulmèze, dans l'un des deux cahiers à carreaux qu'il avait achetés spécialement pour ses activités littéraires, a chanté les louanges des poètes et écrivains qui s'étaient penchés sur les problèmes du pauvre peuple; dans le second cahier, partant de l'hypothèse que le «beau» n'existe que s'il est «utile», il a développé une théorie remplie d'exemples sur l'obligation d'une part de mettre en lumière les problèmes quotidiens du peuple en attendant la création d'une société sans classes et d'autre part d'indiquer la voie pour un meilleur futur sans attendre le «*maître d'œuvre du vingt et unième siècle*» et le «*régisseur qui mettra en scène le plus pur optimisme du collectivisme*». Quant à Rahmi Seunmèze, dans son cahier de souvenirs à couverture de satin rouge, il a tenté de transposer cette théorie à travers des poèmes de longueurs variées, mais de plus en plus nombreux: une fois assis à sa table de travail et le crayon en main, d'innombrables extraits de poèmes, de récits, d'articles, d'essais de Féhmi ou de discussions avec son professeur de littérature commençaient à fulgurer dans sa mémoire sans égale; après en avoir sélectionné un ou plusieurs, il s'appliquait à les transcrire sur ses pages en se conformant à la contemporanéité qui était, elle aussi, bien présente en mémoire. Au final, il exploitait une fois de plus les thèmes essentiels des nouvellistes et poètes contemporains, depuis le récit de la vie révoltante d'un pauvre paysan sans terre ayant subi tous les malheurs possibles pour avoir tenté d'enlever la fille de l'agha dont il était amoureux jusqu'au récit douloureux d'un ouvrier de Zeyrek[1] fuyant pour échapper à sa promise après s'être fait arracher le bras par une machine dans une fabrique de tissage; parallèlement, même s'il n'apportait pas de solutions définitives, il n'oubliait jamais d'inclure ici ou là des éléments laissant entrevoir un avenir meilleur.

Comme on le voit, ils avaient parfaitement saisi le système. Parallèlement, leurs efforts créatifs se soldaient par un net succès; ils avaient réussi à se faire éditer dans l'une des revues les plus en vogue de l'époque alors qu'ils n'étaient qu'en classe de première:

1. Quartier d'Istanbul.

Rahmi Seunmèze avait donné un poème émouvant parlant d'un jeune garçon de Tachkassape[1] qui s'occupait de sa mère alitée en vendant des simits après l'école et qui n'arrivait pas à se pardonner d'être entré un jour chez un pâtissier afin de manger une crème brûlée glacée, et Féhmi Gulmèze avait fourni un essai court et concis où, après avoir exprimé son regret de ne pas voir donner assez de place dans notre littérature contemporaine au thème de l'enfant, il le défendait en tant qu'élément essentiel pour préparer les beaux jours à venir. En fait, la revue ayant fermé le mois suivant, ils n'ont pas édité d'autres œuvres cette année-là, mais cela a été tout de même une petite révolution dans leurs vies : premièrement, après cet heureux événement, Zarifé qui se montrait depuis fort longtemps indifférente aux avances écrites et orales de Rahmi et Bétul qui appliquait une égale indifférence face aux tentatives du même acabit de Féhmi, ont mis fin à leur résistance et ont commencé à les accompagner souvent au cinéma ou au café, au point même de se promener la main dans la main sur les Collines de l'Amour[2], formant ainsi avec les deux amis un quatuor inséparable ; deuxièmement, leurs productions écrites ont été au moins multipliées par deux ; troisièmement, ils étaient considérés comme de jeunes talents qui avaient fait leurs preuves et personne de leur entourage ne s'étonnait de voir régulièrement leurs œuvres dans des revues littéraires variées qui faisaient faillite au bout de quelques numéros ou bien étaient fermées de force par l'État. Si l'on pense qu'une revue de province dans sa page « Du côté des revues » avait parlé de nos deux amis de façon louangeuse dès son premier numéro, et qu'un poète plutôt connu d'Ankara avait signifié à Rahmi Seunmèze qu'il était en train de préparer une anthologie intitulée *Poèmes turcs d'aujourd'hui* et que l'ayant finalement choisi pour en faire partie, il lui avait demandé trois poèmes ne dépassant pas quinze vers, une photographie six sur neuf imprimée sur papier brillant et aussi sept livres turques et demie pour participer aux frais d'impression, on peut dire qu'ils avaient désormais atteint une certaine renommée.

1. Quartier d'Istanbul.
2. Colline dans le quartier de Kandilli à Istanbul appelée ainsi après que deux amoureux s'y sont suicidés.

Il est dommage que cette année qui se présentait plutôt bien côté cœur et côté littérature se soit avérée tout à fait désagréable sur d'autres plans. Était-ce arrivé brutalement ou le père de Féhmi ne prenait-il conscience que maintenant de la réalité ? Il ne le savait pas, mais toujours est-il qu'il ne pouvait plus passer le fil dans l'aiguille et qu'il n'avait plus la force de grimper la pente longue et raide entre le magasin et la maison ; aussi a-t-il laissé son affaire à son apprenti et à son plus jeune fils et Féhmi s'est trouvé dans l'obligation de supprimer les dépenses de livres. Quant à Rahmi, il a dû faire face à des situations plus douloureuses que celles qu'il racontait dans ses poèmes : il a perdu sa mère six semaines avant ses examens de fin d'études et le soir du jour où il a été reçu à la dernière épreuve de son baccalauréat, son père a plongé dans son dernier sommeil alors qu'il était installé dans l'énorme fauteuil à côté du poêle en porcelaine. Il n'est pas venu à l'esprit de Rahmi ni de Féhmi de s'éloigner de ce monde des lettres avec lequel ils s'étaient largement familiarisés, mais, étant données ces conditions difficiles, il n'était plus question de se vouer totalement à leurs activités littéraires : ils avaient des responsabilités envers Bétul et Zarifé auxquelles ils avaient juré de ne jamais les abandonner jusqu'à la mort. Ainsi, Rahmi s'est mis à écrire des poèmes dans le magasin de son père en attendant les acheteurs de poêles qui s'avéraient défaillants eu égard aux chaleurs étouffantes et Féhmi, dans le magasin attenant, a tenté de développer ses théories tout en faufilant les vêtements ; au bout d'environ deux mois et demi, ils ont tous les deux décidé de s'acquitter d'abord de leur service militaire. Ils se quittaient pour la première fois : Rahmi Seunmèze est resté à Istanbul tandis que Féhmi Gulmèze est allé à Polatli.

Au retour du service, après avoir enduré la douleur de cet éloignement d'un an, accompagnés de Bétul et Zarifé, ils se sont lancés dans des discussions animées, jusqu'à même se disputer parfois, en vue de se construire un avenir commun et de ne plus permettre une telle séparation. Ils ont longuement hésité entre se marier au plus vite avec leurs bonnes amies en se consacrant « aussitôt et activement » au métier de leur père ou bien repousser de quatre ou cinq ans ce bonheur en commençant des études supérieures. Finalement, sous l'influence habile des filles, ils ont abouti à une décision ferme : sachant que la poésie comme la critique exigeaient de solides connaissances, ils allaient poursuivre leurs études quel que soit le prix à payer : Rahmi Seunmèze en vendant le magasin et en plaçant l'argent en banque allait pouvoir assurer sa subsistance pendant au moins quatre ans, quant à Féhmi Gulmèze il allait poursuivre l'université tout en faisant parallèlement de la couture. En ce qui concernait le choix des études, les discussions n'ont pas été longues : les spécialistes l'avaient largement signifié, la réalité de l'époque était avant tout spécifiquement économique, ils allaient donc s'inscrire en Sciences économiques. De cette façon, non seulement ils allaient pouvoir rester ensemble mais aussi devenir des spécialistes de la science du siècle et acquérir la possibilité de répondre, tout au moins de façon personnelle, au manque de solution réaliste dont Féhmi Gulmèze avait souvent souligné l'importance dans ses essais et critiques.

Toutefois, après quelques cours, ce fut la grande désillusion : aucun des nombreux professeurs dont ils suivaient les cours ne proposait de solution ni ne s'aventurait dans une analyse dialectique solide en vue de trouver des réponses : l'un d'eux, petit, les cheveux blancs et qui négligeait les « r » exactement comme Rahmi, s'affairait à raison de cinq heures par semaine au sujet d'un grossiste appelé Mehmet et d'un épicier appelé Ahmet : il ensommeillait son auditoire en tenant les comptes des échanges imaginaires entre ces deux hommes ; un autre, doté d'une tête énorme et d'un visage rectangulaire, venait aux cours en robe et parlait d'une voix geignarde d'acte de mariage, de divorce et de droits d'héritage comme si c'étaient les questions essentielles de notre époque ; un troisième croyait avoir atteint le summum de la science en racontant combien de sacs de farine, de sacs de riz et de quintaux d'oignons avait emportés l'armée ottomane sous le commandement de Soliman le Magnifique en marchant sur Vienne ; un dernier s'évertuait à réfuter une à une les hypothèses de Marx, sans faire l'effort de résumer sa théorie ni même d'évoquer son nom. Rahmi et Féhmi écoutaient ces « bavardages » avec mépris : « Si ces hommes sont professeurs, nos enseignants de Haydar-Pacha devraient tous être nommés professeurs Ordinarius », ronchonnaient-ils. Ils répétaient même bien souvent que les poèmes de Nazim comportaient davantage de connaissances en économie politique que ces balivernes.

La seule chose qui rendait les cours supportables était la présence d'une fille à lunettes, de petite taille, avec de légères taches de rousseur et des cheveux frisés, qui venait en classe vêtue d'un duffle-coat poil de chameau à boutons en bois en portant sous le bras des gros livres reliés. Était-ce parce qu'elle avait des cheveux blonds, des yeux bleus, des lunettes rondes cerclées d'argent, des livres venant de l'étranger, un regard particulier, des attitudes et des gestes d'artiste ou était-ce seulement parce qu'elle dégageait une impression de distance, d'étrangeté, d'inaccessibilité, toujours est-il que, faisant tout pour s'asseoir à ses côtés, ils avaient en permanence les yeux rivés sur elle et ils ne manquaient pas un seul de ses mouvements. Mais cela était tout: non seulement ils avaient pieds et poings liés en raison de leurs engagements vis-à-vis de Bétul et de Zarifé, mais en plus cette fille n'était pas du genre à se faire approcher facilement. Dans la classe, bon nombre s'y étaient essayés, cependant personne n'avait insisté n'ayant réussi à obtenir aucune réponse hormis un regard méprisant, inflexible et glacial tout à fait contraire à son étrange attractivité. Les séducteurs de la classe avaient alors tenté, par voies détournées, de s'affranchir de l'affront subi et ils s'étaient mis à imiter chacun de ses gestes depuis sa façon d'ouvrir son livre jusqu'à celle de replacer ses lunettes; tout, de son duffle-coat à ses chaussures, était devenu sujet à moquerie, et après avoir appris qu'elle s'appelait Féridé, ils avaient ajouté à la suite de son nom le sobriquet de Souris volante[1] et ils ne cessaient d'utiliser ce surnom pour faire des blagues à son sujet. Rahmi et Féhmi, quant à eux, jugeaient ces comportements sacrilèges: revoir Féridé dans ce milieu étouffant leur est apparu comme un rêve incroyable, voire un miracle. Le fait de se trouver quelques heures par jour sous le même toit qu'elle leur semblait déjà une chance non négligeable.

Pour cette raison, ils n'ont pas compris ce qui leur arrivait lorsque la Souris volante, qu'on n'avait jamais vue parler à quiconque

1. Titre d'un livre de Resat nuri Güntekin dont l'héroïne se prénomme Féridé et est affublée de ce sobriquet.

jusqu'à ce jour, leur a soudain coupé la route alors qu'ils sortaient de la classe et s'avançaient vers la porte du jardin pour retrouver Zarifé et Bétul à l'entrée du cinéma Atlas ; le professeur étant absent, ils avaient entamé une discussion animée avec leurs voisins de classe à propos de la situation politico-économique du pays ; elle leur a dit : « Bonjour, je m'appelle Féridé, je vous félicite : vous vous êtes bien défendus tous les deux, seulement, n'en prenez pas ombrage, mais vous ne connaissez pas Marx. » Sans rien dire, sans même la remercier, ils sont restés plantés devant elle. Par bonheur, Féridé a fait comme si elle n'avait pas remarqué leur hébétude et leur a dit : « Vous sortez aussi, dirait-on, alors faisons un bout de chemin ensemble. »

Sous la bruine froide de décembre, la capuche de son duffle-coat sur la tête, elle s'est mise à marcher entre les deux amis ; tout en posant régulièrement sa main sur le coude de Rahmi et en s'arrêtant à tout propos, elle s'est lancée dans un commentaire analytique et synthétique de la discussion politico-économique qui avait eu lieu juste avant ; réalisant, en arrivant devant la grande porte de fer, qu'elle n'en était qu'au début de son analyse, sans songer à leur demander s'ils avaient ou non du temps, elle les a embarqués jusqu'à une rue voisine dans un café si enfumé qu'on n'y voyait rien. Là, une cigarette à la main et l'autre à la bouche, l'une éteinte et l'autre allumée, à l'aise, confiante, comme si elle discutait avec des universitaires français au Select ou à la Coupole, boulevard du Montparnasse, elle n'a cessé de parler, longuement et en plus à haute voix, de Marx, Engels, Lénine, Gramsci et Trotski. Féhmi Gulmèze et Rahmi Seunmèze connaissaient très bien les vers

« Livres, livres
Philosophie : le Matérialisme dialectique
Économie : les quatre tomes du "Capital". »

et depuis quelque temps ils étaient prêts à devenir des «*Spécialistes du Capital*[1] » mais leurs sources se limitant, comme pour la plupart

1. Comme l'a dit Nazim Hikmet : « Je veux être un spécialiste du Capital », par analogie aux « Spécialistes du Coran », c'est-à-dire ceux qui le connaissent par cœur.

de leurs semblables, aux revues littéraires et aux recueils de poèmes, Lénine et Staline étaient pour eux de valeureux soldats qui avaient renversé le tsar usurpateur et ils connaissaient la pensée de Marx à travers *L'Épopée du cheikh Bedrettin, fils du cadi de Simavne*; si d'aventure quelqu'un leur avait dit qu'Engels était l'épouse légitime de Marx, ils auraient veillé à inscrire soigneusement dans leur mémoire ce savoir de plus. Pour cette raison, d'autant que leur étonnement s'était transformé en hébétude à cause du milieu où ils se trouvaient, ils ne comprenaient quasiment rien de ce que Féridé racontait, mais ils n'en revenaient pas d'entendre tous ces mots, cette profusion de noms étrangers, alignés avec une conviction sans faille, ni de voir à leur table, juste à côté d'eux, cette fille miraculeuse dont ils s'étaient auparavant aussitôt épris, même en la voyant de loin; ils hochaient la tête à chaque fin de phrase en constatant combien la connaissance humaine pouvait finalement être profonde, et lorsque de temps en temps il leur fallait répondre à une question, ils se contentaient de bredouiller quelques petits mots confus. Quand au bout d'un bon moment Féridé a dit après avoir jeté un coup d'œil à la fenêtre: «Ah! Il fait bien noir, allons-y, nos petites mères vont s'inquiéter», qu'elle a appelé le garçon et payé les thés, ils n'ont pas pu réagir comme des hommes. Au bout de la rue, la bouche entrouverte, le regard alangui, tout gênés, ils se sont serré la main, puis, les minutes suivantes, sans parler ni bouger, comme s'ils avaient oublié tous les mécanismes instinctifs, ils ont regardé partir l'autobus de la Souris volante. Finalement, Féhmi Gulmèze sembla reprendre un peu ses esprits quand après avoir pris une longue inspiration, il a murmuré: «Cette fille est incroyable.»

Voilà à peu près tout ce que les deux amis se sont dit ce soir-là. Ils n'ont parlé ni dans le tramway, ni dans le bateau, ni en grimpant la pente. Même en haut de la côte, quand Rahmi Seunmèze a tourné à droite pour se rendre chez l'épicier du quartier, il n'a pas dit à son ami d'attendre un moment. Alors Féhmi Gulmèze l'a suivi et l'a vu s'avancer à pas décidés en direction de Mahmout efendi, l'épicier du coin, pour lui demander très naturellement une bouteille de Marmara[1]

1. Vin bon marché.

et un paquet de Birindji[1] comme s'il demandait du pain et le journal. Normalement Rahmi aurait dû s'en étonner, voire se mettre en colère et l'en empêcher : ils avaient déjà bu du vin ou fumé une cigarette ici ou là mais toujours en profiteurs, et en plus jamais de bon cœur ; acheter brutalement du vin et des cigarettes avec de l'argent pouvait être le premier signe d'une fin fâcheuse. Malgré cela, peut-être pour cela d'ailleurs, c'est-à-dire en se disant que quitte à sombrer autant sombrer ensemble, il s'est approché lui aussi du comptoir en disant : « Un Marmara et un Birindji. »

Naturellement, ils sont allés directement chez Rahmi ; assis l'un en face de l'autre devant le poêle éteint, ils ont fumé leurs premières cigarettes achetées avec leurs propres deniers, puis ouvert leur premier Marmara en frappant sur le cul de la bouteille ; ils l'ont avalé en une demi-heure en l'accompagnant de pain et de fromage. Un éclat enfumé dans les yeux, ils entrechoquaient gentiment leurs verres et les sifflaient jusqu'à la dernière goutte, ensuite ils allumaient chacun une cigarette dont ils rejetaient la fumée en l'air. Ils semblaient vouloir fusionner avec Féridé qui, quelques heures auparavant, dans le café de Beyazit, allumait cigarette sur cigarette. Pourtant ils n'avaient pas besoin de cela : tout leur être était rempli d'elle. Par exemple son « N'est-ce pas ? » prononcé dans le jardin de l'université en grimpant sur la pointe de ses souliers plats et en le regardant droit dans les yeux, de même que le toucher de sa main sur son coude comme si elle voulait insister sur l'importance de la question, ne quittait plus les yeux de Rahmi. Et Féhmi revoyait son regard brillant dans le café de Beyazit quand elle expliquait son point de vue et qu'elle se tournait vers lui dans les passages les plus importants. Si bien que tout, hormis Féridé, avait été effacé de leur cerveau, même Bétul et Zarifé. Cependant on ne pouvait pas dire qu'ils les avaient abandonnées pour Féridé : même après avoir vidé la deuxième bouteille, Féridé demeurait pour eux une créature de rêve, inaccessible : ils espéraient tout de même la retrouver en classe, mais il leur paraissait fort improbable de la voir revenir près d'eux ou de ne pas se faire écraser par son

1. Cigarettes bon marché.

regard impassible comme c'était arrivé à la plupart des séducteurs de la classe au cas où ils s'approcheraient d'elle.

Mais, le lendemain matin, moins de dix minutes avant d'entrer en cours, ils ont compris que leurs craintes n'étaient pas fondées : Féridé, aussitôt après avoir franchi la porte, les a cherchés des yeux, et dès qu'elle les a vus, elle s'est approchée d'eux, presque en courant, en leur disant : « Écartez-vous, je vais m'asseoir entre vous. » Les jours suivants, elle a fait pareil : elle s'asseyait entre les deux, marchait entre les deux et pas seulement en classe, mais à peu près partout.

Ceux qui avaient tenté auparavant de s'approcher de Féridé et qui avaient dû s'éloigner devant son regard glacial, ont été à la fois étonnés et vexés. L'un d'eux tentant d'exorciser sa douleur par la moquerie a dit : « Ah c'était cela ! Un seul homme ne suffisait pas à la petite. » Cependant, ceux qui se montraient capables d'objectivité voyaient bien qu'il s'agissait de jalousie ; quand on voyait la belle stature de Rahmi Seunmèze, son visage sans défauts, ses cheveux ondulés et ses doux yeux verts, il était presque impossible d'émettre un doute sur le fait que Féridé avait fait le meilleur choix, tout au moins du point de vue physique. Attendu qu'au même moment, les photos de Féhmi Gulmèze et Rahmi Seunmèze sont parues dans une toute nouvelle revue littéraire de quatre pages, la supériorité des deux amis ne laissait plus aucun doute. Cependant, s'agissant de les comparer, personne n'accordait de crédit à Féhmi Gulmèze : certes, la nouveauté de la relation ne permettait pas de savoir lequel des deux Féridé préférait, mais quasiment tout le monde pensait qu'elle choisirait finalement Rahmi Seunmèze. D'un autre côté, il était difficile de dire qui de Féridé ou de Rahmi voire Féhmi sortirait le plus gagnant de cette relation : Féridé avait du chien, assurément, mais si l'on faisait fi de sa tenue et sa démarche si particulières et de son attitude et son regard si singuliers, certains pouvaient la trouver assez quelconque avec son visage à tâches de rousseur, sa petite taille et ses jambes légèrement arquées. Mais il s'agissait de l'opinion des personnes non concernées ; pour Rahmi Seunmèze et Féhmi Gulmèze, la beauté était inhérente à Féridé. Désormais, que ce soit dans les bars de Beyoglu, dans les cafés fréquentés par les ouvriers et les retraités où jamais une seule fille, à part elle, n'était entrée, durant les cours, dans la rue, ils regardaient ce tout petit visage tacheté comme si c'était le visage de l'infini ; influencés par les revues littéraires de gauche, ils acquiesçaient avec enthousiasme à chaque mot qui émanait de sa bouche parce que pour eux le « beau » était synonyme du « vrai » et de « l'utile » ; les reproches parfois féroces de Féridé à leur égard ne les faisaient même pas changer d'avis. Quand par exemple elle condamnait les meilleures critiques de Féhmi Gulmèze en disant : « Voilà le résultat navrant d'une critique écrite au milieu du vingtième siècle sans connaître Plekhanov », ou quand elle repoussait du dos de la main les plus beaux poèmes de Rahmi Seunmèze en lançant d'un air définitif : « Tu es un révolutionnaire, cher ami, tu ne devrais pas être si larmoyant », ils l'approuvaient frénétiquement comme si elle avait critiqué leurs opposants. Toutefois elle les rassurait en ajoutant qu'elle ne doutait absolument pas de leurs capacités et puis elle s'efforçait de les instruire en étayant sa critique avec de longues explications compliquées, évoquant largement Marx, Engels, Herzen, Plekhanov, Lukacs ou Gorki. Rahmi Seunmèze et Féhmi Gulmèze, tout en pensant que c'était une chance extraordinaire d'avoir trouvé un guide aussi cultivé et déterminé, se savaient pourtant encore au début du chemin. Étant donné qu'ils s'étaient complètement voués à la révolution, on ne pouvait pas dire qu'ils avaient tort : dans un univers où non seulement le marxisme, mais tout ce qui pouvait rappeler son existence était interdit, cette fille avait analysé en détail à travers les méandres de son cerveau tout ce qui se rapportait à ce sujet et le leur communiquait aujourd'hui avec une générosité incroyable.

Elle devait cette supériorité au fait d'être la belle-fille d'un consul réactionnaire alors en poste dans un pays du nord. Sa mère s'était remariée avec cet homme juste après la mort précoce de son père. Féridé avait vécu à l'étranger dès l'âge de cinq ans ; au cours d'une longue maladie, elle avait lu tout ce qui lui passait par la main et elle avait « rencontré » Marx ; depuis ce jour-là elle ne s'était plus intéressée qu'à lui et à sa théorie. Elle avait fini le lycée en Autriche sous la contrainte de sa mère et de son beau-père, mais devenue majeure légale, elle trouvait contraire aux principes révolutionnaires de poursuivre ses études grâce à l'argent d'un beau-père conservateur qui considérait le socialisme comme une dégénérescence; aussi, malgré tous les obstacles, et durant exactement trois ans, elle avait rassemblé quelques sous en travaillant comme ouvrière, puis commençant à considérer le travail comme une déchéance, elle était revenue dans son pays qui avait grand besoin, selon elle, de soutien pour la révolution et elle s'était inscrite à la faculté de sciences économiques. Pour cette raison ses relations avec sa mère et son beau-père étaient distantes. Pour ne pas rompre totalement les liens, elle avait accepté d'habiter dans l'immense appartement de Nishantash proposé par sa mère, mais, comme l'avaient remarqué ses amis qu'elle conviait maintenant souvent à boire quelque chose, elle n'utilisait que la cuisine, la salle de bains et son ancienne chambre où elle recevait toujours ses invités.

Dans cette petite chambre d'enfant, parfois, au cours de moments privilégiés où, le raki, le vin et/ou le cognac aidant, on laissait de côté la révolution et on commençait à parler, pour un temps, des douleurs, des joies ou des regrets, Féridé apparaissait encore plus belle, encore plus radieuse aux yeux de Rahmi et de Féhmi: ils pensaient que cette fille était la concrétisation la plus parfaite non seulement de la science, de la beauté et de la bonté, mais aussi de la sensibilité. Par contre, l'impression d'inaccessibilité qu'elle dégageait durant les premiers jours avait déjà un peu diminué. Tout en n'abordant jamais ce sujet, de même qu'ils n'avaient absolument jamais parlé de Zarifé ni de Bétul (ils ne les avaient pas vues depuis des semaines), Rahmi Seunmèze et Féhmi Gulmèze ont commencé l'un et l'autre, jour et nuit, à fomenter le même rêve: Féridé, certes, ne ressemblait à personne et ne pouvait être comparée à personne, mais elle n'en demeurait pas moins un être humain et ce qu'eux-mêmes pouvaient ressentir à son égard, elle aussi pouvait le ressentir pour eux; et puis c'était une fille libre; au cas où elle dirait «oui», il ne resterait plus aucun obstacle devant ce bonheur infini dont la pensée même semblait un rêve; ainsi, comme le disaient nos ancêtres ouvriers, il fallait battre le fer quand il était chaud. Finalement, Féhmi Gulmèze d'abord et Rahmi Seunmèze ensuite, secrètement, chacun de leur côté, ont ouvert leur cœur à Féridé et, étant issus de familles honorables, ils lui ont proposé le mariage.

Quand Féhmi Gulmèze lui a fait sa proposition, sans trop de détours malgré son effroi, Féridé a été plutôt étonnée, mais elle n'a pas pris trop de détours non plus et elle lui a aussitôt dit: «Faisons comme si tu n'avais rien dit et comme si je n'avais rien entendu: oublions cela», au «Pourquoi?» de Féhmi Gulmèze devenu tout blanc et totalement abattu, elle a répondu: «Je n'ai jamais songé à me marier, ce n'est pas mon genre et puis, comment dire, tu es un garçon très gentil, très intelligent, mais tu ne m'attires pas du tout.» Ensuite, elle a allumé une cigarette, elle a observé un moment le visage pâle et tiré, mais pas du tout repoussant de Féhmi Gulmèze et elle a ajouté: «Pourquoi, je n'en sais rien, mais tu as un visage de bourgeois, comme mon beau-père; ne le prends pas mal, mais je ne pense pas que, tous les deux, on pourrait s'embrasser sur la bouche.» Ces dernières paroles auraient pu être perçues comme une explication relative à une sorte d'incompatibilité innée, mais Féhmi Gulmèze s'est effondré au point de perdre tout désir de vivre. Trois jours plus tard, en apprenant la réponse reçue par son ami, sa première idée a été de se suicider sans rien dire à quiconque ni même laisser un mot, mais il était si faible qu'il en était incapable.

Au départ, Féridé a répondu de la même manière à Rahmi Seunmèze. Toutefois, en voyant qu'il restait abattu, bouché bée, les yeux dans le vague, en voyant qu'il ne comprenait rien aux histoires qu'elle lui racontait ou aux farces qu'elle faisait pour lui changer les idées et qu'il répondait n'importe quoi à ses questions, c'est elle qui est revenue sur le sujet en lui disant tout à trac: «Écoute-moi, je ne suis qu'une moitié de fille, je n'ai qu'un poumon: voudrais-tu pour épouse une fille qui n'a qu'un seul poumon?», mais voyant que Rahmi riait de bonheur et avait l'air de considérer que c'était la plus belle chose au monde de n'avoir qu'un seul poumon, elle a penché la tête en avant et murmuré comme s'il n'y avait plus rien d'autre à faire: «Bon, soit, il ne manquait que cela à notre expérience, alors essayons cela aussi. Il faut aussi savoir affronter ce que l'on ignore.»

À ce moment-là, une peur profonde a commencé à s'insinuer au cœur de la joie qui exaltait Rahmi Seunmèze: était-ce à contrecœur que Féridé lui avait répondu: «Alors essayons aussi ça», histoire de changer quelque chose, d'être gentille, ou était-ce par dépit, suite à la perte d'un grand amour antérieur? D'ailleurs, comment et pour combien de temps cette fille incomparable et inaccessible pourrait-elle se lier au fils d'un artisan d'Uskudar? Si elle devait s'en aller un jour comme elle était venue, sans crier gare, que ferait-il, comment vivrait-il? Toujours est-il que Féridé, semblant donner raison aux doutes qui embrouillaient sa tête, s'est attachée aussitôt à des détails en disant des choses du genre: «Tu n'as rien ni moi non plus, comment allons-nous nous débrouiller?» Certes elle n'était pas à la recherche d'une vie de bourgeois confortable, mais ils devaient remplir leurs estomacs et pour cela, même si ce n'était pas dans l'immédiat, il fallait que l'un des deux trouve un boulot et donc quitte l'université. Il n'était pas question, en l'état actuel des choses, de permettre à Rahmi d'interrompre en plein milieu ses études sous prétexte que lui était venue l'idée saugrenue de se marier avec elle, ce serait sans doute elle qui quitterait la faculté. À dire vrai, cela ne lui posait pas trop de problèmes: elle était énervée de voir l'ensemble des enseignants parler d'une seule voix et s'entêter à ne point évoquer le nom de Karl Marx: ils leur enseignaient une économie de «Jaunes» n'ayant aucun rapport avec la véritable économie; ce n'était pas histoire de se vanter, mais elle n'avait rien à apprendre de ces caricatures de professeurs qui ne connaissaient pas ou ne voulaient pas connaître Marx; c'est plutôt elle qui aurait pu leur donner des leçons d'économie politique contemporaine. En bref, il paraissait clair qu'elle allait abandonner ses études peu après leur mariage d'autant qu'il serait plus facile pour elle de trouver un travail grâce à ses connaissances en allemand et en anglais. Rahmi Seunmèze lui ayant dit que c'était le devoir de l'homme de subvenir aux besoins du foyer, Féridé l'a arrêté en disant: «Laisse tomber cette façon de penser bourgeoise désuète.»

Quelques heures plus tard, c'est directement de la bouche de Rahmi Seunmèze que Féhmi Gulmèze a entendu cette conversation et il lui a dit, probablement davantage pour expliquer sa propre défaite que pour apaiser son ami qui doutait encore de la réalité de cet épisode, «Elle avait tout combiné dans sa tête, elle avait réfléchi et pris sa décision bien avant que tu ne t'ouvres à elle: ne crains rien, elle ne va pas revenir en arrière.» C'est effectivement ce qui s'est réalisé: avant que ne s'achève l'année de cours, tout était réglé; une fois l'événement célébré au Passage aux Fleurs avec du raki à flots et plein de discours en présence de trois ou quatre jeunes poètes et d'un jeune peintre qu'ils venaient tout juste de connaître, Féridé a quitté pour toujours sa chambre d'enfant de Nishantash et s'est installée dans la maison d'Uskudar. Cette installation a consommé la rupture avec sa mère et son beau-père en coupant les derniers liens. Mais dans un moment comme celui-là, une telle brouille n'était pas pour la peiner: elle se refusait à donner trop d'importance aux sentiments, de plus elle était davantage tournée vers l'avenir que vers le passé: pourquoi elle, la révolutionnaire convaincue, allait-elle se préoccuper des réactions dépassées d'une femme quelconque devenue sa mère suite à un hasard de la nature? Elle avait des questions autrement plus importantes devant elle: maintenant, selon sa propre expression, il lui fallait organiser une nouvelle vie.

II

Vu de l'extérieur, il était difficile de dire que Féridé s'organisait ou même songeait à s'organiser. Rahmi Seunmèze, avant l'arrivée de sa femme, avait fait rembourrer les matelas, il avait renouvelé les draps, les rideaux et les nappes et avec l'aide de quelques voisins il avait soigneusement remis la maison en état en la nettoyant du sol au plafond. La seule intervention de Féridé fut d'accrocher face à face, sur deux des murs du salon, les photos de Marx et de Lénine, et de ranger sur les étagères de la bibliothèque de la même pièce, les livres de théorie en anglais et en allemand qu'elle avait apportés de chez elle; après avoir fait du plus grand cendrier de la maison un élément indissociable de la table basse au pied du lit, elle a estimé avoir achevé son devoir question organisation. Elle n'a même pas rangé correctement le linge et les habits sortis de sa valise: elle en a fourré quelques-uns en vrac dans les tiroirs du placard et éparpillé le reste sur les chaises. Elle ne s'intéressait pas à ces choses et elle n'avait pas l'habitude de remettre à sa place ce qu'elle prenait, si bien que la maison que Rahmi Seunmèze tentait depuis deux ans de maintenir rangée et propre dans la mesure du possible, est devenue de plus en plus sale et de plus en plus désordonnée. Non seulement il ne lui venait même pas à l'esprit de ranger, mais elle ne mettait pas un pied à la cuisine hormis certains matins où se réveillant avant Rahmi Seunmèze, elle mettait elle-même à chauffer l'eau pour le thé et exception faite de certains jours où, Rahmi Seunmèze et Féhmi Gulmèze étant absents, elle devait préparer son café toute seule. Prenant exemple sur sa femme dans tous les domaines, Rahmi Seunmèze s'est comporté de la même façon si bien que les pièces étaient en permanence en désordre, le lit constamment défait, les assiettes sales, le marc de café durci dans les tasses, les œufs au soudjouk[1], les omelettes, les pâtes et les haricots secs moisis dans les poêles ou les casseroles et les mégots accumulés dans les cendriers. Si Féhmi Gulmèze, rétif au désordre, n'avait pas mis de temps à autre la main à la pâte, c'est-à-dire si, malgré les « Ce n'est pas grave, tu n'as donc rien d'autre à faire ! » de Féridé et de Rahmi, il n'avait pas mis le tablier de feu sa tante Shukruyé pour laver la vaisselle et vaguement balayer ici ou là, la maison serait devenue impraticable à cause de l'odeur et de la saleté. Malgré tout, Féhmi Gulmèze se trouvant presque tout le temps chez eux et les circonstances faisant qu'ils allaient au moins trois soirs par semaine dans les bars de Beyoglu, la quantité de vaisselle était réduite et leur situation n'était pas si dramatique que cela : cette façon de vivre constituait en elle-même une sorte d'organisation et les jours coulaient plutôt paisiblement. Les soirs où ils ne faisaient pas bombance chez eux, Féridé se rendait toute seule aux alentours de dix-sept heures quarante-cinq dans un des bars du Passage aux Fleurs ou du Marché aux Poissons ; elle commandait un petit raki avec quelques meyze[2]

1. Saucisson de bœuf se dégustant cru ou cuit.

2. Mets servis en entrée ou constituant un repas entier, présentés en petites quantités mais avec de nombreuses variétés. Ils accompagnent en général le raki.

et commençait à s'alcooliser légèrement jusqu'à ce que Rahmi Seunmèze et Féhmi Gulmèze se joignent à elle au retour de la faculté avec leurs livres de cours et des revues littéraires sous le bras. Peu de temps après d'autres amis se rajoutaient et la table ne cessait de s'agrandir.

Au début ils ne connaissaient quasiment personne, mais à force de fréquenter les tavernes de Beyoglu, ils se sont constitué rapidement un cercle d'amis : tous les écrivains, poètes, peintres de gauche de leur génération et même certains acteurs de théâtre appréciaient leur compagnie et particulièrement celle de Féridé. En plus de la beauté très spécifique de Féridé et de ses connaissances presque infinies, ce qui les attirait, c'était aussi ses caractéristiques susceptibles d'impressionner les bourgeois : le fait d'être fille de consul, de savoir deux langues étrangères, de s'habiller à l'européenne et d'avoir des comportements masculins ; cependant jamais leur attitude ne laissait Rahmi Seunmèze penser : « Ce type fait une cour stupide à ma femme », tant ils accordaient d'importance à elle et à son ami. En résumé, tout le monde approuvait cette union : malgré les plaintes constantes liées à la situation générale du pays, ils riaient et plaisantaient haut et fort. Ils étaient indifférents aux autres personnes présentes dans le bar et ils discutaient bruyamment même des sujets les plus dangereux comme le marxisme, et si un photographe franchissait la porte, ils l'appelaient aussitôt, lui faisant prendre photos sur photos pour transmettre aux générations futures de nouveaux témoignages sur leurs vies : celles des grands poètes, grands penseurs, grands peintres et grands acteurs de demain. Tout cela avait un bon côté : Féridé se laissait parfois entraîner par cette ambiance alors qu'en général elle n'appréciait guère les conversations creuses et qu'elle utilisait toutes les blagues aussi vaseuses fussent-elles comme un tremplin pour aborder un sujet théorique. Cependant, même au point le plus poignant de la plaisanterie ou de la discussion, à vingt-trois heures précises, elle se levait, revêtait son duffle-coat et prenait le chemin d'Uskudar avec Rahmi Seunmèze à sa droite et Féhmi Gulmèze à sa gauche.

Si Féridé était réfractaire à toute organisation dans sa vie quotidienne, c'est parce qu'elle était aussi désireuse d'éliminer systématiquement les habitudes bourgeoises et qu'elle voulait établir un mode d'existence qui donnerait davantage d'importance à la vie intellectuelle. Son premier combat en vue de l'établissement de ce système fut alors de dispenser elle-même à Rahmi Seunmèze et à Féhmi Gulmèze les connaissances dont ne faisaient aucun cas leurs professeurs de la faculté et ce, en leur expliquant Marx au moins deux heures par jour. Ainsi, tous les soirs, elle prenait un livre de Karl Marx et s'asseyait près du poêle entre les deux amis et, selon un programme qu'elle avait elle-même déterminé, lisait d'abord un court extrait en allemand, puis le traduisait et l'interprétait en une quinzaine de phrases; ensuite, elle posait des questions auxquelles elle répondait elle-même: elle ne lâchait jamais ses étudiants avant deux heures du matin. Rahmi Seunmèze et Féhmi Gulmèze étaient tout à fait heureux de cette situation: outre la chance unique de découvrir Karl Marx à travers ses propres œuvres, le fait que cela leur fût permis grâce à Féridé leur procurait un grand bonheur: malgré l'heure bien tardive, ils s'efforçaient de ne pas rater un seul mot; tout en ne sachant pas l'allemand, ils avaient l'impression de comprendre la langue de Marx à travers la voix rauque et chantante de Féridé, et quand Féridé, de cette même voix ensorceleuse, passait à la traduction, l'explication ou l'interprétation, ils l'écoutaient en buvant ses paroles, comme s'ils écoutaient un poème de Nazim. Féhmi Gulmèze à chaque fois se consolait en pensant qu'il n'avait pas totalement perdu la femme qu'il aimait, qu'au contraire il profitait autant que son ami de la meilleure part de Féridé, mais, tandis que d'un côté il suivait émerveillé les analyses éblouissantes de Marx, de l'autre il s'étonnait que l'humanité ait dû attendre la deuxième moitié du dix-neuvième siècle pour avoir une explication claire concernant les fondements des structures sociales. Quant à Rahmi Seunmèze, il avait l'impression, à travers chaque mot prononcé par sa femme, d'arriver au seuil de la poésie révolutionnaire et même d'en tenir la formule, il tentait de mémoriser intégralement tout ce qu'il entendait avec l'idée de le transformer en vers ultérieurement. Cependant, le fait que tant de beauté physique et morale se concentre en un seul être lui paraissant toujours aussi incroyable, il finissait par douter de la réalité de ce qu'il voyait ou entendait et par tout mélanger. Il était animé d'une peur étrange comme si, en chaque instant, par exemple en ce moment même ou au milieu de ce petit mot de «prolétariat», Féridé pouvait tout à coup s'envoler; parfois aussi un léger mouvement de sa part, un changement dans sa voix, l'emmenait vers quelque nuit antérieure; alors, même Marx se retrouvait très loin. Pour cette raison, tout en comprenant individuellement chacune des phrases entendues, il avait du mal à les relier les unes aux autres et au bout du compte, il percevait *Das Kapital*, d'une façon dont jamais personne ne l'avait perçu auparavant, comme un chant d'amour incomparable faisant fi des éléments lexicaux.

Aussi, quand il s'attablait pour écrire, durant les rares heures où il se trouvait tout seul, au lieu des vers qu'il avait imaginé composer à partir des commentaires de Féridé sur Marx, c'étaient des vers évoquant ses regards, ses attitudes, sa beauté, sa bonté, ses connaissances ou son amour qui envahissaient son esprit, et lui, sans difficulté, dans un enthousiasme enivré, les transférait sur le papier. Il était persuadé que, même s'ils n'évoquaient quasiment pas la révolution, le prolétariat ou les beaux jours à venir, c'étaient ses plus beaux poèmes; non seulement au moment où il les écrivait, mais ensuite, quand il les lisait d'un regard critique, il ne trouvait nulle part un mot à changer ou un vers à supprimer.

Une nuit, après le départ de Féhmi Gulmèze, tout gêné, il a mis ces poèmes entre les mains de Féridé en lui disant: «Peux-tu jeter un œil?»; elle s'est alors étendue sur son lit et les a tous lus sans en omettre aucun, ensuite, sans rien dire, elle les a posés sur la couette, elle a repris sa respiration un peu difficilement et lui a dit en le regardant droit dans les yeux: «Je trouve ces bêtises indignes de toi, un véritable révolutionnaire ne perd pas son temps avec ses sentiments personnels; ce qui existe entre nous n'intéresse personne en dehors de nous deux. Je t'en prie, n'écris plus jamais de poème pour moi.» Un instant, Rahmi Seunmèze a eu l'impression que l'électricité avait été coupée, puis, tentant de se reprendre, il a bredouillé: «Pourquoi? Est-il si évident que je parle de toi?» Féridé d'un ton frisant l'énervement a rétorqué: «Peu importe que ce soit évident ou non; ce qui me déplaît, c'est de voir un poète révolutionnaire se mettre à écrire des poèmes d'amour alors qu'on se trouve au milieu du vingtième siècle.» Pour la première fois depuis qu'ils s'étaient connus, Rahmi Seunmèze a pensé que Féridé se trompait et, pour la première fois, il a tenté de s'opposer à elle en bredouillant : « Et Nazim… tu sais bien que Nazim a écrit beaucoup de poèmes d'amour, il a même écrit des lettres en vers à son épouse. » Ses paroles n'ont pas eu d'effet sur Féridé, elle s'est contentée de dire : « Cela a été son erreur. » Rahmi Seunmèze n'a pas jugé bon de résister plus longtemps ; il a rassemblé les poèmes étalés sur la couette et a demandé : « Je les déchire ? » « Oui, je pense que c'est le mieux, a répondu Féridé, déchire-les, qu'on n'en parle plus ! » Rahmi Seunmèze n'a pas hésité une seconde, il a coupé en morceaux minuscules tous les poèmes comme s'il craignait qu'ils passent entre les mains de quelqu'un et soient utilisés pour prouver sa culpabilité, il est allé à la cuisine et les a jetés à la poubelle. Quatre ou cinq morceaux qui donnaient l'impression de vouloir résister à ce destin inattendu, se sont éloignés des autres en virevoltant pour se poser ensuite sur les dalles de la cuisine. Rahmi Seunmèze s'est accroupi pour les ramasser un à un et les mettre avec les autres. Quand il est retourné dans la chambre, Féridé avait retiré tout ce qu'elle avait sur elle, de sa chemise de nuit à ses lunettes ; un sourire lumineux aux lèvres, elle l'attendait. Elle a dit : « Allez déshabille-toi et viens vite », puis, en l'attirant vers elle, elle a ajouté : « Crois-moi, si les lettres que le petit père Nazim a écrites à sa femme, il ne les avait écrites qu'à elle, il aurait mieux fait ; nous, dans notre combat, nous sommes les soldats, des soldats de rang comme a dit Nazim, non pas des héros de romans. »

Rahmi Seunmèze n'a plus jamais écrit de poèmes d'amour ; en écoutant les commentaires de Féridé sur Marx il a tenté de se concentrer, et il s'est concentré, avec tout son cœur et toute sa tête sur ses paroles. Mais cela n'a rien changé : il a continué à percevoir *Das Kapital* comme un chant. Finalement, il a eu recours à la méthode qu'il utilisait depuis la quatrième année d'école primaire : un matin d'avril ensoleillé, dans le bateau entre Uskudar et Karakeuy, il a résumé deux fois de suite à Féhmi Gulmèze les explications sur Marx qu'il avait écoutées jusqu'alors, puis, dès la leçon suivante, il a travaillé ce résumé sur le papier comme un poème et, en environ un quart d'heure, il a transformé en une thèse claire, sans contradictions et sans points sombres, la théorie renommée de Marx qui était pourtant une source de conflit entre bon nombre d'interprètes. Cette thèse, outre qu'elle lui a donné l'impression de mieux comprendre les commentaires de Féridé en les intégrant dans un tout, lui a assuré auprès de ses amis une supériorité qui allait au-delà du fait d'être un jeune poète talentueux et d'être le mari séduisant de la Souris volante. En effet, un soir, au Passage aux Fleurs, lors d'une discussion enflammée, il a cloué le bec à l'un des intervenants qui tournait autour du pot et en revenait toujours au même point ; sans bredouiller, sans s'arrêter, après avoir dépeint la longue aventure de l'humanité à partir de l'histoire des relations de production, il a expliqué comment, dans cette aventure, les classes dominantes ont utilisé la superstructure politique à leur convenance et ont maintenu sous leur influence l'infrastructure économique et sociale ; après cela, il a expliqué comment les conflits entre les classes deviendraient intolérables avec l'accroissement de la plus-value et du capital et avec l'accumulation de tous les moyens de production entre les mains d'une classe privilégiée qui allait devenir de plus en plus réduite au fur et à mesure qu'elle allait s'enrichir ; ensuite il a annoncé la bonne nouvelle en disant que la classe prolétaire innombrable allait faire la révolution « le temps venu » en écrasant comme une mouche ce front privilégié et, qu'après une courte période de transition appelée « la dictature du prolétariat », le paradis serait établi sur terre. Un paradis sans classes, donc sans conflits, donc sans État, donc sans police, sans gardiens et sans gendarmes. À table, les applaudissements ont fusé ; un jeune acteur, levant son verre, a crié : « À la santé de Rahmi » et, à l'autre bout de la table, on a entendu : « Rahmi, répète-nous cela encore une fois ! Si tu la racontes une fois de plus, j'espère que je finirai par comprendre cette histoire. »

On s'approchait de onze heures et Rahmi Seunmèze, ce soir-là, n'a pas pu recommencer son résumé, mais les soirs suivants, il l'a souvent répété en ajoutant des noms comme Karl Marx, Vladimir Ilitch Lénine, Joseph Vissarionovitch Staline, Cheikh Bedrettin fils du cadi de Simavne, qui, rien qu'en étant prononcés à haute voix dans un lieu public, donnaient la chair de poule à certains. À dire vrai, les réponses aux questions, l'emploi des noms propres, les vers récités durant les intermèdes rendaient ses paroles chaque jour un peu plus confuses. Pourtant, un grand nombre d'écrivains et de poètes de sa génération, ainsi que quelques anciens qui avaient séjourné en prison pour avoir voulu répandre la doctrine marxiste, étaient là réunis autour de lui : ils ressemblaient aux villageois amassés autour de la valise d'un des leurs travaillant en Allemagne. Ils buvaient ses paroles persuadés de poser enfin leurs pieds sur une terre solide, ils disaient : « Bravo, c'est comme cela que doit être expliqué un sujet aussi compliqué que le marxisme ! » Le bon côté de cette histoire c'est que même Féridé, dont le cerveau était imprégné de *Das Kapital,* appréciait les résumés de Rahmi Seunmèze au point qu'un soir, elle lui a serré la main avec enthousiasme en lui disant : « Camarade, tu as parfaitement compris tout cela. » Rahmi Seunmèze, riant de bon cœur, lui a répondu : « L'Histoire décidera et nous, les prolétaires, nous l'appliquerons » : il se disait prolétaire parce qu'il avait travaillé durant son enfance dans l'échoppe de son père ; il a ajouté : « Certes, la faucille est la sœur du marteau, mais c'est le marteau qui apportera la libération. » En disant cela, il soulignait que c'était sa classe, c'est-à-dire le prolétariat, qui allait assumer le plus grand rôle dans l'accomplissement de la révolution.

Cependant Rahmi était avant tout un poète ; peu à peu, devant l'intérêt suscité par son discours, il a insisté sur l'aspect prophétique du marxisme : partant de l'hypothèse que les hommes primitifs voyaient leur avenir dans le paradis, les hommes simples à travers leurs enfants, les hommes développés entre leurs propres mains et les plus développés d'entre eux dans un nouveau système jugé magnifique, il a commencé à annoncer la bonne nouvelle en disant que la dictature du prolétariat allait être instaurée demain, si ce n'était pas aujourd'hui ou encore un autre jour si ce n'était pas demain ; il le faisait avec la même conviction que ceux qui ont affirmé qu'un jour, aujourd'hui ou demain, le Messie allait descendre sur terre. Si certains, Féhmi Gulmèze et Féridé en tête, ont trouvé cette prophétie un peu optimiste, Rahmi Seunmèze, avec son âme de poète, n'y a pas prêté attention : bien qu'il ait eu l'habitude en général d'approuver tout ce que disait Féridé comme si c'était la parole de Dieu, il a choisi l'indépendance sur ce point et il a répondu à la mise en garde de Féridé assurant que notre société n'était pas encore parvenue au stade du capitalisme : « Le communisme est universel et l'exemple de la Russie est là pour le montrer ! La révolution qui gagne l'Europe ne va pas s'arrêter subitement à Kapikoulé[1] ! » Quand certains se sont mis à réfuter son point de vue en avançant d'autres arguments, plutôt que de s'étendre avec de longues démonstrations il a préféré s'inspirer des paroles du grand maître qu'était Nazim et il a dit aussitôt : « Ouvrez vos oreilles et écoutez, vous entendrez : nos chevaux blancs ont déjà commencé à piétiner le cœur de l'impérialisme ! » Ce sont ces interventions résolues qui lui ont valu en quelques jours le surnom de Prophète.

À cette époque-là, un certain Marouf le Guignol, étudiant en philosophie âgé de trente ans qui monopolisait les pages théâtrales de toutes les revues de gauche sous différents noms et qui n'était pas très apprécié des gauchistes sérieux du fait qu'il était très porté sur les farces, avait tant l'habitude de se choisir des pseudonymes qu'il était devenu très doué pour trouver des sobriquets « adaptés » aux personnes de son entourage, et il avait acquis un tel renom en la matière qu'il était presque impossible que le surnom qu'il avait choisi ne tienne pas ; par exemple il était sûr que le jeune poète de petite taille soudainement devenu célèbre avec un poème révolutionnaire intitulé « Mon ventre parle » allait trimballer toute sa vie l'appellation de « Ventriloque » donnée par Marouf même si, pour le moment, il était impossible d'affirmer que ce sobriquet allait s'introduire dans tous les milieux puisqu'il y avait d'autres personnes qui l'appelaient encore par son vrai nom. Cependant, quand entouré par une vingtaine de personnes bien imbibées, Rahmi Seunmèze, s'appuyant sur les vers de Nazim, a affirmé pour la je ne sais combientième fois : « *La conquête du soleil est proche* » ou, autrement dit, que la terre se trouvait au seuil du paradis, et quand Marouf le Guignol s'est levé brutalement et a dit : « Oui, mon ami, je reconnais ta souveraineté, tu es un prophète, à partir de maintenant je te nommerai le Prophète », son visage et sa voix étaient tels que le petit mot s'est instantanément collé comme de la glu sur le dos de Rahmi. Ce dernier a été agacé par cette appellation en raison notamment de sa connotation « religieuse et par conséquent

1. Poste frontière entre la Bulgarie et la Turquie.

conservatrice et dépassée» et il a essayé de faire taire ceux qui disaient par exemple: «Je bois à la santé du Prophète!» ou «Vive le Prophète!» Mais quand le soir même Féridé a commencé à utiliser ce nom au lit en chuchotant: «Mon séduisant Prophète à moi! Mon plus beau Prophète du monde», il a cessé de résister et finalement Féhmi Gulmèze se l'étant aussi approprié, il a commencé à considérer ce nouveau nom comme un signe de supériorité.

Cependant, si l'on se réfère aux dires ultérieurs de Féhmi Gulmèze, ce changement de nom a été le début d'une sorte de régression dans la vie sociale de Rahmi Seunmèze. Le caractère moqueur de l'intervention de Marouf a-t-il inconsciemment été intégré par les uns ou les autres? Ce nouveau nom est-il apparu juste au moment où les prophéties enthousiastes et les résumés inchangés de Rahmi Seunmèze ont commencé à être ennuyeux? Chacun connaissait-il par cœur le discours? On n'en sait rien, mais les analyses de Rahmi n'intéressaient plus trop ses amis artistes; alors qu'à une époque le fait qu'il prononçait les «r» comme des «l» n'attirait l'attention de personne, cela maintenant faisait rire quelques-uns; ainsi, de temps en temps, certains lui tournaient le dos en lui coupant la parole au moment le plus poignant. En plus, alors que son entourage l'appelait constamment le Prophète, il poursuivait l'édition de ses poèmes sous la signature de Rahmi Seunmèze; sa personne étant divisée en deux noms, sa renommée se divisait aussi considérablement. Par-dessus tout cela, un certain nombre de jalousies empêchaient que le prestige du créateur et de sa femme se reflétât sur ses œuvres. Pourtant, dans ses critiques et essais édités dorénavant à la première page des revues de quatre pages et à la quatrième page des revues de seize pages, Féhmi Gulmèze prenait toujours les vers de son ami pour exemple de «la force du poème social étayé par une philosophie et des connaissances solides en économie politique», mais très peu de personnes savaient que ce Rahmi Seunmèze auteur de ces vers intenses était le Prophète qui «connaissait très bien la philosophie et l'économie politique». Cela doit être un peu pour cette raison qu'aujourd'hui personne ne parle de Rahmi Seunmèze et que même les poètes de son époque semblent avoir oublié qu'un Prophète a traversé ce monde alors que les poètes les plus insipides et les plus quelconques de sa génération ont refait surface en tant que grands poètes ou grands révolutionnaires. Pourtant, selon Féhmi Gulmèze, le Prophète vivait alors la période la plus productive de sa vie de poète : entre la réaction opiniâtre de Féridé à l'égard de ses poèmes d'amour et les nouvelles connaissances acquises au cours des séances du soir, il se construisait son propre créneau en éditant des poèmes qui visaient à concrétiser la théorie marxiste et qui éveillaient un étonnement enthousiaste chez les lecteurs totalement convaincus. Par exemple de nombreux petits poèmes du genre :

« Ne ris pas, mon Seigneur
Ne ris pas de ma faim
Ni de ma maigreur
Engendrée par la faim
Ne ris pas
Car je te nourris, moi
C'est moi
Qui t'engraisse
Avec les restes de mon repas ! »

écrits à partir du concept de plus-value sous la forme d'un récit moqueur s'attachant à exprimer, pour la première fois en Turquie, que la monopolisation du capital allait aboutir inéluctablement à la révolution, et un long poème débutant à propos de l'ancienne épicerie de quartier,

« L'épicier du quartier s'agrandissant
En faisant démolir le magasin attenant
Une grande épicerie alors était née
En plus de ça fort bien achalandée »

et s'achevant par

« Tu as commencé comme zingueur !
Certes, mais sache, pour l'heure,
Qu'il n'y a rien après la mort
Et point de lettre après le Z

Alors nous voilà fatalement ramenés
Au C des comptes à régler
Au L de la lutte à mener»

qui avait été conçu après l'ouverture d'une série de nouveaux magasins, classés par ordre alphabétique, où l'on se rendait en passant par la même porte. Beaucoup d'amoureux de la poésie de l'époque avaient recopié ces vers sur leurs cahiers de poèmes; un certain nombre de directeurs de revues progressistes les citaient en exemple aux jeunes poètes. Ces poèmes, qui ne paraissent pas très profonds aujourd'hui, mais qui, à l'époque où ils ont été publiés, laissaient deviner l'influence de Nazim, non seulement promettaient un avenir heureux dans un léger esprit moqueur mais aussi jouaient un rôle important en clarifiant la réalité socialiste pour que chacun la comprenne. Pour cette raison, une partie des poètes de son époque et bon nombre de poètes de la génération suivante, dont les plus connus, ont profité pleinement de cette poésie qualifiée par Féhmi Gulmèze d'«intellectualisme concret souriant», certains se sont même contentés de l'imiter sans chercher plus loin. Mais, si l'on prête à nouveau attention aux dires de Féhmi Gulmèze, une des raisons principales de l'oubli si rapide du nom de Rahmi Seunmèze et de la volonté de ne pas s'en souvenir était que nos poètes, afin de faire croire qu'ils étaient les propres initiateurs de leur cheminement, n'ont rien trouvé de mieux que de le nier en tant que poète.

Ce dernier était tout de même en partie responsable si l'on considère sa manière d'agir: après avoir dominé la scène avec les vers écrits sous l'influence directe de la théorie marxiste, au lieu de maintenir sa position en continuant sans relâche à éditer des poèmes, il s'est brutalement tu, pour différentes raisons.

Le Prophète et Féridé faisaient partie de ces êtres capables de se contenter de très peu de choses: depuis leur mariage jusqu'à ce jour, ils n'avaient rien dépensé pour leurs vêtements, au point que les voyant venir au café toujours vêtus de la même manière, Marouf le Guignol avait donné le nom de Chopin à l'imperméable bleu du Prophète, car il lui rappelait la pèlerine portée par l'acteur jouant le rôle du compositeur dans *La Chanson du souvenir* et il avait surnommé Mehmetchik[1], le manteau ressemblant à une capote militaire de Féhmi Gulmèze et Sarikiz[2], le duffle-coat poil de chameau de Féridé. Rares étaient les jours où un plat correct mijotait dans leur cuisine. Si l'on considère que le Prophète avait pris l'habitude d'acheter toutes les revues littéraires et tous les livres des jeunes auteurs de sa génération et que c'était eux qui payaient presque un soir sur deux la note de raki de leur tablée en partant du principe que tout devait être partagé «*excepté les lèvres de l'amante*», on peut dire que la majorité de leurs dépenses concernait les livres, les trajets et la boisson. Si bien qu'au bout d'une année de mariage, l'argent de la vente du magasin et du compte bancaire de Féridé était fini. Ainsi, trois ans environ avant la date prévue, Féridé devait retrousser ses manches pour trouver un travail. Son cahier de cours étant déjà fermé depuis les premières semaines de sa vie d'épouse, elle a balayé d'un coup, en les qualifiant de «conservatisme malséant», les tentatives du Prophète qui répétait que c'était le devoir de l'homme de subvenir aux besoins du foyer et essayait de briser leur accord, mais confrontée à la difficulté de trouver le temps de s'occuper de son entourage tout en rêvant à «la dictature du prolétariat», elle a décidé de «réunir réalité et révolution», c'est-à-dire de gagner le pain de la maison en traduisant dans notre langue Marx, Engels, Lénine, Luxemburg et Kautsky: à condition que Rahmi et Féhmi l'aident un peu, elle allait pouvoir se débrouiller facilement; sachant qu'elle avait déjà consenti à faire des concessions, pour ne pas trop heurter la classe dominante, en commençant par exemple par des textes «modérés» et en remplaçant par le terme «progressisme» tous les mots du genre «communisme» ou «socialisme», elle ne voyait aucune raison pour que cette entreprise ne se solde pas par un succès. Quoi qu'il en soit, elle était prête à partager avec les éditeurs les risques de ce projet aussi bien que les bénéfices et la gloire.

Cependant les patrons des maisons d'édition ne ressemblaient pas aux poètes utopistes qu'elle rencontrait dans les bars ni aux directeurs de revues littéraires sans expériences qui faisaient faillite

---

1. Surnom à connotation affectueuse donné au simple soldat.
2. Signifie «Fille blonde». Héroïne de légende.

après avoir sorti quelques numéros : influencés aussi par son aspect et sa façon de s'habiller, ils ont refusé résolument ses offres. L'un d'eux, suite à sa proposition de commencer par *La Guerre des paysans*, a pris sur l'étagère derrière lui la version anglaise des *Paysans* de Balzac et lui a tendue en disant : « Regardez, si vous traduisez cela, je peux l'éditer, j'ai entendu dire que Marx aimait ce livre. En plus c'est le même sujet, il s'agit de paysans. » Féridé repoussant le livre du dos de la main est partie aussitôt en claquant la porte. Le soir, quand son mari est rentré à la maison, elle tremblait encore de colère : cet éditeur, sans la moindre honte, lui proposait de faire une traduction à partir d'une œuvre traduite et, le comble de tout, à la place de l'œuvre de Marx, il lui avait soumis un roman, c'est-à-dire un genre dont la progression avait coïncidé avec l'ascension de la classe bourgeoise. Elle ne contestait pas la poésie qui était à la base une forme populaire, mais elle n'était pas irresponsable au point de dépenser du temps pour une forme bourgeoise comme le roman. Elle s'est dit : « Plutôt que de traduire des romans bourgeois pour les bourgeois, autant précipiter la révolution en accroissant la plus-value des capitalistes », et elle a décidé de chercher un travail banal.

Mais elle n'a toujours pas trouvé ce qu'elle cherchait : ses yeux bleus, ses cheveux courts et frisés, son duffle-coat aux boutons en bois, ses comportements masculins en contradiction avec l'expression enfantine de son visage à taches de rousseur, ses opinions révolutionnaires qu'elle n'avait jamais cachées à quiconque et qui avaient tourné la tête de tant d'artistes, de penseurs et d'universitaires, n'avaient aucune influence positive sur les patrons : la plupart, après l'avoir fait asseoir devant eux et lui avoir posé quelques questions concernant sa famille, ses études, les raisons de sa recherche d'emploi, ses idées et ses habitudes, ricanaient bizarrement et lui montraient la porte ; si elle leur disait alors qu'elle connaissait très bien l'allemand et l'anglais, ils la regardaient presque avec pitié comme si elle avait dit : « Je ne connais pas du tout l'allemand ni l'anglais. » Elle a frappé ainsi à au moins dix portes. Finalement, rue des Banques, un jeune et séduisant patron, se montrant plus compréhensif que les autres, a non seulement écouté jusqu'à la fin son point de vue sur l'imminence de la révolution prolétarienne, mais lui a dit aussi qu'elle pouvait commencer à travailler tout de suite si elle ne disait pas non à un travail banal ne nécessitant pas de connaissances aussi rares. Féridé lui ayant fait savoir qu'elle acceptait toute sorte d'emploi, il lui a montré (parmi trois ou quatre autres) un bureau vide dans un coin ignorant le soleil et il lui a dit: «Asseyez-vous.» Du fait qu'ils avaient dépensé leurs derniers centimes, Féridé s'est assise avec plaisir et elle a vite compris la tâche qu'elle avait à accomplir.

Elle pensait auparavant qu'en favorisant l'accroissement de la plus-value des privilégiés, elle allait accélérer la révolution prolétarienne, mais devant la réalité concrète du processus, elle a vite oublié son ancienne approche théorique: ne supportant pas de voir que pour remplir les poches d'un banal petit maître, on trompait le client en faisant passer du vieux pour du neuf, du cassé pour du solide et, comme si cela ne suffisait pas, on faisait un profit de deux cents pour cent sur chaque bien alors qu'à l'opposé on payait des salaires risibles aux employés dont on utilisait l'énergie et l'honneur pour voler, elle n'a cessé de prononcer des paroles accablantes devant ses collègues, les clients et même le patron; en insistant sur le fait que la révolution socialiste était l'unique voie de libération, elle s'est mise à argumenter en trois parties, thèse/antithèse/synthèse, l'inéluctabilité de la révolution. Les clients ne surent pas quoi dire, les collègues firent comme s'ils n'entendaient pas ou bien ils changèrent de sujet; seul le patron l'écouta jusqu'au bout sans omettre de lui préciser à chaque fois et tout en souriant gentiment, qu'il ne lui donnerait pas longtemps la permission de critiquer sa méthode de travail devant son personnel ou ses clients et de parler sans cesse de Marx et de Lénine dans l'enceinte de son établissement. Finalement, une fin de mois, alors que Féridé commençait à bien s'habituer à sa place et à ne pas croire aux menaces proférées, le patron, toujours le même sourire aux lèvres, s'est planté devant elle; il s'est mis à compter son salaire avec une lenteur horripilante et lui a demandé de le compter aussi, puis lui tendant gracieusement la main, il lui a dit: «À présent, nous nous séparons. – Ah, c'est comme ça? Eh bien j'en suis ravie», a répondu Féridé et, pour ne pas paraître secouée par cette nouvelle désagréable, elle a souri. Elle s'est assise, a mis l'argent dans son sac et a enfilé son duffle-coat ; ensuite, elle a serré les mains de ses amis aux yeux exorbités comme s'ils avaient vu une chose atroce. Ensuite, elle a de nouveau serré la main de son patron avant de sortir en souriant, comme si de rien n'était.

La nuit était déjà tombée, les lumières jaunes des vitrines se reflétaient sur le trottoir mouillé, les gens avaient relevé leurs cols et ils allaient d'un pas rapide comme s'ils se trouvaient dans un espace interdit dont il fallait s'éloigner au plus vite, Féridé a remonté la capuche de son manteau, elle a pensé qu'elle ne ressemblait en rien à ces gens, qu'elle n'avait rien perdu de sa maîtrise et restait une révolutionnaire capable de défendre en toutes circonstances sa vision progressiste. Toutefois, en descendant une pente sous un vague crachin istanbouliote sa tête s'est mise à tourner, elle a senti s'accroître rapidement le malaise étrange qui se manifestait par instants depuis le matin ; sachant qu'un véritable révolutionnaire ne doit pas s'embarrasser de choses insignifiantes, elle a commencé par se faire des reproches à elle-même en se disant : « Ce bouffon m'a probablement énervée sans que je m'en rende compte ». Pour se calmer les nerfs, bien que ce ne fût ni le moment ni le lieu, elle a sorti une Birindji de son sac et l'a allumée, puis la tête dressée en l'air, comme si elle s'en prenait à la rue des Banques, « la poubelle fastueuse de l'Europe », et à toutes les caricatures de bourgeois farfouillant dans ces poubelles, elle a tiré sa première bouffée de toutes ses forces et expulsé l'excédent, mais juste à ce moment-là, comme si ses veines allaient éclater, une toux effrayante lui a déchiré la poitrine, on aurait dit qu'elle allait s'étouffer ; sentant que ses jambes commençaient à fléchir et qu'elles n'allaient plus pouvoir porter son corps, elle s'est laissée tomber sur les marches boueuses d'un magasin chic. Un moment plus tard elle était encore là à regarder, les yeux écarquillés, son mouchoir, trempé de sang : elle ne se rappelait plus quand elle l'avait sorti de son sac ni quand elle l'avait porté à sa bouche. Au bourgeois d'âge moyen qui tentait de la relever tout en lui disant : « N'ayez pas peur, c'est passé, ce n'est rien », elle avait balbutié « Je ne comprends pas, je ne comprends rien : les docteurs avaient dit que c'était fini à présent, totalement fini. »

Le même soir, quand le Prophète en entrant chez lui a aperçu un homme de belle allure, qu'il n'avait jamais vu auparavant, sortir de la cuisine et se diriger vers la chambre avec un plateau à thé, il a pensé que ce qu'il avait toujours appréhendé se réalisait : Féridé était sur le point de le quitter ; il a lâché ses livres et la bouteille de raki. Il n'a pas tardé à comprendre que ses craintes n'étaient pas fondées, mais une peur encore plus effrayante a suivi : le docteur, qu'il avait appelé suite au conseil de l'homme de belle allure, après avoir écouté longuement la poitrine, le dos et le ventre de Féridé, est entré dans la salle de séjour tout en se mordillant les lèvres, il s'est assis sur le fauteuil que le Prophète avait hérité de son père et, sans dire un mot, il a contemplé un bon moment, les yeux écarquillés, les cendriers bourrés de mégots posés ici ou là, les revues et les journaux jetés pêle-mêle, les voilages noircis et les vitres devenues opaques à cause de la saleté. Ensuite, il a désigné au Prophète qui restait planté debout le fauteuil juste à côté du sien, et il lui a dit à voix basse : « Je vais vous parler ouvertement, l'état de votre femme n'est pas du tout brillant : son poumon est très entamé et elle est fort probablement enceinte. Vous pouvez imaginer ce qu'il reste à faire dans un cas pareil ! » Le Prophète, le visage livide, la voix tremblante et gémissante, a bégayé : « Oui, monsieur, oui, oui. » Mais il était parfaitement clair qu'il n'avait pas très bien compris ce qu'il avait à accomplir. Le médecin, deux fois de suite, lui a répété une à une chaque chose à faire, puis il les lui a fait répéter.

Cependant le médecin ou les autres pouvaient dire ce qu'ils voulaient, Féridé ne semblait pas du tout prête à changer d'attitude ; d'abord, elle était décidée à mettre au monde l'enfant : ce problème concernait sa propre personne ou plutôt son propre corps, elle refusait donc de reconnaître à quiconque le droit d'intervenir à ce propos ; ensuite, elle estimait que le médecin exagérait cette histoire : en Allemagne, les médecins lui avaient dit que tout était complètement fini ; c'était eux qui avaient examiné minutieusement le poumon qui lui restait ; c'était donc eux qu'il fallait croire et non pas le médecin d'Uskudar. Elle allait à nouveau chercher du travail, une fois surmontée cette indisposition « temporaire ».

Le soir suivant, dans son lit, tandis qu'elle répétait les mêmes choses peut-être pour la vingtième fois, elle a eu un haut-le-corps en entendant un sanglot et, voyant les deux amis pleurer en silence, elle a crié : « Ça suffit, cessez de pleurnicher comme des femmelettes et donnez-moi une Birindji ! » Rahmi et Féhmi ont refusé, mais elle a résisté ; en plus, comme pour prouver que rien ne pourrait la détourner de ses décisions actuelles et futures, elle a rejeté la fumée de sa cigarette en plein visage de son mari en disant : « Allez mon beau Prophète, apporte-moi *Misère de la Philosophie* et poursuivons nos travaux là où nous les avons laissés. » Elle l'a alors traduit, puis interprété d'une voix étouffée, en toussant, mais elle était toujours aussi efficace. Les soirs suivants, elle a continué. C'était désormais sa seule activité : la vie de bar s'était arrêtée automatiquement ; non seulement elle ne prenait pas le bateau pour passer sur l'autre rive mais elle n'allait même pas chez le marchand pour acheter ses cigarettes et le journal. En outre, elle réduisait un peu plus chaque soir la durée de ses explications ; parfois, elle lâchait son livre sans terminer sa phrase et sombrait soudain dans un sommeil agité. Quant à la recherche d'un nouveau travail, même si elle en parlait tous les jours, elle était obligée de reporter sans arrêt ce projet.

Dans ces circonstances, il paraissait inévitable que le Prophète revienne à ses intentions initiales : si cela continuait, ils n'allaient bientôt plus pouvoir trouver les pâtes, les pommes de terre à l'eau, les plats de légumes sans viande et les omelettes qu'il préparait avec mille difficultés. Il n'y voyait d'ailleurs aucun inconvénient ; il n'arrêtait pas de dire : « À quoi me sert d'aller à la faculté ? » Non seulement il ne pouvait pas suivre correctement les cours – sa tête était toujours auprès de sa femme –, mais en plus il était très énervé de constater que les professeurs de la faculté, comme s'ils s'étaient mis d'accord, parlaient en ayant l'air d'ignorer qu'un grand philosophe du nom de Karl Marx était venu au monde : quitter cette faculté serait davantage une libération qu'un sacrifice. De plus, en tant qu'habitant d'Uskudar faisant bonne figure et compte tenu de sa façon de s'habiller et de parler, il ne risquait pas de choquer ni d'effrayer les bourgeois : cela lui serait beaucoup plus facile qu'à Féridé de trouver un travail avec un salaire suffisant pour vivre. La suite des événements lui a donné raison : il a été embauché du premier coup dans une banque, avec en plus un salaire mensuel près de deux fois plus important que celui de Féridé rue des Banques.

Il n'était certes pas très agréable pour un marxiste de travailler dans une banque et pour un poète de s'occuper de chiffres à raison de huit heures par jour, mais en se disant qu'il devait d'abord penser à Féridé, il a travaillé en serrant les dents et n'a parlé à personne de ses idées révolutionnaires. Malgré ses efforts pour penser le contraire et rêver le contraire, il ressentait de temps en temps une oppression insupportable née du sentiment que sa lutte ne changerait rien ; Féridé s'efforçait en permanence de paraître forte et elle ne cessait de dire d'un air toujours aussi volontaire « Je mettrai cette fille au monde », mais on avait l'impression que tous ses rêves d'avenir se limitaient à ça : mettre sa fille au monde. Elle ne se préoccupait plus désormais de la dictature prolétarienne ni des grands changements attendus dans le monde des idées et dans celui de l'art. Elle n'en était plus, comme auparavant, à mener la discussion, à décider elle-même du travail à faire, du lieu où aller, des livres à lire, elle n'ouvrait pas la bouche tant qu'on ne lui posait pas de question ; un pâle sourire aux lèvres dont on ne comprenait pas s'il était signe de douleur, de moquerie ou d'intérêt, elle écoutait les conversations insipides de Féhmi et de Rahmi qui se préoccupaient beaucoup moins de la théorie marxiste que des petits problèmes de la vie quotidienne ou des bienfaits des mets qu'ils lui préparaient. À dire vrai, ils ne parlaient guère par plaisir mais par nécessité, dans l'espoir d'alléger, ne serait-ce qu'un tout petit peu, cette atmosphère continuellement pesante. Féhmi s'était mis à travailler aussi : il était à mi-temps dans une entreprise. Tous les deux avaient vieilli presque d'un coup et ils avaient quasiment coupé leurs relations avec leur ancien univers. Ils ne voyaient plus aucun de leurs amis artistes et s'ils recevaient encore régulièrement les revues littéraires, ils les laissaient dans un coin remettant leur lecture à plus tard ; ils se contentaient de jeter un vague coup d'œil sur les journaux qu'ils lisaient de fond en comble auparavant, du fait d'être des intellectuels révolutionnaires qui s'intéressaient de près au destin de leur pays. Si l'on excepte quelques critiques élaborées par Féhmi à la demande des revues, ils avaient cessé d'écrire. En bref, tout cela laissait penser que la totalité de leur vie s'articulait autour d'une rupture.

Mais pour le Prophète la plus terrible des ruptures a été que Féridé sépare son lit du sien. Elle pensait qu'elle le dérangeait «inutilement»: la nuit, elle se retournait sans arrêt, à cause de la fièvre croissante, de ses douleurs dans le dos ou de l'oppression dans sa poitrine et elle se relevait souvent pour s'asseoir, prise par une quinte de toux; il se précipitait à chaque fois pour l'aider ou la regarder d'un air tout attristé; en séparant leurs lits, elle allait moins le déranger, cela la mettrait plus à l'aise. En plus, la probabilité de lui transmettre la maladie allait diminuer. Sachant qu'il n'était pas question d'aller à l'encontre d'une décision de Féridé, il a obéi malgré lui. Mais quand, énervée de le voir sortir de son lit et se «planter devant elle» à tout moment, elle a émis l'éventualité de faire chambre à part, ce qui serait un nouveau signe de rupture, il a commencé à contrecœur à la tromper; chaque nuit, faisant semblant de dormir, il écoutait les inspirations de Féridé qui s'avéraient toujours partielles et pénibles, chacune paraissant être l'aboutissement d'une lutte particulière; obligé de faire semblant de ne pas entendre ce qu'il entendait, il se rongeait intérieurement. Même s'il lui arrivait parfois d'oublier tout lorsqu'il rêvait aux minutes incomparables vécues avec Féridé dans ce lit où aujourd'hui elle luttait contre son propre corps, il atteignait le summum du découragement quand il revenait à la réalité durant ces moments où, atteinte par une toux pénible, Féridé allumait la lumière pour prendre le verre d'eau posé au pied du lit ou bien commençait à gémir dans son sommeil; oubliant qu'il était un poète socio-réaliste qui se devait d'avoir les yeux tournés vers l'avenir, il pensait: «C'est fini désormais, tout est fini.» Cependant, était-ce dû à son égoïsme ou, au contraire, à son amour sans limite, on ne sait pas, mais la mort de Féridé, de plus en plus proche et de plus en plus inéluctable, exactement comme la révolution prolétarienne, s'apparentait pour lui à sa propre mort, car à ses yeux, cette maladie était plus une sorte d'obstacle dressé entre eux qu'une force effrayante menant à la mort; quand il disait: «C'est fini désormais, tout est fini», il exprimait avant tout son sentiment d'abandon. Pourtant, c'est durant cette période de peur et de désespoir qu'il a vécu avec Féridé la plus inoubliable des nuits.

Cette nuit-là, en raison d'un manque chronique de sommeil mais grâce aussi à la grande bouteille de raki, accompagnée d'une tranche de fromage et de quelques olives, que lui et Féhmi avaient sifflée silencieusement en près d'une heure, il s'était endormi aussitôt couché, exactement de la façon dont il voulait que Féridé l'imagine : rien n'avait interrompu son sommeil, ni la toux, ni les gémissements, ni les délires. Il n'a ouvert les yeux qu'à l'arrivée de l'aube, au moment où les grands malades, après avoir lutté contre la mort depuis la veille au soir, commencent à croire avec certitude qu'ils vont vivre au moins un jour de plus, mais tout juste après les avoir ouverts, il les a refermés : Féridé était couchée à côté de lui ; son corps nu touchait le sien, sa main se mouvait sur son bassin, sur son ventre et sur les parties centrales de son corps : il était impossible que Féridé, si malade, puisse se lever et venir dans son lit de même qu'il était impossible que la fièvre mortelle dont elle était affligée, puisse lui procurer ce plaisir incomparable, aussi a-t-il cru qu'il rêvait et qu'il faisait certainement semblant de dormir dans son rêve comme dans la réalité. Au moment où leurs corps se sont rencontrés, il s'est même retenu de crier son éblouissement, son plaisir et sa jouissance ; il s'est contenté de faciliter les mouvements enivrés de Féridé, d'une façon passive et incertaine et quand Féridé, hors d'haleine, a glissé sur le côté, et a commencé à lutter contre une toux pénible, il n'a pas bougé de sa place. Mais quand, au bout d'une heure ou deux, il a réouvert les yeux en ayant oublié son rêve, sa femme était toujours à côté de lui : elle était encore nue, encore brûlante comme le feu, en plus, elle souriait comme autrefois. Alors il a compris avec certitude que ce rêve n'était rêve que par sa beauté, il a voulu lui dire quelque chose ou tout au moins la remercier, mais Féridé l'a fait taire en posant son doigt sur ses lèvres, puis, du même doigt elle a montré la lumière du jour qui passait au travers des rideaux et elle a chuchoté : « C'est dimanche aujourd'hui, emmène-moi au soleil. »

Elle voulait aller au soleil parce que, depuis le début, elle était décidée à mettre au monde « cette fille », alors que le Prophète et Féhmi qui n'en avaient rien à faire de cette supposée fille, principale responsable à leurs yeux de la maladie de Féridé, avaient pris cette affaire à bras-le-corps parce que c'était un des rares actes créant l'impression que la vie ne s'était pas totalement arrêtée. Cependant, durant ces derniers jours, sortir au jardin et faire marcher sur les feuilles mortes une Féridé vacillante et silencieuse dont la tête, les bras et les jambes semblaient les prolongements chétifs d'un énorme ventre, leur évoquaient la mort plus que la vie ; après un semblant de marche de quelques minutes, ils étaient obligés de la ramener à l'intérieur et de la coucher. Féridé levait les yeux au plafond et respirait avidement tandis qu'eux baissaient la tête d'un air coupable. Ceux qui observaient leurs visages ne pouvaient y voir que l'expression d'un écrasement infini. En fait, ils ne pensaient à rien à ces moments-là. Seulement, sans se le dire et faisant fi de leurs croyances, ils priaient Dieu pour que Féridé guérisse.

Malheureusement les soins qu'ils prodiguaient ainsi que leurs prières n'ont servi à rien : Féridé, comme elle l'avait prédit, a mis au monde une petite fille ; ils l'ont approchée tout près d'elle, mais il est difficile de dire si ses immenses yeux en partance l'ont vue ne serait-ce qu'un instant.

III

Féhmi Gulmèze trembla jusqu'à la moelle quand le Prophète franchit la porte de l'hôpital : il avait l'air si anormalement calme qu'il était susceptible de semer la confusion en explosant brutalement, voire en tentant de se tuer. Mais il est resté imperturbable : il a juste eu un regard glacé quand ils ont dit que Féridé n'avait pas pu « être sauvée », comme si on lui parlait une langue qu'il entendait pour la première fois. Pareillement quand ils ont dit que sa fille avait « été sauvée ». Quand Nadjiyé hanim, la mère de Féhmi Gulmèze, lui a dit qu'il pouvait voir sa femme s'il le désirait, lentement, en traînant les pieds, il est entré dans la chambre au bras de son ami ; il s'est agenouillé près du lit, sur le sol en pierre recouvert de sciure sale, et, pendant au moins un quart d'heure, le regard fixé sur les yeux bleu délavé de Féridé, sans pleurer, sans sangloter, presque sans respirer même, comme un petit enfant aimant, il a caressé ses cheveux, ses joues, son nez, ses lèvres. Ensuite, se disant qu'il devait à présent se lever, il a répété deux fois de suite la dernière des phrases que l'on pourrait imaginer dans une telle situation : « Je te ferai vivre ».

Ceux qui se tenaient derrière lui ont été aussi étonnés par ces paroles qu'ils l'avaient été par son calme ; cependant, étant donné que pour faire vivre il faut vivre, ils ont jugé ces paroles positives. Mais si Rahmi signifiait par ces mots qu'il allait immortaliser Féridé à travers ses poèmes, elle n'aurait pas du tout apprécié ce dessein. S'il avait seulement voulu dire qu'il resterait lié à elle par le souvenir et la pensée, la promesse était plutôt facile à tenir. La troisième explication possible était qu'il imaginait faire vivre Féridé ou plus exactement la ressusciter, à travers sa fille, la deuxième Féridé. Attendu qu'il avait toujours considéré l'existence de Féridé comme un miracle, cela paraissait presque impossible. En plus, le Prophète ne voulait pas entendre parler de cette enfant : pendant des jours entiers, il ne l'a pas prise sur ses genoux, ni regardée de façon bienveillante. Il restait enfermé chez lui en passant son temps au milieu des affaires de Féridé, les photos, les livres et les traductions inachevées et c'est la vieille mère de Féhmi Gulmèze qui, à vingt mètres de là, s'occupait de sa fille.

Mais, quelque temps avant que ne s'achève le congé de quinze jours donné par son directeur pour qu'il organise sa « nouvelle vie », Nadjiyé hanim, à la nuit tombante, a amené l'enfant à la maison ; après lui avoir expliqué clairement et montré, deux fois de suite, comment préparer ses biberons et les lui donner, comment la changer et la langer, elle lui a dit : « Bon, si tu permets, maintenant je vais à Fatih : ma sœur est à nouveau tombée malade. » Alors pour la première fois le Prophète a pris sa fille dans les bras et, pour la première fois aussi, il l'a regardée longuement ; puis, sous on ne sait quelle inspiration, comme s'il voulait montrer que tout avait changé, il a touché son menton avec le doigt et tenté, vainement, de la faire rire.

Cette nuit-là, il n'a pas fermé l'œil. Dès qu'elle pleurait, il se levait et la promenait dans la pièce ; quand elle avait l'air de se calmer, il la gardait dans ses bras, il s'enfonçait silencieusement dans le grand fauteuil à côté du poêle et il la regardait fixement. Hormis le fait de se lever et de marcher quand le bébé pleurait ou de venir s'asseoir dans le grand fauteuil quand elle se taisait, il ne faisait rien de sa propre initiative. Cette nuit-là, comme presque toutes les nuits, Féhmi Gulmèze était avec lui ; de temps en temps, il émettait quelques suggestions au sujet du bébé ; quand il disait : « On dirait qu'elle a faim, donne-lui un peu à manger », alors le Prophète appuyait le biberon sur sa bouche ; quand il disait : « Peut-être a-t-elle fait dans ses couches, regarde si tu veux bien », il couchait la fillette sur la table et tentait de défaire le lange, mais tant que Féhmi Gulmèze ne l'aidait pas en la tenant, il ne s'en sortait pas. Aussi, le lendemain, a-t-il mille fois regretté d'avoir défait le lange après le départ de son ami. Il semblait apparemment qu'il s'en sortait, mais en réalité il n'en venait pas du tout à bout : juste au moment où il se disait « J'ai fini », il s'apercevait qu'il restait un endroit sale ou mouillé ; il le nettoyait et alors un autre se salissait, le sale et le propre se mélangeaient ; exaspéré, il devait tout recommencer.

Quand on a sonné à la porte, cela faisait au moins vingt minutes qu'il était à cette affaire et il commençait à perdre tout espoir de pouvoir la terminer ; fou de joie, il a dit : « Nadjiyé hanim ! » et, laissant tout en plan, il a couru ouvrir. En voyant devant lui, au lieu de Nadjiyé, Zarifé avec une petite valise à la main, ses yeux se sont brouillés à l'instant ; d'instinct il s'est retenu à la porte. Tous les deux l'air accablé, ratatinés, bien assombris comparativement à deux années et demie auparavant, sont restés ainsi un bon moment. Ensuite, Zarifé s'est précipitée vers le bébé qui pleurait à gorge déployée sur la table en vue d'achever le travail resté en plan. Le Prophète s'est alors affaissé sur le premier fauteuil venu et, comme s'il avait toujours attendu ces minutes pour épancher sa douleur, le visage entre les mains, il a commencé à pleurer secoué de sanglots.

Zarifé, qui a calmé la fillette comme par miracle dès qu'elle a posé ses mains sur elle, l'a langée, puis prise dans ses bras ; elle s'est assise sur une chaise juste en face du Prophète et, sans dire un mot, elle a attendu qu'il se calme ; peu après, voyant qu'il les observait, elle et le bébé, avec un regard bizarre rempli d'étonnement et d'incompréhension, elle lui a expliqué sans bredouiller la raison de sa venue : s'il n'y voyait pas d'inconvénient, elle voulait s'occuper de cette enfant. Elle n'avait pas l'intention de reparler du passé, de l'accuser à ce propos, mais, depuis que leurs relations avaient pris fin, elle n'attendait plus rien de la vie ; excepté quelques lointains parents et quelques amies d'école absorbées par leur propre vie, elle n'avait actuellement plus personne au monde ; sachant qu'elle n'avait pas besoin de travailler pour vivre, il fallait accepter naturellement sa volonté de se consacrer à l'enfant de l'homme qu'elle avait aimé « à une époque ». En résumé, soit elle prenait l'enfant et l'amenait chez elle, soit elle s'installait ici pour s'en occuper. Pour en venir à l'issue probable qui serait d'habiter ensemble, elle estimait avoir suffisamment montré son sens de l'honneur en ne tentant jamais de le faire revenir bien que son univers se fût écroulé après avoir compris qu'elle avait été abandonnée : l'état de leurs relations actuelles, quel qu'il soit, resterait le même dans un an ou dans dix ans ; elle pouvait lui assurer que ce ne serait jamais elle qui lui proposerait de revenir à leurs relations passées.

Le Prophète l'a écoutée, la tête penchée, sans dire un mot : tout en pensant que Zarifé ne pouvait pas rivaliser avec Féridé, il s'est dit qu'à l'époque il avait fait le meilleur choix en la préférant à toutes les autres filles. Ensuite, quand après avoir couché le bébé visiblement plongé maintenant dans un profond sommeil, Zarifé l'a regardé les yeux dans les yeux, en lui disant « Alors, qu'en dis-tu ? », il a démarré en disant « Zarifé, ce n'est pas possible » et il a aligné les motifs d'une voix dolente et indécise : cette noble proposition était selon lui irréalisable étant donné que, non seulement ses anciens sentiments ne pourraient pas se réanimer, mais qu'en plus il s'était décidé à renoncer à toute relation de ce genre avec une femme après la disparition de Féridé ; premièrement, il trouvait insensé que Zarifé renonce à la vie à cet âge en accordant autant d'importance à une « relation de jeunesse » qui aurait dû être « enterrée » depuis longtemps et il voulait croire que son désespoir était passager ; deuxièmement, étant donné qu'il n'était pas question pour lui de se séparer de sa fille, et que, au cas où elle persisterait dans son projet, il lui faudrait s'installer ici, alors, dès demain si ce n'est aujourd'hui, qu'on le veuille ou non, ils seraient confrontés tous les deux à une série de situations fort désagréables, les voisins et les connaissances feraient des potins à n'en plus finir ; troisièmement et c'était le plus important, souhaitant d'une certaine manière faire revivre sa femme, il voulait élever sa fille selon ses idées, c'est-à-dire comme une marxiste, une socialiste convaincue, une communiste en clair ; cela aussi pouvait entraîner d'innombrables conflits entre eux à propos de l'éducation de l'enfant ; en résumé, bien qu'il considérât sa proposition comme la meilleure solution tant pour la « petite Féridé » que pour lui, il trouvait insensé que Zarifé se chargeât de tant de soucis, il ne pouvait donc pas lui dire « Oui ».

En réfléchissant à froid, il était difficile de ne pas donner raison au Prophète, mais Zarifé faisait partie de ces êtres capables de dépenser toute une vie pour une passion platonique de la même manière que l'on dépense de la menue monnaie : elle voulait se vouer à la fille de la femme que son ex-amoureux avait aimée. Elle a fini par faire accepter sa proposition et elle s'est installée le jour même dans la maison du Prophète sans prêter l'oreille aux enfants du quartier qui, depuis leurs fenêtres, tentaient de l'apercevoir et disaient : « Une nouvelle femme s'est installée chez monsieur Rahmi », ni aux voisines plus ou moins proches qui, sur le seuil de leurs portes ou penchées à leurs fenêtres, ne cessaient de grommeler : « Ce n'est pas possible ! Il faut vraiment être un monstre pour faire cela. »

Si bien que les jours suivants, les voisines n'ont pas regardé Zarifé d'un très bon œil ; elles jugeaient inconvenants, sur le plan humain comme sur celui de la féminité, tous ses actes : renouveler les rideaux des fenêtres, faire trois pas depuis la porte avec le bébé dans les bras pour aller à la rencontre du Prophète, promener l'enfant dans un landau rose introuvable non seulement dans le quartier mais dans tout Uskudar, s'installer sur une chaise dans le jardin avec le landau à côté d'elle pour lire son journal en croisant les jambes « comme un homme ». En dehors de Nadjiyé hanim, aucune d'entre elles ne s'est avisée de sonner à sa porte. Pourtant, lentement, un peu grâce à l'influence de Nadjiyé hanim, à défaut de leurs manières d'agir, elles ont déjà tempéré leurs jugements : même les moins conciliantes ont remarqué sa grande taille, son épaisse chevelure tombant délicatement sur ses épaules, son corps sans imperfections, son teint alors particulièrement lumineux comme celui d'une jeune accouchée, ses bras fermes et ses hanches pleines et n'ont pas pu s'empêcher de dire : « Cette fille convient mieux à Rahmi que l'autre. Il faut dire la vérité, elle l'a sorti d'une grande peine et il est clair qu'elle gère bien la maison. »

C'était vrai, Zarifé gérait bien la demeure. Au-delà du fait qu'elle s'occupait consciencieusement du bébé, elle avait, en quelques jours, changé l'aspect général de la maisonnée : les lampes, les fourchettes et les cuillères brillaient, les livres et les revues ne restaient pas pendant des jours à s'empoussiérer là où on les avait laissés, les cendriers ne débordaient plus de mégots, le fromage ne moisissait pas dans les assiettes et, le plus étonnant, c'était que les grandes photos épinglées au mur ou posées devant les livres de Karl Marx sur l'étagère centrale de la bibliothèque étaient toujours au même endroit, sauf que maintenant elles souriaient à l'intérieur de leurs cadres en argent. À la cuisine les casseroles mijotaient harmonieusement. Chaque matin au réveil le Prophète trouvait son petit déjeuner prêt composé d'olives, de miel et de tant d'autres choses et chaque soir, au retour du travail, une table joliment dressée ne négligeant ni le pastirma[1] ni le raki ; en peu de temps son visage avait retrouvé ses couleurs ; il y avait mieux encore : désormais, après s'être installé les jambes croisées sur le fauteuil de retraite de son père et après avoir fumé tranquillement sa cigarette, les yeux rivés au plafond, quand il prenait dans ses bras sa fillette toute proprette qui suivait maintenant chaque chose du regard et qui souriait aussitôt qu'on lui touchait le menton, ses yeux s'illuminaient d'un sentiment de bien-être rappelant de loin le bonheur.

Cependant, même après une grande année où tout était rentré dans l'ordre à la maison, il lui arrivait d'oublier soudain l'enfant dans ses bras ou encore le livre, le crayon ou la fourchette dans sa main et son regard plongeait vers la photographie de Féridé qui lui souriait depuis le mur d'en face. Alors le bien-être laissait la place à un désespoir profond qui embuait ses yeux : il semblait qu'il ne s'habituerait pas aisément à cette vie ; plus exactement, bien qu'il se trouvât toujours dans sa propre maison, il s'y habituait comme s'habitue à la cage un oiseau qui a longtemps vécu libre. Par la

1. Viande de bœuf séchée.

force de l'habitude, l'intensité de la douleur diminuait sans aucun doute, cependant, ses pensées et ses élans restaient limités, privés malgré tout de leur réelle profondeur, de leur véritable ardeur ; tout n'était qu'à moitié, tout était tronqué, même ses rêves : certaines nuits, dans les profondeurs de son sommeil, après de longues poursuites pleines de détours, après de longues tergiversations, il s'accouplait avec Féridé ou bien avec Zarifé, de façon inexplicable, toujours entre les portes, debout, habillé, puis il éjaculait en vitesse. Quand il ouvrait les yeux, cette misérable solution que son corps avait trouvée se transformait aussitôt dans son cerveau en un supplice insupportable. De la même manière, quand il réalisait que son regard se dirigeait parfois sur les bras nus ou les fesses bien charnues de Zarifé alors que les gens de l'extérieur voyaient leur vie comme une véritable vie de famille, il frissonnait comme s'il regardait sa propre mère avec des yeux concupiscents, il passait sa journée ou sa nuit dégoûté de lui-même comme si ces fesses n'étaient pas celles qu'il avait caressées avec volupté à une époque. Quand dans la rue ou à la banque une femme réveillait son désir, c'était la même chose ; il s'irritait comme s'il avait commis une faute impardonnable à l'égard de Féridé ; ensuite, lentement, grâce à une ruse de l'imagination dont il n'a jamais totalement pris conscience, il a en quelque sorte refoulé le plaisir en l'appréhendant comme celui que n'importe quel homme prendrait. Alors, il s'est retrouvé tel un spectateur qui, enfermé dans sa cage, regarderait tout de l'extérieur. Curieusement, il a commencé à éprouver plus ou moins la même extériorité ou le même enfermement pendant qu'il composait ses poèmes.

Désormais, presque chaque nuit, il se cloîtrait dans sa chambre et travaillait pendant des heures. Il avait l'impression que les vers s'amassaient dans son cerveau les uns derrière les autres comme s'ils voulaient combler le silence de la pièce. Il sentait qu'en dépassant ses vers précédents, il allait sortir un poème susceptible d'égaler les « meilleurs Nazim ». Mais le lendemain matin, quand il lisait ces vers, il avait l'impression de suffoquer en voyant qu'il était resté très en deçà des poèmes qu'il écrivait du temps de Féridé. Il prenait une grande inspiration et il se disait : « J'ai appris dès l'enfance à manier le marteau, j'ai appris de la bouche la plus compétente et la plus enthousiaste la théorie marxiste, j'ai vécu les douleurs les plus intenses en perdant un père, une mère et une épouse, j'ai bien connu la vie, j'ai eu mes premiers succès, alors pourquoi ?» Et une fois de plus, l'image de la cage revenait à son esprit et sa tête s'embrouillait.

Zarifé percevait tout cela et elle souffrait à force de voir l'état désespéré de son ancien amoureux. Pour essayer de le réconforter au moins un peu, elle a pris la décision de changer son attitude : après avoir évité soigneusement, pendant une grande année, non seulement de parler de Féridé, mais d'avoir la moindre attitude susceptible d'en rappeler le souvenir, elle s'est dit : « Sait-on jamais, un clou chasse l'autre ! » Alors, elle s'est mise à questionner le Prophète à propos de sa femme. En posant sa première question, son cœur, de peur, a failli s'arrêter. Mais le Prophète, comme s'il attendait cela depuis toujours, a répondu longuement à toutes ses interrogations, en plus avec un enthousiasme qui semblait perdu depuis fort longtemps ; ensuite, presque chaque soir, durant des heures, il a parlé de sa femme à son ancienne amoureuse. Il l'avait si bien observée, si bien écoutée, qu'on aurait dit que, même les épisodes les plus banals, les plus infimes, même les visions les plus passagères, les plus pâles de leur vie commune de courte durée, s'étaient gravés dans son cerveau ; s'il avait fait un petit effort, il aurait pu sortir mot pour mot les traductions et interprétations qu'il croyait avoir oubliées pour ne les avoir comprises qu'à moitié la plupart du temps, car il s'intéressait davantage à celle qui parlait qu'à ses dires ; il pouvait recréer à l'identique, le visage, la voix, les attitudes et les regards de Féridé. Cela n'en est jamais arrivé à ce point, mais à peine un mois après que Zarifé a posé sa première question, c'était presque comme s'il ne restait plus rien qu'elle ne sache pas au sujet de l'intelligence, de la connaissance, de la beauté, du courage, des idées, des habitudes, voire des regards et des gestes de Féridé. Le Prophète a toujours déniché des occasions pour ramener la conversation sur Féridé, toujours trouvé quoi dire à son sujet, se répétant parfois. Mais tous ces revirements enthousiastes témoignaient encore de l'enfermement désespéré de sa vie : Féridé qui avait ouvert un monde infini avec sa venue, semblait, avec son départ, avoir ramené toute la vie du Prophète à deux ans et demi passés comme un rêve. Pour avoir le sentiment de vivre sa vie, il était obligé de s'évader dans le temps entre le jour où Féridé, dans le corridor de la faculté de sciences économiques, leur avait dit: «N'en prenez pas ombrage, mais vous ne connaissez pas Marx» et la nuit où, en feu, elle était venue dans son lit.

Si bien que le soir où Zarifé a demandé «Quand s'occupera-t-on de la tombe de Féridé?», le Prophète est resté hébété: c'était dans un véritable état de prostration qu'il s'était rendu au cimetière entouré par Féhmi Gulmèze et un vieux voisin sous la pression duquel il avait jeté quelques pelletées de terre sur le cercueil; de même qu'il n'avait pas pu concevoir sa mort avant qu'elle ne meure, il n'avait pas pu l'appréhender une fois qu'elle était morte: il était incapable de se représenter Féridé couchée dans une tombe; il est devenu tout rouge et il a dit en bégayant: «Je n'y avais pas pensé, mais tu as raison, il faut y songer à présent.» Pourquoi «à présent», pourquoi maintenant et pas avant? Est-ce que «à présent» il pouvait intégrer la mort de Féridé, ou est-ce que le fait d'en parler avait suffi pour que la tombe acquière une réalité? Il était difficile de le dire. Quoi qu'il en soit, le lendemain, à neuf heures du matin, prenant la petite Féridé avec eux, ils se sont rendus au cimetière.

En en franchissant la porte, le Prophète s'est mis à trembler, il semblait traversé par un courant puissant. Une fois arrivé au pied de la sépulture, envahi par un sentiment ressemblant à de la honte, il a baissé la tête, mais il s'est assez vite ressaisi. Il a même montré avec une sorte de fierté l'emplacement où se trouvait Féridé ainsi que toute la vue alentour: le petit bois, les maisons disséminées au milieu des jardins, le petit bout de mer au loin et un couple de mouettes qui planait dans l'air; il comprenait qu'ils constituaient la preuve indéniable de cette histoire qui lui semblait toujours aussi difficile à croire. Cependant, quand Zarifé lui a proposé de parcourir le cimetière pour se faire une idée quant au choix de la tombe, loin de déplorer un éloignement si rapide, il en a presque été content. Ils se sont promenés. Et l'après-midi, après avoir confié la petite Féridé à Nadjiyé hanim, ils ont visité certaines parties de Karadjaahmet[1]. C'était le printemps, la nature était en fleurs, cela

1. Grand cimetière historique à Uskudar.

conférait de la vie, donnait un aspect naturel, attirant, même aux pierres tombales. Toutefois, le Prophète n'a pas aimé les tombes ni les inscriptions au-dessus; plus exactement, il a jugé qu'aucune ne convenait à Féridé: recouvrir la sienne avec du marbre signifierait «couper les liens de Féridé avec le monde» et faire graver la date de sa mort sur la tombe signifierait qu'«elle était morte». Il ne pouvait pas s'y résigner.

Ainsi, après en avoir observé quelques-unes de plus, il a décidé de mettre du marbre seulement sur le pourtour de la tombe, et de faire poser au niveau de la tête, de biais de façon à former un angle de 120 degrés, une plaque de 45 sur 60 sur laquelle serait gravé:

FÉRIDÉ SEUNMÈZE
(3 février 1921-)

À la mi-septembre la tombe était finie.

De cette façon, on avait l'impression que Féridé n'était pas totalement morte. Le Prophète s'y rendait au moins une fois par semaine; il fixait du regard le marbre de 45 sur 60 et communiquait, au moins dans un sens, avec sa femme, il avait le sentiment que celle-ci percevait ses pensées ainsi que son apparence physique. Aussi, par la suite, s'est-il toujours efforcé non seulement de penser à des choses positives au pied de la tombe de Féridé, mais aussi d'empêcher Zarifé de venir avec lui. Zarifé ne comprenait pas pourquoi, mais elle s'est vite habituée: de même qu'ils ne couchaient pas ensemble, de même ils n'allaient pas ensemble au cimetière. Cependant, ils menaient à présent une vie plutôt souriante, peut-être du fait que les efforts du Prophète pour se montrer optimiste au pied de la tombe le renvoyaient dans une certaine mesure à son passé; et lorsque certaines nuits les voisins passaient devant la maison et entendaient le Prophète crier

«Hé! visage noil!
Tu as solti ton âme au malché comme un esclave nègle,
Tu as fait de ton clâne une chamble de putain.»

Ou encore

« – ASSSSSSSEZ !
Ça suffit.
Ne glommelle pas comme une mitlailleuse cassée »,

ils se disaient « Notre Rahmi n'aime pas beaucoup la seconde, le voilà encore en train de la rabrouer », mais derrière les cris se cachaient les signes d'une entente précise : Zarifé, presque tous les soirs, s'efforçait d'égayer le Prophète en posant des questions sur Féridé et sur la théorie marxiste ou en le forçant à lire les derniers poèmes sur lesquels il travaillait. S'il n'y en avait pas, elle lui mettait entre les mains les *Lettres à Taranta-Babu,* le *Télégraphe nocturne* ou encore *L'Épopée du Cheikh Bedrettin fils du cadi de Simavne* en disant : « Allez, lis un peu de Nazim afin de dérouiller nos oreilles » ; incapable de différencier le sifflement de l'oiseau en cage et celui de l'oiseau en liberté, elle jugeait l'enthousiasme du Prophète comme un véritable enthousiasme et elle était persuadée de son succès, presque à chaque fois. Un soir où il était venu dîner après une absence de plusieurs mois, Féhmi Gulmèze a été très agacé quand le Prophète s'est mis à reparler de Féridé avec enthousiasme et force détails ; il a tenté de changer de sujet ; n'y parvenant pas, il a dit qu'il devait s'en aller tôt et il est sorti. Dans la rue, il tremblait de colère, il grommelait en disant : « Incroyable, c'en est trop, on ne peut pas faire ça à Féridé, ni à Zarifé. »

S'il était venu tous les jours, il se serait probablement énervé à chaque fois de la même manière, mais on ne le voyait pas souvent dans le coin les derniers temps : durant un an et demi, pour un salaire risible, il s'était battu avec les chiffres, sur une toute petite table, dans un sous-sol bas de plafond, dix-huit marches en contrebas d'une grosse bâtisse ; puis un jour, le grand patron s'était rendu au sous-sol pour lui demander son avis à propos d'une question de comptabilité que personne n'arrivait à résoudre depuis une semaine ; après l'avoir vu trouver en quelques minutes la solution à l'aide d'une machine à calculer qui prenait la place tenue par le Prophète à une époque de sa vie, il l'avait pris par le bras comme un vieil ami et l'avait emmené pour le propulser vers l'ascension la plus étourdissante de sa vie. Voilà pourquoi Féhmi Gulmèze ne pouvait se rendre chez son ami que pour un temps très court et une fois toutes les quelques semaines. Quand il venait, il avait davantage de plaisir à jouer avec la petite Féridé qu'à parler avec le Prophète ou Zarifé. Il tentait de ne pas faire remarquer qu'il n'avait pas digéré du tout le fait que Zarifé s'installe dans cette maison. Il savait pourtant que c'était une solution salutaire pour son ami ; sachant qu'ils habitaient ensemble et que les moyens de Zarifé étaient plus importants, il trouvait naturel qu'elle prenne en charge la plus grande partie des dépenses pour la maison et il n'avait aucun doute sur le fait qu'ils avaient retrouvé leur relation passée et à ses yeux cette union prouvait la superficialité de l'amour du Prophète à l'égard de Féridé ; entendre Zarifé parler de Féridé était pour lui de l'irrespect envers sa mémoire.

Cependant apprenant ultérieurement et par hasard que la relation entre les anciens amants n'était pas ce qu'il imaginait, loin d'être honteux de son erreur, il a jugé cette manière d'agir incongrue et tout à fait inadmissible, presque comme un acte répréhensible, totalement scandaleux. S'il y avait une différence maintenant, c'était qu'il rendait le Prophète seul responsable ; il estimait qu'il avait eu tort à l'égard de Zarifé et qu'il avait exploité de façon monstrueuse sa grande abnégation. Finalement, il n'a pas résisté, un soir, il a happé le Prophète au coin de la rue à son retour du cimetière et après l'avoir pris par le bras et l'avoir mené dans une autre direction, il a exposé lentement son point de vue, de façon logique ; ensuite, d'un air autorisé, héritage de sa vie professionnelle, il lui a dit : « Je veux que tu te maries au plus vite avec elle. »

Le Prophète avait toujours accordé de l'importance à l'opinion de son ami, aussi a-t-il écouté son discours sans omettre un seul mot, cependant il ne fallait pas lui demander cela : il s'est contenté de dire qu'il avait promis à Féridé de lui rester fidèle et que Zarifé le savait depuis le début ; mais, Féhmi Gulmèze a commencé soudain à s'énerver et à crier, il a répété que c'était une monstruosité de prolonger cette situation. Alors le Prophète a élevé la voix en lui disant : « Depuis quand est-ce devenu une monstruosité de ne pas se conformer aux règles bourgeoises ? » Il disait cela sans méchanceté, sans insinuation, mais Féhmi Gulmèze a pensé que le Prophète voulait l'accuser de s'embourgeoiser en faisant allusion au fait qu'il avait fondé quelques sociétés en association avec son patron, il est parti en disant: «Ta vie à toi, c'est quoi alors? N'est-ce pas exactement la vie d'un bourgeois?» Ensuite, bien que la petite Féridé lui manquât, il a réduit au minimum ses rencontres avec son ami.

Le Prophète, hébété, a regardé pendant un moment son ami partir et il a marmonné: «Je ne comprends pas pourquoi il se met en colère, cette affaire n'appartient qu'à Zarifé et à moi, cela ne concerne personne d'autre, même pas Féhmi.» Mais à la maison, en observant les allées et venues de Zarifé entre la cuisine et la table, ses chaussons lamés aux pieds, il s'est rappelé brutalement les dernières observations de son ami et sa tête s'est embrouillée, il s'est dit «Au moins sur ce point-là, il a raison»: qu'il partage ou non sa couche avec Féridé, la vie qu'il menait était exactement une vie de bourgeois; en ne faisant rien en faveur de la révolution prolétarienne, en n'essayant même pas de faire éditer ses poèmes, en travaillant le jour dans une des sociétés favorites des nantis, il assurait son soutien au capitalisme; le soir, en rentrant à la maison, il enfilait ses chaussons et il jouait avec sa fille en s'asseyant tranquillement dans son fauteuil, à table il parlait de l'air du temps en savourant son raki; s'il croyait qu'il se comportait en révolutionnaire en écrivant des poèmes en secret comme les jeunes garçons, en racontant indéfiniment après le dîner les jours passés avec Féridé et en lisant un ou deux soirs par semaine les poèmes de Nazim, n'importe quel bourgeois pouvait se considérer comme un révolutionnaire. Il s'est dit : «J'ai oublié la promesse que j'ai faite à Féridé, je me suis refermé sur moi-même.» Toute la nuit, ces deux phrases en tête, il n'a cessé de se retourner dans son lit. Le lendemain, en pensant douloureusement à la contradiction qu'il y avait à mener une vie de bourgeois dans la pratique tout en restant révolutionnaire sur le principe, il a été incapable de se concentrer sur son travail. Il ne cessait de réfléchir à la façon de résoudre cette contradiction: bien qu'il n'appréciât pas trop ses derniers poèmes, il ne voyait pas d'autre solution que de retourner vers le monde littéraire, et pour cela de renouer avec ses anciens camarades de revue.

Pour cette raison, quand il a vu quelques jours plus tard, dans le bateau du soir, Marouf le Guignol venir vers lui, il s'est levé brusquement de sa place, tout content. Mais on aurait dit que le Guignol n'était pas l'ancien Guignol : sur son visage, au lieu de l'expression moqueuse et démoniaque de toujours, se décelait de l'hébétude ; quand le Prophète en lui enlaçant le cou avec enthousiasme lui a manifesté sincèrement son amitié avec des paroles du genre « Le Guignol ! Quel heureux hasard ! Comment vas-tu ? Où étais-tu ? Comme tu m'as manqué ! », son ami, le visage toujours aussi hébété, s'est contenté de le regarder froidement et de lui demander, d'une voix glaciale :

« Comment y as-tu échappé ? »

Le Prophète n'a rien compris à la question, mais il a frissonné sans très bien savoir pourquoi. Il a bredouillé :

« Que veux-tu dire ? Pourquoi, à quoi j'aurais échappé ? »

Alors le Guignol, le prenant par le bras, l'a éloigné de la foule, il s'est penché à son oreille et lui a chuchoté :

« À la tôle.

– À la tôle ? Quelle tôle ?

– De quelle tôle peut-il s'agir, mon pote ? De celle de la prison, du cachot.

– Que dis-tu ? Qui donc est allé en prison ?

– Presque tout le monde, tous les amis, tous ceux qui ont dit qu'ils étaient gauchistes, les poètes, les écrivains, les critiques, les peintres, tous ceux qui pouvaient être dits gauchistes », a dit le Guignol. Ensuite, il a commencé à aligner toute une série de noms les uns derrière les autres.

Le Prophète écoutait bouche bée, partagé entre le chagrin et l'étonnement ; reformulant par une question chaque nom évoqué, il les lui faisait répéter à chaque fois :

« Non ! Le Ventriloque aussi ?

– Le Ventriloque aussi.

– Non ! Le Moujik aussi ?

– Le Moujik aussi. »

Finalement, il a dit :

« C'est impossible ! Tu te moques de moi. Comment peut-on brutalement mettre en prison tant de personnes ? En plus je n'ai jamais rien lu de pareil dans les journaux. »

Le Guignol a souri pour la première fois depuis le début de leur rencontre : le fait qu'il ne l'ait pas lu dans les journaux ne signifiait pas que cela n'était pas arrivé; tant qu'on ne leur disait pas «Écrivez», les journaux, tout particulièrement, n'écrivaient pas des choses comme ça: s'ils ne l'avaient pas écrit, cela signifiait que c'était secret; en plus, si le cœur leur en disait, ils pouvaient le garder secret durant des mois, voire des années; c'était chose courante; là n'était pas le côté surprenant de l'affaire; le surprenant c'était que lui, alors que plus de cent cinquante écrivains, poètes, enseignants et autres étaient jetés en prison accusés de communisme, que lui, le Prophète, c'est-à-dire celui qui parmi eux connaissait le mieux le communisme, puisse tranquillement monter dans le bateau d'Uskudar; il avait beau réfléchir, il ne trouvait aucune explication.

«Suite à la maladie et à la mort de Féridé, je n'ai pas traîné par ici, a dit le Prophète et je n'ai pas fait paraître de poèmes depuis bien longtemps.

– Ce n'est pas une raison: ces types, il leur suffit d'un seul soupçon sur quelqu'un et c'est fini, ils ne lui lâchent pas le col jusqu'à sa mort. À propos de soupçon, je ne comprends pas comment ils n'en ont pas eu à ton sujet, vraiment je ne comprends pas», a répondu le Guignol; il a réfléchi un moment en fixant le Prophète d'un air défiant, accusateur même, ensuite, il a de nouveau souri en disant:

«Sachant que tu ne peux pas être un agent provocateur, tu n'as pu être laissé dehors que pour deux raisons, soit ils ont pensé que tu étais trop grand pour pouvoir entrer dans un quelconque cachot, soit il s'agissait d'arrestations systématiques et non pas d'arrestations personnalisées.

– Que veux-tu dire?

– Qu'ils ont enfermé nos amis dans un but politique et non parce qu'ils ont pensé qu'ils étaient coupables; c'est pour cela qu'ils n'ont pas fait les choses dans le détail: ils ont mis à l'intérieur le nombre précis de personnes qu'ils s'étaient fixé.

– J'ai compris», a dit le Prophète, puis comme si c'était à son tour d'émettre des soupçons, il a planté ses yeux dans ceux de son ami et lui a demandé:

«Et toi alors, comment as-tu pu y échapper?»

Le Guignol a haussé les épaules d'un air désinvolte en disant:

« Moi, je suis à part, s'échapper fait partie de mon art. »

On avait l'impression que le Guignol n'attachait pas tant d'importance à ces arrestations collectives et qu'il les voyait comme un fait banal, mais le Prophète, une fois seul sur le port, a été profondément choqué par l'événement et la réaction de son ami : le fait que cent cinquante gauchistes soient brutalement arrêtés et jetés au cachot était certes bizarre, mais il était aussi bizarre que son ami le prenne à la légère ; une autre bizarrerie résidait dans le fait que le Guignol voyait comme une sorte d'art le fait d'avoir réussi à y échapper alors que, pour lui, le Prophète, il le voyait comme une fuite ; la dernière et la plus importante des bizarreries était que cent cinquante personnes, coupables ou non, subissaient la torture tandis qu'étaient laissées dehors une série de personnes comme lui-même ou Féhmi ou le Guignol par exemple alors qu'ils présentaient les mêmes idées et les mêmes comportements ; ainsi, même dans la souffrance, on ne respectait ni l'union ni l'égalité. Ce n'était certainement pas la faute de ceux qui, comme lui ou Féhmi, n'avaient pas été arrêtés ; et puis le Guignol avait parlé d'une arrestation collective « systématique », cela ne signifiait donc pas que les gauchistes arrêtés étaient plus progressistes, plus opérants, plus courageux que les autres ; le Prophète s'est tout de même senti étrangement oppressé à l'idée de n'avoir pas fait partie de ces arrestations.

Voilà pourquoi, ce soir-là, à la maison, tout lui a semblé laid, terne, repoussant ; tout ce qu'il voyait excepté ses livres et les photos de Féridé, de Marx et de Lénine, le démoralisait, il s'est dit : « C'est exactement une maison de bourgeois, il n'y en a ni trop ni pas assez ». Même le fait que Zarifé range la maison, prépare la table, fasse manger l'enfant lui portait sur les nerfs, et il a repoussé plusieurs fois de la main Féridé qui l'empêchait de lire ses revues en courant partout autour de lui : cela faisait longtemps qu'il ne s'était pas énervé comme ça. Mais après le repas, en buvant le café, il n'a pas pu s'empêcher d'en parler à Zarifé. Voyant que Zarifé se contentait d'être heureuse qu'il n'ait pas été arrêté, il s'est d'autant plus énervé et, sans même dire un « bonne nuit », il s'est levé en direction de sa chambre.

Sa nervosité a persisté les jours suivants : durant des semaines il s'est mis en colère non seulement contre Zarifé, mais contre tous les bourgeois, contre tous les êtres insensibles. Cependant, tous ces chagrins et ces ressentiments ajoutés brutalement les uns aux autres ont fait boule de neige et ont abouti d'une certaine manière à un résultat positif: le Prophète a intensifié considérablement ses travaux de poésie. Après quelques jours de labeur, il est parvenu à écrire un poème « social-réaliste » relativement long. Le lendemain soir, il l'a soigneusement examiné et ne l'a pas aimé, comme tant d'autres qu'il avait déchirés; il a eu la sensation que ce n'était qu'une pâle imitation de ce qu'il écrivait du temps de Féridé et il a marmonné: « Cela ne va pas, je fais tout cela en vain, je n'écris plus comme autrefois », mais cette fois-ci il n'a pas déchiré son poème; si l'on analysait logiquement les faits, il était naturel que ses vers aient une allure de fade répétition: les exploiteurs s'obstinaient à exploiter, la plus-value continuait à gonfler le capital, l'humanité faisait toujours route vers la révolution et le rôle du poète était de parler de ces vérités, comme avant; il n'y avait donc pas de problème, le poème reflétait la réalité. Il allait donc écrire quoi qu'il arrive et se faire éditer; il fallait passer par là pour se libérer de sa condition de bourgeois et s'unir avec ses amis révolutionnaires en partageant leur destin: il a décidé d'envoyer dès le lendemain son poème à une revue qui, selon toutes les apparences, semblait se situer à gauche.

Mais, après avoir attendu pendant exactement deux mois que ce long poème paraisse dans les premières pages de la revue, il n'a pas compris ce qui lui arrivait en remarquant en deuxième de couverture un article à son intention sous le titre risible et plat de « Tête à tête avec les jeunes ». En lisant la réponse, il a été secoué comme si son crâne avait heurté une pierre: les types, insistant sur l'évolution rapide de la poésie turque, signifiaient que des poèmes de ce genre n'étaient plus d'actualité et qu'il fallait « travailler et même beaucoup travailler » pour les élever au « niveau actuel ou, autrement dit, pour qu'ils puissent être édités dans cette revue ». Le Prophète a serré les poings en murmurant: « Je ne comprends pas comment ils peuvent me faire cela? Qu'ils ne l'aiment pas, d'accord, qu'ils ne le publient pas, d'accord, mais comment osent-ils me comparer aux jeunes poètes? » Ensuite, se mettant à lire dans la revue les poèmes « publiables », son étonnement fut à son comble en voyant, au milieu de la page du rédacteur en chef, un poème qui disait la même chose que le sien et qui lui ressemblait comme deux gouttes d'eau du point de vue de la forme alors que son poème avait été rejeté sous prétexte que « des poèmes de ce genre n'étaient plus d'actualité » ; il a murmuré de nouveau : « Je ne comprends pas, je ne comprends rien, ces types se fichent de moi ? »

Féhmi Gulmèze, venu le voir bien longtemps après, a donné la réponse à sa question ; non, ces bonshommes ne se moquaient pas de lui ; il était clair qu'ils ne savaient pas très bien qui il était, ni quelle était « sa place dans notre poésie », mais ils sortaient cette revue avec leurs propres deniers pour pouvoir éditer leurs propres poèmes ou autres écrits ; ils n'avaient aucunement l'intention de faire connaître untel ou untel avec leur argent durement gagné. Féhmi Gulmèze a souri d'un air avisé et il a posé sa main sur l'épaule du Prophète en disant : « Ne te fais pas de souci : cette revue insignifiante ne le vaut pas. À mon avis, le mieux serait de sortir un livre. De toute façon nous ne sommes pas sans moyens. Si besoin est nous les créerons. Tiens, regarde ! Et il a sorti de son sac des plans immenses qu'il a étalés sur la table. Ensuite, un stylo plus cher qu'une machine à écrire à la main, il a entamé une assez longue explication : une société puissante, dont il était co-directeur, avait décidé de rénover totalement l'aspect et le destin du quartier en réaménageant l'environnement grâce à la construction d'immeubles luxueux de cinq étages ; cette société avait racheté la majorité des maisons implantées sur le terrain en cause ; en ce qui concernait sa propre maison et celle du Prophète, une autre disposition allait être mise en vigueur ; un accord prévoyait que les immeubles construits sur leurs terrains seraient partagés à moitié. Aussi, sachant qu'un an et demi après au plus tard, ils ne posséderaient pas moins de cinq appartements, le Prophète, devenu très à l'aise financièrement, allait pouvoir éditer des livres ou sortir des revues ; s'il en avait envie, il pourrait quitter la banque et se consacrer à la poésie dans une maison avec vue sur la mer, chauffage et eau chaude.

Le Prophète écoutait sans dire un mot, mais, malgré lui, il était plus attentif à l'habillement chic et soigné de son ami et à sa toute nouvelle façon de parler qu'à l'horizon qu'il tentait de déployer devant ses yeux. Il songeait que depuis leur dispute dans la rue, il n'avait pas sonné à sa porte et qu'aujourd'hui il venait pour une affaire; énervé de le voir prendre mille détours au lieu de faire sa proposition clairement, il se mordillait les lèvres; finalement en le voyant entrer dans les détails du projet à propos de sa maison et de la construction, il ne s'est plus retenu et il a dit:

« J'ai l'impression que cette société a été fondée pour soutenir mon travail de poète, mais je ne fais pas partie de ce plan: je ne laisserai pas la maison de mon père aux capitalistes. »

Féhmi Gulmèze est devenu tout rouge; il a trouvé que la réaction de son ami était trop dure et qu'en plus elle cachait une moquerie malséante eu égard à leur amitié; il lui a dit qu'il avait largement collaboré avec les capitalistes en travaillant dans une banque privée alors que ce projet le rendrait indépendant vis-à-vis des capitalistes et du monde littéraire; mais il a vite compris qu'il ne pourrait pas briser l'entêtement du Prophète, il a rangé ses plans dans son sac et il est parti en disant:

« Si tu veux que ta maison reste comme un poulailler au milieu des énormes immeubles, tu es libre, mais ce n'est pas en vivant dans un poulailler que tu vas te libérer de l'embourgeoisement. En plus tu portes la responsabilité d'une petite fille. Que sera son avenir, y as-tu jamais pensé ? »

Le Prophète s'est rappelé une phrase souvent utilisée par Féridé et il a répondu:

« Il faut aussi savoir affronter ce que l'on ignore. »

Féhmi Gulmèze a froncé les sourcils, il a souri à Zarifé, il a caressé la tête de Féridé et il est sorti, sans serrer la main du Prophète.

Ce dernier a pensé que le fait qu'une amitié de tant d'années puisse être réduite à rien en un instant pour une raison aussi stupide pouvait être un nouvel effet du système capitaliste inhumain, mais, à cause peut-être du même effet, il n'a pas ressenti trop de chagrin; au contraire, il a regardé avec mépris le fauteuil où son ami était assis peu avant comme s'il y était resté un peu de sa présence et, fronçant les sourcils, il a murmuré:

« Peu m'importe les immeubles de la société de Féhmi bey ou les réponses des revues minables ! Peu m'importe ! »

Puis, il s'est tourné vers Zarifé en lui demandant:

« N'ai-je pas bien répondu ?

– Je ne sais pas, c'est ta maison et c'est ton ami, a-t-elle dit, mais il n'a pas totalement tort : tu dois songer à l'avenir de ta fille. »

Le Prophète a souri en disant :

« Elle verra de très beaux jours. »

Mais, vu son malaise, ce jour déjà ne lui semblait pas très prometteur, au contraire ; la « gauche » du pays était soit dégénérée comme Féhmi Gulmèze, soit emprisonnée comme Le Ventriloque et Le Moujik ; afin de cacher qu'elle était en danger, on publiait des revues de gauche mensongères du genre de celle qui avait publié l'article « En tête à tête avec les jeunes ». En plus, à la maison, Zarifé prônait les valeurs bourgeoises : il avait l'impression qu'il allait suffoquer.

Toutefois, comparé aux soucis générés ultérieurement par la jeune Féridé, tout cela n'était rien.

IV

Le Prophète a tout fait pour inoculer à sa fille les concepts révolutionnaires. Il lui a enseigné l'opposition irréductible entre la classe bourgeoise et la classe ouvrière avant même qu'elle n'apprenne à lire et à écrire ; sachant que le peuple des travailleurs allait être l'unique instigateur du procès intenté par l'Histoire, il a cherché à lui montrer la place de l'homme instruit dans cette opposition qui allait se couronner finalement par la victoire certaine de la classe ouvrière, il a même entrepris d'écrire spécialement pour elle *L'Épopée du Socialisme*. Pendant ce temps, sous l'influence des vers de Nazim,

« Dorénavant
il faut que tous
vous compreniez
enfiiiiiiiiiiiiin !

la nostalgie du paysan c'est la terre
et la nostalgie de la terre
ce sont les machines ! »

il s'est mis à rêver d'une Féridé ingénieur, en salopette, détournant le cours des rivières, faisant entonner des chants révolutionnaires aux turbines et déchirant, tels des tissus usés, les montagnes pour les transformer en de larges routes. Voyant que de jour en jour, elle ressemblait de plus en plus à sa mère, son espoir a grandi. Il semblait pourtant que plus elle ressemblait physiquement à sa mère, plus elle s'en écartait moralement : dès trois quatre ans, dans la rue avec son père, elle marchait avec ses pieds boueux sur les mouchoirs que les mendiants avaient posés devant eux et elle tentait de donner des coups de pied aux pauvres qui passaient près d'elle ; à l'école elle méprisait les élèves nécessiteux et ne se liait d'amitié qu'avec les enfants soignés, bien en chair et proprement habillés ; à la fin de l'école primaire, sous l'influence d'Esther, sa meilleure amie, qui était la fille d'un grand commerçant juif, elle s'est entêtée en disant qu'elle ne voulait aller qu'au collège américain. Le Prophète voulait que sa fille apprenne l'allemand, comme sa mère, et qu'elle lise Marx et Engels dans leur langue, aussi a-t-il beaucoup résisté. Mais finalement Zarifé a pris position pour Féridé en disant : « N'est-ce pas toi qui as dit que Marx n'avait pas écrit toutes ses œuvres en allemand ? Et en plus sa tombe est à Londres », alors il s'est soumis malgré lui.

Une fois au collège, Féridé ne venait à la maison qu'en fin de semaine, comme une hôte, elle était très demandeuse à chaque fois et elle semblait se lier davantage à Zarifé et au Prophète. Au retour de l'école, elle se jetait à leur cou et elle les embrassait tous les deux longuement, elle écoutait avec plus d'intérêt les propos révolutionnaires et les poèmes de Nazim Hikmet. Mais, les années passant, son attitude a changé : elle a commencé à venir à contrecœur comme quand on se rend chez un parent démuni ; elle a proposé de déménager, invoquant qu'elle avait honte d'inviter ses amies dans une maison aussi vieille. Confrontée à un refus catégorique, elle s'est mise à critiquer violemment la relation entre Zarifé et le Prophète : « Ce genre de stupidité ne devrait plus exister à notre époque ! » En bref, elle s'éloignait d'eux, un peu plus de jour en jour. Particulièrement durant son année de *Sophomore*[1] : quasiment deux week-ends sur trois, elle téléphonait à la maison pour dire qu'elle restait chez Esther afin de travailler ses cours. Ensuite, un samedi soir, elle est arrivée à la maison juste à l'heure du dîner et elle s'est assise les jambes croisées face à son père ; « Écoutez ce que j'ai à vous dire », a-t-elle dit, et elle a amorcé un discours surprenant : elle l'avait déjà dit, ils devaient savoir combien c'était insupportable non seulement pour eux, mais aussi pour l'entourage de les voir poursuivre de façon stérile cette relation bien qu'ils se désirent mutuellement comme le montraient parfois leurs regards brûlants de passion ; elle en avait assez de cette ambiance suffocante ; aussi leur proposait-elle de changer leurs manières d'agir insensées et de commencer une vie saine en se mariant ; selon elle, plus vite ils renonceraient à cette situation déplorable, plus vite ils en tireraient un bénéfice, en plus, elle les invitait, nouvelle vie oblige, à quitter cette maison et à s'installer sur l'autre rive à Nishantash ou à Shishli en leur disant : « Si vous voulez vivre comme des humains dignes de ce nom vous devez échapper au souvenir poussiéreux de ma mère ! »

Le Prophète a frappé du poing sur la table :

« Ne sois pas stupide ! Ne t'avise pas à fourrer ton nez dans des affaires qui te dépassent ! » cria-t-il.

Mais il était clair que c'était exactement la réponse que Féridé attendait :

« Puisque c'est comme ça, moi je m'en vais, a-t-elle rétorqué aussitôt. Je ne mettrai plus un pied dans cette maison. Inutile de me courir après ! »

Le Prophète est devenu livide :

« C'est quoi ces idioties ? Dis-le-moi, c'est quoi ? » a-t-il bégayé.

Féridé, sans donner de réponse, a attrapé le vêtement qu'elle venait d'accrocher au portemanteau, elle a pris son sac qu'elle venait de poser par terre au pied du mur et elle est partie en claquant la porte. Le Prophète, sans bouger, l'a regardée partir d'un air hébété. Zarifé

---

1. En anglais dans le texte : « Sophomore » est le nom donné par les Américains aux étudiants de deuxième année à l'université.

l'a pris par les épaules et a commencé à le secouer de toutes ses forces, puis les yeux débordant de larmes, elle s'est mise à crier :

« Elle part ! Ne le vois-tu pas ? Ne la laisse pas ! Lève-toi vite ! Ne la laisse pas ! te dis-je, c'est notre fille ! »

Le Prophète a tenté de se lever, ensuite il s'est ratatiné sur lui-même et il est resté dans cette position. Il a fixé ses yeux sur Zarifé.

« C'est la fille de Féridé, a-t-il murmuré. Si elle a quelque chose dans la tête, elle le fait, tu ne peux pas l'arrêter. »

Zarifé a retiré ses mains :

« Ne sois pas stupide ! Ne compare pas ce monstre avec Féridé ! » a-t-elle dit.

« Je ne sais pas », a murmuré le Prophète et, les mains tremblantes, il a allumé une cigarette. « Je ne sais pas du tout. » S'il y avait une chose dont il était sûr, c'est que les relations ou l'absence de relations entre lui et Zarifé ne concernaient pas du tout sa fille ; et considérer comme une aberration le dévouement de Zarifé à son égard n'était rien d'autre que de l'ingratitude ; toutefois, il était clair que tant que le système préconisé par Marx ne se réalisait pas, tout était condamné à l'illogisme et au paradoxe. Que pouvait-il dire ? Il a dirigé son regard sur Zarifé qui, assise sur le fauteuil en face de lui, pleurait en silence ; il a commencé à lui dire : « Ma chère Zarifé, tu sais bien que Karl Marx... »

Mais, avant qu'il ait le temps de prononcer la suite, Zarifé a bondi de colère :

« Ah ! Avec ton Marx et ton Engels !... Ça suffit maintenant ! » a-t-elle crié et elle s'est précipitée dans sa chambre ; en moins de cinq minutes elle est revenue avec son manteau sur le dos et sa valise à la main, exactement comme le jour de sa venue et elle s'est plantée devant lui en disant : « Ta fille étant partie, ma présence dans cette maison est désormais inutile. Je m'en vais. Salut. »

« Qu'est-ce que cela veut dire ? C'est impossible ? Non, ne fais pas ça, ne me laisse pas comme ça ! » a rétorqué le Prophète, mais il ne s'est toujours pas levé ou plus exactement, il n'a pas pu : il s'est contenté de regarder Zarifé partir. Un moment plus tard, tandis qu'il allait au lit en se tenant au mur après avoir fini tout le raki de la maison, il a murmuré : « C'est un terrible destin que le mien, exactement l'inverse de celui de Nazim : le sien était toujours de quitter, le mien, d'être quitté. »

Il a souvent songé à cela les jours suivants : peu importait qu'il le reliât au destin ou à la logique d'effondrement de la période pré-révolutionnaire, car, malgré son désir d'ouvrir les bras à toute l'humanité comme l'exigeaient ses convictions, tout le monde, même ses proches, s'éloignait de lui un par un ; alors qu'il aurait aimé voir sa vie se dérouler aisément, de façon linéaire, sans conflits, comme le préconisaient les conceptions de Jdanov, elle se transformait presque en une aventure digne de Yeshiltcham[1]. Les nouvelles apportées par Niluphère, la seule amie de sa fille qui passait chez lui, lui donnaient raison : Féridé avait non seulement quitté la maison, mais aussi l'école, elle avait commencé à vivre dans un appartement qu'un homme de quarante-cinq ans, marié, père de trois enfants, qui avait soudainement réussi dans les affaires, avait loué spécialement pour elle. Elle disait qu'elle était heureuse de cette situation et qu'elle aimait « plutôt » cet homme, certes de l'âge de son père, mais qui agissait vite, sans tergiverser. Quant à la question de revoir son père au cas où il lui pardonnerait, il ne fallait pas y songer pour l'instant ; elle avait rétorqué vivement : « Je ne vois pas ce qui doit être pardonné, je n'ai aucune envie de revoir ce cinglé. »

Le Prophète, presque chaque soir, tandis qu'il buvait son raki accompagné d'un morceau de fromage et de quelques olives, revenait sur le sujet : « Je ne comprends vraiment pas », se répétait-il ; chacun pouvait invoquer des motifs fallacieux pour se justifier, il n'y avait rien à redire à cela, il savait au moins que c'était chose courante, mais il ne comprenait pas qu'elle coupe les relations avec lui sous prétexte qu'il était resté lié au souvenir de sa mère. Il ne comprenait pas que la fille d'une femme et d'un poète révolutionnaires comme Féridé et lui-même, ayant grandi avec la pensée de Marx et les poèmes de Nazim, rejette tout et soit fascinée par un capitaliste croulant. Il y avait certainement là une erreur puisque l'Histoire suivait constamment son cours et que, pour cette raison, comme le disait Nazim, chaque personne était plus en avance que

1. Le Hollywood d'Istanbul.

son père mort et plus en retard que son enfant à naître. La théorie ne pouvant pas être fausse, l'erreur devait se trouver dans l'application. Mais comment ? Et où ? Il avait tenté d'élever sa fille selon les principes révolutionnaires exactement comme le préconisait Nazim : «*Manucure : non/brosse à dent : oui/Livres... livres.*» Alors cela signifiait-il que les bourgeois réussissaient mieux à appliquer leurs systèmes ? Les fascistes étaient-ils au-dessus des révolutionnaires ? Le Prophète reliait à nouveau chaque chose à l'explication personnelle qu'il avait trouvée le soir où sa fille avait quitté la maison en claquant la porte, c'est-à-dire à la logique d'effondrement de la période prérévolutionnaire : si une Féridé Seunmèze pouvait couper ses relations avec son père sous prétexte qu'il était resté lié au souvenir de sa mère, si un Féhmi Gulmèze qui entrait à la faculté de sciences économiques afin de devenir un parfait socialiste pouvait se transformer en un capitaliste insatiable, c'était dû au fait que ce n'était pas la dialectique marxiste qui dirigeait leurs comportements, mais ce système destructeur des anciennes tragédies. Cette réalité devait avoir sa place dans la théorie, mais le Prophète ne savait pas comment Marx avait expliqué cette grande contradiction. S'il savait une chose, c'est qu'il était absurde, pour le moment, de parler de faute ou de coupable.

Il disait à Niluphère : «Elle peut dire ce qu'elle veut, je ne suis pas fâché contre elle.» Bien qu'elle eût piétiné la vision du monde qu'il avait tenté de lui inculquer depuis des années en choisissant de vivre avec cet homme, il avait envie de voir sa fille de temps en temps ; du moins, il savait qu'il ne pourrait pas dire «non» au cas où elle en manifesterait le désir ; en tout cas, quand il disait qu'il n'était pas fâché contre elle, il n'avait aucune arrière-pensée. Toute sa vie cependant n'était quasiment plus que tourment ; chaque nuit, en buvant son raki accompagné de pain-fromage, pain-olives, ou parfois de soudjouk ou de pastirma, il était sur le point de hurler de solitude et de douleur ; même dans son lit après avoir éteint la lumière, il lui fallait lutter contre lui-même pour ne pas filer dans la rue sans même retirer son pyjama, se jeter dans un taxi et se rendre jusqu'à la porte de Zarifé.

Finalement, la raison de son malaise étant avant tout sociale, la solution l'était aussi forcément ; par conséquent et quelles que fussent les circonstances, il fallait à tout prix qu'il aille vers la société. Il a demandé quelques jours de congé à la banque et, après avoir mis dans sa poche ses derniers poèmes, il a emprunté la fameuse pente. Mais il semblait clair que cela allait occasionner un malaise supplémentaire : les directeurs de revues devant lesquels il s'était présenté, après avoir longuement cherché leurs bureaux dans les rues transversales, ne se sont même pas rappelé son nom ; ils ont écouté, en riant sous leurs moustaches, ses idées à propos de la littérature et de la révolution ainsi que ses explications sur son passé de poète et de révolutionnaire, puis, après avoir jeté un vague coup d'œil sur ses poèmes, ils se sont contentés de lui dire du bout des lèvres : « Monsieur, la poésie turque a beaucoup changé ces dernières années, on n'écrit plus de poèmes de ce genre. » Le Prophète, très étonné, s'est dit : « C'est incroyable, combien elle change cette poésie turque », mais il a tout de même tenté de défendre sa poésie ; il a expliqué que, malgré « l'évolution des exigences et les exigences de l'évolution », attendre une véritable nouveauté dans l'art de la versification après Nazim était une chimère ; de la même manière qu'il n'y aura pas de nouvelle philosophie après Marx ; l'implicite révolutionnaire s'avérant être le seul critère valable, ses poèmes ne pouvaient être qualifiés de « dépassés ». Mais il était clair que ces jeunots ne connaissaient pas Nazim ni la génération d'après, ou peut-être voulaient-ils faire commencer la poésie turque contemporaine avec eux-mêmes ; en résumé, ils étaient complètement dépourvus de conscience historique. Il s'est demandé entre quelles mains était tombée la pauvre poésie turque !

Cette observation a nécessairement orienté la pensée du Prophète vers les poètes de gauche de sa propre génération : si l'on excepte ceux qui sont entrés au service des revues bourgeoises pour parler de la pluie et du beau temps au lieu de donner des indices concernant les beaux jours à venir, ils s'étaient eux aussi retirés du circuit. Pourtant, si seulement cinq ou six d'entre eux s'étaient retrouvés et avaient sorti une nouvelle revue, ils auraient écrasé ces vaniteux dès le premier numéro. Devant l'incompréhension à l'égard de sa génération, le Prophète a décidé de prendre l'initiative de fonder une revue, quel que soit le prix à payer. La première chose à faire était de retrouver ses anciens amis et de les réunir. Étant donné que jadis, partout où ils se retrouvaient, ils partageaient totalement ses idées, qu'ils écoutaient ses discours, béats d'admiration et que, par-dessus le marché, ils admiraient ses poèmes, le reste allait donc suivre naturellement. Il s'est baladé dans les bars et les cafés qu'ils fréquentaient autrefois, il a fouillé dans ses carnets d'adresses, dans les annuaires téléphoniques; mais les cafés et les bars avaient fermé ou changé de standing, des visages inconnus se présentaient aux portes où ils frappaient et personne ne répondait aux divers numéros de téléphone. Après plusieurs semaines, il n'a pu trouver que quatre ou cinq amis.

Cependant, le fait de les avoir trouvés ne changeait quasiment rien; les anciens amis n'étaient plus ce qu'ils étaient, ils s'étaient incroyablement enlaidis: leurs cheveux, s'ils en avaient encore, avaient grisonné ou blanchi, leurs mentons s'étaient assortis d'un deuxième et les ventres installés dans leurs girons ressemblaient à des brioches; leurs visages déformés et ternis semblaient couverts d'une couche superficielle et leurs yeux avaient perdu leur éclat. Il y en avait un surtout qui avait perdu son aspect humain: il avait un visage gras et rond en contradiction avec ses yeux petits et inexpressifs, une poignée de cheveux teints partaient d'une oreille pour traverser le crâne et se coller sur l'autre oreille. Le Prophète savait bien que lui aussi vieillissait, il n'y avait pas de doute. Alors que chaque matin il avait la sensation de voir toujours le même visage dans le miroir, partout, dans la rue, sur le bateau, au marché, les gens l'appelaient «tonton» ou «grand-père» ou «pépé» au lieu de lui dire «jeune homme» ou «monsieur». Cependant il avait la sensation que chez eux il s'agissait d'autre chose. En outre, étant donné leur nouveau style de vie, ils semblaient avoir coupé toutes relations avec l'allure de jeunes poètes qu'ils se donnaient à une époque: l'un tenait la caisse dans l'entreprise de son père, un autre avait ouvert son propre magasin, un troisième crachait son venin contre la gauche même la plus tiède et était entré au service des journaux bourgeois les plus conservateurs; s'il en était un qui s'acharnait encore à écrire des poèmes tout en ayant perdu depuis longtemps son enthousiasme, il avait changé son nom et sa manière d'agir pour pouvoir aller dans le sillage des jeunes poètes bourgeois de l'âge de ses enfants. Aussi, pour cela ou peut-être malgré cela, quand le Prophète, surmontant sa répugnance, a voulu les étreindre, ils se sont comportés de façon froide et lointaine ; le pire étant leurs regards empreints d'une expression étrange qui oscillait entre le soupçon et la moquerie. Et quand, espérant les ranimer un peu, il leur a demandé : « Qu'est-ce qu'il se passe ? Qu'est-ce qu'il vous arrive ? A-t-on répandu la terre des morts sur nous ? » Ils l'ont à nouveau contemplé de leurs regards chargés de soupçon et de moquerie et, comme si tant d'abâtardissement pouvait s'expliquer en une seule phrase, ils ont retiré leur épingle du jeu en disant : « C'est la vie. » Apparemment cet enthousiasme de jeunesse qu'il avait cherché à réveiller après un tel engourdissement ne faisait qu'effrayer ses amis. Qui l'air moqueur, qui l'air craintif, ils le dévisageaient pour ensuite refuser froidement sa proposition.

La seule personne n'ayant pas totalement déçu le Prophète était Nedjmi le Moujik, dont Marouf se moquait à l'époque en permanence en raison de sa voix grave en contradiction avec sa taille minuscule. À vrai dire, il n'a pas eu l'air totalement enchanté de la rencontre et, quand le Prophète lui a serré la main avec enthousiasme, il a sursauté en poussant un gémissement :

« Mon doigt. »

Le Prophète est devenu tout rouge :

« Qu'est-ce qu'il a ton doigt ? » a-t-il demandé.

« Rien, a-t-il dit, un petit cadeau du fascisme », et après l'avoir invité à entrer, il a tendu sa main droite vers le Prophète en ajoutant : « Excuse-moi d'avoir crié, je ne peux pas m'en empêcher ; les amis qui ignorent mon état me remettent en mémoire ce souvenir laissé par les fascistes. » De l'extérieur on ne voyait rien. Lors de son avant-dernier emprisonnement, les tortionnaires, désireux de lui faire dire quelque chose qu'ils savaient fort bien mais que lui ignorait, lui avaient écrasé deux doigts sous leurs talons : des années plus tard cela lui faisait encore incroyablement mal dès qu'on appuyait un peu dessus.

« Je ne savais pas, je suis vraiment désolé », a dit le Prophète, et il a examiné son ami des pieds à la tête : son doigt était handicapé et il avait beaucoup maigri, il paraissait plus petit qu'avant, mais il n'était pas méconnaissable. Le Moujik, après avoir manifesté un air timoré, lointain et troublé, a fini par s'en départir et s'est mis à raconter ce qui lui était arrivé.

Il avait été libéré juste deux mois auparavant suite à sa troisième incarcération. Il était resté trois mois la première fois, un an et demi la deuxième, huit mois et dix jours la troisième. Tout d'abord pour avoir incité à instaurer la souveraineté d'une classe sur une autre en publiant un livre de poèmes de quarante-huit pages, ensuite pour avoir participé aux activités d'un parti hors la loi dont il ne connaissait pas les dirigeants ni même l'existence, et enfin pour rien, car il avait été relâché sans être accusé de quoi que ce soit. Maintenant ses seules relations avec la littérature se limitaient à son activité de correcteur d'épreuves dans une maison d'édition. Quant à la poésie, l'habitude étant pire que la rage, il écrivait encore, au gré de l'inspiration, non pas pour se faire éditer mais parce qu'il ne pouvait pas s'en passer. Devant l'insistance du Prophète, il a lu quelques-uns de ses derniers écrits. Toutefois, il a perdu en grande partie son assurance quand il a vu que ses poèmes étaient appréciés et quand il s'est agi de trouver un moyen de les communiquer aux masses. Il en a été fortement troublé :

« Pourquoi ? Pour y retourner une fois de plus ? » a-t-il demandé et, de nouveau, il a repris son air obscur et lointain.

« Non, pour montrer que la poésie révolutionnaire n'est pas morte, que la tradition démarrée avec Nazim perdure ! » a dit le Prophète et il lui a raconté comment les directeurs de revues avaient réagi face à ses poèmes ; ensuite il a amené le sujet sur son projet de revue et, à ce moment-là, il s'est rendu compte que son ami était devenu très craintif et que sa main, marquée par les fascistes, tremblait, il a lancé : « Nedjmi, mon ami, que t'arrive-t-il donc ? »

Le Moujik a tenté de sourire :

« Tu ne le sais vraiment pas ? » a-t-il demandé.

« Non, je ne le sais pas, vraiment, je ne le sais pas. Je ne comprends pas. Pourquoi ?

– Il n'y a rien d'incompréhensible, tout est si clair ! »

Après l'avoir écouté, tout semblait assurément très clair : la quasi-totalité des anciens camarades d'arme avec lesquels le Prophète avait tenté de renouer des relations tant d'années après avoir perdu les traces des uns et des autres, avaient été mis à l'ombre au moins une fois ; tout le monde savait en revanche qu'on n'avait pas touché à un seul cheveu de Rahmi Seunmèze ou de Féhmi Gulmèze alors que le premier donnait tous les soirs des leçons de marxisme à haute voix dans les bars et publiait les poèmes de lutte les plus violents dans les revues littéraires de gauche et que le deuxième soutenait constamment son ami à travers ses paroles et ses écrits. Le fait que les deux amis aient disparu de la circulation quelques semaines avant la première rafle dans laquelle se trouvait le Moujik, ainsi que l'incroyable ascension de Féhmi Gulmèze juste à cette époque ne devaient pas être un hasard. Aussi en voyant réapparaître soudainement le Prophète, après tant d'années, pour l'entendre parler de sortir une revue de lutte, les anciens compagnons d'arme estimaient dûment qu'il y avait anguille sous roche dans cette affaire et que, pour dire les choses clairement, c'était « un agent provocateur ».

En entendant la dénomination d'« agent provocateur », tout le corps du Prophète s'est figé et, pendant un long moment, il est resté bouche bée, les yeux rivés sur le visage de son ami.

« Je ne comprends pas, je ne comprends pas », a-t-il bredouillé un peu après : « Comme Somadeva[1] avec Benerdji... Mais comment peuvent-ils douter de moi ? Pour être considéré comme un révolutionnaire, faut-il à tout prix être accusé par les fascistes ? »

Le Moujik a baissé la tête et a murmuré :

« Peut-être.

– N'est-il pas possible de donner davantage de crédit au jugement des révolutionnaires qu'à celui des fascistes ?

– C'est possible, mais ne dit-on pas qu'il est nécessaire de s'embourgeoiser pour que la révolution se réalise ?

– Ça c'est tout à fait autre chose », a dit le Prophète, puis, l'air suppliant, il a demandé : « Et toi, qu'en dis-tu ? Tu crois aussi à ces aberrations ? »

Le Moujik a ri :

« Non, je n'y crois pas. Cependant, il est possible que tu te sois allié avec ton ami capitaliste, sans t'en rendre compte. Moi j'ai toujours pensé que tu étais un garçon naïf.

1. Somadeva, ami de Benerdji, accusant ce dernier d'être un agent dans *Pourquoi Benerdji s'est-il suicidé*, œuvre poétique de Nazim Hikmet.

– Naïf ? Que veux-tu dire par là ? »

Le Moujik a tenté d'échapper au regard du Prophète :

« Quand je dis naïf, en fait je veux dire pur, intègre. Mais il est vrai que tu n'es jamais allé en prison. Nazim y a passé douze ans. »

Le Prophète n'a pas réussi à faire le lien :

« Que veux-tu dire ? »

Le Moujik a répondu à sa question par une autre question :

« Peut-il y avoir un étalon plus sûr concernant le statut de poète ?

– Je ne comprends pas, pas du tout », a murmuré le Prophète.

Il savait que les révolutionnaires restés des années en prison imposaient un respect particulier, mais il n'avait jamais pensé qu'il fallait obligatoirement aller en prison pour être considéré comme un poète ou un écrivain. Sachant que son ami avait été « relâché » sans preuves, le Prophète ne voyait pas la différence du point de vue de la révolution et de la poésie entre le fait que le Moujik ait été arrêté trois fois et soit resté en prison cinq ans et deux mois au total et le fait que lui-même n'ait pas été arrêté une seule fois. En outre, le Moujik savait fort bien qu'il n'avait jamais craint de se faire arrêter que ce soit lors de ses explications sur Marx dans les bars ou quand il faisait paraître ses poèmes révolutionnaires dans les revues de gauche ; il était injuste que le poète soit traité d'« agent provocateur » sous prétexte que ses poèmes n'avaient pas attiré l'attention des juges ; mais le Moujik a clairement montré, une fois de plus, qu'il avait une autre vision des choses :

« Nazim est resté en prison douze ans. »

Le Prophète qui s'était rapproché du Moujik dans l'espoir de surmonter un malaise obscurcissant sa vie depuis longtemps, est reparti en l'ayant augmenté de quelques degrés. Un peu plus tard, deux poètes qu'il avait eu mille difficultés à retrouver lui ont clairement signifié qu'ils n'avaient aucune envie de le rencontrer ; le Prophète a alors été envahi par un sentiment semblable à celui que procurerait le fait d'être jeté à la rue sans un sou en poche ou de se faire expulser d'une maison dans laquelle il s'abritait tant bien que mal depuis des années, et ce sentiment ne l'a pas quitté facilement. Sachant qu'il n'allait pas pouvoir faire des résumés de Karl Marx à haute voix du fait que ses amis ne se rassemblaient plus dans les bars et que, s'ils le faisaient, ce serait sans lui, sachant qu'il n'allait plus éditer de poèmes de lutte étant donné que les revues l'avaient rejeté en disant qu'on n'écrivait plus de poèmes de ce genre, sachant qu'il trouvait contraire aux principes de l'art poétique d'éditer ses livres avec son propre argent, il était quasiment inutile qu'il restât auprès de ses anciens compagnons d'arme. Que lui restait-il donc à faire? Allait-il sonner à la porte de Sansaryan Han[1] et dire: «Je suis le plus fervent des communistes: arrêtez-moi!» Toutefois, attendu qu'il se serait transformé en son propre «agent provocateur», il avait une chance infime de se faire enfermer pour une infraction visée aux articles 141 et 142[2]: en dernier recours on allait l'enfermer à l'asile en disant qu'il était fou. Il a expliqué son problème à Niluphère, l'amie de sa fille, la seule personne qui venait le voir à cette époque.

On ne peut pas dire qu'il appréciait beaucoup cette fille avec ses vêtements aux décolletés plongeants et serrés aux fesses, son parfum âcre, sa façon de se frotter sans arrêt en se rapprochant plus que nécessaire, mais elle apportait souvent des nouvelles de sa fille et elle rangeait la maison sans craindre de se casser les ongles. Et surtout, en cette période obscure, elle ouvrait plus ou moins une brèche dans sa solitude. Quoi qu'il en soit, une semaine plus tard, quand elle a posé une énorme revue devant lui en lui disant que son ami d'enfance, éditeur de cette revue, était prêt à le rencontrer et à éditer ses poèmes s'ils se mettaient d'accord sur les principes artistiques, le Prophète s'est difficilement retenu pour ne pas embrasser ses joues fardées.

Le directeur de l'énorme revue, tout comme les autres, était un «enfant», mais presque aussi grand que lui et relativement respectueux: dès que le Prophète est entré, il s'est levé précipitamment, et quand il s'est fait connaître, il a dit:

«Je connais très bien Rahmi Seunmèze, monsieur, je sais parfaitement qu'à une époque, vous étiez l'un des meilleurs avec vos poèmes sarcastiques où vous vous gaussiez de vos propres thèses.

1. Prison d'Istanbul.
2. Articles du code pénal turc réduisant la liberté d'expression. Ils ont été abolis en 1991.

Même Orhan Veli[1] était incapable de cela, parce qu'il croyait que la poésie était un moyen de communiquer. »

Le Prophète n'a pas très bien compris la dernière partie de son discours, mais il entendait, plus ou moins pour la première fois depuis des années, des compliments sur sa poésie et il a souri de bonheur :

« Je vous remercie, a-t-il dit, quant à moi j'ai apprécié votre revue et j'aimerais y participer.

– Cela nous ferait grand plaisir, a répondu le jeune homme, mais, autant que je le dise tout de suite, pour nous, la vision du monde n'a pas beaucoup de sens ; plus précisément, nous ne choisissons pas les artistes selon leur vision du monde ; le seul point commun de nos poètes et nos écrivains c'est de correspondre à nos objectifs. Nous avons aussi horreur de la superficialité, des slogans, des banalités, des bavardages ou encore des grossièretés. J'espère que notre façon de voir ne va pas à l'encontre de vos principes. »

Le Prophète n'avait jamais pensé à tout ça, mais ce garçon était son dernier espoir, aussi a-t-il préféré ne pas se braquer :

« Non, au contraire, a-t-il dit, cependant j'ai une certaine vision du monde.

– Bien évidemment, monsieur, c'est normal, a dit le jeune homme, nous avons tous une vision du monde », puis, dans le dessein d'étayer sa pensée par un exemple concret, prenant poliment la permission, il a lu au Prophète le dernier poème qu'il avait écrit lui-même. C'était un long poème se composant d'une association étonnante de mots n'ayant apparemment aucune relation entre eux comme tourterelle, jarretière, simit[2], Spartacus, napolitains, Zebur[3], rue, Abanoz[4], Pishekâr[5], drap, siphon, Matta, Christophe Colomb, et juste au moment où on le croyait fini, cela recommençait soudainement. Le Prophète, bien qu'il ait écouté avec attention, n'a rien compris, mais il a tout de même été très impressionné.

1. Poète turc (1914-1950).

2. Petit pain recouvert de graines de sésame en forme de « bouée » (qui se dit aussi « simit » en turc).

3. Pour les Orientaux, la Bible se compose de trois livres : *la Tevrat* (Thora), *les Zebur* (Psaumes) et *l'Incil* (Évangile).

4. Plateau dans les environs de Mersin.

5. Personnage du théâtre d'ombres turc.

« C'est très beau, a-t-il dit, c'est un poème un peu confus, mais rempli de sensibilité.

– Ah c'est comme cela que vous le trouvez ? » a dit le jeune poète qui ne semblait pas beaucoup apprécier ce compliment. « Dans ce cas, cela veut dire que mon poème est raté parce que la sensibilité est le pire ennemi du poème. »

Le Prophète a voulu s'opposer, mais il s'est rappelé qu'il lui fallait se réconcilier avec ce jeune homme, il s'est rattrapé en disant :

« Pardonnez-moi, je n'avais pas voulu dire cela, mais il faut que je précise dès maintenant que ma poésie est légèrement différente. Je veux écrire des poèmes qui se comprennent facilement et qui peuvent influencer les masses, c'est-à-dire une sorte de poème de lutte. »

Le jeune directeur a souri d'un air entendu en disant :

« Je comprends, monsieur, je comprends très bien, mais je ne pense pas qu'il y ait une opposition entre nos poèmes ; si par exemple je lisais le poème que je viens de vous lire devant des dizaines de milliers de personnes, j'influencerais chacun comme si j'avais lu un poème de lutte. Il ne faut pas oublier, monsieur, que chaque nouveau poème est en soi un poème de lutte. »

Le Prophète a approuvé en disant : « Oui, c'est vrai », mais il était sur le point de perdre tout espoir de s'entendre avec cet « enfant » : son désir était non seulement d'influencer, mais de réveiller la colère, d'appeler au soulèvement, il voulait irriter les juges et, même si c'était tardivement, prendre la place qu'il méritait parmi ses anciens amis poètes ; les poèmes qui lui permettraient d'atteindre ce but étaient prêts dans sa poche ; toutefois, cela reviendrait à dire : « Je veux faire fermer ta revue », aussi, voulant exprimer sa pensée de façon camouflée, il a ajouté : « J'aimerais tout particulièrement faire paraître des poèmes à rendre fous les bourgeois.

– Très bien ! » a crié le jeune homme qui s'est levé d'un bond et lui a serré la main. « C'est exactement ce que je veux : rendre fous les bourgeois ! » Puis il a répété quelques vers de son poème. « Est-il possible que ces vers ne rendent pas fous les bourgeois ?

– Peuvent-ils aussi conduire en prison ?

– Même à la corde ! Sachant qu'ils sont contre et en dehors de la classe bourgeoise ! »

Le Prophète s'est étonné de ce que la classe bourgeoise soit un terme de dialectique intangible non seulement pour les marxistes, mais aussi pour de jeunes poètes niant toute sorte de communication ; il s'est aussi étonné que l'être humain ressente le besoin permanent d'avoir une classe sociale pour ennemi, non seulement pour faire la révolution, mais aussi pour prouver sa qualité de poète. Cela ajouté à la confiance engendrée par l'enthousiasme préalable, il a dit :

« Effectivement, nos buts sont identiques, cependant moi, c'est à travers l'implicite de mon poème que je veux faire enrager les bourgeois. »

Mais il était impossible de tenir tête à ce jeune homme :

« Rahmi Bey, mon maître, ce que nous appelons implicite peut-être aussi bien la colère que nous avons créée chez le bourgeois, que l'enthousiasme créé chez les masses », a-t-il rétorqué, et aussitôt après il a entrepris d'aligner toutes ses preuves. L'implicite était certes important, mais ce n'était pas tout, et en plus il n'existait pas seulement au niveau du sens ; si l'implicite était tout et se trouvait seulement au niveau du sens, qu'aurait-on pu dire de nouveau après Karl Marx ? À supposer que l'on puisse dire de nouvelles choses après lui, que pouvait dire de nouveau le poète marxiste ? Pourtant, l'expérience prouvait que c'était possible. Rahmi Seunmèze lui-même y parvenait ; ce qui était naturel, puisque le véritable poète était celui « capable de saisir » le poème de son époque, c'était cela l'unique condition de pouvoir être lu à l'avenir. Vu sous cet angle-là, le choix de la revue de s'opposer au poème slogan n'était pas de nature conventionnelle, c'était la résultante d'une « problématique contemporaine ». « En résumé, je ne suis pas contre le fait que vous soyez marxiste ; mais je stipule que vous pourriez allier marxisme et contemporanéité et résoudre ce problème en utilisant le symbole. Par exemple j'affirme que vous pourriez inclure tout le marxisme dans le corps symbolique d'une femme. »

Le Prophète avait pendant des années identifié inconsciemment le marxisme à une femme de petite taille, mais il a tout de même été agacé par cette façon de voir du jeune homme, il a même cru qu'il se moquait de lui, aussi le fusilla-t-il du regard. Il paraissait pourtant sincère et convaincu, comme au tout début. Et il ne restait plus aucun doute quant à sa sincérité ni au fait qu'il ait raison quand il a ajouté : « Si Nazim ne s'était pas manifesté avec une poésie totalement novatrice, croyez-vous qu'il aurait pu exaspérer autant les bourgeois ? Imaginez-vous un "Benerdji" écrit avec des aruz[1] ? »

Il a dit :

« Ah ! Je comprends, oui, je comprends bien maintenant » et, sans sortir aucun des poèmes qu'il avait dans sa poche, il a demandé la permission de s'en aller tout en précisant qu'il en apporterait très prochainement de nouveaux.

Quelques heures plus tard, quand Niluphère s'est rendue dans la petite maison d'Uskudar afin d'apprendre le bilan de la rencontre, le Prophète ne tenait pas en place tant il était heureux. Il avait déjà entamé son raki. Il lui a proposé de rester pour le dîner. Ils sont sortis pour acheter quelques bricoles et sont entrés tous les deux dans la cuisine pour préparer le repas. Niluphère a pensé que, ce soir-là peut-être, le Prophète allait capituler et que tout allait changer. Pourtant, alors qu'ils étaient à table, assis face à face en silence, le Prophète, les yeux plantés sur le grand décolleté en triangle de Niluphère, semblait ailleurs ; de temps en temps, il déglutissait bizarrement. Était-ce parce qu'il tentait, comme il l'avait raconté à Niluphère, de faire entrer tout le marxisme dans le corps d'une femme ? Peut-être y avait-il de cela, cependant, il la regardait ainsi parce qu'il avait franchi toutes les limites du bonheur et parce que pour la première fois Niluphère était venue sans trop se maquiller. Sans pouvoir s'en empêcher, il était en train de penser : « Elle vient de se laver, elle est toute propre, sur tout son corps il n'y a pas une seule goutte de sueur, pas une seule », et, toujours sans pouvoir s'en empêcher, il rêvait au goût que créerait dans ses paumes – pas dans celles de quelqu'un d'autre, dans les siennes – la pointe de ses tout petits seins alors visibles sous son vêtement ; à force, il déglutissait de plus en plus souvent. Il a même pensé à un moment que la décision prise au pied de la sépulture de Féridé était vraiment difficile à tenir. Mais, sans doute pour cette raison, il s'est vite ressaisi en se disant : « Quand j'étais jeune je n'ai pas renoncé à ma

1. Règle de versification classique arabe basée sur différentes organisations de syllabes brèves ou longues.

promesse, même pour Zarifé ; je n'y renoncerai donc jamais », et il a renoué la conversation en reparlant du jeune directeur de la revue progressiste : « Ton ami est réellement quelqu'un de valeur ; j'espère que nous allons bien nous entendre », dit-il. Et par la suite, cela s'est passé comme il l'avait souhaité : avec le soutien enthousiaste du jeune ami de Niluphère, une nouvelle période curieuse et productive a commencé dans la vie poétique du Prophète.

Si on la regarde du point de vue de l'histoire littéraire, cette curieuse période de Rahmi Seunmèze pourrait être appelée celle du « symbolisme réducteur » ; en effet, suivant les conseils du jeune éditeur, il suggérait, à travers des habits ou des parties du corps de la femme, tous les concepts relatifs à son combat et à sa théorie de prédilection ; il éclairait les liens entre les concepts de base et les diverses articulations de la théorie en ne s'éloignant pas d'un millimètre du corps féminin. Il est clair que s'immisçaient dans tout ça des éléments qui n'étaient pas strictement symboliques : le Prophète, aidé par sa mémoire inégalable, tout en prêtant attention aux tendances générales de la revue, se référait à des événements historiques ; il employait des noms tout aussi étranges les uns que les autres datant de l'époque des pharaons ou issus des légendes grecques ; on peut même dire que pour la première fois en Turquie et probablement la première fois dans le monde entier, il a introduit le nom de Suppiluliuma[1] dans un poème ; et ce, en le rendant prononçable sous la forme suivante :

Sup
pi
lu
liu
ma

Il reste que le Prophète utilisait ce genre d'éléments incidemment, juste pour donner des exemples ou agrémenter le poème ; son

1. Roi hittite du XIVe siècle avant J.-C. qui fonda le Nouvel Empire après avoir remporté de grands succès militaires et diplomatiques et avoir organisé l'administration intérieure.

thème de base demeurait le corps féminin ; tout en éprouvant parfois un certain malaise, car il s'opposait à Nazim qui appréciait de maintenir chaque chose à sa place, comme le témoignent les vers suivants :

« Avec sa bouche elle boit de l'eau
Elle se promène avec ses pieds »,

il a redessiné d'un bout à l'autre la carte du corps féminin en plaçant parfois les mains à la place de la tête et les têtes à la place des mains, parfois en passant des chaussettes aux bras et des culottes sur la tête, parfois en faisant commencer un voyage compliqué et dangereux dans le gros intestin ; de temps en temps son système fonctionnait assez bien, même si par ailleurs certains concepts semblaient un peu embrouillés, par exemple quand il représentait « l'histoire » détentrice du jugement et le « prolétariat » subissant le même jugement, respectivement par la tête et les bras. Cependant, les jeunes poètes de l'époque ne se sont pas retrouvés dans ces poèmes, peut-être parce qu'ils avaient saisi sa pensée sous-jacente malgré l'hermétisme et les nombreuses références historiques et légendaires ou peut-être parce qu'ils trouvaient le poète trop vieux et trop séduisant ; quant aux poètes et aux écrivains de la génération du Prophète, ils n'ont pas imaginé un seul instant que ce corps de femme protéiforme, qui se révélait devant eux, pouvait représenter la société, avec les mains et les pieds pour le prolétariat, le buste pour la classe bourgeoise et la tête pour la minorité capitaliste (et parfois l'Histoire). Ils n'ont pas imaginé non plus que les transformations de ce corps représentaient les phases incontournables et ardues, passées et à venir, précédant la révolution prolétarienne ; ils ont parlé de « folie » et de « perversion » ; quant aux juges, ils n'ont pas pipé mot : s'étaient-ils juré de faire vivre au Prophète un désenchantement permanent ou ont-ils eu peur de déclencher l'hilarité générale en se mettant à analyser en détail ces vers loufoques ? Toujours est-il que nul n'a bougé d'un poil. Malgré tout, chaque week-end suivant la sortie d'un nouveau numéro, le Prophète prenait le chemin du cimetière en mettant dans sa poche la revue qui comportait au moins deux de ses poèmes, et là, conscient d'avoir rempli son devoir de révolutionnaire, il s'accroupissait au pied de la tombe de Féridé, face à Féridé, on peut même dire avec Féridé dans un certain sens et il rêvait de grabats dans les prisons noires de suie, de nuits en cachot sur du béton gelé comme s'il rêvait d'un lit d'amour. Il lui arrivait même parfois, suite à la parution de certains poèmes très violents, de placer dans sa valise des vêtements, du petit linge propre et quelques paquets de Birindji et d'attendre de pied ferme la police. La police n'est jamais venue. Après avoir survécu neuf mois, ce qui peut paraître plutôt long, cette revue progressiste a fermé et a fait totalement tomber à l'eau l'espoir du Prophète de partager le destin des anciens poètes révolutionnaires. Comme si cette déception ne suffisait pas, Niluphère avait considérablement accru son malaise en apportant des nouvelles fort désagréables au sujet de sa fille.

D'après Niluphère, les affaires florissantes du concubin de Féridé s'étaient subitement détériorées et Féridé, loin de soutenir son compagnon en ces temps difficiles, s'était mise à se chamailler continuellement avec lui en prétextant qu'il la trompait ; apprenant entre-temps qu'elle était enceinte, juste par entêtement à l'égard de cet homme, elle avait proclamé : « Je mettrai au monde mon enfant ! » et, après l'avoir mis au monde, elle avait carrément refusé la proposition de l'homme de se séparer de sa femme et de se marier avec elle. Ainsi, tandis que lui, le Prophète, mettait sa liberté en danger pour la révolution, sa fille introduisait dans sa vie un nouvel épisode de Yeshiltcham[1]. Ensuite, comme si cela n'avait pas suffi, allant au-delà de ce que l'on peut voir dans les films, elle s'était enfuie avec un sous-officier noir américain en prenant son fils de dix mois avec elle. En ce qui concerne le sous-officier américain, outre le fait qu'il se trouvait dans un site inviolable et inatteignable respectivement pour sa nationalité et pour sa profession, c'était un homme fort désagréable : il interdisait à Féridé de rencontrer quiconque, il ne lui permettait même pas d'aller chez l'épicier en son absence. Niluphère disait : « En résumé, je me retrouve maintenant comme vous dans l'impossibilité de voir Féridé. » Le Prophète n'a montré

1. Cf. note 1, p. 76.

aucune réaction, il n'a fait aucun commentaire, il n'a même pas posé de question, il s'est contenté de se taire en baissant la tête. À cette époque, toutes les « têtes » d'un gouvernement qui avait écroué non seulement les poètes de gauche, mais aussi les grands rédacteurs en chef des journaux de droite, avaient été enfermées dans une petite île pour le plus grand enthousiasme des poètes, écrivains, intellectuels et universitaires ; cependant, le Prophète avait le sentiment de se trouver depuis longtemps hors de la vie du fait de ne pas avoir pris place parmi les sacrifiés de l'oppression ni parmi ceux qui avaient participé à sa dissolution et maintenant il voyait, perclus de douleur, qu'il avait rompu avec sa fille. Comme s'il parlait d'une catastrophe naturelle, il murmurait : « Que faire, ce qui est arrivé est arrivé. »

Pourtant, quelques années plus tard, un soir d'automne, tandis qu'assis à sa table en savourant son raki tout seul, il voyait Féridé entrer affublée d'un béret et d'un duffle-coat fort semblable à celui que portait sa mère à une époque, le Prophète n'a pas compris ce qui lui arrivait ; incapable de savoir s'il s'agissait de sa femme ou de sa fille, il a bégayé « Féridé, Féridé ! » tout en se levant pour s'élancer vers elle. Mais cette dernière, révélant aussitôt de quelle Féridé il s'agissait, a arrêté d'un regard glacial son élan en disant :

« Assied-toi et bois ton raki. Je ne suis pas venue ici pour des démonstrations de sensibilité, alors écoute-moi : je vais partir en Amérique ; mais tu sais que j'ai un fils de trois ans et demi et là-bas il va être un poids ; en plus l'homme avec qui je pars ne veut pas que je l'emmène avec moi. Il s'agit de ton petit-fils, si tu acceptes de t'en occuper je te le laisse. Si tu ne veux pas il y a d'autres lieux. Qu'en dis-tu ? Oui ou non ? Décide-toi vite parce que je n'ai pas le temps d'attendre. »

Le Prophète, envahi d'une haine jamais ressentie jusqu'à ce jour à l'égard de quiconque, s'est levé d'un bond. Il a eu envie d'écraser sous ses pieds cette fille insensible, de la frapper à l'aveuglette. Cependant, son visage, son attitude et son regard rappelaient tant Féridé, qu'il est resté figé sur sa place sans pouvoir faire un pas. Sa fille réitérant sa question, il a gémi en disant :

« C'est d'accord ! Puisse Dieu te maudire !

– Bien ! Alors je l'amène tout de suite », a dit Féridé.

Le Prophète s'est dirigé inconsciemment vers la fenêtre qui donnait sur la rue. Il a aperçu dehors un type noir comme l'ébène, immense, presque plus grand que lui, qui fumait une cigarette devant une voiture verte, et aussitôt après il a vu Féridé courir vers ce Noir et se jeter à son cou ; puis, à l'encontre de tout usage, ce type noir comme l'ébène, prêt à faire pire un peu plus tard, a semblé toucher un endroit tabou : le Prophète en est resté pétrifié, sa tête s'est mise à tourner et il s'est péniblement posé sur une chaise. Là, la tête entre les mains, il est resté prostré. Après que Féridé est entrée à l'intérieur avec une valise à la main et un petit garçon dans les bras et qu'elle les a laissés tous les deux au pas de la porte en disant « Allez, salut » comme si elle allait chez l'épicier, il a regardé la porte se refermer comme s'il s'agissait d'un mirage et il a murmuré « Fikret et Haluk[1] ! C'est exactement pareil que Fikret et Haluk. » Cette analogie lui a fait peu à peu reprendre ses esprits ; un peu éberlué et un peu triste, il a fixé du regard le petit marin américain qui, les sourcils froncés, l'observait en silence ; il était assis dans le grand fauteuil en face de lui, les pieds ballants, mais il faisait plus grand que son âge. Voyant qu'on le regardait, il a froncé d'autant plus les sourcils, mais il n'a rien dit et il n'a pas non plus changé de position. Il dégageait l'impression de tout savoir, d'être prêt à tout.

Soudain, le Prophète a reçu comme un coup au cœur, il a pensé que la situation de cet enfant était pire que la sienne ; il s'est alors approché et s'est accroupi devant lui ; tout en esquissant un sourire, il a voulu lui caresser la joue. Mais l'enfant s'est aussitôt rétracté et a ramené ses pieds vers lui, prêt à donner des coups pour montrer qu'il n'appréciait pas de telles manières. Bien qu'un peu vexé, le Prophète a tout de même essayé de sourire et il a aligné toute une série de questions : « Quel est ton nom ? Sais-tu qui je suis ? Est-ce que cette maison te plaît ? Veux-tu quelque chose ? » Coiffé de sa casquette de marin, le garçon s'est contenté de le regarder d'un air mi-effrayé, mi-moqueur. Il cherchait à se défendre en relevant ses

1. Fikret, poète turc du début du XIXe siècle rejeté par son fils Haluk qu'il avait envoyé aux États-Unis.

pieds chaque fois que le Prophète tentait de le toucher. Ce dernier, finissant par perdre patience, s'est mis à crier :

« Tu es muet ou quoi, fiston ? Parle donc, dis quelque chose !

– *What are you saying ?* » a dit alors le garçon. « *Can't you speak properly* ? »

Le Prophète, tout étonné, s'est dit : « Qu'est-ce qui se passe ? Il se moque de moi ? » Il est allé jusqu'à la table, il a fini son raki, puis il s'est assis ; il a épluché une pomme dont il a coupé un gros morceau qu'il a tendu à son petit-fils en s'accroupissant à nouveau devant le grand fauteuil :

« Prends ! Prends, ne sois pas gêné », a-t-il dit.

Mais le garçon, comme s'il n'avait peur de rien, a fait tomber la pomme par terre en donnant un coup dessus, puis il a répété les mêmes mots incompréhensibles :

« *Can't you speak properly* ? »

Le Prophète a alors compris la situation : « Ce garçon ne sait pas le turc », a-t-il murmuré. Il s'est laissé tomber sur le tapis : « Il ne sait pas le turc, il ne parle qu'anglais, ou bien une autre langue, que sais-je ! Qu'est-ce que je vais faire maintenant ? » Quatre-vingt-dix-neuf pour cent des mots français qu'il avait mémorisés au lycée étaient restés dans sa mémoire, mais il n'avait jamais eu affaire à la langue des « grands exploiteurs ». Il a baissé la tête et s'est plongé dans ses pensées quand il s'est brutalement rappelé que Zarifé avait été d'une grande aide durant les premiers mois de collège de Féridé ; il était tout heureux et s'est dit que cette affaire était réglée ! Il a décidé de réaliser aussitôt ce à quoi il avait songé un nombre incalculable de fois depuis cinq ans et qu'il n'avait jamais pu mettre à exécution. Malgré les résistances de l'enfant, il lui a pincé les joues en disant :

« Cette affaire est réglée ! Nous avons trouvé quelqu'un pour comprendre ta langue ! »

Moins d'une heure après, tout en tenant fermement la main de son petit-fils, il était en train de sonner sans relâche à la porte de Zarifé. À peine eut-elle ouvert que le Prophète l'a aussitôt prise par la taille et l'a fait voltiger dans l'air. Zarifé, tout en essayant de se libérer de son étreinte, s'est mise à crier : « Que se passe-t-il ! Lâche-moi ! Tu es saoul ! » Mais il a fait semblant de ne pas comprendre et s'est mis à embrasser son ex-amoureuse partout où il pouvait, sur les joues, le front, le nez, les cheveux, et cela comme il ne l'avait jamais embrassée. Finalement, à bout de force, hors d'haleine, il s'est écroulé sur une chaise et il a montré le garçon qui, entre-temps, s'était assis les jambes croisées sur le fauteuil le plus proche : il ressemblait à un marin hardi avec son air d'être plus vieux que son âge :

« Regarde, Zarifé, ce gamin que tu vois ne connaît pas un seul mot de turc », a-t-il dit. « Tu imagines : c'est le petit-fils de Rahmi Seunmèze et il ne connaît même pas le turc ! »

Zarifé, éberluée, suffoquée, les a regardés, lui et l'enfant, tour à tour.

« Je ne comprends ni cette histoire de turc ni cette histoire de petit-fils, a-t-elle dit, explique-toi donc, d'où sort cet enfant ?

– De mon chapeau », a dit le Prophète et il a éclaté de rire. Sa joie de retrouver Zarifé semblait l'avoir totalement délivré de la douleur engendrée par sa fille.

« Tu es vraiment saoul », a dit Zarifé, puis elle est allée près de l'enfant et elle lui a demandé : « Alors dis-moi : qui es-tu ? »

L'enfant a alors souri pour la première fois et de son menton, il a désigné le Prophète, puis il a détourné le sujet en disant :

« *Go ahead make love, I don't care.* »

Zarifé s'est retournée de nouveau vers le Prophète, elle a pris une chaise et s'est assise en face de lui en disant :

« Explique-moi cette histoire depuis le début : je n'ai toujours rien compris. »

V

Cette fois-ci c'était le fils de Féridé qui avait réuni, une fois de plus, les anciens amoureux ; il réussissait ce qu'avait déjà réussi sa mère à une époque. Après avoir veillé presque toute la nuit dans la maison de Zarifé, tous les trois sont repartis, dès le lendemain, dans la maison de bois qui paraissait encore plus « minuscule » qu'avant maintenant qu'elle était entourée d'immeubles fastueux qui lui tournaient le dos. Même si on pouvait parler d'insuccès du fait qu'ils n'aient pas pu accomplir l'acte que l'enfant avait préconisé dès le premier soir, on pouvait dire que la réussite du fils laissait dans l'ombre celle de sa mère sachant que les deux anciens amoureux s'étaient mariés devant deux témoins qu'ils avaient racolés dans la rue et, aussitôt après, ils s'étaient conféré un statut totalement légal en faisant inscrire le garçon sur leur livret de famille sous le nom de Nazim.

Féridé étant partie sans dire le nom de l'enfant et sans laisser le moindre mot dans la valise qu'elle avait apportée, Zarifé et le Prophète ont tous les deux pensé que cette solution était la plus simple ; d'autant plus que Zarifé, qui vivait cet âge difficile du milieu de vie, était heureuse d'avoir un héritier à qui elle allait pouvoir laisser, le cœur tranquille, ses appartements et ses magasins. Toutefois, ni le fait que, ayant sorti de sa valise des jouets cassés, du linge sale et des vêtements déchirés, ils aient tout jeté et tout renouvelé, ni les efforts qu'ils ont déployés, un dictionnaire à la main, pour le comprendre et réaliser ses désirs, n'ont beaucoup changé l'attitude de Nazim : s'il a fait quelques concessions, pour apprendre leur langue après avoir vu qu'ils ne comprenaient pas la sienne, pour manger ce qu'ils plaçaient devant lui, se coucher ou se lever quand on lui disait « couche-toi » ou « lève-toi », son attitude lointaine, froide et moqueuse du premier soir a perduré. Est-ce parce qu'il n'avait connu que la solitude et le manque d'amour dans la maison du sous-officier noir ou parce que tout lui semblait factice et mensonger dans cette nouvelle maison ? Peut-être ? Mais il reste que, juste après avoir appris que l'homme, si différent de son entourage tant par son visage et sa couleur que par son langage ou son attitude rejetante, n'était pas son vrai père et après avoir vu que cet homme partait en emmenant sa mère, il se retrouvait avec cet homme aux cheveux grisonnants qui se disait être à la fois son grand-père et son père et qui lui racontait des aberrations du genre : « Voici ta grand-mère » en lui montrant la photo d'une jeune fille à lunettes qui pourrait davantage être sa grande sœur et, comme si cela ne suffisait pas, il se retrouvait aussi avec une vieille femme dont il savait avec certitude que ce n'était pas sa mère, bien qu'elle se comportât de façon beaucoup plus affectueuse qu'elle, qui lui disait des paroles contradictoires comme « Je suis à la fois ta mère et ta grand-mère », qui n'avait jamais d'élan affectif avec l'homme semblant être son mari et qui en plus n'avait pas franchi une seule fois la porte de sa chambre à coucher. Quant au Prophète, il était clair qu'il était satisfait de cette nouvelle situation même s'il frissonnait encore en se rappelant l'irruption imprévue de sa fille et sa façon de courir vers cet homme noir après avoir laissé l'enfant : alors qu'il était sur le point de s'isoler complètement du monde et de sombrer dans un désespoir total, un tout nouvel objectif s'était dessiné devant lui : en élevant cet enfant comme un véritable révolutionnaire, il voulait extirper sa douleur de poète mutilé et de père dont la fille a été enlevée par l'ennemi ; de tout son être, il s'est raccroché à l'avenir, l'avenir de son petit-fils. Il a dépensé toute son énergie à faire en sorte que, dans le monde intérieur de Nazim en formation, «*les airs joués avec le cuivre, le fer, le bois, les os et les boyaux*» prennent la place des «*chants à la rose du rossignol*», «*les chevaux de fer courant sur les rails*» celle des «*chevaux arabes*», «*les montagnes de béton armé de soixante-dix-sept étages*» celle des camouflages de la nature, le travailleur «*à casquette de cuir et veste de cuir*» et la femme ingénieur celle des Ève aux regards langoureux, «*la cigarette*» celle du tabac à rouler. Il l'a fait d'une part afin de le préparer pour la lutte en lui assurant une place «*non pas à l'intérieur mais contre le système établi*» et d'autre part afin de «*mener à bien le seul avenir heureux de l'humanité*». En ne faisant que projeter son petit-fils dans l'avenir, il n'a pas remarqué son comportement froid et moqueur ; il n'a jamais perçu son regard railleur quand, fidèle à ses rêves, il parlait de la prison comme de la plus grande école, quand il appelait les « menottes » des « bracelets en or » ; il n'a pas vu qu'il n'en avait rien à faire de tout cela : de la révolution, de la mécanisation, de Nazim, de Marx ou de Lénine ; il n'a pas compris que cet enfant l'écoutait uniquement pour ne pas empirer sa situation déjà pénible dans la mesure où il se trouvait obligé de vivre auprès d'êtres qu'il ne parvenait pas à aimer et dont, quelque part, il n'appréciait ni les poèmes ni les façons de voir : ce que Nazim avait le mieux appris dans la maison du sous-officier noir, c'était à cacher ses sentiments.

Mais il a compris peu à peu que le Prophète n'avait rien à voir avec le sous-officier noir ; après avoir balayé ses craintes des premières années, il a abandonné son attitude antérieure, silencieuse et circonspecte : choisissant clairement la voie de sa mère, il a fait sortir de leurs gonds Zarifé et le Prophète avec ses goûts et ses amis bourgeois. Avec le temps, leurs relations se sont refroidies, les lectures de poèmes et les leçons sur la révolution sont devenues de plus en plus rares, au hasard des jours. Quand une nouvelle écoutée à la radio ou un passage d'un livre de classe de Nazim ou encore une observation de Zarifé offraient au Prophète l'occasion de parler de la révolution, il s'enthousiasmait aussitôt, comme dans sa jeunesse, mais sa fougue s'éteignait rapidement en voyant que Nazim n'écoutait pas correctement, qu'il changeait de sujet ou qu'il s'en allait de façon irrespectueuse ; alors il baissait subitement la voix ou se taisait comme s'il avait dit une bêtise. Les questions qu'il s'était posées à une époque à propos de sa fille, il se les posait maintenant à propos de son petit-fils ; il se disait : « Pourquoi ce garçon est devenu comme ça ? Où est mon erreur ? » Il ne pensait pas avoir manqué aux principes, comme il avait pu le faire auparavant. Il était convaincu d'avoir veillé à enseigner le véritable communisme, au plus proche des sources, en s'inspirant de Marx, de Lénine et de Nazim. Cela signifiait-il que le fascisme était plus facile à inculquer ? Le système adverse était-il plus fort ? Si lui-même, Féridé et plein d'autres avaient si facilement adopté le communisme, alors que tout s'y opposait, n'était-il pas irrationnel que sa fille et son petit-fils embrassent les valeurs bourgeoises malgré toutes les connaissances à leur disposition ? L'Histoire n'avançait-elle pas ? La tête du Prophète était embrouillée. Ne trouvant pas d'explication qui tienne, il lui arrivait même de se demander si ce n'était pas Zarifé qui avait détourné sa fille et son petit-fils de sa propre vision du monde. Mais la mort brutale de Zarifé au début des années soixante-dix ne leur a pourtant pas permis de se rapprocher l'un de l'autre.

Nazim était alors en quatrième et sa taille avait quasiment atteint celle de son grand-père ; il n'avait pas besoin d'attention particulière, mais le Prophète, dans un ultime espoir, a pensé qu'il allait peut-être pouvoir l'éloigner des valeurs bourgeoises en étant davantage avec lui, et il a demandé à sa banque d'être mis à la retraite; il s'est alors totalement voué à son petit-fils: il a préparé ses repas, repassé ses chemises, balayé sa chambre et, en même temps, bien évidemment, il a intensifié ses propos révolutionnaires, dans la mesure du possible. Mais cela ne leur a tout de même pas permis de se rapprocher: un jour, alors que le Prophète pensait aborder un sujet de la plus haute importance, son petit-fils a bâillé continuellement tout en hasardant un sourire moqueur, ensuite, lentement, il a déversé son ennui et son dédain en disant: «C'est du baratin tout ça, grand-père, du baratin!»

Le Prophète ne s'est pas mis en colère, au contraire, il s'est contenté de se taire, baissant la tête comme s'il était coupable. Inutile de dire que sa conviction était toujours aussi forte et qu'il n'avait pas le moindre doute quant à la justesse de ses hypothèses et la solidité de ses arguments, mais il semblait que les propos révolutionnaires dans la bouche d'un homme dont l'activité principale était de balayer la maison, faire la cuisine, mettre et débarrasser la table, faire la vaisselle en portant un tablier ne pouvaient que prêter à rire; pour pouvoir se faire entendre par ce jeune homme inconscient attaché aux valeurs bourgeoises qui allait à l'encontre de tout son combat, il aurait fallu lutter non pas avec des discours devant un verre de raki, mais avec un poème qui paraîtrait dans la presse écrite, et mieux encore il lui faudrait être poursuivi en tant qu'opposant au système, être jeté en prison, subir des tortures; malheureusement ces conditions dépendaient des autres: les gens de gauche comme de droite semblaient décidés à ne pas se souvenir de Rahmi Seunmèze, le poète social réaliste qui avait écrit à une époque les poèmes révolutionnaires les plus enflammés. Il se disait: «Je suis devenu un mort-vivant.» Tandis qu'au plan théorique il persistait dans ses convictions, au plan individuel il sombrait chaque jour un peu plus dans un désespoir insondable. Aussi, quand un matin où l'hiver rivalisait avec le printemps, l'armée a pris le pouvoir et quand les arbres et les poteaux électriques de la ville ont été, en un tour de main, enduits de chaux jusqu'à mi-hauteur, le Prophète a commencé à attendre rempli d'espoir comme si, *les peupliers blanchis, les cerises ne tarderaient pas à suivre.*

Effectivement, les premières actions de ce nouveau régime indiquaient clairement qu'un poète, un romancier ou un chroniqueur n'avaient guère besoin d'avoir édité une œuvre constituant la preuve de sa culpabilité pour être emprisonné; un poème édité des années auparavant, une conversation téléphonique ancienne ou une lettre banale envoyée à un ami suffisaient pour se faire menotter et embarquer; même de très anciens cahiers avaient été soigneusement compulsés si bien que des quantités de personnes qui vivaient dans leur coin avec leurs problèmes quotidiens au point même d'avoir oublié leur participation à une époque à des activités révolutionnaires, étaient rapidement embarquées et invitées à rafraîchir leurs souvenirs. Le Prophète s'est dit que cette fois c'était bon. Toute une série de personnes hors circuit qu'ils n'avaient même pas intégrées dans leurs anciennes réunions de bar étant emmenées pour avoir participé à des activités secrètes visant à établir la domination d'une classe sur une autre classe, il ne voyait donc pas de raison pour que son tour n'arrive pas. Il a commencé à attendre en mettant dans une petite valise deux slips, deux maillots de corps, deux chemises de sport, trois paires de chaussettes, un pantalon, un cahier, cinq crayons et cinq paquets de Birindji. Ainsi quand ils diraient «Allez on y va», il serait prêt à la minute, il n'allait pas perdre de temps avec des détails. Encore pour les mêmes raisons, c'est-à-dire afin de ne pas perdre de temps avec des détails, il a réfléchi à l'avance à ses paroles et à son attitude: quand ils se mettraient à chercher dans la maison, comme ils le font toujours, des preuves de sa culpabilité, il avait décidé de les devancer en leur disant: «Arrêtez messieurs, ne mettez pas inutilement la maison sens dessus dessous, je vais vous montrer ce que vous cherchez: voici les Marx, ici les Lénine, là les Nazim et enfin, voilà mes propres poèmes qui sont tous des poèmes révolutionnaires; à cet endroit-là, si cela vous intéresse, il y a quelques Rosa Luxemburg ainsi qu'un Gramsci.» Il avait tellement répété ces paroles dans sa tête et tellement rêvé de la minute où il allait véritablement les dire qu'il était sûr de réussir à les dire sans bredouiller même si les arrivants appartenaient à la pire des Gestapo du monde. Mais serait-ce parce que son dossier se trouvait très en dessous, serait-ce dû au fait, selon les dires du Guignol, qu'ils ne trouvaient pas de cachot à sa taille, serait-ce parce qu'ils n'imaginaient pas qu'il ait pu fourrer son nez ailleurs en passant sa vie à Uskudar, était-ce ce double nom du Prophète/Rahmi Seunmèze qui les induisait en erreur, toujours est-il qu'ils ne venaient pas.

Il n'a quand même pas vidé sa valise, car une nouvelle série d'arrestations avait commencé : le couvre-feu était régulièrement imposé et les maisons méticuleusement fouillées ; ceux qui possédaient des éditions interdites étaient emmenés ainsi que les personnes qui détenaient trop de livres, même licites, d'après celui qui venait fouiller leur maison. Toujours est-il que, malgré ses « Marx » et ses « Nazim » dans l'endroit le plus visible de sa bibliothèque alors que tant de personnes brûlaient des kilos et des kilos de livres à chaque couvre-feu, malgré sa maison à l'allure prolétaire au milieu des constructions luxueuses dressées sous la houlette de Féhmi Gulmèze, jamais personne n'est allé jusqu'à sa rue les jours de fouille. Ayant appris que le nouveau régime considérait les barbus comme des ennemis de l'ordre public, il a aussitôt laissé pousser sa barbe. Pourtant, malgré sa taille « remarquable », aucun policier n'a tourné son regard vers lui pour observer son visage. « Je ne comprends rien, rien du tout ! » n'a-t-il cessé de murmurer : la théorie marxiste expliquait fort bien du point de vue dialectique que dans ce « système décadent » le bourgeois écrasait le prolétaire et le capital, le travail, mais il était impossible d'admettre l'inconséquence avec laquelle la police et la justice s'attaquaient aux opposants. Un jour, au retour de l'école, Nazim, pleurant de rire, a raconté l'histoire d'un bébé de dix jours amené au poste de police lors de la dernière perquisition générale sous prétexte qu'il n'avait pas de pièce d'identité, le Prophète a failli en pleurer, sans imaginer que cela ne pouvait être qu'une histoire drôle. « J'ai bien compris : il n'y a rien de logique dans ce système destructeur », a-t-il dit, puis il est allé dans sa chambre et il a lentement vidé sa valise.

Le Prophète a fini par expliquer l'inconséquence avec laquelle ce système méritant d'être détruit arrêtait les gauchistes de la manière dont il expliquait tout ce qu'il ne comprenait pas : la logique de destruction de l'avant-révolution ; cependant, quand, après l'affaiblissement du système répressif, et dans l'enthousiasme général, le marché a subitement été envahi par un grand nombre de romans, de poèmes, de mémoires racontant l'oppression, il a commencé à mieux saisir ce que signifiait en être la victime. Il avait toujours vu la prison comme le lieu où partager le destin de ses amis et où sa fonction de poète aurait été reconnue, en admettant, certes difficilement, que les oppresseurs joueraient un rôle presque positif. Toutefois, en commençant à lire, les uns à la suite des autres, les ouvrages de l'après-oppression, il a saisi que c'était un pont obligatoire à franchir pour tous les artistes; ensuite, à mesure qu'il allait, s'immergeant, dans les époques mythiques de la révolution, son impression s'est transformée en certitude: être prisonnier était «un art difficile», mais la prison était sans aucun doute un lieu miraculeux de formation, tout à fait irremplaçable; du moins, ceux qui avaient vécu ce miracle en parlaient de cette façon: selon eux, il n'était pas nécessaire d'avoir eu auparavant une expérience artistique quelconque, ni même d'avoir été écroué pour les motifs prévus aux articles 141 et 142, il suffisait d'être «l'apprenti» du maître: il n'y avait ni cahiers, ni crayons, ni papiers, ni livre; les leçons étaient données durant les tours de cour: le premier jour «la philosophie dialectique», le deuxième jour «la sociologie», le troisième jour «l'économie politique»; le maître expliquait, l'apprenti écoutait, le maître disait: «Maintenant répète cela: je suis un grand poète, toi un grand peintre» et l'apprenti répétait: en trois leçons le villageois devenait un grand peintre et le journaliste banal, un grand romancier. Cela faisait tourner la tête rien que d'imaginer jusqu'où pouvaient aller ceux qui, partant de rien, se retrouvaient dans cet espace privilégié. Le Prophète pensait que les fascistes, consciemment ou inconsciemment, lui avaient fait la pire des cruautés, il commençait à donner raison aux écrivains révolutionnaires qui, devant des critiques positives au sujet d'artistes n'ayant jamais connu la prison, se mettaient à crier: «Qui sont ces gens-là? Ils auraient couché en prison et nous ne le saurions pas?»

Le Prophète a franchi alors une étape supplémentaire: au lieu de se plaindre de son destin comme il l'avait fait jusqu'à ce jour et afin de saisir la véritable essence de la révolution et de la poésie en vue d'atteindre un jugement solide sur les poètes engagés, il a entrepris de lire tout ce qu'il trouvait à propos des aventures carcérales des poètes révolutionnaires, notamment les poèmes et lettres de prison de Nazim ainsi que des souvenirs et des études sur son séjour dans la maison d'arrêt de Bursa. Ensuite, ne se contentant pas de cela, il a décidé d'apporter à la poésie turque révolutionnaire en tant que chercheur la contribution qu'il pensait n'avoir pas pu faire suffisamment en tant que poète et il a entrepris d'établir une liste alphabétique exhaustive des poètes qui étaient allés en prison. Il a déterminé pour chacun d'eux le nombre d'arrestations, les lieux et les dates d'incarcération, les œuvres écrites durant les périodes d'emprisonnement et enfin, dans le but de faire ultérieurement les comparaisons nécessaires et d'aboutir aux conclusions indispensables, il a décidé de calculer précisément en jours et en heures la durée totale de détention pour chaque poète. Aussi, pendant une longue période, il se rendait tous les deux ou trois jours chez les bouquinistes ; chaque mois, presque toute son allocation retraite partait dans les revues et les livres neufs ou anciens ; ces livres nouvellement acquis, ajoutés aux précédents, faisaient sans doute de sa bibliothèque la bibliothèque de gauche la plus étendue du pays. L'ami bouquiniste qui avait vendu au Prophète la majeure partie des livres et des revues a commencé à songer qu'acheter cette bibliothèque serait un bon investissement, aussi a-t-il proposé des prix de plus en plus élevés à chacune de ses venues. Inutile de dire que le Prophète n'y a prêté aucune attention. Par ailleurs, il s'est tant investi dans ce travail qu'il oubliait la plupart du temps de se laver, de s'habiller, voire de se remplir l'estomac et il a tant essaimé, dans toute la maison, les livres, les revues, les coupures de journaux, les tableaux soigneusement élaborés, que même Nazim, qui généralement n'attachait d'importance à rien, a fini par s'y intéresser. Chaque matin, avant de sortir, il lui demandait quelle était la personne dont il cherchait la durée d'emprisonnement et chaque soir il le questionnait sur le résultat de ses recherches. Le Prophète, grâce à sa mémoire exceptionnelle et à sa longue expérience de banquier, disait presque toujours le bon nombre sans même consulter son papier.

En accordant autant d'importance aux poètes « ayant été en prison », il se désavouait d'une certaine manière en tant que poète, mais cela ne le faisait pas souffrir, et même, bien qu'il doutât de la valeur de ces recherches, il avait retrouvé grâce à eux sa condition de poète : à force de lire ou de rêver, les tours de cour, les dortoirs, les lits superposés, les salles de torture, les gardiens, le personnel de service, les poux, les punaises étaient devenus si réels qu'il a fini par s'identifier à tous ces poètes et par écrire des centaines de poèmes sur la prison et la torture à la première personne. Certes, on pouvait dire qu'il faisait preuve de superficialité, une fois de plus, en exprimant dans ses poèmes des douleurs et des faits sortis des livres comme il le faisait avant, quand, après s'être plié à la volonté de Féridé et avoir détruit quelques petits poèmes écrits à partir de sa vie, il s'était mis à écrire des poèmes à partir d'une théorie apprise et non vécue ; de même qu'il avait trouvé le seul modèle de vie digne d'être vécue dans les deux ans et demi partagés avec Féridé, c'est-à-dire dans le passé, il cherchait maintenant, dans un passé qu'il n'avait pas vécu, l'essence d'une lutte révolutionnaire. Toutefois, selon Féhmi Gulmèze qui les détient aujourd'hui, ces poèmes sont les plus beaux poèmes écrits par le Prophète durant toute sa vie et, si l'on excepte ceux de Nazim, les plus beaux poèmes de prison de ces cinquante dernières années. Et, toujours d'après Féhmi Gulmèze, il est faux de parler de la superficialité des observations et des sentiments exprimés par le Prophète, car ce dernier s'identifiait totalement aux poètes dont il évoquait l'aventure de prison et il revivait dans toute leur intensité leurs douleurs aussi bien que leurs espoirs. Cependant, à force de s'identifier à ce point aux poètes emprisonnés, sa vie personnelle est devenue de plus en plus perturbée ; il a fini par mener une vie de reclus, surtout après avoir achevé ses recherches et n'avoir plus l'obligation de se rendre continuellement sur l'autre rive, chez son ami bouquiniste. Même son petit-fils s'en est rendu compte ; il lui a dit en éclatant de rire : « Grand-père, toi aussi tu t'es mis finalement à porter le bracelet en or puisque te voilà devenu exactement comme un "perpet", en plus tu as créé toi-même ta propre cellule. » Par la suite, Nazim s'est même demandé s'il ne se prenait pas vraiment pour un détenu et ne voyait pas sa maison comme une vraie prison ; il s'est mis à l'observer avec un peu de moquerie, mais aussi un peu de chagrin. Il n'a abouti à aucune certitude : cependant, même si, considérant les visages et les objets à travers une illusion profonde, il ne prenait pas l'épicier pour un surveillant, son apprenti pour un gardien et la vaste pièce lumineuse pour une cellule de prison sombre et étroite, il était clair qu'il avait commencé à mener une vie de captif étant donné l'espace réduit où il se mouvait : en dehors des jours où il allait sur la tombe de sa femme, il ne sortait pour ainsi dire jamais.

Peu à peu, il a confié à son petit-fils tout ce qui concernait l'extérieur : Nazim faisait les courses le soir en rentrant de l'école et il encaissait les loyers des appartements et des magasins hérités de Zarifé. Voyant que le Prophète ne demandait jamais de compte et ne réclamait rien tant qu'il n'avait pas de difficulté financière, il a utilisé à son gré les sommes qui lui passaient entre les mains : vu qu'une maison en bois avec un jardin, aussi petite et mal entretenue fût-elle, commençait à être jugée de plus en plus attrayante par les gens, il n'a pas été gagné, comme l'avait été sa mère, par l'envie de changer de maison, mais, quasiment tous les quinze jours, il arrivait dans une nouvelle tenue et il faisait les courses en fonction de ce qu'il voulait voir cuisiner à la maison ; estimant que son grand-père n'était pas très doué pour le ménage et la cuisine, il a trouvé une femme expérimentée pour venir à la maison trois matinées par semaine et il a commencé à fumer des Marlboro ; il a même été jusqu'à changer les cigarettes du Prophète en disant : « Grand-père, dorénavant je ne t'achèterai plus de Birindji, tu fumeras des Samsun : d'une part on en trouve difficilement et d'autre part, vu que même les forts des halles fument des cigarettes à filtre, j'ai honte de demander des Birindji au buraliste » ; il a aussi apporté une immense télévision à la maison et il l'a fait fonctionner devant les yeux ébahis de son grand-père qui voyait pour la première fois un tel appareil, ensuite il a rigolé gentiment en disant : « Tu choisis de te retirer du monde en vivant comme un reclus, moi je te ramène le monde. Assieds-toi et regarde un peu, ça va te plaire ou en tout cas tu vas t'y habituer. En plus, en Europe, dans toute cellule de perpet il y a une télévision paraît-il. » Le Prophète, étonnamment passif, a obéi à son petit-fils, sur ça comme sur tout ; les premiers jours il n'écoutait que les nouvelles et éteignait le poste avec dédain quand ça passait à d'autres émissions, puis, lentement, il s'est habitué à la télévision : presque tous les soirs, de huit heures à minuit, il regardait tout, même les réclames et les feuilletons, il lui est même arrivé de participer aux discussions en posant des questions et en donnant des réponses aux images humaines qui causaient et se mouvaient sur l'écran.

Mais une nuit, en plein milieu d'un film palpitant, il a soudain frissonné quand il a remarqué qu'il soutenait les cow-boys américains contre les Peaux-Rouges ; habitué depuis quelque temps à parler tout seul, il a grommelé : « Ah mon Dieu, qu'est-ce qu'il m'arrive ? » Il s'est levé, il a éteint l'appareil et s'est assis sur le grand fauteuil de son père, les yeux rivés au plafond sur un mince filet de lumière qui se réfractait puis convergeait alternativement. Il s'est dit : « Qu'est-ce qu'il m'arrive ? Je ne comprends rien, rien du tout. » Juste à ce moment-là, alors que tout se trouvait inondé par une lumière éclatante, il a entendu un bruit de moteur effrayant et la maison s'est mise à trembler. Il s'est levé paniqué et a couru vers la fenêtre : il a vu Nazim, vêtu d'un blouson, d'un jean et d'un foulard violet autour du cou, descendre d'une voiture rouge étincelante et la fermer à clef, tout ça lentement comme s'il faisait la chose la plus banale du monde, il en est resté interloqué. Au moment où son petit-fils, tout en balançant les clefs dans ses mains, est entré et a allumé la lumière, il regardait encore la voiture par la fenêtre, mais une fois la lumière allumée, il s'est aussitôt retourné :

« D'où sort cette voiture ? », a-t-il demandé.

Nazim a souri ; tout en brandissant, puis faisant cliqueter les clefs qu'il tenait dans sa main, il a regardé fixement son grand-père en lui disant :

« Je l'ai achetée. Elle ne te plaît pas ? »

Le Prophète, comme s'il avait honte, a tenté d'échapper au regard de son petit-fils :

« Je ne m'y connais pas en voiture, a-t-il répondu, mais je ne comprends pas pourquoi tu as éprouvé le besoin d'en acheter une. »

« Grand-père, vraiment tu es unique ! » a dit Nazim et il a éclaté de rire. « Pourquoi en éprouverais-je le besoin ? La voiture est une nécessité pour les gens de notre époque. Je suis aujourd'hui étudiant en deuxième année d'architecture… » Puis il s'est tu et il a regardé son grand-père ; en voyant ses yeux hagards, comme s'il avait du chagrin, il a souri. « Grand-père, je veux arroser cet événement : est-ce qu'on prend la Mustang pour aller dans un bon restaurant, ou boit-on un coup à la maison ? » a-t-il demandé. Comprenant qu'il ne voulait aller nulle part, davantage grâce à l'expression se dessinant sur son visage qu'à la réponse qu'il avait marmonnée, il a dit : « Bon d'accord, assieds-toi, je vais préparer la table. »

Que Nazim se mette à arroser « un événement » avec son grand-père et prépare la table était une chose aussi incroyable que « l'événement » qu'il voulait arroser. Le fait l'avait certainement rendu très heureux, car il a réchauffé les plats, décoré joliment la table et après s'être assis face à son grand-père, il a trinqué avec lui en disant : « Allez, grand-père, à ta santé ! », mais voyant que chaque fois qu'il levait son verre en disant : « Allez », le Prophète restait silencieux et abattu, il a rompu une fois encore avec ses habitudes et il a entrepris un long discours ; il a expliqué abondamment combien il s'était donné du mal pour faire venir cette voiture, pourquoi il aimait les voitures américaines bien que de nos jours presque tout le monde préférât les voitures européennes, pourquoi il avait choisi la Mustang ; il a vanté sa puissance et sa vitesse ainsi que sa beauté. Le Prophète écoutait comme s'il écoutait un étranger parlant une langue qu'il ignorait, il ne comprenait rien aux détails donnés, et comme il ne comprenait rien, il n'intervenait pas. Mais quand il a avancé que son choix avait dû être influencé par le fait d'avoir vu beaucoup de Mustang dans les films américains qu'il suivait à la télévision, le Prophète lui a soudainement coupé la parole ; il lui a fait part d'un questionnement qui l'obsédait régulièrement. Sans se mettre en colère, ni élever la voix, il lui a dit qu'il n'arrivait pas à s'expliquer pourquoi sa mère avait fui en Amérique avec un Noir en abandonnant son petit garçon, ni pourquoi lui se trouvait subjugué par ce pays alors qu'il avait tout fait pour élever sa mère d'abord et lui ensuite selon les principes communistes ; il lui a demandé s'il avait ou non une opinion sur ce sujet. Nazim a saisi la pique qu'il y avait dans la question, mais il ne l'a pas mal pris ; il a réfléchi un instant, l'air songeur, puis il s'est mis à sourire en lui demandant :

« Grand-père, n'as-tu jamais pensé que le communisme que tu nous as enseigné à ma mère et à moi ressemblait exactement au rêve américain ?

– Ne dis pas des absurdités et ne me mets pas en rogne ! » a hurlé le Prophète : il a eu du mal à se contenir pour ne pas faire valdinguer tout ce qui se trouvait devant lui.

Il ne s'était mis en colère à ce point qu'au moment où la mère de Nazim avait quitté la maison parce qu'il ne se mariait pas avec Zarifé et au moment où elle lui avait fait part de sa décision de partir avec un sergent noir en lui laissant son fils ; mais Nazim continuait à sourire :

« Je ne dis pas des absurdités, grand-père, si les montagnes de béton armé de soixante-dix-sept étages, les vitrines d'un seul tenant de soixante-dix-sept étages, les femmes à casquette de cuir et à veste de cuir, le baiser donné en allant à une vitesse de cent soixante kilomètres heure ce n'est pas le rêve américain, c'est quoi alors ?...

– Ne dis pas des absurdités, t'ai-je dit ! Tout ça, ce sont les paroles de Nazim ! » a crié le Prophète.

Mais son petit-fils lui a répondu toujours sans se fâcher :

« Je n'ai pas dit que c'était extrait du *Feuilles d'herbes* de Whitman. » Ensuite il s'est levé, il s'est rapproché, légèrement chancelant et il lui a caressé gentiment l'épaule.

Le Prophète, toujours énervé, a pris sa main et l'a repoussée.

Les jours qui ont suivi, chaque fois que la Mustang rouge partait ou arrivait avec un bruit faisant penser à un marteau piqueur entamant les dalles devant la maison, il faisait la tête, car il repensait systématiquement aux observations incongrues de son petit-fils. Entre le soir de septembre où il avait sursauté en entendant l'arrivée de la Mustang et le jour de décembre où il a appris la mort du Moujik, il n'a quasiment jamais parlé avec son petit-fils.

Jamais il ne regardait les annonces de décès dans les journaux ; pourtant, ce jour-là, ayant épluché méthodiquement, par ennui, toutes les pages du journal *La République*, il a vu par hasard l'avis de décès du Moujik. Le journal en est tombé de ses mains et ses yeux se sont remplis de larmes ; il a murmuré :

« c'était une tête bien faite
un cœur parfait,
c'était un homme avec son poing
un enfant avec son sourire.
c'était une tête sans Dieu et sans frontière
c'était un camarade. »

Puis, il a ajouté : « En tout il avait passé mille neuf cent dix-sept jours en prison. » Il a sorti de la bibliothèque l'un des deux recueils de poésie du Moujik et il l'a lu du début à la fin en s'essuyant de temps en temps les yeux. Il s'est rappelé de l'époque encore heureuse où ce livre n'était pas encore publié, de cette époque enthousiaste où, jours et nuits, ils parlaient de révolution et de poésie. Pour rendre ses souvenirs encore plus présents, il a vidé sur le tapis toutes les photos de sa jeunesse qui se trouvaient dans une boîte à chaussures poussiéreuse ; il a cherché parmi les photos jaunies, sur au moins quatre-vingt-dix pour cent desquelles Féridé souriait de façon lumineuse, celles où se trouvait le Moujik. Il était si concentré qu'il ne s'est pas rendu compte de l'entrée bruyante de la Mustang dans la rue, ni de la présence à ses côtés de Nazim qui l'observait. Mais, un peu plus tard, quand Nazim s'est accroupi près de lui et lui a demandé ce qu'il faisait, il lui a montré les photos qu'il avait mises de côté comme si la mort de son ami avait permis de passer l'éponge sur toutes les dissensions ; il lui a parlé de l'amitié du Moujik, de sa vie, de ses poèmes. Nazim a été très ému de voir son grand-père s'ouvrir à lui de façon inattendue et, contrairement à son habitude, il l'a écouté jusqu'au bout ; quand le Prophète lui a dit qu'il voulait aller à la cérémonie d'enterrement, mais que cela se passait à la mosquée de Shishli et qu'il ne savait pas comment y aller bien qu'il sût depuis son enfance qu'elle se trouvait dans Istanbul du côté de Taksim, son émotion s'est transformée en tendresse ; alors, d'un air bienveillant, il lui a caressé l'épaule comme on caresse un enfant et il lui a dit :

« Ne t'en fais pas, grand-père, je vais te déposer à la mosquée en voiture. »

Le Prophète l'a regardé d'un air étonné :

« En voiture ? Comment ça ?

– Comment cela peut-il être ? Par le pont bien sûr.

– Le pont ? Tu te moques de moi ? De quel pont veux-tu parler ? »

Nazim, malgré toute sa tendresse, n'a pas pu se retenir de rire, ensuite, toujours d'un air bienveillant, il lui a de nouveau caressé l'épaule :

« Tu es magnifique, grand-père, vraiment tu es magnifique ! Cela fait six ans qu'ils ont construit le pont du Bosphore, en plus si tu tends la tête depuis la fenêtre de ta chambre à coucher, tu peux le voir, mais en six ans tu ne l'as jamais traversé et tu n'as même pas idée de son existence !

– Non, je sais qu'il existe», a dit le Prophète.

Il avait conscience de son existence, il l'avait même vu cent fois peut-être et il avait toujours remarqué que toutes sortes de véhicules passaient dessus à la queue leu leu, mais il ne faisait pas partie de ses habitudes, aussi n'avait-il jamais imaginé sa fonction. Le lendemain, alors qu'il se retrouvait pour la première fois à l'intérieur de la Mustang, il n'a pas tenté d'évaluer l'étendue de sa fonction ni d'appréhender ses spécificités évidentes au moment où il est passé dessus : la vitesse effrayante de Nazim ne lui en donnait pas la permission et puis surtout le Moujik, la mosquée de Shishli, les anciens amis qu'il allait retrouver, tout ça embrouillait la tête du Prophète.

À la mosquée, parce qu'il y avait plusieurs enterrements, il n'a pas réussi à savoir si beaucoup de gens étaient venus rendre un dernier hommage au Moujik, il a seulement aperçu quelques visages connus, certains parce qu'il les avait rencontrés dans le passé, d'autres parce qu'il les avait vus en photo dans les revues. Cependant personne ne s'est approché de lui, ni les anciens ni les autres ; il a même eu l'impression que certains artistes de sa génération le fuyaient du regard : peut-être le considéraient-ils toujours comme un agent provocateur ! Mais soudain, une main puissante s'est abattue sur son épaule et une voix connue lui a dit : « Alors le Prophète, toi aussi tu te promènes de par ce monde ? » Il s'est retourné et il a vu qu'un célèbre romancier, dont il connaissait le visage d'homme mûr en photo, lui tendait les bras en souriant ; alors, sans penser à rien, il s'est jeté dans ses bras et il a commencé à sangloter. Le romancier, croyant que le Prophète pleurait seulement pour Nedjmi, lui a dit : « Je sais, tu l'aimais beaucoup, mais il a vécu une vie d'homme d'honneur, il a passé cinq ans en prison ». Puis, comme s'il était gêné par tant d'intimité, il s'est éloigné en disant : « Allez, toutes mes condoléances, à bientôt. » Le Prophète a entendu un des jeunes faisant partie de l'entourage du romancier lui demander en le désignant : « Qui est ce séduisant monsieur ? », et celui-ci répondre en souriant : « Ah lui ? Tu ne sais pas ? C'est le Prophète ! Un qui est au parfum ! » Tandis qu'il essayait de comprendre ce qu'il voulait dire, une autre de ses connaissances a surgi devant lui, un ancien poète oublié comme lui. « Ça alors, le Prophète, tu es encore vivant ? » a-t-il dit et il s'est dressé sur la pointe des pieds pour l'embrasser sur les joues. Ensuite il l'a pris par le bras. Il a serré la main de quelques jeunes et il l'a présenté : « Voici le Prophète, un très vieil ami ! » Ainsi, il se dissociait, une fois de plus, de Rahmi Seunmèze. Ensuite il est monté dans l'autobus bringuebalant qu'on lui avait désigné, en compagnie de quelques hommes qui selon lui n'avaient aucun lien avec la littérature, et de deux femmes au visage gonflé à force d'avoir pleuré ; il est allé jusqu'au cimetière. Il a pensé qu'il avait bien fait de venir, parce que en dehors des deux femmes qui se tenaient un peu à l'extérieur, il n'y avait pas plus de six personnes autour de la tombe. Bien qu'il n'en eût pas l'habitude, il a aidé à faire descendre le corps et c'est lui qui a jeté le plus de terre sur le Moujik ; quand le Hodja a récité la Fatiha[1], il a fait comme tout le monde et a ouvert les bras les paumes tournées vers le ciel, mais tandis que chacun déclamait la prière, lui, il s'est récité intérieurement les vers dont il s'était souvenu en lisant l'avis de décès du Moujik ; il s'est penché ensuite en direction du jeune homme à casquette qui se trouvait à ses côtés et il lui a dit, comme s'il avait lu ces vers à haute voix : « Ça c'est ma Fatiha à moi ». Le jeune homme n'a pas daigné lui répondre, il s'est contenté de le regarder sèchement. Même si le Prophète y a saisi du dédain, il ne s'est pas mis en colère : malgré la tristesse pesante et glaciale engendrée par les pelletées de terre jetées sur le Moujik, le Prophète se sentait apaisé, presque heureux, comme jamais depuis bien longtemps ; cela semblait lié au fait de se trouver dans son ancien milieu et de fraterniser avec ses anciens amis au pied de la tombe du Moujik.

Ce sentiment d'apaisement a été à l'origine d'une nouvelle phase dans la vie du Prophète : il n'a plus manqué un seul enterrement de poète, qu'il appartienne ou non à sa génération et à la liste des poètes ayant séjourné en prison ; ensuite, il a élargi le cercle en allant aux enterrements de tous les écrivains ou universitaires pris

---

1. Première sourate du Coran.

sous le feu des embuscades lorsqu'ils se rendaient au travail ou rentraient chez eux; il participait aussi à ceux de tous les écrivains, peintres ou acteurs tant qu'ils n'étaient pas considérés comme des contre- révolutionnaires; il est même allé à ceux de tous les professeurs qui se trouvaient plus ou moins en relation avec le monde littéraire; il a ainsi renoué avec son ancien milieu. Ce n'était certes pas de véritables retrouvailles, car cela restait limité aux cours de mosquées et aux cimetières et il ne pouvait montrer un bras handicapé, un nez cassé ou un ongle enlevé en disant «Un petit cadeau du fascisme»; il ne pouvait pas dire non plus qu'il était le poète Rahmi Seunmèze, aussi restait-il toujours étranger au monde des poètes révolutionnaires; cependant, tout en restant étranger, il s'insinuait dans ce monde et côtoyait ces hommes. Le plus important demeurait dans le fait que tous ces gens s'étaient habitués à sa présence: dans tous les enterrements, que ce soit pour les jeunes ou pour les vieux, il s'approchait pour adresser ses condoléances en arborant un sourire mitigé, partagé entre la douleur d'avoir perdu quelqu'un d'aimé dans le milieu des écrivains et des poètes et le plaisir de revoir aussi quelqu'un d'aimé; transformant les «r» en «l», il disait d'une voix légèrement enfantine: «Il est palti sans voil l'avenil»; si ses paroles restaient sans réponse, dans cette atmosphère fraternelle engendrée par la mort, il offrait une cigarette à chacun et après avoir dit: «Voyez, moi aussi je me suis mis aux Şamsun», il s'éloignait avant d'en avoir fumé la moitié, tout en murmurant «À bientôt. Rendons grâce à nos sommités», car il n'avait pas l'intention, lui, cet être si banal qui n'était jamais allé en prison, de s'attarder davantage auprès des gens; il s'avançait vers un autre groupe pour répéter les mêmes gestes et les mêmes mots. Et si le défunt qu'il venait honorer s'avérait être un poète ou un écrivain de sa génération, au moins dans quatre-vingt-dix pour cent des cas, il ajoutait une nouveauté à ses gestes immuables accompagnés du même sourire mitigé aux lèvres: il sortait une photographie jaunie de son portefeuille en disant: «Regardez ça! Seriez-vous capable de reconnaître ce jeune homme?» Les gens regardaient et cela leur paraissait bizarre d'y voir un jeune homme aux cheveux drus portant une cravate fine sous un grand col, qui avait l'âge du petit-fils de l'homme couché dans un cercueil à dix pas de là et qui riait à côté d'un Prophète jeune et imberbe, beau comme personne et habillé à peu près de la même manière que lui. Cependant, loin de permettre au Prophète de rejoindre le monde des poètes en rétablissant le lien entre Rahmi Seunmèze et le Prophète, ces photos renforçaient la dichotomie de par la dissonance entre le beau jeune homme qu'elles montraient et l'homme à barbe blanche qui se trouvait dans la cour de la mosquée. Pour transformer cette dissonance en son contraire, il aurait suffi sans doute d'un tout petit effort, mais ceux qui regardaient les photos tendues par le Prophète ne dépassaient pas la matérialité de ces images jaunies de la même manière qu'ils étaient incapables d'imaginer que leurs pieds foulaient la terre d'une nouvelle ville bâtie sur une ville détruite.

À dire vrai, un des auteurs de ces lignes avait contracté le défaut de tous les écrivains et poètes de sa génération : tandis qu'il vénérait les poètes insipides de la Génération Quarante que certains accablaient en la nommant Génération Vidange en opposition au mouvement des « Étranges », mais qui apparaissaient comme des Isidore Ducasse avec un retard de quarante ans, il était incapable d'imaginer que le Prophète puisse être un poète comme ceux-là ; il pensait que c'était un vieux zinzin, malade de littérature, qui se sentait honoré à l'idée d'être à tu et à toi avec des artistes et de sembler faire partie de leurs amis. Aussi, pendant très longtemps, il n'avait même pas cherché à connaître sa véritable identité. La première fois qu'il avait entendu ce pseudonyme étonnant, il s'était contenté de l'associer aux traits racés de ce visage tout en longueur, à ces cheveux blancs et raides tombant quasiment sur les épaules et à cette barbe clairsemée, le tout flottant dans une atmosphère de pureté et de distance plutôt étrange qui faisait penser à Jésus. Au bout du compte, lui aussi, comme la plupart, avait réduit le Prophète à quatre ou cinq phrases immuables. Il aurait pourtant suffi d'approfondir un tant soit peu ces quelques phrases pour comprendre qu'il était bien au-delà de cette image.

Certes, les mots qu'il employait et le fait de les répéter à chaque fois, dans les mêmes circonstances, à cause de la vieillesse et aussi de ses sempiternelles idées fixes, prêtaient à rire ; dire, quand quelqu'un est mort « Il est parti sans voir l'avenir » n'est *a priori* qu'une vérité de La Palice. Mais, dans la tête du Prophète, partir sans voir l'avenir, c'était quelque chose comme mourir sans prendre dans ses bras l'enfant à naître, mourir sans pouvoir assister la semaine suivante au mariage de sa fille ; car dans son vocabulaire « l'avenir » signifiait la dictature du prolétariat, et voir la dictature du prolétariat était le droit le plus naturel de l'artiste. Quand il disait « Tu vois, moi aussi je me suis mis aux Samsun », c'était la même foi en l'avenir qui le guidait : fumer des Samsun à la place des Birindji équivalait pour lui à s'adapter aux nouvelles habitudes des travailleurs, des employés, des concierges et des poètes : aussi infime fût-il, c'était un tournant dans l'évolution inexorable de la classe ouvrière qui pour accélérer son accession à un avenir heureux devait s'appauvrir davantage ; en même temps, il faisait les comptes de sa propre vie en insistant sur le fait que sa seule concession de révolutionnaire avait été de passer des Birindji aux Samsun. Quant à ses « À bientôt. Rendons grâce à nos sommités », ils n'étaient pas l'expression d'un sentiment de gratitude, mais celle d'une révolte silencieuse et profonde d'avoir vu bafoué son droit le plus naturel ; le fait de ne pas avoir été arrêté une seule fois malgré tant d'années de militantisme exempt de concessions, comme s'il n'était qu'un élément négligeable du système établi, n'était peut-être qu'une vaste moquerie des tenants du pouvoir bourgeois ; alors, il répondait lui aussi par la moquerie, posément, sans se plaindre, il voulait juste signifier qu'il n'était pas responsable de cette grossière erreur.

Étant donné qu'il n'était pas responsable de cette grossière erreur, mais que les autres semblaient décidés à poursuivre ce jeu, le Prophète se savait désormais condamné à rester en dehors de l'univers poétique et révolutionnaire. Cependant, grâce à ces cérémonies d'enterrement consolatrices qui, comme les mots dans la vie de Flaubert, étaient des sortes d'aventures dans sa vie inerte, il acceptait désormais plus aisément son destin ; il s'était même identifié, dans un certain sens, à « *celui qui sait sans livre en apprenant de la terre* » et il s'installait dans ce destin comme un grand malade se glisse sous une couverture chaude. Cependant quand, un matin de septembre, « les pachas » se sont à nouveau emparés du pouvoir et ont commencé à couvrir de chaux jusqu'à mi-hauteur les arbres et les poteaux électriques de la ville, le Prophète a de nouveau espéré en voyant les peupliers tout blancs : les cerises allaient bientôt suivre.

Dès ce soir-là, comme un révolutionnaire qui connaît parfaitement la vie de prisonnier, il a préparé son petit sac. Toutefois, il a vite perdu l'espoir. Le nouveau gouvernement s'intéressait davantage aux jeunes qui entreprenaient des opérations armées; s'il lui arrivait parfois de s'attaquer aux anciens, cela concernait surtout les membres de certaines associations ou syndicats plutôt que les poètes ou les écrivains et, au lieu de les présenter aux juges d'exception, ils se contentaient de les éloigner de leur travail. Comme on peut aisément l'imaginer, le Prophète a trouvé cette manière d'agir tout à fait injuste: il estimait que les responsables bafouaient les droits des véritables révolutionnaires en utilisant une sorte de ruse. Aussi, peu à peu, en raison de la grande injustice subie, au lieu de manifester sa répugnance à l'égard du nouveau pouvoir, il a pris un étrange virage: considérant que ces gens personnifiaient les formes les plus honteuses de la contre-révolution, il a commencé à incriminer davantage les victimes des gouvernants que les gouvernants eux-mêmes, davantage le chassé que le chasseur, le révolté que l'oppresseur en les accusant d'être «les produits du gouvernement, leur unique raison d'être». Il ne cessait de les vilipender, de la même manière que ceux qui les prenaient par le col et les jetaient en prison. Le soir tout particulièrement, lorsque la télévision montrait les visages barbus et pâles de jeunes totalement hébétés et abattus en raison des coups, de la faim, du manque de sommeil ou de la peur et qui étaient installés derrière une table étrange couverte de livres, de fusils, de pistolets, de machines à écrire et de munitions, il grommelait: «C'est quoi tout ça, je n'y comprends rien, qu'arrive-t-il à ces enfants?» Il se remémorait alors son état de prolétaire sous prétexte qu'à une époque il avait manié le marteau dans le magasin de son père et il disait: «Tous ceux qui n'appartiennent pas au prolétariat, entreprennent de se charger de sa cause. Et voilà que maintenant, c'est au tour des étudiants! Quels liens ont-ils avec le prolétariat? Puisqu'ils ne travaillent pas, que font-ils dans les bagarres? Absurde, tout est absurde, complètement absurde!»

Il avait l'impression que toutes ces erreurs avaient pour origine la méconnaissance et la mauvaise interprétation de la théorie marxiste et que c'était encore une tromperie des fascistes envers ces jeunes inconscients ; les livres qui accompagnaient les armes en étaient la preuve formelle : un homme ne pouvait pas être marxiste en lisant *Le Lys dans la vallée* de Balzac et *Nana* de Zola ! Comment ces jeunes blancs-becs envisageaient-il le marxisme vu que l'on ne trouvait aucun livre de Nazim parmi les livres confisqués que le chef de la perquisition se faisait un devoir d'exposer chaque soir au milieu des pistolets, des munitions et des grenades ? Le Prophète était très énervé, il disait : « À quoi bon les pourchasser dans les recoins et les jeter en prison ! Même si on leur donnait un salaire mensuel de un million, ces types-là seraient incapables d'apporter le socialisme ! » Une autre chose encore lui portait sur les nerfs : l'expérience avait montré que la prison et la torture permettaient à l'homme de gagner sa véritable identité, or, ces enfants, par crainte d'être attrapés, utilisaient un nom de code pour se camoufler. Chaque fois qu'il en entendait parler lorsqu'il écoutait les nouvelles à la télévision, il était en rogne, comme si ce code empêchait non pas l'arrestation des autres, mais sa propre arrestation : « Un nom de code, tu parles ! Regarde-moi ça ! Un révolutionnaire doit porter son véritable nom ! Ces hommes font une lutte de guérilla, d'un côté ils disent que c'est au nom du prolétariat et de l'autre, pas gênés, ils utilisent un nom de code ! Ils devraient avoir honte ! »

Ce qui était curieux, Nazim était dérangé de le voir s'attacher à ce genre de détails, il le faisait taire en disant : « Est-ce que ce sont tes affaires de te soucier du nom de code de ces gens stupides ? Ne te prends pas la tête, s'ils sont dans la merde qu'ils y restent ! Assieds-toi, bois ton raki, lis ton livre, regarde la télévision ou amuse-toi avec tes poèmes. » Quand son grand-père s'avisait de poursuivre sa tirade, il l'interrompait : « Je vois bien, tu as le nez dans tes livres et c'est parce que tu n'en sors pas que tu dérailles ; je voudrais te dire d'ouvrir un peu les yeux et de regarder autour de toi, mais c'est trop tard à présent : tu as soixante-dix ans ! » Alors le Prophète poussait un profond soupir et se taisait : il était clair que pour Nazim comme pour tous les bourgeois, les personnes âgées étaient de trop en ce monde, elles n'avaient pas le droit de penser, non seulement à propos des problèmes sociaux, mais sur tous les sujets ; elles n'avaient pas le droit de donner leurs points de vue, elles n'avaient même pas le droit d'aller en prison. Voilà pourquoi Nazim l'écartait de ses affaires depuis bien longtemps. Si le Prophète s'avisait de lui poser une question au sujet de ses cours, il l'arrêtait: «Ça va, ça va, ne t'occupe pas de moi!» Si au moins il s'était engagé dans une action révolutionnaire, quelle qu'elle fût, en suivant la voie de ces enfants à parka, ou si seulement, ne serait-ce que de temps en temps, il s'était assis pour lire un poème, un roman ou un ouvrage théorique, même s'il n'approuvait pas son approche, il aurait compris son dédain, mais il en était bien loin! Parfois, en le voyant entrer par la porte et se diriger vers lui, il avait l'impression non pas de voir son petit-fils, mais lui-même, des années auparavant. C'était comme s'il se dirigeait vers un miroir. Cependant la ressemblance s'arrêtait là: cet enfant était incroyablement grossier et insensible.

Les derniers temps il avait complètement changé, il était devenu flagorneur et totalement sans-gêne: sans songer un seul instant à l'accumulation de plusieurs milliers d'années de la pensée humaine, ni au grand dessein prôné par Marx, il avait dilapidé à tout vent l'argent de la location des appartements et des magasins hérités de Zarifé, tout cela dans une odeur de déodorant et de lotion après-rasage; il s'attifait avec des tenues toutes plus incroyables les unes que les autres, dont les couleurs et les formes rappelaient davantage les rêves d'un fou plutôt que des habits d'homme ou même de femme et, comme si cela ne suffisait pas, sans avoir demandé à son grand-père, ne serait-ce qu'une seule fois, la permission, il amenait la nuit des amies à la maison dont certaines étaient vêtues comme des fillettes de primaire et d'autres comme des femmes d'antan, certaines avaient les cheveux crêpés et ébouriffés, semblables à des cheveux de sorcières et d'autres les cheveux tout plat collés sur le crâne avec de la Gomina. Au moins trois soirs par semaine, un sourire impassible aux lèvres, il déboulait dans la maison tenant par le bras l'une de ses innombrables copines: elles étaient toutes vêtues ou teintes différemment, mais il n'y en avait pas une pire que les autres dans le domaine de la bizarrerie et de l'impudeur; après avoir prononcé un «Bonjour, grand-père!» du bout des lèvres, il s'enfermait dans la chambre avec la fille; ensuite, avant même que le Prophète ait fini son raki, celle-ci, vêtue du peignoir vieux rose et des chaussons de Nazim, passait devant lui en se mouvant coquettement et rentrait dans la salle de bains; une minute après elle tirait la chasse.

À chaque fois, le Prophète sursautait sur place comme si l'eau se déversait sur sa tête, il se disait: «C'en est vraiment trop!» Trop de quoi? Jusqu'à cet âge, il avait connu beaucoup de choses étonnantes voire grossières, mais aujourd'hui, pour lui, l'emblème le plus concret de la grossièreté et de l'étrangeté était que ces filles plus soignées les unes que les autres, vêtues selon la dernière mode, issues très probablement de familles bourgeoises aisées, tirent la chasse dans sa salle de bains. En vérité, elles n'étaient jamais vraiment mal élevées, et même, les matins où Nazim partait tôt à la faculté et où le Prophète devait prendre son petit déjeuner et s'asseoir un moment avec certaines, il remarquait qu'elles savaient se montrer respectueuses quand il fallait; cependant, quelles que fussent leurs manières élégantes, il sentait filtrer chez elles comme chez son petit-fils une grossièreté repoussante à travers leur châle coûteux jeté sur leurs épaules ou leurs jupes tantôt ras les fesses, tantôt descendant jusqu'aux talons ou encore dans leurs façons de croiser les jambes et dans leurs regards embrumés; malgré tout, en les regardant, il se rappelait sa jeunesse, Sarikiz, Chopin, Mehmetçik, ces vêtements devenus leurs surnoms du fait qu'ils les avaient portés à toute occasion durant des années et qu'ils formaient une prolongation naturelle de leur corps: en faisant partie de la vie, ils constituaient à eux seuls une personnalité; tandis qu'il essuyait ses yeux embués, il grommelait: «Le petit-fils de Féridé! Comment est-ce possible, c'est incompréhensible», ensuite, cherchant une explication à ce qu'il considérait comme une dégénérescence allant à l'encontre du processus historique, machinalement il répétait les vers évoquant le programme que Nazim Hikmet prévoyait pour dix-neuf ans:

«En 24 heures, 24 heures de Lénine,
24 heures de Marx,
24 heures de Engels,
Dix onces de pain noir
20 tonnes de livres
et 20 minutes de la chose!... »

puis il poussait un soupir en disant : « Si notre Nazim, par exemple, avait lu autant de livres que le nombre de chemises qu'il a dans son placard ou que le nombre de filles qui entrent dans son lit, même sans devenir révolutionnaire, il aurait été un peu mieux que ce qu'il est ! » Il pensait que Nazim et tous ses semblables étaient condamnés à rester frustes parce que dans leurs vies, les rapports s'étaient inversés : dans la mesure où ils en avaient exclu Lénine, Marx, Engels, la théorie, la poésie, le roman, le livre, ils ne pouvaient pas échapper à la grossièreté ; après avoir assouvi leurs désirs physiques, à quelques pas de là, loin d'être gênées de sa présence et l'air de vouloir montrer qu'elles avaient accompli un acte irréalisable par d'autres, elles passaient devant lui en bombant la poitrine et, après être entrées dans la salle de bains, elles tiraient la chasse.

Une nuit d'hiver, tandis que la chasse était tirée toutes les heures, jusqu'à l'aube, le Prophète a tourné longtemps dans son lit, d'un côté puis de l'autre, oppressé par ces idées noires. Quand le ciel a commencé à blanchir, pour ne pas se confronter à la nonchalance de Nazim et de son amie qui semblaient prendre la vie comme une blague, pour ne pas entendre leurs éclats de rire, il a voulu rompre avec ses habitudes et faire un tour dans la rue, très tôt, sans prendre son petit déjeuner. Mais en sortant des toilettes, après s'être nettoyé la figure, affublé de son pyjama rayé bleu et de ses chaussons, il s'est retrouvé nez à nez avec une jeune fille blonde dont les cheveux étaient dressés vingt centimètres au-dessus de sa tête et la poitrine à moitié découverte ; il a baissé la tête, puis il s'est excusé. Ensuite, il a voulu retourner dans sa chambre, mais la fille lui a soudainement coupé la route en lui disant : « Attends, attends un peu, ne pars pas comme ça ! Laisse-moi te regarder » ; sans même remarquer que son déshabillé s'était largement ouvert et laissait apparaître son corps nu, elle lui a pris les mains et, tout en souriant, les trente-deux dents dehors, d'une joie incompréhensible, elle a bredouillé : « Mais ça alors, tu es plus beau que ton petit-fils ! » et tandis que le Prophète, qui avait libéré ses mains, s'apprêtait à retourner dans sa chambre, elle a ajouté : « Nous sommes seuls à la maison, tu le sais ? »

Le Prophète en a été étonné :

« Comment est-ce possible ? Nazim est sorti ? N'est-on pas dimanche aujourd'hui ?
– Oui, on est dimanche, pourtant il est sorti à cinq heures alors qu'il faisait encore nuit, a dit la fille. Ça, c'est Nazim, on ne peut jamais savoir ce qu'il va faire !
– C'est vrai, ses affaires ne sont jamais claires », a acquiescé le Prophète et, ayant pour seule idée en tête de se débarrasser de cette fille, il a ajouté : « Ce matin, moi aussi je dois sortir tôt, avec votre permission ! »

Il est entré aussitôt dans sa chambre et il a fermé la porte.

Au moment où il en est sorti, habillé, la fille blonde était confortablement assise dans le fauteuil de son père :

« Est-ce que je prépare le petit déjeuner ? » a-t-elle demandé.

« Non merci, je dois sortir tôt, a dit le Prophète. Mais vous pouvez le préparer pour vous.
– Non, moi aussi je m'en vais tout de suite, a dit la fille. Il paraît qu'on a tous à courir les rues en ce matin de février gelé… »

Le Prophète n'a pas répondu, mais en ressentant le froid cinglant après avoir ouvert la porte, il s'est posé lui aussi la même question : Nazim était parti et la fille, selon ses dires, s'en irait d'ici peu, il était sans doute préférable d'allumer le poêle et de rester confortablement assis. Cependant, maintenant qu'il était sorti, il valait mieux ne pas revenir, du moins tant que la fille n'avait pas quitté la maison. Il a relevé le col de son manteau et, lesté d'un malaise de plomb, il s'est mis à marcher à grands pas sur les dalles dont les interstices étaient remplis d'eau blanchie par le gel ; il a emprunté la large route d'asphalte bordée par les immeubles que Féhmi Gulmèze avait alors qualifiés de luxueux et qui l'étaient toujours à ses yeux. Il n'y avait aucun signe de vie à part quelques chiens errants qui rôdaient auprès des barils de poubelles et des ordures entassées autour, et quelques chats qui les suivaient de loin. Il n'y avait pas de lumières allumées, pas de voitures qui passaient. Il a descendu le raidillon menant au port dans le même silence et le même froid glacial ; cependant, sur sa droite, à un endroit où le trottoir était deux fois plus large qu'ailleurs, il a vu que les lumières du commissariat de quartier étaient allumées et que les vitres étaient très embuées comme pour signifier au monde extérieur que des hommes se trouvaient à l'intérieur, mais cet unique signe de vie, au lieu de le réchauffer, l'a fait frissonner jusqu'à la moelle. Un peu pour se ravigoter, un peu aussi pour s'en éloigner au plus vite, il a accéléré son pas et, comme si cela ne suffisait pas, il a emprunté les rues transversales. Quand il est arrivé au port, après avoir multiplié presque par trois la durée de son trajet, le soleil ne s'était toujours pas levé. Il a envisagé d'entrer dans un café pour boire un thé chaud, mais cela lui a semblé insurmontable de le demander au barman, de répondre aux «bonjour» des gens et de supporter leurs regards inquisiteurs. Il a marché encore un moment. Le long de la mer, à mi-chemin entre un parc et un terrain vague, il a aperçu quelques bancs au milieu d'une quantité de plastiques et de papiers éparpillés autour de poubelles orange. Il a décidé d'attendre là le lever du soleil.

Le soleil, paradoxalement, lui a rappelé le cimetière, ou plus exactement la tombe de Féridé. Il s'est frictionné les mains, puis s'est dit «Comment n'y ai-je pas pensé? Autant aller voir Féridé; en plus il n'y a personne d'autre vers qui je pourrais aller.» Il n'avait jamais osé se rendre jusqu'à la tombe de Féridé quand il se sentait mal. Cette fois il y est allé. Arrivé au pied de la tombe, peut-être sous l'influence du temps qui se réchauffait nettement, ses malaises se sont presque dissipés ou plus exactement estompés; sans penser à rien, il est resté debout un bon moment, quand soudainement, il s'est remémoré la nuit où Féridé était venue dans son lit pour la dernière fois; il l'a non seulement revue en mémoire, mais il l'a ressentie dans tout son être: malgré le soleil qui le faisait cligner des yeux, les images de cette nuit-là, leurs effusions, se sont répandues sur son corps sous la forme d'une douce chaleur, il a fermé les yeux et il a poussé un profond soupir plein de désir et de nostalgie. Aussitôt après, il a saisi l'incongruité de la situation et, pendant un long moment, il est resté tête baissée sans pouvoir regarder la tombe de Féridé: bien qu'il les eût toujours fuis du regard, il pensait que c'étaient les seins de la fille blonde qui l'avaient fait plonger dans cet étrange état et, cette idée ne lui permettant pas de se sentir moins coupable, il a marmonné: «Je suis devenu bizarre ces jours derniers.» Et quand il a fini par relever la tête et regarder ce qui était écrit:

FÉRIDÉ SEUNMÈZE
(3 février 1921-)

il ne restait pas une seule trace du bien-être qu'il avait ressenti en arrivant devant la tombe de Féridé, environ une demi-heure auparavant ; il avait été apaisé après s'être échappé des griffes d'un monde devenu plus froid, plus étranger, plus hostile et s'être rendu auprès de l'être le plus proche pour lui, mais maintenant, malgré le blanc après le tiret, il frissonnait face à la preuve la plus formelle que cet être incomparable avait disparu. Il a eu beau avoir ce frisson, contrairement à ses habitudes, il n'a pas cherché à raconter de belles choses à Féridé : qu'allait-il lui révéler ? Les bruits de chasse d'eau, les filles à moitié nues de Nazim, ses chemises vertes ou violettes, sa voiture alarmant tout le quartier ou la vie inutile de l'homme qu'elle a laissé derrière elle ? « J'en ai assez de vivre, je n'en peux plus, a-t-il gémi, je veux te rejoindre ! » Il était sur le point de pleurer, mais il savait bien que la sentimentalité et le désespoir étaient des choses que Féridé détestait : tête baissée, il s'est éloigné de sa tombe.

N'ayant pas décidé du lieu où se rendre, il ne prêtait pas attention aux endroits qu'il traversait. Il a fini par se retrouver dans une rue plus ou moins couverte d'asphalte, pleine de trous, parsemée de sacs en plastique qui s'envolaient sous l'effet du vent de février ; de temps en temps il se cognait contre un arbre ou un mur, alors sans relever la tête et sans regarder, il murmurait un « Je m'excuse » et il continuait à marcher. À un moment, se sentant brusquement très fatigué et pris par une envie irrépressible de dormir, il a voulu rentrer à la maison. Il a relevé la tête pour jeter un coup d'œil alentour : il se retrouvait de nouveau sur une côte entourée des deux côtés par des maisons de toutes les tailles et avec la mer au loin, mais il n'a pas réussi à détecter où il se trouvait ; en plus, était-ce dû à l'heure très matinale ou au grand froid ou encore au fait que tout était désert, toujours est-il qu'il n'y avait pas un chat dehors. Il s'est demandé s'ils avaient à nouveau proclamé le couvre-feu. Il a repris sa marche, pendant un bon moment, résistant au sommeil et à la fatigue. En entrant dans une nouvelle rue, il a vu passer une série de voitures les unes derrière les autres, il a vu aussi des enfants qui jouaient au ballon sur un terrain vague. Il a murmuré : « Non, il n'y a pas de couvre-feu aujourd'hui, sinon comment aurais-je pu aller au cimetière ? » Il a continué à marcher quand finalement, dans un petit parc, il a vu quelques bancs au soleil et, comme si quelqu'un allait prendre la place, il s'est précipité et s'est assis sur le plus proche. Il était à peine installé quc sa tête s'est affaissée et ses yeux se sont fermés d'eux-mêmes.

Quand il les a rouverts, des enfants couraient çà et là et, sur le banc d'en face, deux vieilles femmes discutaient en tricotant. Une des deux l'a regardé et lui a souri amicalement, mais le Prophète n'y a pas attaché d'importance ; comme si sur cette terre plus rien ne l'intéressait dorénavant, il a contemplé le ciel entre deux branches desséchées, longuement, quand soudain, il a murmuré :

« C'est dimanche aujourd'hui,
pour la première fois ils m'ont laissé sortir au soleil. »

Il s'est mis à trembler comme traversé par un courant violent : tout en sachant que c'était tout à fait incohérent, il percevait ces vers qu'il avait débités automatiquement, non seulement comme les célèbres vers de Nazim Hikmet, mais aussi comme l'affirmation, exprimée pour la première fois, de l'état intérieur dans lequel il se trouvait en cet instant ; et, comme si cela ne suffisait pas, il avait l'impression d'être à la fois dans ce petit parc sous un soleil d'hiver et dans une cour de prison entourée de hauts murs ne permettant de voir que le ciel ; en fait, il était en train de se percevoir à la fois comme lui-même et comme quelqu'un d'autre. Il s'est dit : « Que m'arrive-t-il ? Est-ce que je deviens fou ? »

La question, d'elle-même, a permis au Prophète de reprendre ses esprits, il s'est perçu, si ce n'était pas encore une illusion, comme étant Rahmi Seunmèze, employé de banque à la retraite, vieux poète, vêtu d'un manteau et d'une écharpe datant du temps de Féridé, assis sur un banc, face à deux vieilles femmes qui papotaient en tricotant, dans un petit parc sous un soleil d'hiver. Cependant, loin de l'apaiser, le fait de prendre conscience de la réalité l'a totalement perturbé : rien n'était plus illogique pour un poète révolutionnaire, surtout à une époque pareille, que de se retrouver assis comme n'importe quel bourgeois dans un parc en train de profiter du soleil au milieu d'enfants et de vieilles femmes, au lieu d'être « sorti » au soleil en prison ainsi qu'il venait de le vivre en imagination. Il s'est levé de sa place en colère, comme si l'incohérence était toute nouvelle et, devant les deux femmes qui poursuivaient intensément leur conversation, il a commencé à faire les cent pas d'un point à l'autre à la manière d'un ancien détenu qui aurait retrouvé ses habitudes de « tour de cour ». Il a vivement ressenti la contradiction entre la façon dont il marchait et le lieu où il se trouvait et il s'est mis à trembler, pris par un sentiment de révolte incoercible. Il a grommelé : « Comment arrêtent-ils les gauchistes ? En tirant à pile ou face, ou quoi ? Je n'y comprends rien », il s'est retourné pour revenir à sa place et il a inspiré profondément. Soudain il a pensé que cette méthode, ce pile ou face ou autre chose, avait été appliquée non seulement à lui, mais à tous les vrais marxistes comme lui : quand on pense que depuis des années, on n'a jamais sonné à sa porte, ne serait-ce qu'une seule fois, il était légitime de douter du fait que ceux qui étaient arrêtés fussent de véritables gauchistes. Il semblait au Prophète que les événements des une ou deux dernières années en constituaient déjà la preuve : ces termes impressionnants de communistes, marxistes, léninistes, maoïstes, s'appliquaient à des jeunes hommes minables qui ne pouvaient certainement pas connaître vraiment Marx ; ils voulaient ainsi détourner de son chemin la société par une imposture où le but du marxisme ne serait pas la révolution prolétarienne universelle, mais un dangereux jeu d'enfants. Il a marmonné : « Le fascisme ne pouvait pas trouver de système plus efficace pour écarter du peuple les poètes révolutionnaires », il a ressenti un écrasement comme s'il avait été arraché au soleil et reconduit vers sa cellule. Instinctivement, pour se libérer de ce sentiment, il a levé ses yeux vers le ciel : il était encore immaculé, encore totalement bleu. Le Prophète a trouvé discordant de voir un tel ciel briller sur un tel monde. Mais était-ce si discordant que cela ? Il n'était pas impossible que le ciel ressemblât à ça lors du terrible chaos précédant la révolution, lorsque le ciel allait s'unir soudainement avec la terre dans un terrible bruit de bombe. Le Prophète a murmuré : « Hiroshima. » Il l'avait lu quelque part : les Américains pendant très longtemps ne s'étaient pas approchés d'Hiroshima et ensuite, par un jour lumineux comme celui-là où le ciel était tout bleu comme celui-là, ils avaient laissé tomber la bombe. Peut-être que les fascistes préparaient un destin semblable à celui d'Hiroshima au poète qui avait écrit au cours des cinquante dernières années les poèmes les plus révolutionnaires exception faite de ceux de Nazim. Mais il a ri de sa propre hypothèse en se disant : « Je commence vraiment à raconter des bêtises. » Inutile de rêver : il était aujourd'hui et pour l'avenir un poète mort, et même il aurait pu dire qu'il n'avait jamais vécu s'il n'y avait pas eu en permanence le souvenir vivant de Féridé. Par ailleurs, si l'on se référait à la trilogie « thèse, antithèse, synthèse », de même que pour être tué, il fallait bien que quelqu'un vous tue, de même pour prouver que l'on était un vrai communiste, il fallait avoir en face des fascistes conscients. « Où sont-ils donc ? Ces hommes ne sont même pas des fascistes comme il faut », a-t-il murmuré et, après avoir baissé la tête, fermé les yeux et croisé ses bras sur sa poitrine, il s'est endormi, rapidement.

Quand il a rouvert les yeux, le soleil s'était couché et il ne restait plus personne à part lui dans le petit parc. Il s'est levé, sans penser à rien, et tout en se frictionnant les mains, il a commencé à marcher rapidement le long des rues désertes, comme s'il voulait atteindre un lieu précis. Tandis qu'il descendait une rue, les lampadaires se sont allumés ; il s'est alors arrêté et il a regardé un moment les lumières de toutes les couleurs qui apparaissaient tour à tour sur la rive d'en face. Il s'est encore souvenu de Nazim :

« Le socialisme
Cela signifie
Électrifier ! »

Il a poussé un profond soupir : sachant qu'il était impossible d'imaginer une densité électrique supérieure à celle-là, on pouvait penser que le socialisme, même s'il n'était pas encore arrivé, se tenait à la porte. Cependant, le problème du Prophète en cet instant n'était pas le socialisme : il avait tant rêvé de dortoirs, de lits superposés, de doigts écrasés sous les talons des bottes, d'interrogatoires sous des lumières aveuglantes ou bien les yeux bandés, avec les mains menottées derrière le dos et les pieds enchaînés, il avait tant jugé obligatoire l'emprisonnement du poète et du révolutionnaire, que pour lui, un socialisme qui adviendrait dans ce pays sans qu'il soit arrêté, serait malgré tout une révolution incomplète. Quoi qu'il en soit, s'il était vrai que socialisme signifiait électrifier, cela voulait dire que tout était fini pour lui : jamais ils n'allaient sonner à sa porte. « Notre page est tournée », s'est-il dit.

C'est pourquoi, le soir même, après avoir finalement réussi à retrouver sa maison en passant par des rues qu'il croyait toutes voir pour la première fois et après être parvenu à ouvrir la porte malgré ses doigts engourdis par le froid, quand vers une heure du matin, alors qu'il entrait dans son lit après avoir revêtu son pyjama, on a commencé à cogner à la porte et, sans qu'il ait le temps de dire « Qui est-ce », on s'est mis à crier d'une voix tonitruante « Police ! Ouvrez ! Ne tentez pas de folie : la maison est cernée ! », même s'il a murmuré « Hiroshima ! Finalement ils sont venus ! », son étonnement a largement surpassé sa joie.

D'un autre côté, étant donné qu'il les avait toujours attendus entre neuf heures et demie et dix heures, influencé par ses lectures sur ce sujet, il a été relativement dérangé en voyant la police venir à une heure si tardive. Certes, il n'avait pas son mot à dire : c'était leur droit, ils choisissaient eux-mêmes leurs horaires selon les impératifs de leur travail. Mais tout de même, il était fort désagréable de subir une descente de police en pyjama et en chaussons, comme un petit-bourgeois. Il a voulu s'habiller. Pourtant, comme si la sonnette avait été là seulement pour décorer, ils ont à nouveau cogné à la porte. Le Prophète a lancé : « J'ai entendu ! J'ai entendu ! J'arrive ! Une minute ! » Puis, renonçant à son idée première, sans trembler, blêmir ou trébucher, il a ouvert la porte d'un air confiant, comme s'il allait au-devant d'un ami ou d'un voisin. Au même instant, non pas un, deux, trois, mais quatre, cinq, six, sept, huit policiers, le doigt sur la gâchette, ont violemment déboulé à l'intérieur. Deux d'entre eux sont restés avec lui dans l'entrée tandis que les autres, toujours le doigt sur la gâchette de leur pistolet-mitrailleur, se sont faufilés en longeant les murs et se sont disséminés dans les différentes pièces. Le Prophète a souri malgré lui. Il a voulu dire : « N'est-ce pas un peu trop pour un vieil homme ? » Mais après avoir formulé la phrase dans sa tête il a renoncé, pensant qu'il avait trop tardé et qu'en plus ce n'était pas son problème. Toutefois, tout de suite après, quand il a entendu çà et là les bruits de lits tirés, de chaises renversées, de tiroirs jetés à terre, il a pensé que c'était exactement le moment de dire les mots qu'il avait préparés dans sa tête depuis des années et il s'est retourné vers le policier, dont on comprenait de par la petitesse de son pistolet qu'il était le chef, en lui disant :

« Monsieur, dites à vos hommes de ne pas saccager pour rien ma maison, je vais vous montrer ce que vous cherchez. »

Le chef des policiers l'a dévisagé d'un air ahuri :

« Ah bon ? Eh bien montre-nous alors », et il s'est tourné vers son collègue en ajoutant : « Va donc voir avec le tonton ce qu'il veut montrer. » Sa voix avait quelque chose de moqueur, mais il a tout de même braqué son pistolet sur le Prophète.

Ce dernier, indifférent à la moquerie et au pistolet, confiant et déterminé, est passé devant le policier pour se diriger vers la bibliothèque qui se trouvait juste en face de la porte. Le policier, sans même daigner jeter un coup d'œil sur les magnifiques photos de Marx et de Lénine, a dirigé ses yeux sur celle de Féridé avec son regard ironique derrière ses lunettes rondes et, sans retirer ne serait-ce qu'un instant son doigt de la gâchette, il a demandé :

« C'est qui cette fille ? C'est ta petite-fille ?

– Non, c'est mon épouse », a dit le Prophète, puis, avant que l'étonnement du policier ne s'estompe, il a pointé du doigt l'étagère centrale en haut de la bibliothèque en disant : « Voici » ; puis il a ajouté : « Voici les Marx, les Lénine, là les Nazim et là-bas mes propres poèmes, des poèmes révolutionnaires… »

Ne doutant pas un instant de l'impression qu'il avait créée, il s'est tourné du côté du policier, mais il a vu que ce dernier, toujours le doigt sur la gâchette, le toisait en retroussant les lèvres. Il ne savait pas s'il était en colère ou s'il se moquait, cependant il était heureux de voir se réaliser l'événement tant attendu et d'avoir résolu rapidement le problème : le reste n'avait pas d'importance ; poète révolutionnaire depuis tant d'années, il n'était pas du genre à faire des suppositions quant aux réactions d'un banal représentant de l'ordre. Il est ensuite reparti auprès du policier au petit revolver qui les observait de loin et il lui a dit :

« Si vous le permettez, monsieur, je vais me préparer en cinq minutes.

– À quoi vas-tu donc te préparer ? »

Le Prophète a souri comme une femme qui cherche à laisser croire qu'elle est une ancienne cliente dans un magasin où elle entre pour la première fois :

« À venir avec vous », a-t-il dit.

Le policier l'a dévisagé avec hargne et, au même moment, il l'a repoussé fortement de la poitrine du fait qu'il s'était trop rapproché. Le Prophète a tenté de se retenir à la porte du salon, mais sans succès : il est tombé sur le dos, les pieds dans l'entrée et le corps dans la pièce, il ne s'est pas rendu compte que sa tête avait cogné la chaise, ni que son pyjama s'était décousu, voire déchiré sous l'aisselle gauche. Bien que sa tête le lancinât effroyablement, sans même dire « ouf », il s'est redressé et s'est assis en s'adossant au montant de la porte, de la sorte, il a pu leur montrer que, en tant que véritable révolutionnaire, il ne s'avouait pas vaincu si facilement. Mais il n'arrivait pas à s'expliquer cette réaction brutale. Il avait beaucoup lu ou écouté les récits d'arrestation à domicile des gauchistes : les policiers mettaient tout sens dessus dessous, que ce soit les placards, les tiroirs ou les bibliothèques, ils emplissaient grossièrement des sacs avec des lettres, des revues, des livres jugés douteux, cela il le savait, mais généralement ils emmenaient l'accusé sans trop crier, voire sans lui mettre les menottes aux mains ; il n'avait jamais entendu dire qu'ils venaient à huit à la fois avec des pistolets-mitrailleurs ni qu'ils mettaient à terre les vieux poètes qui donnaient eux-mêmes les preuves de leur culpabilité. Du moins, ils n'avaient pas à faire ça à un homme tandis qu'il se trouvait dans sa propre maison. Et puis pourquoi ces hommes farfouillaient dans les pièces malgré son avertissement ? Pourquoi ne touchaient-ils pas aux livres ? Pourquoi attendaient-ils encore bien qu'ils eussent fini de chercher ? Pourquoi dirigeaient-ils toujours leurs armes sur lui alors qu'ils savaient parfaitement qu'il était seul à la maison et qu'il n'allait pas fuir avec ce pyjama déchiré sur le dos ? Jouaient-ils à un jeu ? Mais quel jeu ? Tout à coup lui est revenue à l'esprit une parole que son petit-fils lui avait dite quelques jours plus tôt : « Grand-père, ta vie à toi c'est que du baratin ! » Est-ce lui alors qui aurait organisé ce jeu? Est-ce qu'il avait voulu prouver la justesse de sa réflexion en montant ce simulacre d'arrestation? «C'est impossible, s'est-il dit, Nazim ne peut pas aller si loin, et en plus où aurait-il pu trouver autant de types désagréables, il ne s'acoquine qu'avec des filles.» Ensuite il s'est rappelé le lien qu'il avait fait avec Hiroshima: dans un ciel totalement limpide, soudain, une explosion effrayante, du feu, de la poussière, de la fumée, un tourbillon, la fin d'un poète révolutionnaire dans l'entremêlement de la terre et du ciel, dans le chaos du jour dernier, comme un poème de Nazim sur Hiroshima. Était-ce cela qu'il voulait? Le Prophète pour la première fois a pris peur. Ses yeux se sont dirigés sur sa main droite posée sur son genou: elle tremblait beaucoup. Il a eu honte de lui. Se redressant avec difficulté, il a mis ses chaussons et il a jeté deux bûches dans le poêle, puis, pour montrer qu'il n'avait pas peur, il s'est dirigé vers la fenêtre qui donnait sur la rue, mais, avant qu'il n'y parvienne, le policier a hurlé dans son dos:

«Assieds-toi, le vieux! Ne traîne pas dans nos pattes!»

Le Prophète s'est assis sur la chaise la plus proche. Mais le policier s'est remis à crier:

«Pas là, viens ici! Tant que je n'ai pas dit "lève-toi", il n'y a plus à se lever!»

Avec son arme, il désignait la chaise qui se trouvait à côté de lui. Le Prophète est venu s'y asseoir. Ensuite, il a essayé, timidement, de faire parler le chef des policiers:

«Qu'attend-on, je ne comprends pas, a-t-il dit, pourquoi vous ne m'emmenez pas?»

Le responsable des policiers pour la première fois s'est mis à sourire:

«T'emmener? a-t-il demandé, et où doit-on t'emmener?

– Qu'est-ce que j'en sais, monsieur? a répondu le Prophète. Il y a un grand nombre de prisons ou de postes de police, que ce soit Sansaryane Hane, Harbiyé, Balmumdju ou Maltépé! Ça, c'est vous qui savez. Comment pourrais-je le savoir?»

Le policier, d'un air moqueur, a examiné le Prophète des pieds à la tête:

«C'est bien, a-t-il dit, mais pourquoi on t'emmènerait là-bas ? Tu t'imagines que Sansaryane Hane c'est Daruladjézé[1] ?»

Le Prophète, exaspéré par ces paroles, a cherché une réponse percutante, mais ne la trouvant pas, il a renoncé ; il a jugé préférable de se montrer conciliant pour échapper à leur terrible ignorance :

«Je m'excuse, monsieur, mais il doit bien y avoir quelque chose, a-t-il dit, par exemple mes livres, mes poèmes...»

Le policier a éclaté de rire, puis, avec une dureté surfaite, il lui a dit :

«Ça alors, vieille carcasse, tu te moques de moi ? N'a-t-on rien d'autre à faire que de s'occuper de tes livres ? Ou bien est-ce que tu veux nous embobiner ? Cette canaille qui doit être ton fils, sous prétexte de changer le système en place, a constitué une organisation au nom de laquelle il tue des hommes, dévalise les banques et mitraille les postes de police, et toi, tu te mets à me parler de poésie ! Tu nous prends pour des imbéciles.

– C'est impossible !» a crié le Prophète, il a levé ses mains en l'air et ensuite, comme si des claques pleuvaient de tous les coins, il a pris sa tête entre ses mains et s'est recroquevillé, «c'est impossible, impossible, impossible !» s'est-il mis à gémir. Il a été submergé par une multitude de sentiments variés, passant du dépit à la peur, à la colère ou à la révolte. Il a répété : «Non, c'est impossible !» et, malgré la ferme injonction de la police, il s'est levé d'un bond et il a commencé à bredouiller : «C'est-à-dire que vous... C'est-à-dire que vous... Ce n'est pas moi... En fait c'est Nazim que...»

Le policier a appuyé le canon de son arme sur son front :

«Assieds-toi et ferme-la !» a-t-il dit.

Le Prophète s'est rassis sans pouvoir s'empêcher de dire encore une fois : «C'est impossible.» Il lui semblait que tout cela était un jeu horrible, monstrueux, totalement inadapté et malvenu ; ces hommes qui perquisitionnaient sa maison à une heure indue et qui boudaient les Lénine, les Marx et les Nazim ne pouvaient pas être les policiers de cet État. Il a relevé la tête et parcouru du regard les

1. Asile créé en 1892 par le sultan Abdulhamid pour héberger les orphelins et les nécessiteux..

hommes tout autour qui étaient maintenant encore plus nombreux; il a cherché à décrypter quelque chose dans leurs visages ou leurs comportements; par exemple, il a tenté de déceler s'ils étaient ou non ces révolutionnaires de rue cachant leur identité derrière des noms de code, mais il n'a rien résolu. Une fois de plus il a pensé que c'était un terrible simulacre. Toutefois, si ces hommes n'étaient pas d'excellents acteurs, il était clair qu'ils ne prenaient pas grand plaisir à participer à ce jeu: le doigt sur la détente, les visages tendus et blêmes, muets et immobiles, ils écoutaient des choses que lui n'entendait pas et ils attendaient. Est-ce que cela pouvait être réellement Nazim qu'ils attendaient? «Non, c'est impossible!» Peut-être que tout cela concernait un terroriste qui avait choisi comme nom de code le nom de Nazim. S'il avait été moins tendu et si sa tête l'avait moins lanciné, le Prophète aurait éclaté de rire à la vue de tout ça. Peut-être que dans un moment de faiblesse, il aurait pu avoir des doutes sur les qualités de poète de Nazim ou bien sur la pertinence de Marx, de fait, il ne les connaissait qu'à travers leurs livres, mais il lui était impossible d'imaginer que son petit-fils qui vivait depuis des années auprès de lui sous son toit soit autre chose qu'un snobinard dégénéré n'ayant rien à voir avec la révolution. Tout à coup, un éclair a traversé son esprit: «La Gestapo, a-t-il murmuré, la Gestapo, les voilà tombés encore plus bas que la justice bourgeoise, ils veulent se venger de moi en tuant mon petit-fils maintenant!», il a regardé droit dans les yeux du policier au petit revolver et, d'une voix ferme, il a crié:

«Vous êtes obligés de m'expliquer ce que vous cherchez chez moi!»

Au lieu de lui donner les explications qu'il réclamait, le policier au petit revolver s'est avancé vers lui en marchant sur la pointe des pieds, puis il a appuyé sa main armée contre sa tête tandis que de l'autre, il lui a saisi les lèvres et a commencé à les tordre comme s'il voulait les arracher. Juste à cet instant, la maison s'est ébranlée sous l'effet de la tempête créée par la voiture de Nazim. Le policier s'est penché et lui a murmuré à l'oreille: «Pas un bruit, sinon je te descends!», puis, craignant sans doute que son avertissement ne soit pas écouté, sait-on jamais, il a appuyé violemment sa main gauche sur sa bouche; le Prophète, plus que la douleur ou la colère, a ressenti l'intense odeur d'oignon venant de la paume du policier; cette odeur, qui se répandait comme un liquide collant et enveloppait tout son être telle une épaisse couche de boue, l'a aussitôt entraîné en dehors de ce qui se passait. Aussi, bien que le policier l'ait maintenant laissé tranquille, il a regardé la suite, muet et immobile, comme s'il s'agissait d'un événement étranger; il se sentait presque dans un autre monde, dans un feuilleton américain par exemple: l'excitation des policiers électrisés, le tour de clef dans la serrure, l'ouverture de la porte, l'entrée de Nazim et, au même moment, sa mise à terre par quatre policiers qui paraissaient minuscules par rapport à lui, le passage de menottes les mains derrière le dos grâce à la participation des autres, les coups qui pleuvaient n'importe où, sur la tête, le dos, le ventre, les jambes. Puis, brutalement, il s'est rendu compte de la lutte exaltée et désespérée de Nazim pour libérer ses mains des menottes, alors il s'est levé de son siège à une vitesse inattendue pour son âge, il a pris par le col le policier le plus près de lui et il l'a tiré en arrière. Le policier a chancelé, mais s'est ressaisi rapidement et, après s'être retourné, il lui a asséné un terrible coup de poing dans l'abdomen. Le Prophète, alors qu'il luttait, courbé en deux et les mains sur le ventre, pour se maintenir debout, a rencontré un instant, un très court instant, les yeux de Nazim, il a eu comme l'impression qu'il lui faisait un clin d'œil, d'un air presque satisfait. Il lui a crié:

« Nazim, n'aie pas peur! »

Au même moment, un second coup de poing a frappé son œil gauche. Il s'est écroulé comme un arbre.

DEUXIÈME PARTIE

Les cinq derniers jours du Prophète

I

Toute la nuit et une grande partie du jour qui a suivi, le Prophète se croyait ailleurs que chez lui en raison de ses douleurs au corps et au visage. À certains moments, il s'imaginait dans une salle de torture obscure, à d'autres, sur une paillasse sentant la crasse et la sueur, à d'autres encore sur une chaise bancale, sous une lumière crue, dans une pièce immense où, au bas d'un des murs, était écrit tout du long: «Ici, Dieu n'existe pas.» Dans chacun de ces endroits, il se trouvait seul et dans l'attente constante de quelqu'un ou de quelque chose. Il ne savait rien de ce qui se passait ou allait se passer, il savait seulement qu'il était là et qu'il attendait quelqu'un. Mais il ne se plaignait pas; s'il se trouvait en ces lieux, cela signifiait que, tôt ou tard, ici ou ailleurs, ils allaient venir pour commencer l'interrogatoire, ils allaient enfin couronner un demi-siècle de vie révolutionnaire. Il avait attendu des années, il pouvait bien attendre quelques heures de plus, patiemment. Cependant, son attente demeurant inassouvie, il a commencé à s'ennuyer, à s'agiter sur place. D'abord il a ressenti une douleur dans tous ses muscles, chaque fois qu'il faisait un mouvement. Ensuite, peu à peu, il a commencé à percevoir son mal de tête comme venant de sa propre tête, l'élancement musculaire et osseux comme venant de ses propres muscles et de ses propres os. Envahi par un sentiment oscillant entre la peur et le désespoir, il s'est mis à trembler et son tremblement n'a cessé de s'accentuer: ses dents ont commencé à s'entrechoquer. Le téléphone a sonné, longuement; il avait l'impression qu'il sonnait dans sa chair et dans ses articulations. Il a ouvert les yeux tout en gémissant, puis il les a refermés en murmurant:

« C'est impossible ! » Il s'est tâté le visage, la poitrine, les jambes, les pieds. Il n'y avait pas de doute : il s'agissait bien de son visage, de sa poitrine, de ses jambes et de ses pieds. Mais il n'y avait là rien de surprenant ; ce n'était pas que son visage, son corps ou ses pieds fussent les siens qui étonnait le Prophète, c'était de se trouver là, dans sa propre maison, étalé de tout son long sur un tapis râpé ; il a murmuré de nouveau : « C'est impossible ! » Ouvrir brutalement ses yeux dans sa propre maison après avoir tant rêvé de salles de torture était presque une incongruité impensable. Il a eu le sentiment d'avoir été entraîné dans un jeu fâcheux. Le téléphone continuait à sonner. Il s'est retourné, difficilement, il a pris appui sur ses mains pour se redresser et s'asseoir, puis prenant à nouveau appui sur ses mains il s'est relevé sur ses jambes. Juste au moment de saisir le combiné du téléphone, sa tête s'est mise à tourner ; vacillant, il a lâché l'appareil et, instinctivement, il s'est tenu au mur, il est resté ainsi un bon moment. Puis, toujours instinctivement, il est allé aux toilettes, en se retenant aussi au mur et, toujours en appui, il a uriné longuement, tout en continuant à se tenir. Au moment de repartir, il a eu l'impression de distinguer une ombre inconnue qui bougeait derrière le lavabo. Il s'est arrêté, il a allumé la lumière et il s'est vu dans le miroir, il a été à nouveau surpris : un renflement violacé cachait son œil droit, son pyjama était déchiré depuis l'épaule gauche jusqu'à la taille, cependant le miroir était bien celui de sa maison et le lavabo aussi. Il s'est alors rappelé le moment de sa chute et l'obscurité insolite constellée d'étoiles, chacune d'entre elles déclenchant une douleur aiguë. Il a murmuré « Les infâmes ! » et il est reparti des toilettes tout comme il était venu, en se retenant au mur ; il en revenait lentement quand le téléphone s'est remis à sonner. D'instinct, il a changé de direction et il a précipité son pas. Il a pris le combiné et l'a porté à son oreille. Une voix de femme disait : « Allô, Nazim ? Qu'est-ce que tu as le sommeil lourd ! Nazim ! Nazim ! Qu'est-ce qui t'arrive ? Pourquoi ne parles-tu pas ? » Le Prophète en entendant ces sons résonner dans son oreille n'a fait que ressentir une impuissance infinie et sans penser à rien, il a reposé le combiné ; toujours sans penser à rien, d'instinct, il s'est dirigé vers sa chambre, il a ouvert la porte, il est entré et il s'est jeté sur le lit comme s'il venait de recevoir un terrible coup de poing. Mais cette fois-ci son esprit résistait : tout en n'établissant aucun lien entre les images d'uniforme, de claque, de revolver qui surgissaient tour à tour, il luttait pour tenter de se remémorer ce qui s'était passé avant. Finalement, même si c'était de façon confuse, les événements ont commencé à prendre leur place dans l'espace et le temps. Il a murmuré à nouveau « Les infâmes ! ».

Toutefois, restituer les événements en images ne suffisait pas pour les comprendre : quel pouvait être le rapport entre Nazim et les dires de ces hommes ? C'est seulement en cas d'avènement de la révolution marxiste que les soldats de la révolution prolétarienne pouvaient arrêter ce garçon pour avoir prôné les valeurs bourgeoises et considéré la vie avec amusement et raillerie, et pour avoir méprisé la révolution et les révolutionnaires. Et personne ne pouvait leur donner tort. Mais le chef des policiers l'avait dit clairement : ils arrêtaient Nazim parce qu'il avait tenté de détruire le système établi. Le Prophète, serrant les dents, a changé de position dans son lit. Il a murmuré : « Incohérence. Tout est incohérent là-dedans. » Cette incohérence a conduit inévitablement le Prophète vers une autre incohérence : après l'avoir menotté les mains derrière le dos, ils avaient emmené un bourgeois dégénéré comme Nazim en disant que c'était un révolutionnaire, mais ils n'avaient même pas daigné l'emmener lui. Sa vie et ses œuvres étant ostensibles, il était difficile de trouver une explication valable à cette contradiction. Cependant, en y réfléchissant un peu, on pourrait dire qu'ils avaient désormais estimé inutile de le mettre en prison vu qu'il avait considérablement vieilli et qu'en plus, ayant cessé depuis longtemps son travail de révolutionnaire et d'homme aussi, il vivait en ermite, loin de tous. On pouvait même imaginer qu'ils avaient jugé suffisants le violet de son œil et la déchirure de son pyjama pour clore les vieux comptes. Mais alors, s'ils avaient voulu les clore ainsi, succinctement, à bas prix, cela signifiait que ces hommes le connaissaient depuis fort longtemps et, au-delà de le connaître, ils lisaient ce qui se passait dans sa tête. « Les infâmes », a-t-il murmuré encore, puis, pour la première fois depuis des années, ses idées sur la police ont rejoint celles des autres gauchistes : elle se trouvait partout. Tandis qu'il grommelait, inconscient de tout : « Comment ces types attrapent-ils les vrais gauchistes ? À pile ou face ? », eux tendaient des embuscades incontournables aux coins des rues, dans les cours de mosquées, dans les cafés, chez les éditeurs et même entre les murs de sa maison, peut-être même le regardaient-ils respirer durant son sommeil. C'était probablement pour cela, parce que, depuis des années, ils étaient au courant de leur présence qu'ils n'avaient pas regardé les immenses photos de Marx et de Lénine, ni les livres de Nazim à l'endroit le plus visible de la bibliothèque. Si son hypothèse était juste, si ces hommes avaient agi en connaissance de cause, si, en lui balançant un coup de poing dans l'œil, ils avaient pensé : « Cet homme ne mérite même plus d'être mis en prison à présent », cela voulait dire que sa vie de poète révolutionnaire ne serait jamais couronnée. Le Prophète s'est alors enfoncé dans un profond désespoir, il a fixé un point au plafond et il est resté couché un moment sans bouger, comme un mort. Soudain, il a grommelé : « Absurde ! C'est absurde ! Totalement absurde ! » Il s'est relevé et s'est assis. Il y avait quantité de signes prouvant que Nazim était typiquement bourgeois, mais aucun montrant qu'il était un révolutionnaire en dehors du fait d'être son petit-fils : si ces hommes étaient conscients, auraient-ils arrêté Nazim en le qualifiant de révolutionnaire ? « Absurde ! » a-t-il répété ; si tout cela n'était pas un des nouveaux signes de l'irrationalité précédant la révolution, alors certains s'étaient moqués de lui. Mais qui ? « Peut-être Nazim ? Est-ce que cela ne pourrait pas être Nazim qui aurait organisé tout ça, histoire de s'amuser ? » Après être entré dans son lit, son tremblement qui s'était peu à peu atténué, a repris de plus belle. Et, aussitôt après, il s'est rappelé la façon dont Nazim s'était débattu sous l'afflux des coups de pieds et des coups de poings et le clin d'œil qu'il lui avait adressé au moment où il allait être emmené, il a pensé à ce qu'aurait dû penser dès le départ un Prophète sain d'esprit : « Ces hommes ont fait une terrible erreur : l'ordre était venu pour moi, mais ils ne l'ont pas lu correctement, ils m'ont confondu avec Nazim. Vu qu'ils arrêtaient toujours des jeunes ces derniers temps, ils ont estimé qu'il fallait arrêter non pas moi, mais Nazim. En général, les jeunes interpellés sont ceux qui pillent les banques, aussi se sont-ils imaginé tout un scénario. Les imbéciles ! Tu vas voir, ils vont se faire passer un savon et peut-être dès ce soir, à la même heure, ils vont libérer Nazim et venir m'arrêter.» Il s'est mis alors à sourire tout seul et, comme s'il parlait à quelqu'un tout proche de lui, il a marmonné entre ses dents: «Moi, je sais ce que je vais leur dire.»

En vérité, il ne savait pas ce qu'il allait leur dire, d'ailleurs il ne cherchait pas, mais il trouvait sa position si solide et celle des policiers si risible qu'il ne doutait pas un instant qu'il trouverait le mot juste. Il s'est dit: «Il faut savoir affronter ce que l'on ignore. Qu'ils viennent d'abord et nous verrons ce que nous allons voir.» Ensuite il s'est allongé et il a tiré la couverture jusqu'à son menton. Il estimait qu'il était préférable d'attendre dans le lit, vêtu du pyjama qu'ils avaient déchiré de leurs propres mains. Toutefois, après avoir trouvé la dernière explication et compris que lui et son petit-fils étaient les victimes d'une erreur liée à l'irréflexion risible des policiers, il lui est apparu qu'attendre ces hommes dans son lit sans rien faire s'apparentait à s'adjuger cette erreur. Il a allumé la lumière et il a regardé l'heure à côté du lit. «Eh, voilà déjà vingt-quatre grandes heures de passées. Ces hommes, vu leurs têtes, peuvent prolonger leur erreur une semaine, voire dix jours, ou même un mois; il n'est pas impossible non plus qu'ils ne la corrigent jamais, et que plutôt que de la reconnaître, ils enferment ce garçon pour soixante ans en prétextant une série d'infractions.» Alors, saisi soudainement d'une force inimaginable, il a sauté du lit, sans se tenir nulle part, et à pas décidés il a marché jusqu'au placard. Après avoir enfilé un pantalon et une veste sur son pyjama, il est sorti de la chambre. Dans l'entrée, à une vitesse étonnante, il a mis ses chaussures directement sur ses pieds nus, il s'est revêtu de son manteau et il a ouvert la porte. Il est resté stupéfait et a tremblé jusqu'à la moelle: le temps avait totalement changé, tout était immaculé, la voiture rouge de Nazim n'était plus qu'un tas blanc et la neige continuait à tomber à gros flocons. La tête du Prophète s'est mise à tourner, il a eu la sensation qu'il allait s'écrouler sur place et il s'est tenu à la porte; il est resté là un moment, hésitant entre retourner à la maison ou fermer la porte et braver la tempête, ensuite, d'un air décidé, il a enfoncé dans la serrure l'énorme clef qu'il tenait à la main et il l'a tournée. Il a murmuré: «Je dois trouver Nazim et le libérer tout de suite.» Alors, redressant autant que possible sa tête et son corps, il a commencé à marcher sous la neige qui tombait furieusement, comme s'il avançait contre l'ennemi. Il ne réalisait pas la contradiction que contenait l'idée qu'échanger sa place contre celle de Nazim était une libération pour tous les deux, et il ne savait pas non plus où trouver Nazim, qui questionner à ce sujet, où et à qui expliquer l'erreur commise par les policiers la nuit dernière, mais en passant devant les appartements luxueux de Féhmi Gulmèze, il s'est rappelé soudain le poste de police du quartier dont il avait regardé de loin les fenêtres embuées l'autre jour; alors, sans craindre de glisser sur la neige et de tomber, il s'est dirigé aussi vite que possible vers ce poste de police; il a poussé la porte tout à fait confiant, persuadé de se trouver en position de force.

Au poste, un policier et un gardien se réchauffaient les mains autour d'un poêle rond en fonte; derrière, un autre policier, assis devant une petite table, tapait un document avec un seul doigt sur une vieille Remington. Quand le Prophète, recouvert de neige exception faite de son œil clos, est entré en trombe, les trois se sont dressés d'un bond. Celui qui se trouvait derrière la table s'est aussitôt précipité vers lui en disant:

« Qu'est-ce qu'il se passe, que t'arrive-t-il grand-père? Qui a frappé ton œil? Quand? Où ça? » Et sans attendre la réponse, il a poussé une chaise devant lui en ajoutant: « Assieds-toi, va! Reprends ta respiration. »

Le Prophète, conscient de se trouver dans un endroit ennemi, n'a même pas regardé la chaise, il est resté debout sans bouger; il a dévisagé les policiers, puis parcouru du regard le mur opposé où étaient placardés des écrits et où se trouvaient un calendrier découpé dans un journal ainsi que la photographie d'Atatürk encadrée de la manière habituelle; ensuite il s'est mis à tousser avant de dire:

« Je suis venu vous questionner au sujet de mon petit-fils: où est-il? »

Le policier venu à sa rencontre avait imaginé que le vieil homme avait été attaqué, voyant qu'il s'agissait de son petit-fils, il a été rassuré:

« Ton petit-fils? Que lui est-il arrivé? » a-t-il demandé.

Le Prophète a froncé les sourcils :

« Je vous en prie, ne me fatiguez pas, ne parlez pas comme si vous ne saviez pas, a-t-il dit, je veux le voir. C'est mon droit, il s'agit aussi de mon fils. »

Les policiers se sont regardés et ont souri. Le policier qui se trouvait devant lui a posé sa main sur son épaule.

« Grand-père, tu es malade, tu trembles de tous tes membres. D'abord assieds-toi là », lui a-t-il dit et, appuyant sa main sur son épaule, il l'a presque fait asseoir de force, ensuite, il s'est adressé au gardien qui regardait tout étonné le vieil homme : « Toi, apporte un tilleul au papy. »

Le Prophète, en s'asseyant, a ressenti une faiblesse terrible s'abattre sur lui. Aussi, bien que conscient de se trouver dans un endroit ennemi, il a accepté le verre de tilleul qui lui était tendu, mais il n'a pas pu le tenir : ses mains tremblaient affreusement.

« Laisse-le sur la table le temps qu'il reprenne son souffle et se réchauffe un peu ; il boira ensuite », a dit le policier et il est reparti s'asseoir à sa place. Pendant un temps, il a parcouru du regard le visage du Prophète, ses cheveux, son manteau, son pantalon de pyjama dont le bas, trempé, recouvrait ses chevilles nues : il travaillait dans ce commissariat depuis des années, il ne savait ni le nom de cet homme, ni ce qu'il faisait, mais il le connaissait : il le voyait de temps en temps passer lentement devant le poste de police, il était toujours seul ; étant donné qu'il avait dit que son petit-fils était aussi son fils, il était probablement un peu gâteux, peut-être perdait-il la raison. « Ne t'agite pas, grand-père, réchauffe-toi un peu, bois ton tilleul, on a le temps, on va parler », a-t-il dit. Tout en soupirant, il a pensé que c'était un beau vieillard.

Le Prophète, après avoir repris un peu ses esprits, a bu lentement son tilleul ; à mesure que le liquide tiède se répandait dans son corps, il s'est adouci, il a cessé de considérer son entourage de façon hostile ; il n'avait cependant pas oublié la raison de sa venue et après avoir bu sa dernière gorgée, il a dit :

« Oui, je vous le redemande : qu'avez-vous fait de Nazim Seunmèze ? »

Du fait de sa ressemblance avec le Prophète et de leurs fréquentes discussions à son sujet au cours desquelles ils se demandaient comment ce jeune homme pouvait nouer des relations avec autant de si jolies filles, en raison aussi du désagrément entraîné ces derniers mois par le bruit de sa voiture, tous les trois avaient fort bien compris qui était Nazim Seunmèze. Tous les trois étaient d'ailleurs en train de se demander au bras de quelle belle poupée ce type pouvait bien être en ce moment. Aussi voyaient-ils comme du gâtisme le fait que le Prophète, à cette heure-là, cherche son petit-fils au poste de police ; ou du moins le voyaient-ils comme un signe de bêtise. Le policier assis derrière sa table a souri en disant :

« Nous ne sommes au courant de rien, grand-père. D'ailleurs quel démêlé pourrions-nous avoir avec ton petit-fils ?

– Monsieur l'agent, je vous en prie, ne faites pas semblant de ne pas savoir, a dit le Prophète, la nuit dernière une dizaine des vôtres sont venus chez nous, lui ont mis les menottes et l'ont emmené en le rouant de coups. J'étais à la maison, je l'ai vu de mes propres yeux. »

Les policiers étaient éberlués. Celui près du poêle a secoué la tête en disant :

« Impossible, c'est impossible », et de la même manière que s'il disait : « C'est quelqu'un qui ne s'occupe que de ses propres affaires », il a ajouté : « C'est un garçon tranquille qui n'a l'œil que sur ses petites amies, je le connais bien, il doit y avoir une erreur. »

Les yeux du Prophète se sont illuminés :

« Oui, c'est ce que je voulais dire, a-t-il lancé, je pense qu'ils nous ont confondus tous les deux ; moi je suis connu en tant que communiste, mais Nazim n'a pas une telle réputation. »

Les policiers ont souri. Celui près du poêle a de nouveau hoche la tête en disant :

« Non, grand-père, ils peuvent se tromper parfois, mais ils ne peuvent pas faire ce genre d'erreur ; les politiques ont dû recevoir une fausse dénonciation et ils ont emmené ton fils en croyant qu'il était anarchiste.

– Mon petit-fils ne peut pas être un anarchiste », a lancé le Prophète ; le fait qu'ils assimilent Nazim à ces gens-là, sans pour autant expliquer pourquoi une confusion était impossible, l'avait fait sortir de ses gonds.

Mais le policier près du poêle a souri à nouveau :

« J'ai voulu signifier que c'était ce qu'ils croyaient, a-t-il dit d'une voix douce, ils ont cru que c'était un anarchiste. »

Le Prophète a eu soudain un haut-le-corps : pour la première fois depuis que les policiers avaient emmené Nazim, il a pensé que ce dernier avait pu réellement participer à des opérations ; il avait toujours méprisé ce genre d'actions et admettre que Nazim était un activiste annihilait l'éventualité de sa propre arrestation, pourtant, il a ressenti quelque chose ressemblant à du respect à son égard :

« C'est totalement absurde, a-t-il lancé, personne ne peut traiter mon petit-fils d'anarchiste. Mon petit-fils peut être un communiste, mais pas un anarchiste. »

Le policier à la Remington, une fois de plus, a souri derrière ses moustaches : il était sûr qu'il n'avait plus sa raison, cet homme qui affirmait, au commissariat, devant trois agents, être connu en tant que communiste et qui pouvait, en un temps trois mouvements, faire aussi de son petit-fils un communiste ; il était donc fort possible que la dizaine de policiers soi-disant venus chez lui la veille au soir, ce n'était pas à la maison qu'il les avait vus, mais à la télévision ; il l'avait lui-même expérimenté avec son père la veille au soir encore : ce dernier, en voyant une réclame télévisée où l'on transvasait des poissons d'un filet dans une barque, lui avait dit : « Fiston, il y a beaucoup de poissons cet hiver, pourtant tu n'en rapportes aucun à la maison ». Il a soupiré en disant :

« Bon, grand-père, si tu veux : qu'il ait été dénoncé comme communiste. Mais nous sommes des policiers de quartier, on ne se mêle jamais de ce genre d'affaires. Du fait qu'on n'a pas notre mot à dire, soit dit en passant, ils peuvent arrêter le pire des dandys en le traitant d'anarchiste, enfin je veux dire de communiste. En résumé, nous n'avons pas de nouvelles concernant ton petit-fils, grand-père.

– Alors où pourrais-je le trouver maintenant ?

– Maintenant ? » a bégayé le policier. « Maintenant, c'est bien ça ? » Il a regardé sa montre. « Il est plus d'une heure du matin. Ton petit-fils, tu ne peux le trouver nulle part à cette heure-là. Impossible, personne ne te fera entrer quelque part. Mais ne te chagrine pas, ils ne le garderont pas longtemps. Disons que dans quinze jours il sera à la maison. Ils vont le photographier devant une série de kalachnikovs, de revolvers, une douzaine de munitions et quelques livres sur une table. Ils vont le montrer à la télévision. Après ils le laisseront partir. Prie pour qu'il passe à la télé : la semaine d'après, il sera à la maison.

– Mais où ont-ils pu l'emmener alors ? » a insisté le Prophète qui avait un autre problème à résoudre, aussi important que celui de libérer Nazim.

Mais le policier a levé les mains en l'air en disant :

« Je ne peux pas le savoir, grand-père ; d'ailleurs même si je le savais et te le disais, tu n'aurais pas la possibilité de le voir. Surtout s'ils l'ont embarqué comme tu l'as raconté et qu'ils l'ont emmené en disant que c'était un terroriste. Ils ne montrent pas facilement les personnes de ce genre.

– Mais c'est totalement absurde d'avoir emmené Nazim en disant que c'était un terroriste !

– Bon papy, c'est comme tu veux, a dit le policier en souriant d'un air entendu, disons qu'ils l'ont emmené en tant que communiste. Mais sous ce régime de sûreté, tout cela revient au même. Le mieux serait que tu rentres maintenant en vitesse chez toi et que tu prennes un bon repos. Tu songeras ensuite à ce que tu dois faire. D'accord ? »

Après avoir affirmé, par une sorte de provocation, que son petit-fils ne pouvait être que communiste, le Prophète essayait maintenant d'admettre l'hypothèse qu'il l'était vraiment, malgré les apparences ; par ailleurs, il commençait à considérer proches des marxistes donc de lui, ces jeunes activistes qu'il méprisait alors, du fait qu'ils étaient arrêtés, torturés, frappés et tués par les forces conservatrices. Aussi a-t-il encore un peu protesté, mais ne pouvant toujours rien obtenir, il s'est levé en disant : « Bon, comme vous voulez. » Toutefois, il a voulu signifier sa gratitude en serrant la main des policiers qui, eux, n'en sont pas restés là : celui à la Remington, indifférent aux protestations du Prophète, a chargé son jeune ami assis près du poêle de l'emmener jusqu'à chez lui. Il n'a pas protesté. Le policier a revêtu aussitôt son manteau et son chapeau et a pris le Prophète par le bras. Ensuite, alors qu'ils marchaient sous la neige qui flagellait leurs visages, il lui a dit :

« Ne te fais pas de souci, papy, la vérité finit toujours par éclater : on connaît peu de gens dans ce quartier aussi inoffensifs que toi et ton petit-fils. Nous savons ce qu'il en est. Ne t'inquiète pas. »

Étant donné l'état de siège, il semblait plus étrange au Prophète de marcher dans la rue au bras d'un policier que d'être jugé inoffensif de sa part, il a voulu éclaircir la situation en répondant :

« Oui, vous avez raison, les communistes ont toujours œuvré et œuvreront toujours pour le bien des hommes et non pour leur malheur. »

Le policier lui a lâché instinctivement le bras :

– Cela voudrait dire que tu dis que Nazim est communiste ?

– Oui, c'est ce que je dis. » Il a repris haleine et ajouté : « Mais, si vous voulez la vérité, je n'avais jamais espéré que Nazim serait un bon communiste.

– Un bon communiste ? Un bon communiste ? » a bégayé le policier. « Pourquoi donc ? Pourquoi n'imaginais-tu pas qu'il serait un bon communiste ?

– À vrai dire, moi non plus je ne sais pas quoi penser, a dit le Prophète en soupirant. Nous, les communistes, nous lisions beaucoup. Nazim n'a pas lu un seul livre sur la question. Il n'aimait même pas qu'on aborde le sujet du marxisme. C'est pourquoi je pense qu'ils ont fait une grossière erreur en l'emmenant au lieu de m'emmener. »

Le policier a ri, puis reprenant le bras du Prophète, il l'a fait avancer :

« Non, grand-père, tout cela est absurde ! a-t-il dit, on le voit à la télé et c'est écrit dans les journaux, ils n'arrêtent que les jeunes communistes, et ils font bien : ce n'est pas une bonne chose toutes ces banques dévalisées, ces commissariats mitraillés et ces hommes tués. »

Cette fois, le Prophète s'est arrêté au milieu du chemin, il a rivé son regard sur les yeux du policier, il a souri comme le ferait un « prophète » :

« Tu parles de bonnes choses, a-t-il dit. Les bonnes choses ne viennent pas comme ça. D'où vient le "bon", le sais-tu ? Des racines de l'avenir encore enfouies aujourd'hui. Nous, les poètes révolutionnaires, décelons des indices dans ces racines, ils nous permettent de montrer la voie lumineuse du communisme et nous consacrons, à travers nos poèmes, la pensée de Marx. Croyez-vous donc que je me trompe ? »

Le jeune policier n'avait rien compris de ce qu'il avait entendu, mais il ne doutait plus un instant que ce vieil homme qui encensait le communisme en le regardant droit dans les yeux avait disjoncté. Il a donc jugé absurde de le contrarier:

« Non tu ne te trompes pas » lui a-t-il répondu et, le reprenant par le bras, il l'a forcé à marcher, aussi vite que possible. Arrivé à sa porte, il lui a serré amicalement la main en lui disant : « Maintenant Papy, couche-toi et dors gentiment, tu vas voir, dans moins de deux jours tout va s'arranger ; et même, qui sait, les communistes vont peut-être prendre le pouvoir.

– Que dites-vous ! Vous attendez une chose pareille ? » a lancé le Prophète. « Peut-on vraiment s'attendre à une telle révolution dans un avenir proche ?

– C'est possible ! Pourquoi pas ? » a répondu le policier, et après avoir attendu que le vieil homme ouvre sa porte, il lui a souhaité une bonne nuit et il a commencé à s'éloigner, on aurait dit qu'il courait.

Malgré la neige qui s'engouffrait à l'intérieur, le Prophète n'a pas fermé la porte, il a regardé le policier jusqu'au coin où il a disparu de sa vue, il s'est dit : « C'est un bon garçon ! » Il était à mille lieues maintenant du frissonnement éprouvé au moment où le policier l'avait pris par le bras pour la première fois, au contraire, il souriait de son erreur. Jusqu'à ce jour, il avait toujours imaginé que les policiers étaient les dernières personnes capables de comprendre la pensée révolutionnaire, aussi la police n'avait-elle pas sa place dans une société post-révolutionnaire, mais ce soir-là, une série « d'indicateurs positifs » prouvaient que la pensée révolutionnaire dans ce pays s'était répandue même jusqu'aux policiers. Il a allumé la lumière, il a fermé la porte et il s'est dit : « Il est clair que ce jeune a entrevu aujourd'hui les racines de l'avenir. » Vu que les agents du quartier sont à ce point conscients, ce n'était pas faire preuve d'un optimisme outrancier de penser que les autres n'allaient pas tarder à comprendre la vérité.

Il s'est étendu sur son lit pétri de cet optimisme mesuré.

II

Quand le Prophète a ouvert ses yeux, il était près de deux heures et demie ; le froid de la pièce pénétrait jusqu'à l'intérieur de la couette et son estomac criait famine, mais, comme s'il avait pris des forces en prolongeant dans ses rêves les pensées précédant son endormissement, il a tiré la couette jusqu'à sa bouche et, les yeux rivés au plafond, il est resté couché, immobile. Il était en train d'imaginer, au cas où les policiers défileraient à l'intérieur après être entrés avec la clef de Nazim, de les recevoir en restant au lit ; s'ils s'avisaient de donner des coups de pieds dans la porte et de crier « Police ! Ouvrez la porte ! Ne tentez rien : la maison est cernée », il imaginait agir aussi lentement que possible, et quand, poussant Nazim à l'intérieur comme un objet inutile, ils diraient : « Allez, dépêche-toi, on y va, nous avons fait une erreur, au lieu de t'emmener, nous avons embarqué ce type », il s'imaginait marcher tranquillement la tête haute en direction de la cuisine pour préparer son thé, et tout en sachant qu'il en subirait les conséquences douloureuses plus tard, leur répondre le plus calmement du monde : « Ce retard n'est pas de ma faute, mais de la vôtre, vous attendrez que je m'habille et que j'achève mon petit déjeuner. » Mais les policiers tardant à venir et son estomac lui faisant de plus en plus mal, il s'est retrouvé obligé de renoncer à ce bonheur. Il s'est levé, il est allé à la cuisine, il a rempli la théière et l'a mise sur le feu. Ensuite, comme chaque jour, il a pris le journal glissé sous la porte, mais quand il a vu, en haut à gauche de la première page, deux immenses photos de Nazim précédées du titre choc : « La tête de la terreur est sur le point d'être écrasée : Nazim Seunmèze a été arrêté », il n'a pas compris ce qui lui arrivait ; tout en murmurant « Ah mon Dieu, mon Dieu ! », il s'est assis à la table et il a contemplé longuement les photos dont la première représentait Nazim tout seul et la deuxième, entouré de policiers ; ensuite, en reprenant au début à presque chaque ligne, il a lu la nouvelle de l'arrestation racontée sur trois colonnes ainsi que le récit détaillé des opérations qui occupait quasiment le quart d'une des pages intérieures ; à chaque phrase qu'il lisait, il ne cessait de répéter : « Ah mon Dieu, mon Dieu ! Ce n'est pas croyable ! » Si l'on en croit ce qui était écrit, parmi les actions terroristes réalisées par les « factions gauchistes » depuis quelques années, surtout à Istanbul et à Ankara, il n'y avait quasiment pas d'excitation à la révolte, de mitraillage de poste de police, de pillage de banque, d'enlèvement, d'assassinat ou de blessures à personnes auxquels Nazim n'avait pas participé et dont il n'avait pas assuré l'organisation. Il avait ordonné presque toutes les opérations et il les avait quasiment toutes planifiées et même toutes mises en œuvre. Le journal laissait entendre qu'à l'intérieur du pays, Nazim Seunmèze était le plus grand, le plus puissant leader de la gauche et que, celui-ci une fois arrêté, on pouvait espérer que les actions terroristes allaient nécessairement cesser et que cela aboutirait à la fin de l'état d'urgence et au retour des soldats dans leurs casernes.

Le Prophète, qui relisait pour la troisième fois le long article, n'a pas été étonné de lire que « Le jeune brigand de ville avait réussi pendant longtemps à cacher ses activités subversives en dépensant sans compter, en s'affichant avec les plus belles filles dans les lieux les plus luxueux et en leur tournant la tête grâce à son charme ». Il n'a pas trouvé trop incongru non plus que sa maison soit qualifiée de « Nid d'aigle sur les collines d'Uskudar ». Par contre, face à chaque accusation portée contre Nazim, il n'a pas pu s'empêcher de murmurer « Ils exagèrent, ce n'est pas possible, ils exagèrent ». Mais, en lisant que Nazim Seunmèze habitait dans ce « nid d'aigle » avec son « vieux grand-père », il a été très énervé comme si, à travers ces mots, la vérité s'écartait de son chemin. « Les fascistes » a-t-il grommelé : ces journalistes s'étaient rendus esclaves du fascisme en se contentant de photos et d'informations données par les policiers, ils n'avaient rien vérifié de ce qu'ils avaient écrit. Ils ne s'étaient même pas rendus dans le quartier de ce « nid d'aigle » dont ils parlaient. Il a murmuré : « Ils auraient au moins pu écrire que ce vieux grand-père était un poète marxiste. Leur article aurait ainsi atteint une autre dimension ! » Se sentant là encore victime d'une injustice, une fois de plus, il a repoussé le journal. Mais à peine l'avait-il écarté, qu'il l'a repris pour se replonger aussitôt dans la lecture.

Étant donné que tout était écrit de façon détaillée, avec les lieux et les dates, le Prophète, au cours de sa quatrième lecture, a frissonné de la tête aux pieds en comprenant qu'au moins une partie des accusations était vraie ; il a allumé une cigarette qu'il a finie en quelques bouffées. Il a soupiré en disant : « Tant d'énergie pour rien, c'est comme mes poèmes. » Mais un quart d'heure après, en relisant la nouvelle depuis le début, influencé par le fait que le journal, réputé « de gauche » depuis toujours, utilisait abondamment des dénominations injurieuses telles que « monstre agressif », « terroriste », « assassin », « criminel », « brigand de ville » et aussi par le fait que Nazim Seunmèze fût qualifié à tout propos de marxiste intraitable et incurable, il a pensé que toutes ces actions dont il était, soi-disant, responsable, étaient peut-être nécessaires d'un point de vue marxiste. Certes l'hypothèse paraissait au premier abord plus que douteuse. Il en avait déjà parlé au commissariat, Nazim non seulement n'avait pas lu un seul livre sur le marxisme, mais il n'appréciait pas non plus qu'on en parle. Toutefois, vu que le « grand » État avait envoyé chez lui près d'une douzaine d'hommes armés pour le faire arrêter, vu que même le journal le plus à gauche de l'époque lui imputait plus de cinquante délits de pillage, assassinat ou sévices « pour la cause marxiste-léniniste », la lecture ne devait pas être un impératif pour devenir un véritable marxiste. Le Prophète s'est rappelé toutes les leçons sur le marxisme qu'il avait données à Nazim depuis sa plus tendre enfance, quand il faisait ses devoirs, quand il mangeait à table, quand ils marchaient dans la rue, la main dans la main, parmi la foule ; même si son petit-fils refusait d'aborder ce sujet les derniers temps – peut-être voulait-il camoufler ses activités ou peut-être avait-il d'autres raisons – il s'est dit qu'il avait été très certainement formé au marxisme grâce à lui ; il s'est rappelé ensuite que, durant les jours légendaires du marxisme, les paysans qui se trouvaient en prison pour des histoires de cœur ou de loi du sang, s'étaient transformés en marxistes exceptionnels en quelques jours ; son hypothèse est alors devenue une certitude, il s'est senti regonflé par quelque chose ressemblant à de l'orgueil. Maintenant il restait à expliquer pourquoi et comment la pensée marxiste, qui devait conduire l'humanité vers des lendemains lumineux, sommait de tuer. Mais, peut-être à cause de la fatigue ou du froid, peut-être par crainte de s'écarter à nouveau de Nazim, il n'a pas voulu y réfléchir trop longtemps, il s'est rappelé les fameux vers qu'il avait toujours considérés, depuis les lointaines années de lycée, comme la plus concrète explication du processus historique et il a murmuré « Qu'il lise ou non, Nazim se trouve obligatoirement plus en avance que moi. Tout est véritablement une question de génération, chaque génération menant sa propre lutte avec ses propres moyens. Cela doit se passer ainsi parce que le monde tourne et l'Histoire avance chaque jour un peu plus sur son chemin sans retour ».

Mais en entendant brusquement, juste à ce moment-là, un coup de frein sec sur la rue pavée, il a oublié toutes ses suppositions : il s'est dit que les policiers avaient fini par comprendre leur erreur, qu'ils avaient libéré Nazim et venaient le chercher, il s'est dirigé vers la fenêtre donnant sur la rue et, à travers l'obscurité bleutée inondant lentement l'atmosphère, il a vu sortir d'une énorme voiture un homme largement décoré, tels les officiers persans, sa supposition s'est alors presque muée en certitude. Ensuite, voyant un vieil homme en civil sortir de la voiture une fois la portière ouverte par l'homme décoré, son cœur a failli s'arrêter : « Mais il ressemble à mon Féhmi, cet homme, oui, c'est Féhmi, c'est bien lui ! a-t-il balbutié. Mon Dieu ! Mon Dieu ! » Sa tête s'est mise à tourner, il a pressé ses mains sur ses yeux, cependant il n'a pas su si c'était de la joie ou de la colère, cette chose qui lui faisait tourner la tête.

Féhmi Gulmèze, de par son attitude, n'a pas facilité les choses : il est entré non pas comme un vieil ami réapparaissant après de nombreuses années, mais comme un proche voisin rencontré plusieurs fois par jour, il n'a ni poussé un cri, ni ébauché un sourire. Il s'est contenté de demander :

« Qu'est-il arrivé à ton œil ? »

Un éclair a surgi brutalement dans la tête du Prophète, il s'est rappelé une parole que pendant si longtemps il avait rêvé de dire un jour à quelqu'un avant d'en perdre l'espoir :

« Un petit cadeau du fascisme.

– Que veux-tu dire ?

– Que pourrais-je vouloir dire ? C'est la trace d'un coup de poing venu d'un policier. »

Le Prophète a souri, il nageait presque de bonheur d'avoir pu enfin prononcer la parole du Moujik ; cette parole qui témoignait de l'impuissance de la personne face à la violence aveugle, il la voyait presque comme l'expression d'une force, aussi regardait-il un peu de haut son ancien ami. Mais Féhmi Gulmèze avait l'air mécontent, il a grommelé :

« Quels sales types ! Un jour je leur demanderai des comptes à ceux-là. » Il s'est approché ensuite du Prophète, il s'est mis sur la pointe des pieds et il l'a embrassé sur les joues. Ensuite, il a reculé d'un pas et il a examiné son ami des pieds à la tête. Après, d'un pas décidé, il s'est rendu à la cuisine. Une minute plus tard, il avait apporté et posé sur la table une assiette ébréchée qui comprenait un morceau de fromage et deux tranches de pain.

Le Prophète s'est mis à rire :

« Tu as donc si faim ? a-t-il demandé.

– Non, a dit Féhmi Gulmèze, c'est pour toi que je l'ai apportée. Je te connais bien, je parie que tu n'as rien avalé depuis que la police a emmené l'enfant. En plus cela se voit : tu tiens difficilement debout. Allez, assieds-toi. »

Le Prophète s'est assis à la place indiquée et il a regardé droit dans les yeux son ancien ami :

« Féhmi, Féhmi », a-t-il murmuré. Il comprenait maintenant qu'il n'était pas du tout fâché et même que son ami lui avait terriblement manqué.

« Mange d'abord ce pain et ce fromage, lui a dit Féhmi Gulmèze, on a encore beaucoup de temps pour parler. J'ai commencé à préparer du thé, je te l'apporterai ensuite.

– J'en avais fait infuser.

– Non, tu ne l'avais pas fait infuser, tu avais juste mis l'eau, à force de bouillir il n'y en avait plus, un peu plus et la théière allait se percer. »

Tandis que le Prophète mastiquait consciencieusement après avoir coupé un morceau de fromage et un morceau de pain et les avoir enfournés au bon endroit de la prothèse, Féhmi Gulmèze, comme autrefois, s'est assis de l'autre côté de la table, juste en face ; sans dire un mot, il a parcouru des yeux la pièce, il a remarqué que la maison n'avait pas du tout changé depuis son départ des années auparavant, il est devenu triste en songeant combien il était contradictoire qu'un homme qui considérait la vie comme un changement permanent passe la sienne presque toujours dans le même cadre :

Il a dit :

« Je vois que rien n'a changé dans la maison. »

Le Prophète s'est remis à rire :

« C'est vrai, a-t-il dit, moi non plus je n'ai pas changé, je pense aujourd'hui comme je pensais à vingt ans ; je suis encore ce gars communiste que j'étais ; seulement j'ai vieilli.

– C'est bien », a dit Féhmi Gulmèze et il a soupiré ; ensuite il s'est levé pour retourner à la cuisine, il est revenu avec un verre de thé qu'il a posé en silence devant son ami.

« Pourquoi n'en as-tu pas versé un pour toi ?

– Le thé m'est interdit.

– Tu es vraiment devenu un patron, un type parfait », a dit le Prophète, mais il a souri amicalement.

– Oui, c'est ce que je suis devenu ! Ça ne te plaît pas ?

– Tu sais ce que je pense à propos des patrons.

– Oui, je sais. Maintenant bois ton thé. »

Le Prophète l'a bu lentement, sans dire un mot ; à chaque gorgée il s'apaisait un peu plus, sans doute grâce à la chaleur du breuvage. Il s'est dit : « Ça c'est Féhmi, quand il ne peut rien faire, il fait du thé », puis il a soupiré profondément et, oubliant qu'il avait reconnu aussitôt son ami, en plus dans la semi-obscurité, il a poursuivi son monologue intérieur : « Le pauvre, il s'est beaucoup délabré, il est devenu méconnaissable. » Alors qu'il buvait son deuxième verre, il s'est passé une chose au-delà de l'apaisement, il a ressenti quelque chose comme du bonheur de le voir là, en face de lui, mais en même temps il s'est souvenu de Nazim :

« Tu as dû lire les journaux, ils ont arrêté Nazim, mon petit-fils. Ils l'ont emmené à ma place.

– Je sais, c'est pour cela que je suis venu ici », a dit Féhmi Gulmèze. Ensuite il a froncé les sourcils et il a ajouté : « Mais je ne leur aurais pas donné la permission de t'embarquer. D'ailleurs, je ne l'ai jamais donnée. »

Le Prophète, son verre vide à la main, s'est brutalement figé ; pendant un temps, il n'a pas pu penser à quoi que ce fût. Un bon moment après, comme s'il se parlait à lui-même, il a bégayé :

« Alors… alors… c'est toi qui les as empêchés ? Tu leur as dit laissez-le et prenez son petit-fils ? »

Féhmi Gulmèze n'a pas dit un mot, cela ne lui plaisait pas de parler de son pouvoir à son ancien ami. Quant au Prophète, jugeant que Féhmi avait fort mal utilisé son pouvoir, il lui a jeté un regard haineux et il a renouvelé sa question :

« Dis-le : tu as réellement empêché qu'on m'arrête ?

– Oui, il y a très longtemps, mais une seule fois, a dit Féhmi Gulmèze, ensuite ils n'avaient aucune raison de t'arrêter : tu es resté tranquille. »

Les yeux du Prophète se sont assombris, il avait envie de fracasser quelque chose.

« Peut-être, mais je n'ai pas retourné ma veste comme toi, je suis resté fidèle à mes convictions.

– Très bien, je t'en félicite. »

Le Prophète n'a pas su quoi dire, il ne pardonnait pas à un ami d'enfance qui avait rompu ses relations depuis longtemps, d'avoir contrarié sa destinée de poète en empêchant qu'il aille en prison avec ses pairs alors que personne ne lui avait rien demandé, peut-être ne lui pardonnerait-il jamais. Il s'est levé et a commencé à marcher nerveusement dans la pièce. Ensuite il s'est campé devant Féhmi Gulmèze et lui a dit :

« Alors pourquoi n'as-tu pas sauvé Nazim ? Il fait partie de moi. »

Féhmi Gulmèze s'est levé, il a pris le Prophète par le bras et il l'a fait asseoir sur le divan ; s'asseyant à côté de lui, il lui a mis la main sur les épaules :

« Écoute, a-t-il dit, d'abord je n'étais pas au courant. Ensuite, ce garçon ne se contentait pas comme toi d'écrire des poèmes.

– Oui, c'était un homme tranquille, il n'avait l'œil que sur ses petites amies », a dit le Prophète en riant d'un air railleur.

– Mon cher Rahmi, cette affaire n'est pas comme tu crois, elle ne prête pas à rire », a dit Féhmi Gulmèze.

Le matin même, après avoir lu les journaux et surtout après avoir observé que Nazim Seunmèze ressemblait fortement au Prophète, il avait téléphoné au moins à cinq endroits différents et partout il avait reçu la même réponse : « Ah ! monsieur, c'est un sujet très sensible : faisons comme si vous n'aviez rien demandé et comme si nous n'avions rien entendu ; la situation n'est pas comme vous l'imaginez », avaient-ils dit. Il avait tout de même tenté de passer outre, souhaitant apprendre où et dans quel état était le jeune homme, mais ils avaient évité avec soin de lui donner quelque information que ce fût. Il espérait au moins que ces coups de fil leur permettraient de comprendre que ce garçon n'était pas sans appui ; peut-être ainsi ne lui feraient-ils pas trop de mal. Quoi qu'il en soit, il était clair que maintenant il ne restait plus qu'à attendre.

« Moi, je n'ai pas l'intention d'attendre », a fulminé le Prophète et il a écrasé avec colère sa cigarette dans le cendrier. « Non, il n'est pas question d'attendre, au contraire, je vais semer la zizanie et ce, dès demain ! Je leur montrerai qui est le vieux grand-père de Nazim Seunmèze ! »

Féhmi Gulmèze a caressé l'épaule de son ami en souriant :

« Rahmi, mon ami, cette affaire est vraiment sérieuse, crois-moi, ne te remets pas à jouer au Don Quichotte. Cet enfant est accusé non pas d'avoir écrit des poèmes révolutionnaires, mais d'avoir entrepris des opérations armées dans le but de détruire l'ordre constitutionnel, et d'avoir tué une douzaine de personnes.

– Je sais, je sais, mais du point de vue de la révolution tout cela revient au même, ce n'est qu'une question de génération, a dit le Prophète. Notre génération recourait aux poèmes pour détruire le système, la nouvelle génération utilise les armes. C'est tout ! Voilà ce que j'ai voulu dire aux policiers hier soir. »

Féhmi Gulmèze s'est soudain figé de stupeur :

« Comment, comment ça aux policiers ? bredouilla-t-il.

– Oui, dans notre commissariat, quand je suis allé demander où était Nazim », a répondu le Prophète.

Ensuite, comme s'il voulait se moquer de la stupeur de son ami, il l'a regardé droit dans les yeux et il a ajouté : « Je n'allais certainement pas cacher mes opinions, je leur ai dit bien d'autres choses encore.

– Et eux, qu'ont-ils dit ?

– Ils m'ont donné raison. Le monde change, mon cher, il me semble bien que la révolution approche, elle est à notre porte », a dit le Prophète et il a souri d'une façon mystérieuse : il pensait cela pour la première fois, aujourd'hui, en cet instant ; on aurait même pu affirmer qu'il l'avait dit sans réfléchir; à vrai dire, compte tenu des discussions de la veille avec les trois agents au poste de police, additionnées à celle sur la route avec son accompagnateur, il semblait difficile d'avancer la thèse contraire; il a ajouté: «En plus je suis au courant de certaines choses!»

Féhmi Gulmèze, ne pouvant concevoir que ces «étranges» pensées aient pu être approuvées par les policiers en plein milieu du commissariat, a pensé que son ami tentait de le déstabiliser ou bien perdait la boule:

«Alors, selon toi, à quoi devons-nous cette évolution?» a-t-il demandé.

«À quoi le devons-nous? À ce que Nazim a si bien exprimé: au processus historique», a dit le Prophète, ensuite, haussant la voix, il a continué en disant: «*Je suis plus en avance que mon père mort mais plus en retard que mon fils à naître.*»

Féhmi Gulmèze a souri et il a complété en disant:

«*Et tu es le soldat inconnu de la lutte*», ensuite, il a adouci sa voix du mieux qu'il le pouvait et il a dit: «Bien, écoute-moi. Va t'habiller et je t'emmène. On va passer une bonne soirée bien arrosée pour se détendre. Cette nuit tu dormiras à la maison. Il serait préférable à tous points de vue que tu restes chez moi ces jours-ci. Nous nous occuperons ensemble de Nazim. Qu'en dis-tu?»

«Non, c'est impossible, a dit le Prophète, je n'ai jamais couché en dehors de chez moi sauf durant le service militaire.»

Féhmi Gulmèze a souri de nouveau en disant:

«Eh! Voilà ce que j'appelle être révolutionnaire!», puis il est revenu à sa proposition en précisant qu'un changement d'air de quelques jours lui ferait du bien et qu'après tant d'années de séparation, se remémorer leur passé les réjouirait tous les deux. Il a alors regardé son ami droit dans les yeux et ils se sont mutuellement fait un clin d'œil amical. Au début ils s'étaient imaginés avoir changé au point de ne plus se connaître, mais maintenant, après s'être revus dans ce lieu de leur jeunesse demeuré quasiment identique, ils ont eu tous les deux l'impression que ces années de séparation n'existaient plus, subitement ils ont retrouvé leurs vieilles habitudes. «Cela vient sans doute du fait que dans notre entourage tout a changé plus que nous», a pensé Féhmi Gulmèze. Aussi, espérant recréer dans sa propre maison l'ambiance de leur jeunesse, il a réitéré sa proposition, mais, comprenant que le Prophète n'avait pas du tout envie de quitter son chez soi, il n'a pas trop insisté, il a dit : « Bon, restons là alors, comme autrefois, tu as certainement du raki ? »

Il avait du raki. Féhmi Gulmèze, exactement comme autrefois, est allé à la cuisine, il a apporté le « yeni » raki, les verres, la carafe et le panier à pain, et juste au moment de s'asseoir il s'est rappelé une phrase de Féridé : « Notre cuisine semble vide, mais si tu cherches, tu y trouves toujours quelque chose. » Il s'est rendu de nouveau à la cuisine et, juste après, le visage illuminé, il est revenu avec une assiette d'olives.

« Féridé continue d'avoir raison, a-t-il dit.

– Féridé a toujours raison.

– C'est vrai. Allez, à la santé de Féridé ! » a ajouté Féhmi Gulmèze. Comme autrefois, il a choqué son verre contre celui de son ami et l'a avalé d'un coup, puis, gardant le verre à la main, il s'est levé en direction de la bibliothèque et tournant le dos à son ami, il s'est plongé dans ses pensées en contemplant la photo de Féridé.

Le Prophète, de sa place, l'observait.

« Tu sais ce qu'a dit un des policiers venus arrêter Nazim l'autre nuit ? a-t-il demandé.

– Qu'a-t-il dit ?

– Il a dit : "C'est ta petite-fille, cette enfant ?" »

Féhmi Gulmèze, toujours à la même place, continuait à regarder la photo.

« Il a vu juste : Féridé a trouvé le moyen de rester toujours jeune », a-t-il dit en soupirant. Ensuite il est retourné s'asseoir face au Prophète et il a choqué son verre contre le sien en disant : « Allez, santé ! À nous et à Féridé ! »

À partir de cette minute, ils ont entamé une compétition de souvenirs ; oubliant l'événement qui leur avait permis de se retrouver après tant d'années, ils ont parlé de Féridé, de ses taquineries, de ses colères, de sa culture, de sa beauté. On aurait dit qu'ils parlaient d'un petit-fils commun. Le Prophète s'est relevé pour se rendre dans sa chambre, il a apporté la boîte à chaussures dans laquelle il conservait les photos de Féridé. Il les a toutes étalées sur la table.

Ils ont tous les deux mis leurs lunettes et, l'un après l'autre, ils les ont examinées longuement ; ils faisaient des commentaires en se les montrant et à chaque fois ils étaient d'accord. Leurs yeux étaient embués et leurs voix tremblaient d'une façon bizarre, mais davantage du bonheur qu'on aurait à retrouver un petit-enfant absent depuis longtemps qu'à celui de revoir le portrait d'un amour perdu. On pouvait même dire qu'ils ne voyaient pas du tout le passé dans ces photos : Féridé avait un regard si vif, si malin derrière ses lunettes, elle était si jeune qu'il était impossible de penser qu'elle ne vivait plus ; au contraire, qu'elle fût toute seule sur la photo ou avec le Prophète ou encore entre le Prophète et Féhmi Gulmèze, grâce à son sourire, elle semblait livrer les secrets pour accéder aux beaux jours à venir. Et eux, devant ces images si vivantes, au lieu de s'appesantir sur les transformations douloureuses engendrées par la vie, ils ressentaient à nouveau les sentiments éprouvés du temps de Féridé, comme si la suite n'avait pas existé : ils croyaient en un avenir heureux à travers les visions jaunies du passé. Cependant, après avoir remis la dernière photo dans sa boîte, ils ont tous les deux soupiré profondément :

« C'est comme si c'était hier, a murmuré le Prophète, alors que tant d'années se sont écoulées, tant de choses se sont passées. »

Et Féhmi Gulmèze a opiné de la tête :

« Rien ne s'est passé comme nous l'espérions à l'époque, a-t-il dit, plein de choses se sont déroulées à l'opposé de nos désirs. Si Féridé ne s'était pas entêtée à mettre au monde sa fille, peut-être vivrait-elle encore.

– Oui, cette fille, elle m'a gâché la vie.

– Mais quelle belle enfant c'était ! Jamais je n'ai autant aimé un enfant. En apprenant qu'elle s'était enfuie avec cet imbécile, je suis devenu fou. Le croirais-tu, j'ai même songé à le faire tuer. Mais je lui en ai fait voir de toutes les couleurs, tu sais, cela n'a pas duré un an avant que cela ne se détériore. Dommage que je n'aie pas pu imaginer que la fin serait encore pire. »

Le Prophète apprenait une nouvelle chose : son vieil ami avait suivi sa vie de près, comme le montrait d'ailleurs sa venue juste après l'arrestation de Nazim ; d'abord cette attitude lui a plu, mais, aussitôt après, la mauvaise impression que cette filature avait laissée dans les milieux révolutionnaires l'a influencé, il s'est dit «Il a donc voulu nous diriger de loin, comme si on le lui avait demandé!», alors, brutalement, il s'est énervé et il a lancé:

«Eh oui, tu ne pouvais pas imaginer! N'es-tu pas capitaliste? Ce n'est pas avec ta tête que tu penses, mais avec ton portefeuille!

– Tu ne rates aucune occasion de prononcer une parole enflammée. Tu ne vas pas te mettre maintenant à défendre ce gredin!» a dit Féhmi Gulmèze.

Il a bu une gorgée de raki et, les yeux rivés au sol, il s'est tu.

Le Prophète aussi s'est tu. Cette fois il a pensé qu'il avait eu tort envers son ami. L'Histoire avançait inéluctablement vers sa destination, mais il y avait d'innombrables déviations, dans la vie des individus. Ils n'y pouvaient pas grand-chose, ce n'étaient pas eux qui traçaient leur propre chemin. Peut-être cela faisait-il aussi partie des nécessités historiques. Féhmi Gulmèze ne disait-il pas lui-même que rien ne s'était passé selon ses rêves? Il a voulu lui faire part de ses réflexions. Mais il s'est aperçu qu'il s'était brusquement endormi dans le fauteuil. Sans dire un mot, il l'a regardé un bon moment, puis il l'a réveillé.

«Ah! là, là, je me suis assoupi, a dit Féhmi Gulmèze.

Le Prophète a éclaté de rire:

– Dis que tu as vieilli et que tu n'as pas supporté tes deux verres de raki!

– Que faire, mon cher, à notre âge certains sont gagas ou incontinents. Rendons grâce à notre état!

– Ne dis pas "nous", mais dis "je"! » a dit le Prophète en riant; il n'avait pas l'intention de peiner son ami, mais ce soir-là il éprouvait un sentiment de supériorité par rapport à lui; de la supériorité pour s'être marié avec Féridé, pour avoir poursuivi sa vie de poète, pour avoir élevé un petit-fils activiste révolutionnaire, et il voulait un petit peu le lui faire sentir. Il a ajouté: «Moi, je suis solide comme le fer et ma tête et mon corps aussi le sont.»

Féhmi Gulmèze a regardé le visage pâle de son ami, sa barbe blanche, ses yeux dont l'un était tout violet et l'autre fermé, et il a dit:

«Je te félicite du fond du cœur.

– Merci», a répondu le Prophète. Ensuite il a tendu son bras en direction du paquet de Samsun qui se trouvait devant lui et il a froissé le paquet en disant : « Ah ! là, là, il est fini ! Féhmi, tu aurais une cigarette ?

– Non, cela fait longtemps que j'ai arrêté.

– Sans doute pour vivre plus longtemps, a dit le Prophète, qui ne pouvait pas s'empêcher de le taquiner ce soir-là. Tu es incroyablement riche, tu as beaucoup de pouvoir, mais tu n'as même pas une cigarette à offrir à ton ami !

– Demain je t'en apporterai autant que tu le désires.

– Merci, mais j'en ai besoin maintenant », a dit le Prophète, ensuite, comme s'il faisait quelque chose de tout à fait naturel, il a pris dans le cendrier le plus gros des mégots et, après l'avoir remanié avec ses doigts, il l'a allumé.

Féhmi Gulmèze, vert de colère, a fusé de son siège, il a pris le cendrier et l'a vidé dans le poêle. Le Prophète, sans rien dire, les yeux dans le vague, a terminé silencieusement son mégot. Ils n'ont pas parlé pendant un moment, tous les deux se trouvaient brusquement envahis par une sorte de froideur. Féhmi Gulmèze, malgré la grande joie de revoir son ami après tant d'années, a eu la sensation qu'il ne pourrait se débarrasser de cette impression qu'en dehors de cette maison ; il s'est levé, il s'est approché du Prophète et il a appuyé sa main sur ses épaules en disant : « Bon, j'y vais maintenant. » Ensuite, il lui a intimé de ne pas faire de bêtise à propos de Nazim, comme décider d'aller au poste ou on ne savait où : le mieux étant de ne pas sortir avant que lui-même ne revînt. Soudain, il s'est demandé si son ami avait compris ses paroles : il regardait en souriant, mais son regard et son sourire semblaient figés derrière une couche transparente et infranchissable. Féhmi Gulmèze a frissonné : « Rahmi, dis quelque chose ! » Le Prophète, toujours en souriant, lui a répondu : « Au revoir. » Sachant qu'il s'était levé et qu'il avait annoncé son départ, on ne pouvait pas imaginer de réponse plus évidente, mais elle lui est tout de même apparue étrange ; il lui a dit : « Mon petit Rahmi, si tu veux je peux rester, comme dans le temps, quand nous faisions nos devoirs ensemble. »

Le Prophète a agité sa main comme s'il chassait une mouche :

« Quels devoirs, quel travail ? À présent tout est fini pour nous, a-t-il murmuré, les jours maintenant sont les jours de Nazim, mais Nazim est en prison. »

Féhmi Gulmèze, tout en caressant la barbe blanche de son ami, lui a demandé :

« Tu aimais beaucoup Nazim, n'est-ce pas ?

– Je ne sais pas si je l'aimais beaucoup, mais maintenant qu'il est en prison, je l'aime de plus en plus... » a dit le Prophète. Puis il s'est arrêté brutalement, il a regardé son ami droit dans les yeux et il lui a demandé : « Et toi, d'où t'est venue l'idée de t'intéresser à Nazim, tu ne l'as même pas connu.

– C'est vrai, je ne l'ai jamais vu, mais j'ai été très ébranlé en lisant le journal et j'ai voulu faire quelque chose », a dit Féhmi Gulmèze et il a ravalé sa salive une ou deux fois. « Et j'ai compris aussi que tu me manquais beaucoup » a-t-il ajouté et il a dégluti de nouveau. « Et puis, comment dire, plus que pour lui c'est pour toi que j'ai eu peur et si tu veux le savoir, maintenant c'est pareil. »

Le Prophète a agité sa main l'air de dire « Laisse tomber ! » et il a répondu : « C'est absurde, cela fait longtemps qu'ils m'ont oublié. Mais Nazim...

– Ne te fais pas de souci, nous allons libérer Nazim, a dit Féhmi Gulmèze, même si ce n'est pas demain nous finirons par y arriver. Si nécessaire on fera même une loi spéciale pour lui. »

Le Prophète de nouveau a pris le contre-pied et il lui a demandé :

« N'est-ce pas contradictoire pour un capitaliste d'aider Nazim ? Tu sais que Nazim, comme son homonyme, lutte pour la révolution prolétarienne ?

– Même si c'est comme ça, je n'hésiterai pas à lui apporter mon aide, a dit Féhmi Gulmèze, en plus je ne pense pas que les actions armées de ce garçon soient contre les patrons et le grand capital.

– Ne dis pas d'absurdités !

– Non, je ne dis pas d'absurdités », a dit Féhmi Gulmèze ; il croyait son ami dans un état normal et il s'apprêtait à discuter avec lui. « Ces enfants n'ont rien fait contre nous. S'ils avaient commencé à nous tuer, peut-être aurait-on pu imaginer, selon l'ancienne théorie, qu'en réduisant notre nombre, ils voulaient précipiter la révolution. Mais à l'inverse, au lieu de nous tuer, ils s'attaquent à leurs proches, au lieu de réduire le nombre de patrons, ils réduisent le nombre de ceux qui soutiennent les prolétaires.

– Ne dis pas d'absurdités !

– Non, je ne dis pas d'absurdités ! Pense aux vieux enseignants qu'ils ont pris en embuscade sous leurs balles ! En plus, ces enfants favorisent l'avènement de gouvernements d'exception qui coûtent cher à beaucoup, mais nous arrangent en permanence, car ils travaillent en notre faveur, ils augmentent notre pouvoir à tous points de vue.

– Mais, votre pouvoir s'accroissant, votre nombre va nécessairement diminuer, c'est ce que dit Marx.

– Non, notre nombre ne diminue pas, au contraire, il augmente et plus il augmente, plus les bourbiers dans lesquels nous trempons augmentent et se diversifient, tu comprends ?

– Non, je ne comprends pas. En plus, que tu sois patron ou travailleur, ne dois-tu pas combattre le fascisme en tant que citoyen ? Qu'est-ce que tu réponds à ça ? »

Féhmi Gulmèze regarda son ami droit dans les yeux en disant :

« Il le faut bien, évidemment. Si c'étaient les étrangers qui envahissaient le pays, on se battrait courageusement, mais l'affaire devient plus compliquée quand ce sont tes compatriotes qui attaquent, même s'ils sont pires que les étrangers, parce que tout s'emmêle alors. Tu comprends ?

– Non, je ne comprends pas.

– Ne t'en fais pas ! Maintenant toi, réponds-moi : est-ce que je reste ici cette nuit ou bien non ? »

Le Prophète a regardé son ami avec tendresse : à vrai dire il aurait aimé qu'il reste, mais, tout en ayant été réellement heureux de le revoir, il a eu le sentiment que lui montrer trop d'intimité équivalait à approuver ses solutions bourgeoises du genre « Si c'est nécessaire on fera sortir une loi spéciale », ou encore à approuver ses points de vue étranges selon lesquels les actions révolutionnaires des jeunes renforceraient le pouvoir des patrons ; par ailleurs, en tant que poète révolutionnaire qui portait sur son œil un cadeau du fascisme, il ne voulait pas se montrer faible devant quiconque.

« Ici, tu ne seras pas à ton aise et puis je me sens bien, je suis solide comme le fer », a-t-il dit.

Cette expression de « solide comme le fer » employée par le Prophète a de nouveau chagriné Féhmi Gulmèze, il a senti ses yeux se remplir de larmes. Il voulait l'éloigner d'ici, il voulait l'emmener dans un endroit où ses thèses ne seraient pas démenties, où aucun étranger ne verrait cet état de vieillesse, d'affaiblissement et, ce qui était le plus important, dans un endroit où finalement il serait bien. Où ? Il ne savait pas, mais il pouvait le trouver. Le plus grand problème était de briser son entêtement. « C'est un type si obstiné ! » s'est-il dit. Quoi qu'il en soit, il était décidé à ne pas le lâcher cette fois et à empêcher qu'il fasse une bêtise. Il a embrassé à nouveau son ami et après avoir dit : « Allez, je m'en vais, salut ! Tu ferais bien de te coucher tout de suite », il a mis lentement son manteau et il est sorti.

Le Prophète est resté un moment immobile à regarder la porte, un sentiment d'oppression et de vide l'a envahi, il regrettait d'avoir refusé la proposition de son ami de passer la nuit avec lui et aussi d'avoir dit des choses qu'il ne pensait pas, juste pour le troubler, par exemple quand il lui avait dit que, tout étant une question de génération, les actions terroristes étaient révolutionnaires. En y réfléchissant, il avait maintenant de sérieux doutes quant à la justesse de cette opinion, mais, ayant envie d'une cigarette et se rappelant que Féhmi Gulmèze avait jeté les mégots dans le poêle, il s'est de nouveau énervé : « Toujours de la pression, toujours le fascisme ! Alors qu'on a commencé à fumer ensemble », a-t-il murmuré. Il s'est remémoré les Birindji allumées les unes derrière les autres, accompagnées d'un verre de Marmara. De là il est passé à Féridé qui inspirait profondément sa fumée. Une fois de plus, il a ressenti une grande admiration à son égard ; elle était accro à la cigarette jusqu'au bout des ongles et elle était gauchiste de la même manière : elle attachait peu d'importance à la nourriture, à la boisson, aux habits, à la maison, à l'argent, mais, dans son placard ou dans son sac, il y avait toujours des cigarettes. Il s'est dit : « Il y a un monde entre ce que je suis et la dépendance ! La vraie dépendante, c'était elle ! Exactement comme son petit-fils ! » Son petit-fils était en effet comme ça, si bien que les années où on trouvait difficilement des cigarettes, il n'en avait jamais été privé, car Nazim en avait toujours. Soudain un éclair a surgi dans son cerveau : si les policiers ne les avaient pas emportées, on devait pouvoir trouver des cigarettes dans la chambre de Nazim ! Il ne s'y est pas précipité pour autant : premièrement Nazim ne voulait pas que quiconque rentre dans sa chambre, hormis ses amoureuses, et deuxièmement, comme s'il voulait prouver qu'il était un agent de l'État plus qu'un révolutionnaire, il ne fumait que des Marlboro : il n'allait donc pouvoir trouver que ça, or, sait-on pourquoi, les Marlboro lui rappelaient sa fille embrassant le sergent noir. Il s'est dit « Autant ne pas fumer, c'est préférable ». Cependant, il n'en est pas resté là : à nouveau il s'est mis à douter que Nazim fût un révolutionnaire étant donné qu'il ne fumait que des Marlboro. En même temps, ayant probablement compris qu'il n'arriverait pas à rester privé de cigarettes ou ayant peut-être commencé à s'habituer à l'idée que Nazim était un révolutionnaire, il s'est dit que son petit-fils était peut-être obligé de fumer des Marlboro pour cacher son identité ! La Marlboro, de même que Nazim, avait peu à peu changé de caractéristiques dans son esprit, elle était presque devenue un symbole révolutionnaire. C'est donc d'un pas décidé qu'il s'est dirigé vers la chambre de Nazim.

Tout y était sens dessus dessous : les tiroirs du placard et de la table avaient été retirés et entassés dans un coin ; les chemises, le petit linge, les cravates avaient été jetés par terre ou sur le lit défait. Mais le Prophète a trouvé sur la table un paquet de Marlboro à moitié plein qui l'attendait. Ensuite, au milieu des effets éparpillés par terre, il a aperçu deux cartouches. Il a tout de suite pris une cigarette et l'a allumée, mais dès la première bouffée, il s'est mis à tousser, il a pensé : « N'est-ce pas une cigarette américaine ? » Il l'a tout de même fumée jusqu'au bout, forçant sa gorge à s'habituer. Entre-temps, tandis qu'il regardait autour de lui, il a eu le sentiment que la chambre de Nazim s'assimilait à la Marlboro et n'était plus une partie de la maison de son père : il y régnait une atmosphère étrangère avec les draps colorés, les nouveaux placards et, alignés devant un immense miroir, des tubes et des flacons de toutes les tailles et de toutes les couleurs. À ses pieds, un papier rose a attiré son regard, il s'est penché pour l'attraper : c'était une lettre écrite à Nazim. Dans l'espoir d'apprendre quelque chose au sujet de ses activités, il a mis ses lunettes et a commencé à le lire, mais avant d'arriver à la moitié, son visage avait pris la couleur de la lettre : une fille y racontait des choses que deux hommes se raconteraient difficilement entre eux. Le Prophète s'est dit : « Comment un révolutionnaire comme Nazim peut-il se lier d'amitié avec une fille pareille, ce n'est pas possible ! » Il a rallumé une cigarette. « Une fille pareille et une lettre pareille ! » Il a douté à nouveau que son petit-fils fût un révolutionnaire. Déjà, il ne pouvait y avoir que deux possibilités : ou bien Nazim n'était pas un révolutionnaire ou bien la lettre était là pour créer la confusion, ou mieux encore, c'était un code. « Oui, cela devait être un code ! Il cachait tellement tout ! » Il a eu honte d'avoir douté de Nazim. Ensuite, de façon soudaine, dans un puissant élan d'amour, il a éteint sa cigarette, il s'est mis en petite tenue et il est entré dans le lit de Nazim : il a tiré la couverture et a enfoncé sa tête dans l'oreiller. Une odeur dense faite d'un mélange de lotion après-rasage, de déodorant, de parfum de femme, a envahi ses narines, son visage s'est renfrogné. Il était un poète des années quarante, il ne pouvait pas aimer ce genre d'odeurs artificielles, mais il a pensé que cela pouvait aussi être une feinte, il a même eu l'impression qu'à l'intérieur de cette odeur artificielle, filtrait l'odeur d'un héros révolutionnaire. Ensuite il s'est rappelé le clin d'œil que Nazim lui avait adressé en dépit des policiers, il s'est dit : « Il était plus grand qu'eux tous, les bourgeois n'arrivaient même pas à l'épaule du révolutionnaire ! » En cet instant, il a pensé que durant un temps infime, peut-être un dixième de seconde, ils s'étaient mutuellement compris, qu'ils s'étaient réconciliés pour toujours, il a enfoncé de nouveau sa tête dans l'oreiller. Cependant, cette odeur était tout de même bien dérangeante même si se dégageait, de temps à autre, la véritable odeur de Nazim : il s'est dirigé lentement vers le bord du lit en se disant qu'elle allait s'atténuer.

En se tournant d'un côté, puis de l'autre, il a ressenti sous ses fesses quelque chose de dur ; il a cessé de remuer et il a écouté ses fesses comme s'il tendait l'oreille vers une voix très lointaine, ensuite il s'est levé et il a soulevé le matelas : il a trouvé une couverture pliée en quatre. En l'ouvrant, il a poussé un cri de joie ; à présent il était sûr que Nazim était un véritable révolutionnaire : deux revolvers, un grand et un petit, ainsi que leurs chargeurs d'appoint, y étaient couchés côte à côte, comme une mère et son agneau. Le Prophète, enivré par la victoire, a dit : « Voyez ces bonshommes ! Ils mettent tout sens dessus dessous, mais ils repartent sans avoir vu la lettre codée ni les deux revolvers ! » Il a manipulé un temps le petit revolver entre ses mains, il a retiré le chargeur, vidé les balles, puis il l'a chargé à nouveau, remis en place et il l'a enclenché. Ensuite il a posé les deux armes côte à côte. Elles étaient belles toutes les deux, toutes les deux bien entretenues. Il a pensé : « C'est donc avec ça qu'il a fait des ravages ! » Nazim, lui qui n'était hier encore qu'un enfant, devait être bien doué pour ces affaires vu qu'il maîtrisait ce genre d'armes. Cependant le Prophète, tout en ressentant un orgueil évident de savoir son petit-fils apte à manier des armes à feu, n'oubliait pas qu'il n'en supportait aucune et particulièrement les revolvers et les engins à sabres-baïonnettes. Puis, en se rappelant les observations de Féhmi Gulmèze, il s'est senti mal à l'aise et il a froncé son visage. En petite tenue, planté devant les revolvers, il a commencé à réfléchir le menton dans la paume de sa main : il ne savait pas exactement ce qu'il en était, mais ce matin il avait lu dans les journaux que Nazim et ses amis disaient lutter contre le système bourgeois, contre le capital et contre le fascisme, or il était clair que les hommes qu'ils tuaient n'avaient pas directement à voir avec leurs combats. Si on se référait à la théorie inébranlable de Marx, la révolution se réaliserait quand le nombre de patrons allait atteindre son minimum et le nombre de prolétaires son maximum ; le fait de tuer des hommes plus proches des ouvriers que du capital n'était-il pas une contradiction entre la théorie et la pratique ? Il a soupiré profondément : il trouvait avilissant pour son petit-fils comme pour lui qu'un patron puisse penser plus justement qu'un révolutionnaire sur le plan théorique. Il s'est dit : « Non et non. Selon la théorie, un révolutionnaire pense plus justement qu'un patron, il évalue mieux les événements. » Mais il était clair qu'il n'avait pas pu réfuter les paroles du patron. S'il se trompait, où était son erreur ? Si des choses lui avaient échappé, de quoi s'agissait-il ? Comment allait-il sortir de cette incertitude ? Alors qu'il était près de sombrer dans le désespoir, une fois encore, les vers renommés de Nazim Hikmet ont illuminé son esprit : sachant que tout être est en avance par rapport à son père mort et en retard par rapport à l'enfant à naître, on pouvait être sûr que Nazim était dans la vérité ; il fallait prendre place auprès de lui, comme un « soldat de rang ». Il a pointé ses yeux sur les revolvers et il a souri. Féhmi Gulmèze pouvait dire ce qu'il voulait, les actions armées de Nazim et de ses amis mèneraient à la révolution. Pour en revenir à ceux qui avaient été tués, Féhmi Gulmèze analysait la question d'un point de vue de bourgeois, c'est pour cela qu'il se trompait : il était certes difficile de qualifier de contre-révolutionnaire un professeur à la barbe blanche, un veilleur de nuit ou un employé de banque, mais il ne fallait pas appréhender le problème sur un plan individuel ; si la révolution impliquait la mort d'un certain nombre d'hommes, ces hommes devaient mourir. Il fallait plutôt appréhender la question sur un plan social. « Notre Féhmi observe les faits sous un angle étroit, il ignore la dialectique. Thèse, antithèse, synthèse ! *Ni enquête, ni interrogatoire, il y a la route à suivre, il n'y a pas d'arrêt !* » a dit le Prophète. Désormais il ne se contentait plus de donner raison à Nazim, il considérait comme une obligation de participer à la lutte qu'il avait entamée.

Seulement, il avait commencé à trembler de froid et ses yeux se fermaient de fatigue. Pas très loin des revolvers, il a aperçu le pyjama de Nazim ; il s'est empressé de le prendre et de s'en revêtir. Mais au lieu de se mettre au lit, il est allé jusqu'au miroir et il s'est campé devant. Il a examiné avec stupéfaction sa tenue : une des manches du pyjama était violette et l'autre orange, et sur la partie supérieure du buste, qui était de couleur noire, on voyait écrit en lettres énormes, en rose brillant :

UNITED STATE
OUTSIDERS

et plus bas, en petites lettres *« Levi-Strauss & Co »*. Il a hoché la tête en se disant : « Je me demande où est-ce que Nazim trouve ces accoutrements et pourquoi il les met ! Est-ce pour tromper les fascistes ? Ou bien est-ce que ces couleurs et ces écrits ont une signification particulière ? » Mais il avait de plus en plus sommeil, alors, sans avoir pu trouver la réponse à sa question, sans même éteindre la lumière, il s'est jeté sur le lit. Il a placé le grand revolver sous l'oreiller et il a pris le petit dans les mains. Juste au moment où il allait sombrer, pendant quelques secondes, il s'est rappelé le policier qui tapait avec un seul doigt sur sa machine à écrire, ses doigts qui tenaient le revolver se sont alors décrispés et il a pensé : « On dirait un pivert. » Puis, comme si quelqu'un le lui avait demandé, il a dit : « Non, je ne tirerai pas sur ces enfants ! Non je ne le ferai pas. »

III

Peut-être en raison du nouveau lit, peut-être à cause de la lumière, le Prophète s'est réveillé tôt. Les premières minutes, il a eu du mal à réaliser où il se trouvait parce que dans ses rêves, il était aux prises avec des policiers et des juges ; à certains moments, les mains menottées dans le dos, asséné de coups de poing et de coups de pied, il luttait pour se maintenir debout, à d'autres, les yeux bandés, il était harcelé par des questions auxquelles il cherchait à répondre. Ensuite, sa main ayant touché le canon froid du petit revolver, il a frissonné jusqu'à la moelle, mais il s'est aussitôt ressaisi. Il s'est levé, il s'est rendu d'abord aux toilettes, puis il a mis de l'eau à chauffer pour le thé ; de retour dans la chambre, il a mis un pull très coloré et il a entrepris de ranger dans le placard les effets de Nazim éparpillés au sol. À vrai dire, les couleurs, les formes et les tailles de ces habits l'avaient toujours énervé, particulièrement les énormes inscriptions qu'il y avait dessus. Cette fois, loin de s'énerver et avec une sorte de respect, il les ramassait et les accrochait aux cintres ou bien les pliait avant de les ranger dans les tiroirs. Ces vêtements, qui l'excédaient auparavant, étaient les produits d'une pensée dialectique, d'un esprit révolutionnaire, peut-être aussi les signes d'une nouvelle époque. Il a murmuré : « Les jeunes révolutionnaires ne vont pas se lancer dans cette nouvelle époque vêtus des vêtements bourgeois d'hier. Thèse et antithèse. » Il s'est versé un verre de thé à la cuisine, puis il a allumé une Marlboro et l'a fumée tranquillement. Le regard captivé par les vestes et les pantalons de Nazim, il a conclu qu'ils étaient très pratiques pour mener des actions révolutionnaires : ces pantalons étroits s'apparentaient à des pantalons militaires et l'on pouvait cacher aisément des revolvers et des grenades sous ces pulls larges et épais, ces blousons bouffants multicolores et ces vestes longues et amples.

Cette pensée l'a ramené aussitôt à la situation de Nazim : il n'avait plus de revolver. Son cœur a commencé alors à battre la chamade : s'il trouvait un moyen de les lui faire parvenir, ce garçon pourrait peut-être se libérer des mains des bourreaux, il pourrait poursuivre ses activités de là où il était. Laissant en plan le rangement dans les placards, il s'est habillé en vitesse. Après avoir enfourné une bouchée de pain sec, avalé un second thé et pris une seconde cigarette, il s'est procuré un sac plastique solide dans lequel il a mis d'abord un pyjama, ensuite, les revolvers de Nazim et les cartouches de cigarettes et enfin *La République* qui parlait de Nazim. Il a enfilé son manteau et, l'air résolu, il s'est emparé du sac plastique. Il ne doutait plus du tout que Nazim fût un révolutionnaire et un réel activiste et il était convaincu de la réussite de son entreprise. Sa seule crainte était que son ami Féhmi Gulmèze s'avise d'empêcher son projet. Il a ouvert la porte. Il ne neigeait plus et le temps s'était un peu éclairci, mais la voiture de Nazim était toujours couverte de neige.

Le Prophète a inspiré profondément. Il a murmuré : « L'aigle est sorti de son nid. » Au bout de quelques pas, il s'est retourné et il a regardé sa maison. Coincée entre deux grands immeubles, elle faisait plus penser à une vieille maison de poupée qu'à un nid d'aigle, mais elle pouvait tout de même évoquer un nid, du fait de sa petite taille, de sa forme et des arbres qui se trouvaient dans son jardin. De plus, les concepteurs des immeubles des deux côtés, comme s'ils avaient voulu pointer sa différence et son isolement, avaient prévu les halls d'entrée sur une autre rue. Le Prophète s'est remis à marcher. Il a pensé qu'il fallait rejoindre Nazim le plus tôt possible. Cependant, ce jour-là non plus le journal, tout en relatant en détail les faits et gestes de Nazim, ne donnait pas le moindre indice sur l'endroit où il se trouvait. Il a alors pensé que le mieux était de demander des informations aux jeunes du commissariat.

Au poste, l'agent à qui il avait parlé la veille au soir était toujours assis à sa table, comme s'il faisait partie de la pièce. En voyant le

Prophète, il a frissonné : il avait lu les journaux ; tout en doutant de la véracité des écrits au sujet du petit-fils de ce vieil homme (il ne croyait pas un instant qu'un tel snobinard ait pu commettre des actes pareils), cela ne lui plaisait pas du tout de s'entretenir avec le père ou le grand-père de quelqu'un arrêté en tant qu'anarchiste redoutable. Mais le vieil homme (« Pauvre gaga ! ») avait l'air si épuisé, si perdu qu'il n'a pas pu s'empêcher de lui dire « Entre donc, grand-père », ni de redemander au gardien près du poêle de verser un tilleul au papy. Ensuite il lui a dit à voix basse :

« Tu avais raison, tous les journaux parlent de ton garçon. »

Le Prophète n'a pas voulu faire de commentaires, il a dit :

« C'est la raison de ma venue. J'allais vous demander où je pouvais le chercher. »

Le fonctionnaire l'a dévisagé d'un air compatissant :

« Je ne sais pas, grand-père ; peut-être à Balmoumdjou ou Maltépé, ou encore à Sansaryane ou bien Gayrettépé ; cela peut être aussi dans un endroit dont on n'a jamais entendu parler. Sous ce régime de sûreté et de sécurité, on arrête tant d'anarchistes qu'on ne trouve plus d'endroits où les entasser.

– Nazim est un vrai communiste, a dit le Prophète.

– Ça revient au même.

– Comment ça ! » a lancé le Prophète, il s'apprêtait à continuer quand le gardien lui a tendu le tilleul :

« Tenez, mon colonel. »

Le Prophète a frissonné : d'où sortaient-ils ce nom de colonel ? Est-ce que ces gens étaient fous ou est-ce qu'ils faisaient exprès de tout transformer en son contraire ? En tout cas, il n'a pas voulu passer sous silence leurs confusions :

« Mon petit-fils est communiste.

– Tu veux donc dire coupable de délit d'opinion. Si tu veux, mais pour moi tout cela revient au même, a dit le fonctionnaire. Est-ce qu'ils troublent ou non la tranquillité des gens, est-ce qu'ils font ou non de la peine à leurs parents, moi, c'est ça qui m'importe. Et toi, l'aïeul, tu ferais bien de ne pas crier ça à tout bout de champ. »

Le Prophète a été énervé par le conseil, et par « l'aïeul » qui ponctuait le conseil. Quand les gens dans la rue, des inconnus, avaient commencé à le traiter de tonton, de petit père, puis de papy ou de bon papa, cela ne l'avait pas trop agacé, malgré leur insistance ; il avait pris conscience de vieillir et cela ne l'avait pas chagriné. Mais là, ce mot d'« aïeul » qui faisait suite au conseil semblait vouloir lui rappeler qu'il était non seulement loin de sa jeunesse mais aussi de sa virilité. Alors, il a voulu se comporter en vieux routier :

« À mon époque, ils emmenaient les communistes à Harbiyé, a-t-il dit.

– C'est un musée maintenant, a dit l'agent ; à mon avis commence par Balmoumdjou, c'est le plus près. Tu prends le vapeur pour Béchiktash et ensuite un bus, alors tu y seras.

– Vous voulez dire qu'il se trouve là-bas ?

– Non, je ne sais pas, a dit l'agent qui commençait à se lasser. Moi je dis que si tu décidais de ne pas le chercher du tout tu ferais bien, mais si tu veux à tout prix le chercher, il faut bien que tu commences par quelque part, et le mieux c'est le plus près. Tu as compris ? »

Le Prophète a pris son sac et s'est levé :

« Merci bien. Je vais faire cela alors », a-t-il dit.

Mais il n'a pas agi très vite : il a descendu difficilement la pente. Les paroles de l'agent lui avaient embrouillé la tête : le fait qu'Harbiyé soit devenu un musée changeait tout en un rêve, même l'arrestation de Nazim, et tous les récits de torture entendus de la bouche de ses amis ou lus dans les livres ou les journaux se transformaient en fiction chimérique, illusoire. Sans réfléchir, peut-être mû instinctivement par l'idée de détenir une miette de vérité, il a pris la rue où son père avait travaillé durant des années. Malgré le grand froid, elle était plutôt animée ; après avoir marché au milieu des gens en s'enfonçant dans la boue jusqu'aux chevilles, il a fini par arriver devant l'échoppe où il avait manié le marteau. Il était cependant difficile de dire qu'il s'agissait du même lieu, il avait entièrement changé : la vitrine était d'un seul tenant et le magasin était rempli de chemises, de cravates, de vestes, de pulls et de pantalons de toutes les couleurs. Il en est resté stupéfait. Les autres magasins étaient identiques : tous vendaient des vêtements. Il s'est dit : « Qui porte donc tous ces habits ? » Son impression de rêve n'a fait que se renforcer. Bizarrement, un peu sous le coup de cette impression, il a fermé les yeux et il a attendu ainsi, un moment, l'air de vouloir entendre le son du marteau, comme autrefois, mais il ne l'a pas entendu, si ce n'est dans sa tête. Seule s'échappait du magasin, semblable au mauvais temps, la chanson *Ma fille, de quel coin d'Istanbul es-tu ?*. Il s'est senti perdre confiance. Mais soudain les vêtements de la vitrine lui ont rappelé Nazim : lui, il n'avait jamais pris un marteau entre ses mains, mais il avait porté de tels vêtements et il avait utilisé un revolver en vue de la révolution. Tous ces changements étaient donc les signes d'une évolution positive : il fallait rejoindre Nazim. D'un pas énergique, il s'est dirigé vers le port.

Au moment de franchir la porte de la caserne, un militaire lui a coupé la route en lui disant :

« Attends, mon bonhomme, où vas-tu comme ça ? »

Sans imaginer que le soldat pourrait remarquer les cartouches de Marlboro et les revolvers, le Prophète a sorti *La République* de son sac et il a montré la photo de Nazim :

« Je suis le père, ou plus exactement le grand-père de ce prisonnier, je veux le voir, a-t-il dit.

– Ça… ça… c'est mon sous-officier qui sait », a bégayé le militaire, puis, comme s'il craignait un traquenard, il a agrippé le bras du Prophète pour l'emmener auprès d'un sous-officier trapu qui se tenait derrière une cahute vitrée, il lui a dit : « Commandant, ce tonton veut quelque chose, mais je n'ai pas bien compris. »

Le sous-officier, obligé de lever les yeux très haut pour pouvoir voir le visage du Prophète, était un peu irrité et quand celui-ci a répété, en montrant *La République*, ce qu'il avait dit au soldat, il a été sacrément énervé ; il a froissé le journal et l'a jeté à la figure du Prophète, ensuite, d'une voix féroce, il a crié :

« Débarrasse le plancher. Si tu ne veux pas être fourré à l'intérieur comme ton fils, décampe d'ici au plus vite ! »

Le Prophète a souri quand il a reçu le journal en pleine poitrine : cet homme était vraiment brutal ; exception faite de la nuit où les policiers étaient venus chercher Nazim, il n'avait jamais été aussi près des tortures dont il avait rêvé. Un instant il a eu l'impression de voir écrit dans les premières pages de *La République* : « Le poète Rahmi Seunmèze a été arrêté. » À présent, le problème le plus important étant de libérer Nazim, il savait bien qu'il devait rester libre, il a cependant voulu montrer qu'il ne craignait pas d'être emprisonné et même qu'il y était prêt :

« Sergent, quelle drôle de façon de parler, a-t-il dit, c'est comme cela que vous êtes au service des citoyens ? »

Le sous-officier est devenu tout violet et il a hurlé :

« Écoute-moi, le barbu : fais attention à l'endroit où tu te trouves et à qui tu parles ! Nous ne sommes pas la municipalité, nous ne sommes au service de personne ! Nous, on protège la patrie.

– Ah bon ? Vous protégez la patrie ? a dit le Prophète en riant d'un air moqueur. Et de qui la protégez-vous alors ? Des citoyens ?

– T'as trouvé, nous la protégeons des citoyens !

– Eh bien bon courage, a dit le Prophète qui s'est remis à rire. Mais je veux tout de même voir mon petit-fils, Nazim Seunmèze. Quand est-ce que je pourrai le voir ?

– Jamais ! Tu ne pourras jamais le voir.

– J'avais apporté ses affaires.

– Ses affaires ? Quelles affaires ?

– Ses cigarettes, son pyjama, et autre chose encore.

– Ouah ! Tu crois que c'est le Hilton ici toi, mon bonhomme ? T'as apporté ses pantoufles au moins ? »

Le Prophète a souri : il était clair que ce sergent voulait tourner l'affaire à la bagarre pour le jeter ensuite en prison ; c'était peut-être bien la voie la plus rapide pour faire parvenir les revolvers à Nazim.

« Non je ne les ai pas apportées, a-t-il dit d'une voix ferme. Quand est-ce que je peux le voir ?

– On t'a déjà dit que tu ne pouvais pas le voir ! Ce que tu peux être borné !

– Pourquoi donc ? Une loi spéciale aurait-elle été promulguée pour Nazim Seunmèze ? Je suis son père et son grand-père, j'ai le droit de le voir. »

Le sous-officier a secoué la tête de colère, ensuite il a sorti un papier de son tiroir et l'a regardé un moment :

« Tu ne pourrais pas le voir même s'il était là, mais ce type n'est pas là, a-t-il dit.

– Très bien, et en vertu de quoi vous croirais-je ? »

Le sous-officier s'est alors franchement mis en colère, il est sorti comme un éclair, il s'est avancé vers le Prophète et se hissant sur la pointe des pieds, il l'a attrapé des deux mains par le col :

« Tu cherches les problèmes ou quoi, vieux sénile ? a-t-il hurlé. Tu es communiste ou quoi ? »

Le Prophète, reculant rapidement en arrière, s'est libéré de son emprise.

« Oui, je suis communiste, a-t-il répondu, vous trouvez quelque chose à redire ? Si vous voulez qu'on discute du marxisme, allons-y, mais je ne suis pas venu ici pour ça, je suis venu voir mon petit-fils. »

Le sous-officier, tout cramoisi, s'est tourné vers les personnes qui s'étaient attroupées dans un coin et qui les regardaient d'un air éberlué :

« Vous avez bien entendu, a-t-il dit, ce barbon fait de la propagande communiste devant un officier turc ! »

Tandis que le Prophète préparait une réponse bien appropriée, un lieutenant en faction, affublé d'un brassard rouge au bras, s'est immiscé dans la discussion :

« Que veut ce monsieur ? a-t-il demandé.

– Il veut, soi-disant, voir Nazim Seunmèze, le guérillero des villes ; il serait à la fois son père et son grand-père, a dit le sous-officier. D'après ce que je comprends, il fait partie de la même organisation. »

Le lieutenant a souri : à cette époque, il fallait être fou pour se rendre à la porte d'une quelconque caserne et dire : « Je veux voir Nazim Seunmèze. »

« Toi, retourne à ta place », a-t-il dit au sous-officier, puis, continuant à sourire, il a pris le Prophète par le bras, il lui a dit que le prisonnier qu'il cherchait n'était pas dans cette caserne, et que, même s'il y était, il n'était pas possible de le voir ni de lui faire parvenir des affaires ou des lettres. D'ailleurs, cela n'était pas nécessaire vu que son fils se trouvait entre les mains d'une nation très grande et très puissante.

Le Prophète n'arrivait pourtant pas à apaiser sa colère :

« Bon ! Eh alors, où est-il ce garçon ? a-t-il dit. Vous annoncez dans tous les journaux que vous l'avez attrapé, vous énumérez tous ses faits et gestes, mais quand il s'agit de savoir où il a été enfermé et dans quel état il se trouve, vous vous contentez de vous taire. Peut-on agir ainsi ? »

Le lieutenant a lâché le bras du Prophète ; il est resté en face de lui et il l'a un peu observé : c'était un homme plutôt séduisant, bien mis, qui s'exprimait bien, mais il était certainement cinglé pour parler de cette façon à cette époque et en ce lieu et pour chercher à rencontrer un terroriste enragé comme Nazim Seunmèze. Les cartouches de Marlboro visibles dans le sac en plastique qu'il tenait à la main confirmaient clairement sa thèse : celles-ci suffisaient pour le jeter en prison. Il a tout de même souri et il lui a dit de bien fermer son sac.

« Le mieux serait que vous rentriez vite à la maison, a-t-il ajouté. Notre État est puissant : quand viendra le temps de rencontrer le prisonnier, il vous trouvera à la seconde. »

Le Prophète s'apprêtait à lui dire que ce grand État, dont il disait qu'il le trouverait à la seconde, n'avait pas sonné à sa porte, ne serait-ce qu'une seule fois, malgré tant d'arrestations depuis tant d'années, quand il a pensé tout à coup que le lieutenant voulait peut-être dire autre chose. Cette fois-ci, c'est lui qui l'a pris par le bras et lui a dit, tranquillement :

« Dites-moi, comment se porte Nazim ? Je ne dirai à personne que vous me l'avez dit, vous pouvez me faire confiance parce que moi aussi je suis communiste. »

Le lieutenant l'a dévisagé d'un air totalement éberlué, « Cet homme a réellement disjoncté », a-t-il pensé. Alors, il lui a fait un clin d'œil et lui a demandé :

« C'est vous qui avez élevé Nazim Seunmèze, probablement ?

– Oui, c'est moi qui l'ai élevé », a dit le Prophète.

Le lieutenant a soupiré en voyant cet homme si costaud sombrer dans un tel état de misère sous l'influence de la vieillesse ou encore d'autres choses. À une époque, il avait entendu parler d'un livre nommé *La Maladie de jeunesse du communisme* et ensuite, sait-on pourquoi, ce titre s'était installé dans sa mémoire sous l'intitulé « Le communisme, cette maladie de jeunesse ». Partant de ce titre, pur produit de son imagination, il avait toujours pensé que le communisme ne concernait que les jeunes. Il était donc impossible qu'un vieil homme soit communiste ; alors il a pensé, une fois encore, que ce bonhomme avait perdu la raison. Il a lui a tapoté l'épaule en disant :

« Rentrez vite chez vous maintenant, ne traînez pas dans les parages. La situation est très dangereuse, ces derniers temps, vous le savez bien.

– Vous pensez que ce n'est pas la peine que je me dirige vers les autres casernes ?

– Oui, vous vous fatiguerez inutilement. À mon avis, rentrez directement chez vous.

– Bon, soit » a dit le Prophète et il a serré la main du lieutenant.

Rentrant le cou, il a commencé à grimper péniblement la côte. Il s'est arrêté un moment et il a murmuré : *« Elle se tait la geôle, semblable à un animal blessé nageant dans son sang. »* N'ayant pas vu de bâtisse ressemblant à une prison, ce vers n'a pas éveillé d'image de geôle dans ses yeux. Il a accéléré son pas, il voulait suivre le conseil du lieutenant et rentrer au plus vite chez lui, peut-être à cause de la fatigue et de la faim. Cependant, en passant devant le poste de police, il s'est cru obligé de faire part de ses recherches à son ami l'agent. Sans l'ombre d'une hésitation, il a poussé la porte, comme s'il rentrait dans sa propre maison. Il a vu que le préposé du fond, assis devant sa machine, tapait toujours avec un doigt ; il y avait beaucoup de monde autour de lui. Fendant la foule, il s'en est approché et, sans attendre qu'on l'invite à s'asseoir, il s'est laissé tomber sur la chaise faisant face à la table :

« Je viens de Balmoumdjou, a-t-il dit. Ils ne m'ont pas montré Nazim, il n'y était pas, mais de toute façon, selon leurs dires, ils ne m'auraient pas autorisé à le voir. Quels drôles de types ! À votre avis, que dois-je faire pour voir ce garçon ? »

Il a regardé le fonctionnaire droit dans les yeux : il pensait que, connaissant de près ce genre d'affaires et étant proche de lui, il lui donnerait la réponse la plus convaincante possible. Mais, lors de sa dernière visite, une fois qu'il était parti, un des agents avait émis l'idée que ce cinglé qui débarquait depuis deux jours inopinément à des heures impossibles pouvait leur attirer des ennuis et cela faisait déjà un certain temps que lui aussi ressentait la même chose. Il avait donc décidé d'empêcher le Prophète de revenir au commissariat.

« Écoute-moi, mon bonhomme, tu commences à m'excéder, a-t-il hurlé, combien de fois doit-on te répéter que nous n'avons rien à voir avec l'arrestation de ton petit-fils ! Arrête de nous brouter les oreilles. Tu as compris ? »

Le Prophète est resté pantois : il s'est demandé si cet homme en train de le morigéner était bien l'homme à qui il avait parlé le matin même. Il a observé attentivement son visage : il lui ressemblait beaucoup. Toujours est-il qu'ici, comme à la caserne, il a préféré répondre à la dureté par la dureté :

« Mesurez vos mots, a-t-il dit, vous vous adressez à un poète de ce pays ! »

Le préposé s'est alors vraiment énervé : il a dit que c'était un grand dommage pour l'humanité qu'un certain nombre de profiteurs, qui se réfugiaient derrière un statut de soi-disant poète, fassent des émeutes anarchistes, c'est-à-dire communistes, alors qu'eux, les militaires, les policiers, travaillaient jour et nuit à maintenir l'ordre dans le pays et que les épiciers, les bouchers, les chauffeurs et les fermiers se battaient pour une bouchée de pain. Le Prophète, qui s'apprêtait à réitérer qu'il ne fallait pas mélanger communisme et anarchisme, n'a pas eu le temps de s'exprimer :

« Ça suffit ! Tire-toi de là ! a-t-il crié. Si tu ne veux pas croupir à l'intérieur, tire-toi de ma vue ! Ici on est au service de l'État, on n'est pas là pour dorloter les fous !

– Bon ! a dit le Prophète, mais mon petit-fils ? »

Le préposé a tapé son poing sur la table en hurlant :

« Sors d'ici et arrête avec ton petit-fils ! Fiche le camp. »

Le Prophète a reculé un peu sa chaise et, ébauchant un sourire qui pataugeait entre affection et mépris, il a dévisagé longuement le policier. Il a interprété ce changement d'attitude inattendu comme l'une des innombrables inconséquences précédant la révolution, il a soupiré. Appuyant ses mains sur ses genoux, il s'est relevé et, sans regarder quiconque, ni parler à personne, il est reparti, lentement. Tout en se dirigeant vers sa maison, sous la neige qui venait de recommencer à tomber, il se disait : « C'est incompréhensible. Quel drôle de pays et quels drôles de personnages ! Comment se comporte maintenant ce jeune commissaire qui, ce matin encore, semblait soutenir les révolutionnaires ? Est-ce que tout se transforme en son contraire ? Qu'en est-il de la réalité historique ? Est-ce que l'histoire avance à reculons ? Ou alors existe-t-il deux histoires différentes, l'une marxiste et l'autre fasciste ? Franchement, il y a de quoi devenir fou ! » Il s'est arrêté et, serrant son sac contre sa poitrine, il a inspiré profondément. Il avait la sensation qu'il allait suffoquer. Mais, en voyant au loin l'énorme voiture de Féhmi Gulmèze devant la porte de sa maison, il s'est brusquement apaisé. Peut-être que Féhmi était plus proche des fascistes que des marxistes, mais c'était un vieil ami et un homme intelligent en plus, et le plus important, c'était un homme qui avait connu et aimé Féridé. En discutant avec lui, il pouvait aboutir à des conclusions valables. Sans même prendre le temps de serrer la main de son ami, il lui a dit :

« Mon cher Féhmi, dis-moi : est-ce que l'Histoire avance ou bien recule ? »

Féhmi Gulmèze, à la fois étonné et triste, a regardé le visage blême de son ami et les jambes de son pantalon couvertes de boue jusqu'aux genoux :

« Pour l'instant laisse tomber l'Histoire, a-t-il dit, je t'avais dit de ne pas quitter la maison. Où étais-tu ? »

Le Prophète a appuyé sa main libre sur l'épaule de son ami :

« J'ai cherché Nazim, a-t-il dit, mais je ne l'ai pas trouvé. »

Il a ouvert la porte et tout en retirant son manteau et ses chaussures, il s'est mis à raconter depuis le début ce qu'il avait fait. Son but était de tout expliquer en détail pour discuter ensuite avec Féhmi de ce qui lui embrouillait la tête ; il cherchait des réponses solides aux problèmes théoriques (malgré le cours irréversible de l'Histoire, pouvait-il être question de déviation, de retour en arrière ?) et pratiques (comment, dans cette confusion, Nazim pouvait-il être libéré au plus vite, et comment pouvait-on l'aider à poursuivre son action ?). Mais Féhmi Gulmèze, en entendant à plusieurs reprises les mots de commissariat et de commissaire, a cru que son ami répétait le récit de la veille et il n'a pas trop prêté attention à ses paroles.

« Oui, c'est bien, a-t-il dit, mais cette maison est gelée. »

Il a entrepris d'allumer le poêle : d'abord il a vidé les cendres, ensuite il a commencé à aligner lentement les bûches et il ne s'est plus du tout intéressé au récit du Prophète. Il était heureux de voir qu'il n'avait pas oublié comment mettre le bois dans le poêle, la vie simple avait finalement de bons côtés. En mettant les bûches, il lui a semblé qu'il n'avait pas totalement coupé avec cette vie d'alors, avec ses racines. Il ne s'était jamais vraiment adapté à cette nouvelle existence où il s'était retrouvé pareil à un général en pays conquis ; de nombreux notables qu'il avait écrasés tel un rouleau compresseur pouvaient en être témoins. Au moment de gratter l'allumette après avoir placé quelques brindilles sous les bûches, il s'est tourné brusquement vers le Prophète, il voulait lui dire qu'il avait eu bien raison de conserver cette maison, mais en entendant, juste à ce moment-là, le nom de « Balmoumdjou », il est resté pétrifié, l'allumette à la main, et quand le Prophète s'est mis à raconter l'histoire du sous-officier, l'allumette lui est tombée des mains :

« Comment... Comment, a-t-il lancé, tu as vraiment dit cela ?

– Oui, c'est ce que j'ai dit », a répondu le Prophète.

Ensuite Féhmi n'a pas cessé de répéter à peu près toujours les mêmes paroles : il coupait à tout propos son récit en disant : « Tu as dit ça aussi ? » ou encore : « Tu as fait ça aussi ? » et le Prophète, naturellement, comme s'il parlait de l'événement le plus simple du monde, poursuivait son histoire en répondant : « Oui, j'ai dit ça » ou « Oui, j'ai fait ça ». Féhmi Gulmèze tremblait à l'idée que son aventure à la caserne ou au poste de police aurait pu tourner tout autrement, il commençait à se culpabiliser de ne pas l'avoir pris sous sa coupe dès le matin. Quand il a été question de l'avertissement du lieutenant à propos du sac en plastique, Féhmi Gulmèze a frissonné jusqu'à la moelle. Il s'est levé aussitôt et il a fouillé le sac que son ami avait laissé au pied de la porte comme s'il avait rapporté un objet banal de la rue ; il a vu *La République*, les cartouches de Marlboro, le pyjama et les deux revolvers :

« Tu... tu... tu es devenu fou ! » a-t-il bégayé.

Et quand le Prophète a commencé à raconter la discussion qu'il avait entamée au poste de police du quartier, il a pensé que son ami avait réellement perdu la raison.

« Oui, tu es devenu fou ! Dieu t'a sauvé ! » a-t-il dit.

Le Prophète, heureux d'avoir étonné son ami, a éclaté de rire malgré son grand épuisement :

« Visiblement le fait d'être capitaliste ne t'a pas suffi, Féhmi Gulmèze : voilà que tu te mets à la religion, a-t-il dit. Dieu n'a rien à voir avec toute cette histoire. Ces types ignorent qui ils doivent emprisonner, voilà tout.»

Féhmi Gulmèze est devenu tout blanc.

«Rahmi, promets-moi, il n'est plus question dorénavant de se rendre dans une caserne ou un poste de police! Promis?»

Le Prophète a retroussé ses lèvres:

«Bon, d'accord, de toute façon cela ne sert à rien» a-t-il dit.

Il s'est souvenu des problèmes dont il voulait discuter avec Féhmi Gulmèze à son retour du commissariat, mais, juste au moment où il allait aborder le sujet, le téléphone a sonné. Il s'est précipité pour répondre. Ensuite, l'air déçu, il a tendu le combiné à Féhmi Gulmèze. Celui-ci a baragouiné quelques mots à voix basse, puis il s'est approché de son ami après avoir raccroché le téléphone:

«Bon, je dois m'en aller maintenant, un travail important m'attend», a-t-il dit. «Passe une bonne soirée et surtout ne fais pas de folie, ne sors pas de la maison. Je reviendrai le plus vite possible, je serai là au plus tard demain.» Juste après avoir franchi la porte, il s'est retourné et il a sorti une carte de visite de sa poche. «Prends-la et mets-la dans ton portefeuille, si tu as un souci, appelle-moi. À ce numéro tu pourras me joindre aussitôt. Allez, apporte ton portefeuille, mets-la dedans devant mes yeux», a-t-il dit. Le Prophète a fait ce qu'il a dit. Féhmi s'est alors senti un peu rassuré. Toutefois, après avoir indiqué sa destination au chauffeur, il a pensé qu'il avait peut-être eu tort de ne pas avoir retardé ce travail soi-disant très important. Il s'est dit: «Ce fou est capable de tout, il peut même se tuer ou tuer les autres avec ces revolvers.» Au même moment le chauffeur a dit: «Pardon, je n'ai pas compris, monsieur.» Féhmi Gulmèze s'est alors rendu compte qu'il parlait tout seul; alors il a froncé son visage comme s'il avait mal. Que lui arrivait-il? Pourquoi était-il si bouleversé par les absurdités et le mauvais caractère d'un ami de jeunesse qu'il n'avait pas vu depuis des années et par l'arrestation d'un gamin qu'il ne connaissait pas? Il n'arrivait pas à le savoir. Il savait seulement que depuis deux jours il se sentait très proche de son vieil ami et qu'il ne pouvait pas s'empêcher de l'aider. Il avait l'impression que tout lui échappait des mains. Il a murmuré: «Que m'arrive-t-il? Je n'arrive pas à comprendre.» Il a demandé au chauffeur de rebrousser chemin et, quand la voiture s'est arrêtée devant la porte du Prophète, il a fourré quelques billets de dix mille dans la main du chauffeur et lui a dit: «Achète pour toi et pour nous deux des bricoles à manger et tâche de trouver quelques paquets de Samsun.» Puis, après avoir ouvert la porte, quand son ami lui a dit: «Entre donc», il a souri de bonheur.

Il lui a répondu:

«Tu n'as pas du tout l'air étonné!

– Non je ne le suis pas, au contraire, j'en déduis que j'avais raison, a rétorqué le Prophète.

– À propos de quoi?»

Le Prophète a pris son manteau, l'a accroché au portemanteau et lui a répondu:

«Peu importe.»

Un instant plus tôt, après avoir remarqué que son ami avait oublié d'allumer le poêle alors qu'il avait fait tous les préparatifs, il s'était dit: «Ce pauvre Féhmi, il est devenu gaga ou quoi? Après s'être donné tant de mal, il est parti sans allumer le poêle. D'ailleurs, s'il n'était pas gaga, d'où lui serait venue l'idée de filer si rapidement?» Ensuite il avait allumé le poêle à l'aide de quelques brindilles: le craquement des bûches et l'éclat des flammes folâtres qui débordaient du foyer avaient rempli son cœur d'un doux sentiment d'apaisement. Reprenant, grâce à ça, un peu de poil de la bête, il s'était rendu à la cuisine, avait pris quelques tranches de pain sec avec un morceau de fromage puis, après s'être versé un raki auquel il avait ajouté de l'eau du robinet, il s'était attablé. Tout en sirotant son raki et en mâchant son pain et son fromage, il revoyait en esprit les personnes et les événements de la journée: il ne se faisait pas encore à l'idée que le préposé avec lequel il avait eu des mots était celui avec lequel il s'était entretenu les fois précédentes; il ne s'expliquait pas l'attitude du policier, de même qu'il n'intégrait pas dans son esprit la grossièreté du sergent rencontré à la caserne; comme si ce n'était pas lui qui pendant des années avait lu, au point de les savoir par cœur, des quantités de récits de tortures et de geôles, il marmonnait: «Que ces types sont grossiers! Ils vous aboient tout de suite dessus!» Certes, en faisant référence à la théorie de l'effondrement précédant la révolution, on pouvait expliquer la bêtise de ces hommes comme un paradoxe de la société bourgeoise qui était en train de vivre ses derniers jours ; cependant cela menait à un autre paradoxe : sachant que l'Histoire avançait, devait-on voir la grossièreté croissante des gens comme un progrès ou bien comme une régression ? Si le comportement irrespectueux envers les vieux se voulait être un progrès, pouvait-on dire que le but de la révolution prolétarienne était le bonheur de l'homme ? Sans lui demander son avis, il a rempli un verre de raki pour son ami et il lui a demandé :

« Dis-moi, mon cher : l'humanité avance ou bien recule ? » Féhmi Gulmèze, son verre à la main, a pris une chaise pour s'asseoir et il a regardé fixement son ami : il ne devait pas avoir les idées très en place pour se préoccuper de problèmes généraux malgré tous ses problèmes personnels et en plus devant son meilleur ami qu'il n'avait pas vu depuis des années. Il a fait un signe de la main l'air de dire : « Laisse tomber. »

« Je t'ai posé une question, a répété le Prophète, l'humanité, elle avance ou bien elle recule ?

– Qu'est ce que cela fait qu'elle avance ou qu'elle recule ? Si elle avance, est-ce que ton petit-fils va sortir de prison ? Qu'est-ce que t'en as à faire de ces histoires de progression ou de régression ? »

Le Prophète a de nouveau pensé que Féhmi Gulmèze était devenu gâteux ou du moins était en train de le devenir, il a souri d'un air entendu :

« Je parle en théorie, a-t-il dit.

– Ah bon ! C'est bien !

– Cependant, nous faisons tous partie de l'humanité, chaque problème qui la concerne est le nôtre, a poursuivi le Prophète, nous ne pouvons pas nous abstraire de l'humanité. Nous ne pouvons pas faire du problème de Nazim une question abstraite. »

Féhmi Gulmèze a poussé un soupir d'ennui et a répondu :

« Le concept d'humanité dont tu parles est en lui-même abstrait. Mettons que les sociétés évoluent considérablement en Afrique ou en Europe, est-ce que cela te servira à quelque chose ? Est-ce que cela te libérera des juntes conservatrices ? Est-ce que cela empêchera que ton petit-fils et ses semblables tuent des gens ? Est-ce que cela l'a empêché ?

– Avec le temps, bien sûr.

– Très bien, mais ta vie suffira-t-elle pour tout cela ? Et même la vie de ton petit-fils y suffira-t-elle ?

– Quelle importance avons-nous en tant qu'individus ?

– Alors pourquoi cherches-tu ton petit-fils dans les casernes et les postes de police ? Demande-toi au moins si notre propre société avance ou recule.

– Mon ami, ce qu'on appelle l'humanité existe, ce qu'on appelle l'Histoire aussi. Nous sommes tous liés les uns aux autres. Mais puisque tu le désires, je te pose la question comme tu l'as formulée : notre société avance ou bien recule ?

– Si tu veux savoir, je ne connais pas la réponse à cette question, a dit Féhmi Gulmèze, cela dépend de ce que tu entends par le fait d'avancer. »

À ce moment-là on a sonné à la porte.

« Cela doit être mon chauffeur : je vais ouvrir », a dit Féhmi Gulmèze, et il s'est levé pour ouvrir.

« Voilà, monsieur », a dit le chauffeur en lui remettant entre les mains un grand sac plastique. « Je vous ai fait préparer deux kebabs sans piment et j'ai acheté de l'aïrane[1]. »

Féhmi Gulmèze l'a remercié, puis a fermé la porte. Il a mis le sac sur la table, il en a sorti deux bouteilles d'aïrane et cinq paquets de Samsun ainsi qu'un paquet recouvert d'un papier à fleurs roses et violettes qu'il a ouvert lentement et d'où sont sorties deux boîtes en plastique blanc contenant du pain sans levain avec, en dessous, des brochettes faites de boulettes de viande au moins trois fois plus grosses que d'habitude. Elles reposaient sur une couche de Boulgour et aussi d'oignons et de salade verte coupés finement ; le tout était parsemé de grains de sumac qui se collaient partout ; l'odeur forte d'oignons qui s'exhalait du paquet leur montait à la tête. Le Prophète a frissonné en se rappelant celle dont était imprégnée la main du policier qui lui avait clos la bouche la nuit où Nazim avait été emmené. Féhmi Gulmèze a froncé les sourcils, il prenait le sumac pour du piment :

« C'est incroyable, j'avais spécifié "sans piment" au chauffeur et c'en est bourré », a-t-il dit.

1. Boisson salée à base de yaourt.

Le Prophète s'est penché sur les boîtes :

« On dirait en effet, en plus il a l'air très bizarre, a-t-il acquiescé. Et d'où sort ce pain sans levain, ce n'est pas le ramadan ! »

Féhmi Gulmèze a secoué la tête d'énervement, il voulait fermer le paquet et le jeter à la poubelle. Mais le Prophète, comme s'il voulait l'embêter une fois encore, a joué son rôle d'ami prolétaire et lui a dit :

« Attends. Essayons donc. »

Prenant un air d'homme du peuple, il a coupé un morceau de pain et, utilisant sa main droite qui le tenait et l'index de la main gauche, il a coupé un morceau de boulette ; il a regardé son ami droit dans les yeux. Ensuite, l'air dans le vague comme s'il écoutait une voix qui venait de très loin, il a commencé à mâcher lentement.

« Ce n'est pas pimenté » a-t-il murmuré. Il a mâché encore un peu, il a avalé sa bouchée et il a bu une gorgée de raki. « Vrai de vrai, c'est pas mauvais du tout. » Puis il a coupé un autre morceau de pain et de viande qu'il a englouti. « Oui, ce n'est pas mauvais du tout, a-t-il répété, c'est même très bon. Attends, essaie donc toi aussi, je vais chercher une fourchette. » Il a rapporté une fourchette et un couteau de la cuisine et les a posés devant son ami.

Féhmi Gulmèze n'a plus chipoté ; coupant de sa fourchette un morceau de viande, il l'a enfourné dans sa bouche et les yeux dans le vague lui aussi, il s'est mis à mâcher lentement puis il a commencé à sourire :

« Oui, c'est pas mauvais du tout, ce n'est pas pimenté, c'est même meilleur que les boulettes habituelles, a-t-il dit. Dans ce cas, ces choses rouges qui tirent sur le violet, ce ne doit pas être du piment. Mais si ce n'est pas du piment, c'est quoi alors ? »

Le Prophète a tâtonné avec sa fourchette ces « choses rouges tirant sur le violet » et il a dit :

« Je ne sais pas non plus, ce doit être quelque chose de récent, un nouveau produit.

– Tu as raison, un nouveau produit, a dit Féhmi Gulmèze, peut-être vient-il du Nouveau Monde.

– Tu veux dire d'Amérique ?

– Oui, peut-être, c'est possible. »

Le Prophète a d'abord froncé son visage, puis, en songeant aux Marlboro et aux habits de Nazim, il a souri :

« Savoure le raisin sans te préoccuper du pied de vigne », a-t-il dit.

« Bon, alors faisons comme ça », a dit Féhmi Gulmèze.

Tout en étant un peu gênés par l'odeur d'oignon, aidés par le raki, ils ont englouti leurs kebabs sans relever la tête et sans parler. Ensuite le Prophète a regardé son ami droit dans les yeux et il a répété la question qui le taraudait depuis si longtemps :

« Qu'en penses-tu, l'Histoire avance ou bien recule ? »

Féhmi Gulmèze a froncé les sourcils :

« Est-ce que c'est le moment de poser de telles questions ? a-t-il dit. Qu'elle avance ou non, quelle importance ! S'il y a une vérité, c'est que nous avons commencé à vivre dans un monde ne ressemblant pas du tout au monde que nous connaissions et auquel nous étions habitués.

– Comment cela ?

– Comment ? Eh bien, ce pain que nous avons mangé : ça faisait bien longtemps que nous n'avions pas mangé un pain aussi savoureux, mais il sentait monstrueusement l'oignon et il était bourré de piment, pas fort mais plutôt amer. Et puis des gamins pillent des banques, tuent des gens, se battent contre les forces de l'État. Ce monde n'est pas le nôtre. Que l'Histoire avance, je n'y crois pas, mais le monde change ou plus exactement, il a changé. »

Le Prophète a écouté presque sans reprendre haleine, il a eu la sensation de trouver la réponse à ses questions dans les remarques de son ami.

« Bon, l'Histoire avance alors, a-t-il lancé, tout se tient, l'Histoire avance.

– Je n'ai pas dit ça, au contraire, j'ai l'impression que tout se détériore, se dégénère. Regarde, tu trouves de la saveur malgré une odeur d'oignon étouffante et je ne te parle même pas de ces personnes très haut placées qui prétendent nous montrer le bon chemin, mais que je n'engagerais pas comme garçons dans mon entreprise, je ne te parle pas non plus de ces jeunes des universités qui...

– Eh bien oui, tout se tient mon cher, a répété le Prophète. Ne vois-tu pas que l'Histoire avance et que nous nous rapprochons de la dictature du prolétariat? L'odeur d'oignon, les dirigeants qui ignorent les valeurs bourgeoises, les universitaires qui préfèrent le revolver au livre. Notre Nazim, le sais-tu, avait horreur de la poésie.

– Bon et alors? C'est une bonne chose tout ça? Pour moi non, pour moi ce n'est pas un progrès, mais un recul. D'après moi, ton Histoire, elle recule, au moins dans notre société.

– Non, non, elle avance», a dit le Prophète et ensuite, avec une confiance digne de Galilée, il a répété: «Dis ce que tu veux, elle avance tout de même, elle avance, quoi qu'il arrive.»

Féhmi Gulmèze a contemplé son ami d'un air attristé: une fois de plus il a pensé qu'il n'avait pas toute sa raison, que c'était absurde de vouloir discuter avec lui. Pourtant il n'a pas pu s'empêcher de dire:

«Si l'Histoire avance ce n'est pas comme tu le penses, de la façon dont ton Marx le dit: la lutte ne se fait pas contre la poignée d'exploiteurs possédant la totalité du capital, en réalité la classe inférieure massacre la classe inférieure.

– Tu ne vas pas me dire que ceux qui gouvernent ne sont pas du côté du capital tout de même?

– C'est vrai, ils le sont. Mais ceux qui sont au pouvoir ne sont pas les détenteurs du capital, ce sont ses serviteurs. En plus ils le sont par obligation. Si nous choisissions nous-mêmes nos serviteurs, nous en choisirions de bien meilleurs. En bref, s'il faut utiliser un mot que toi et les tiens affectionnez particulièrement, ce sont les lumpens qui sont au pouvoir maintenant. Les lumpens luttent contre les lumpens. En résumé, un autre...»

Le Prophète n'a pas pu attendre qu'il achève sa phrase:

«Tu ne peux pas traiter de lumpens les jeunes révolutionnaires, a-t-il lancé.

– Bon, je ne le dirai pas, a dit Féhmi Gulmèze. Mais si l'on appelle lutte ce jeu d'embuscades mené par ton petit-fils et ses semblables, il est sûr qu'il ne s'agit pas du genre de lutte préconisé sans cesse depuis Marx. Déjà, parce que nous ne sommes pas encore arrivés à cette phase: par exemple dans ce pays, il y a des milliers de capitalistes comme moi...»

Cet argument a rendu le Prophète perplexe: ces derniers temps, il s'était mis à croire que l'Histoire avançait rapidement et que l'heure de la lutte approchait; il a cherché une explication et il ne l'a pas trouvée, toutefois il fallait y arriver; il fallait que quelqu'un la trouve, même si ce n'était pas lui:

«Il ne faut pas se fier aux apparences, a-t-il dit, quand nous regardons au-delà, nous remarquons que l'Histoire avance, qu'elle avance encore et encore!

– Bien, mais comment?

– Mon cher Féhmi, tu ne le sais donc pas, le capital ne lutte jamais directement, a dit le Prophète, il utilise ses valets, des hommes de paille, il les met en avant; que tu le veuilles ou non, c'est le capital qui mène la lutte.

– Bien, et les autres alors, ceux qui luttent contre les soldats du capital? Diras-tu que ce sont de véritables prolétaires et non pas des étudiants? Ou bien les qualifieras-tu de lumpens ou encore de valets utilisés par les prolétaires?

– Non, non, pas du tout, pas du tout, a bégayé le Prophète, non, pas du tout, il s'agit de personnes très érudites qui, pour cette raison, prennent place au côté des prolétaires, comme tout homme averti; seulement, la lutte qu'ils ont entamée nécessite qu'ils utilisent l'arme de l'ennemi, ils résistent à l'ignorance par l'ignorance, ils s'opposent à la condition de lumpen en se comportant en lumpen, un point c'est tout.

– Voilà pourquoi ton garçon a de la répugnance pour la poésie?

– Oui, cela doit être pour cela. Ne dit-on pas qu'il n'y aura plus besoin de poètes quand la révolution sera réalisée? Les jeunes, en supprimant dès maintenant le livre, tendent vers une certaine forme d'unité.»

Féhmi Gulmèze a choqué son verre contre celui du Prophète:

«Je te félicite pour ton raisonnement, a-t-il dit.

– Merci, merci beaucoup», a répondu le Prophète, et souriant de bonheur, il a fini son verre.

Il n'était pas sans avoir saisi la moquerie quand son ami a levé son verre, mais il n'y accordait pas d'importance. La discussion entamée lui avait permis, pensait-il, de trouver enfin l'explication qu'il cherchait: l'Histoire avançait, le révolutionnaire, en utilisant les armes de son époque, répondait à la dureté par la dureté, à l'ignorance par l'ignorance. Alors que Féhmi Gulmèze, interrompant son discours en plein milieu, s'apprêtait à sortir suite à un nouvel appel téléphonique, le Prophète a dit que lui-même allait suivre cette voie.

Féhmi Gulmèze a souri :

– Mon ami, tu as dépassé la soixantaine ! Peux-tu suivre la trace d'un jeune homme de vingt-deux ans ?

– Oui, je le ferai », a dit le Prophète. Son ami parti, il s'est rassis à table et, prenant son verre de raki à la main, il a répété les mêmes mots : « Oui, je le ferai. » Comment ? Il ne savait pas, mais il lui semblait qu'en ayant élevé Nazim et en l'ayant mené jusque-là, il avait en quelque sorte été son maître. Il pouvait donc être son apprenti. Il n'avait pas compris Nazim jusqu'à la minute où celui-ci avait été emmené par les policiers parce que Nazim n'avait donné aucun indice. Maintenant qu'il savait tout, qu'il avait compris la méthode, qu'il était en possession des revolvers de Nazim, il ne devait pas être trop difficile de suivre la route qu'il avait ouverte. Comme s'il allait faire aussitôt le premier pas, il s'est levé d'un air résolu, il a pris le sac en plastique qui se trouvait derrière la porte et il est allé dans la chambre de Nazim. Il a laissé sur sa table les deux revolvers, le pyjama et les cartouches de Marlboro. Malgré sa préférence pour les Samsun apportées par Féhmi Gulmèze, il a allumé une Marlboro. Il a souri en songeant que depuis deux jours il vivait aux crochets de son petit-fils : ses cigarettes, ses convictions, son combat. Au cas où il finirait par se faire arrêter, cela se ferait certainement grâce à lui. Comme s'il voulait montrer à Nazim l'amour qu'il lui portait, il s'est assis devant le placard et il s'est mis à ranger dans les tiroirs le petit linge et les chemises qui étaient restés dehors. Une fois encore, il a pensé qu'il n'avait jamais vu tant de chemises, de slips, de maillots de corps en même temps. Mais cette fois l'abondance lui a plu ; chacun de ces vêtements devenait à ses yeux une arme révolutionnaire plus qu'un signe d'embourgeoisement.

Après avoir tout rangé, il s'est assis sur le lit de Nazim et il a allumé une cigarette pour se reposer. Il a regardé autour de lui d'un air satisfait. Il a murmuré : « La pièce paraît maintenant bien mieux rangée. Cependant, c'est étrange, dans cette immense chambre il n'y a pas un seul livre ! Il y a, en tout et pour tout, quelques revues d'architecture et une lettre. Si l'Histoire le veut ainsi, que reste-t-il à dire ?» Ensuite, il s'est remémoré les livres exposés chaque soir à la télévision au milieu des armes et des projectiles et il a renfrogné son visage ; il est resté ainsi un moment, mais sans trop tarder il a commencé à sourire : exception faite des revues de lutte de vingt ou trente pages, ces livres étaient très anciens, édités il y a fort longtemps. Ces policiers d'un autre âge les exposaient soit parce qu'ils les croyaient encore nocifs pour l'homme, soit pour ajouter aux armes des enfants les livres des parents. Quoi qu'il en soit, l'attitude de Nazim montrait déjà que le livre n'avait pas vraiment de place dans la dictature du prolétariat, et mieux, elle montrait que la révolution s'était largement rapprochée. Rien d'étonnant à cela : c'était le réalisme critique qui faisait de la littérature et de la science ce qu'elles étaient, or, sachant qu'il n'y aurait rien à critiquer dans le paradis terrestre engendré par la révolution prolétarienne, en quoi aurait-on besoin des poètes et des penseurs, donc des livres ? Peut-être que les peintres et les sculpteurs, avant tout en tant que travailleurs, continueraient à embellir la vie différemment par rapport à aujourd'hui, mais le poète, très probablement, allait abandonner sa plume et disparaître au milieu des travailleurs pour ne jamais réapparaître. Le Prophète a cligné des yeux, «Qui sait ?» a-t-il murmuré. Peut-être que le fait d'être un poète oublié était une nécessité implacable d'aujourd'hui, peut-être était-ce la preuve que l'Histoire avançait sans discontinuité vers la révolution et qu'elle s'en était fortement rapprochée.

Soudain, il s'est levé, s'est dévêtu à une vitesse incroyable pour son âge et a remis, une fois encore, le pyjama de Nazim ; il s'est campé devant l'énorme miroir et s'est examiné longuement : il a eu l'impression de s'identifier à son petit-fils. Fort de ce sentiment, il a placé les revolvers sous l'oreiller de Nazim, est entré dans son lit et a éteint la lumière. Mais il n'a aucunement réussi à s'endormir ; influencé sans doute par le lit, le pyjama ou les revolvers de son petit-fils, il a fomenté des rêves de révolution : il libérait Nazim de sa prison, ensuite, bras dessus bras dessous, des drapeaux et des revolvers à la main, ils se retrouvaient à la tête d'une foule immense et enthousiaste. Au milieu des cris scandant «vive la révolution», il caressait les joues des enfants et les épaules des vieux, et, sans transformer les r ou les g, il faisait des discours enflammés où il annonçait la bonne nouvelle comme quoi ils étaient sur le point d'achever la lutte. Cependant, ces images se sont effacées au fur et à mesure pour finalement disparaître totalement. Le Prophète a murmuré: «Évidemment, il est impossible de lutter avec deux revolvers.» Il s'est redressé, s'est assis, a allumé la lumière et sans même enfiler ses pantoufles s'est dirigé vers le téléphone pour composer le numéro qu'il avait le plus composé depuis l'arrivée du téléphone à la maison: le numéro de son ami bouquiniste.

«Allô, qui êtes-vous? Que voulez-vous? a demandé la voix du bouquiniste.

– C'est moi, Rahmi, a dit le Prophète.

– Quel Rahmi?

– Rahmi Seunmèze, le Prophète quoi.

– Ça va j'ai compris. Tu sais quelle heure il est?

– Non.

– Alors sache-le: il est trois heures et quart.

– Je voulais te dire quelque chose.

– Tu voulais dire quoi?

– J'ai décidé de vendre mes livres.

– J'ai compris. Je t'avais dit un million.

– Oui, mais c'était avant. Maintenant tout a augmenté.

– Disons alors un million et demi. C'est bon?

– D'accord, mais comptant.

– Ok comptant.

– Je t'attends demain au plus tard à neuf heures et demie.

– Pourquoi es-tu si pressé?

– Bon alors, disons dix heures.

– D'accord. Bonne nuit.

– Bonne nuit.»

Le Prophète, après avoir raccroché le téléphone, a senti que ses paupières tombaient sous l'effet d'un doux sommeil. «Il y a une heure pour chaque chose, parce que chaque chose appartient à l'Histoire», s'est-il dit. «Il ne m'était jamais venu à l'esprit que je rajeunirais à cet âge. Mais voilà, j'ai rajeuni, je suis peut-être même plus jeune que dans ma jeunesse: je pense à tout, je veille à réaliser en l'instant ce que je pense. Ma vie est en perpétuel mouvement:

voilà plusieurs jours que je n'ai même pas allumé la télévision. Je crois que Nazim me guide, même de loin. »

Il a éteint la lumière et il est retourné dans le lit de Nazim ; après avoir posé sa tête sur l'oreiller, il s'est endormi tranquillement au milieu des parfums de son petit-fils.

IV

Quand le bouquiniste a dit en tendant la liasse de billets verts de dix mille « Cela fait exactement un million et demi, compte toi aussi », le Prophète s'est senti vaciller comme s'il avait reçu un coup de poing imprévisible ; il s'est adossé au mur. Ses yeux allaient et venaient entre la liasse de billets qu'il tenait dans ses mains et le tas de revues et de livres alignés sur le plancher, on aurait dit que quelque chose s'était brisé en lui. Certes, il se rappelait ce qu'il avait dit au téléphone au bouquiniste et il était conscient qu'il fallait les vendre ; en plus, depuis le moment où il avait appelé, il était clair qu'il n'avait plus beaucoup de lien avec. Il y avait tout de même quelque chose de dérangeant dans la différence de volume entre cette petite liasse de billets qu'il pouvait tenir à une seule main et ces énormes tas qui emplissaient chaque coin de la pièce et dont chacun des éléments racontait des récits différents. Par ailleurs, les revues d'amateurs comptant trois ou quatre numéros, les livres de nouvelles ou de poèmes de toutes dimensions et les souvenirs de prison et de tortures lui paraissaient reposer dans un lieu immortel quand ils étaient sur les étagères, même s'ils n'avaient jamais été ouverts, mais maintenant, après les avoir déplacés, ils rappelaient les anciens soldats de la révolution, alignés contre un mur, les mains liées dans le dos, prêts à être fusillés. Il comprenait, au poids qui lui tombait sur la poitrine, qu'il devait y avoir un problème dans cette affaire. Quand le bouquiniste lui a dit « Pourquoi restes-tu planté là ? Allez compte ! », le Prophète a eu peur de faire une folie du genre jeter dans le poêle les billets de dix mille qu'il tenait dans sa main ou se mettre à pleurer comme un enfant. Sans rien dire, il s'est précipité jusqu'à la chambre de Nazim et a fermé la porte, ensuite, il a posé l'argent sur la table de nuit et s'est jeté sur le lit.

Là, sous l'influence de la présence de Nazim imprégnée dans chaque chose, le poids sur sa poitrine a disparu. Il a pensé qu'il avait exagéré cette histoire et qu'il avait été saisi par une émotion et un instinct de bourgeois en identifiant les biens à la vie, il a eu honte de lui : il aurait dû, lui, le révolutionnaire des années quarante, être débarrassé depuis longtemps de ce genre d'instinct ! Et puis il ne devait pas être attristé par la vente de ses livres : d'une part, il avait besoin de cet argent pour la révolution et d'autre part, ces livres n'étaient plus utiles au révolutionnaire comme l'avait prouvé la vie de Nazim ; les bourgeois eux-mêmes suivaient les révolutionnaires sur ce point. Il s'est levé et, le visage empreint d'un sourire mystérieux qui avait remplacé la tristesse et l'hébétude, il est allé se planter devant le bouquiniste. Ce dernier, pour la énième fois depuis son arrivée, a examiné le Prophète des pieds à la tête :

« Ton pyjama est formidable », a-t-il dit.

Mais le Prophète a fait comme s'il n'avait rien entendu et lui a demandé :

« N'es-tu pas étonné de me voir vendre mes livres ?

– Si ! Très ! a dit le bouquiniste, à vrai dire je n'ai pas compris. Pourquoi le fais-tu ? Par peur, à cause de l'état de siège ? »

Le Prophète a de nouveau souri mystérieusement.

« Non, mon cher. Moi, Rahmi Seunmèze, je n'ai jamais eu peur de quoi que ce soit, a-t-il répondu. Je n'ai jamais cherché à cacher ou à brûler mes livres. De même que j'ai toujours été de gauche, mes livres sont toujours restés à la même place.

– Dans ce cas, pourquoi les vends-tu ? Tu as des soucis d'argent ?

– Non, je n'ai pas de souci ; le livre est devenu maintenant une antiquité, c'est pour cela que je vends », a dit le Prophète. Il s'est remis à sourire en prenant l'air imbu de ceux qui savent toujours où est l'essentiel. « Les jeunes révolutionnaires nous ont montré que l'avenir pouvait se construire sans livres. Il faut savoir s'adapter à son époque. »

Le bouquiniste a regardé le Prophète avec stupéfaction, il ne pouvait pas concevoir qu'un acharné de livres depuis tant années puisse prononcer de telles paroles, mais après un temps de réflexion, il lui a dit :

« Tu as peut-être raison, s'intéresser aux livres ressemble maintenant à s'intéresser aux pigeons : les gens trouvent aussi stupide d'accumuler des livres que de faire voler des pigeons dans une ville de dix millions d'habitants. Tu peux donc estimer que tu as vendu tes livres à un très bon prix. Toutefois, s'il y en a que tu aimes beaucoup, tu peux les reprendre » a-t-il ajouté.

Le Prophète l'a remercié : bien qu'ayant achevé réellement son aventure livresque, il a dit qu'il voulait bien garder la version grand format de *Paysages humains*, à la fois pour conserver un souvenir du passé et à la fois pour prouver qu'il n'avait pas peur d'avoir chez lui des livres de gauche. Il a tout de suite repéré l'ouvrage au milieu des tas ; il l'a pris, puis a ramassé les photographies de Féridé, de Lénine et de Marx et il a apporté le tout dans la chambre de Nazim comme si, après cela, le reste de la maison et l'ensemble de ses objets ne faisaient plus partie de sa vie. Ensuite il est revenu, il s'est assis confortablement au fond du fauteuil et il a allumé une Marlboro. Il a commencé à suivre les deux jeunes hommes que le bouquiniste avait amenés avec lui ; c'est par vingtaines ou par trentaines qu'ils emportaient vers le camion stationné devant la porte ces livres qu'il avait, je ne sais combien de fois, soigneusement dépoussiérés et sur lesquels il avait passé des heures : il pouvait trouver les yeux fermés l'emplacement de chacun d'entre eux ; ces jeunes ne daignaient même pas tourner la tête pour regarder ceux qu'ils faisaient tomber. Le plus étrange dans tout ça, c'est que lui non plus n'en souffrait pas : il suivait le transport de ses livres avec indifférence, comme si cela ne le concernait pas, comme si cela n'existait pas. Quand vint le tour des livres de Nazim Hikmet, le bouquiniste a déboulé en disant : « Mettez ceux-là en dessous, les garçons ; sait-on jamais ! Évitons les ennuis au cas où ils décideraient de nous arrêter en cours de route et de fouiller ! » Le Prophète n'a pas pu s'empêcher de rire et un des jeunes hommes s'est mis à rire également en disant :

« Patron, ils sont tous dangereux, ces livres : lesquels doit-on placer en dessous ? »

Le patron a tapé du pied en hurlant :
« Enfin, tu es de mon côté ou de celui des chasseurs de livres ? »
Ils se sont tous mis à rire en chœur. Les jeunes, à une vitesse vertigineuse, comme des fourmis, ont transporté les livres. Le Prophète a été heureux de voir le déménagement toucher à sa fin, comme si son activité révolutionnaire allait commencer au moment où le dernier livre de la pièce serait chargé et emporté. Juste à ce moment-là, un des jeunes s'est dirigé vers lui. Il lui a dit :
« Monsieur, ce fer à cheval qui est au-dessus de la porte, est-ce que vous voulez bien me le vendre ? Il irait très bien dans mon camion, sous le rétroviseur. »
Le Prophète s'est étonné :
« Quel rétroviseur ? Quel fer à cheval ?
– Le fer à cheval au-dessus de la porte d'entrée.
– Il n'y en a pas et il n'y en a jamais eu à cet endroit-là, a dit le Prophète.
– Bien sûr que si, monsieur ! Venez, je vais vous le montrer si vous voulez. »
Le Prophète, revêtu de sa veste de pyjama multicolore où était écrit *United States/Outsiders*, est allé devant la porte avec le jeune homme et il a vu un minuscule fer à cheval. Bien que rouillé et ne faisant plus qu'un avec la corniche largement noircie sur laquelle il se trouvait, il faisait penser à celui d'un poulain pas encore né. Il a été à la fois étonné et ému : depuis sa plus tendre enfance, il ne l'avait jamais remarqué, mais maintenant, après l'avoir vu, il le trouvait beau ; il a eu la sensation que, d'une certaine manière, il redonnait un sens à la maison paternelle ; cependant il n'a pas tardé à penser que cet objet qui aurait dû depuis bien longtemps appartenir aux antiquités, symbolisait une valeur bourgeoise. Son émotion prouvait la présence d'un résidu bourgeois dans sa personnalité. En cet instant où il s'apprêtait à franchir un grand pas, il fallait renoncer à un sentimentalisme archaïque.
« Prends-le, il est à toi ! » a-t-il dit.
Le jeune homme est monté sur une chaise et a décroché en un clin d'œil le fer à cheval. Le bouquiniste, souriant, a tendu la main au Prophète, mais voyant qu'elle était noire de poussière, il y a renoncé. Il s'est redressé sur la pointe des pieds et il l'a embrassé

sur les joues en lui disant : « Allez, mon cher le Prophète, porte-toi bien et tous mes vœux de réussite pour ta vie sans livres. » Le Prophète s'est contenté de lui dire « au revoir ». Quand le camion a commencé à s'éloigner lentement, il a eu le sentiment que son ami bouquiniste et ses hommes se dirigeaient non pas vers un autre endroit, mais vers une autre époque. Il a pris une inspiration profonde, rasséréné de rester dans la sienne. Les étagères vides où l'on pouvait distinguer la place de chacun des livres étaient sources de tristesse, cependant elles témoignaient avant tout de la similitude naissante entre lui et Nazim. Le Prophète s'est dirigé vers la chambre de son petit-fils et il a regardé l'argent sur la table de nuit ainsi que les chargeurs des revolvers visibles sous les oreillers, alors, il s'est frotté les mains en disant : « Tout est prêt à présent, si nous ne voulons pas faire attendre davantage Nazim, c'est-à-dire retarder un peu plus la révolution, il faut passer au plus vite à l'action. Oui, au plus vite ! » D'un pas ferme et décidé, il a ouvert le placard de Nazim : il a regardé avec émerveillement les pantalons, les chemises, les gilets, les anoraks, les blousons et les vestes de toutes les tailles et de toutes les couleurs accrochés côte à côte aux portemanteaux, il a effleuré des mains les cravates fines, en ficelle, alignées sur un fil épais le long de la porte gauche du placard et, comme s'il répondait à une question que lui seul entendait, il a murmuré : « Oui, mon ami, oui, oui, oui. » Soudain, il a retiré son pyjama, il l'a jeté sur le lit et il a sorti, parmi les innombrables chemises accrochées aux portemanteaux, une chemise au col minuscule, blanc d'un côté et rose pâle de l'autre, il l'a mise par-dessus son maillot de corps et il a choisi la cravate la plus rouge qui faisait davantage penser à un lacet. Après avoir farfouillé un bon moment, il a fini par trouver un pantalon noir, très étroit aux chevilles et bouffant dans le haut, une énorme veste couleur café au lait avec des raies orange, l'une fine l'autre épaisse, sur laquelle était écrit *Université d'Indiana* sous les armoiries dorées au-dessus de la poche à mouchoir, une paire de chaussettes blanches, des mocassins, une casquette à la Lénine de couleur bleue. Il s'est campé devant le miroir et s'est regardé. Avec cette casquette Lénine, cette veste incroyablement large et longue, ce pantalon étrange, ces mocassins rappelant davantage des chaussures de femme, il a eu la sensation d'avoir changé de peau plus que de tenue Il avait soudain rajeuni, il s'était endurci, il était devenu un second Nazim. Ce sentiment l'ayant rendu confiant, il a mis dans la poche intérieure droite de la veste à raies orange l'argent des livres, a pris le petit revolver sous l'oreiller puis, après l'avoir chargé, l'a mis dans la poche intérieure gauche. Une fois encore il s'est regardé dans le miroir, puis l'air de vouloir répondre à la question qu'il lisait dans les yeux de l'homme à la casquette Lénine et à la barbe blanche qui était devant lui, il a dit : « Nous sommes obligés de contre-attaquer les bourgeois en utilisant leurs propres armes ». Ensuite, il a ouvert le sac Samsonite que Nazim, avant l'achat de la Mustang, utilisait presque chaque jour en l'accrochant à son épaule comme le font les femmes et il a mis le grand revolver dedans. Au-dessus du revolver il a fourré en vrac quelques chemises, culottes, maillots de corps, chaussettes et mouchoirs, il a posé ensuite *Paysages humains* puis a tiré la fermeture Éclair. Il a enfilé le large imperméable bleu de Nazim qui faisait davantage penser à une pèlerine, a accroché le sac Samsonite à son épaule et s'est dirigé vers la porte d'un pas énergique. Il a dit à haute voix, comme s'il y avait des gens derrière lui : « À présent nous pouvons sortir ». Ayant réalisé à la seconde ce qui lui était venu à l'esprit, il est sorti en pensant que tout avançait vite et qu'aucune force ne pourrait interrompre dorénavant sa rapidité pour tenter de résoudre tous les problèmes allant de la libération de Nazim jusqu'à l'accomplissement de la révolution prolétarienne. La neige avait recommencé à tomber. Il a abaissé sa casquette, relevé le col de son imper, enfoncé ses mains dans les poches et, comme s'il possédait les jambes de Nazim, il a commencé à marcher rapidement. Arrivé devant le poste de police, il a avancé encore plus vite, il a descendu la pente presque au point de rouler. Cette vitesse lui donnait confiance, elle l'apaisait, lui procurait du bien-être. Ensuite, il s'est brutalement rendu compte qu'il s'était arrêté devant le magasin où à une époque il battait le fer avec son père et qu'il regardait les chemises de la vitrine, il a frissonné de la tête aux pieds. « Que se passe-t-il ? Il y a quelque chose qui ne va pas dans tout ça », s'est-il dit. Mais une fois de plus, réalisant à la seconde ce qui lui traversait l'esprit, il a hélé un taxi, en a ouvert la portière et s'est aussitôt assis.

Le chauffeur a attendu un moment sans dire un mot ; son client restant silencieux, il s'est mis à l'étudier à travers le rétroviseur : il n'a pas réussi à comprendre pourquoi ce vieil homme était apprêté comme les jeunes snobs de vingt ans, il a pensé que c'était peut-être un vieux barbon coureur de jupons ou bien un homosexuel, quoi qu'il en soit il se trouvait face à un homme pas ordinaire. Mais le plus étrange était que cet homme âgé avait les yeux fixés au loin et qu'il s'était assis dans la voiture sans rien dire.

« Eh, grand-père ! Où allons-nous ? » a-t-il demandé.

Le Prophète est resté hébété :

« Pardon, qu'avez-vous dit ?

– J'ai demandé où nous allions !

– Ah ! oui ! » a dit le Prophète, ensuite, réalisant une fois encore à la seconde ce qui lui traversait l'esprit, il a indiqué le nom du cimetière où reposait Féridé.

Le chauffeur a démarré la voiture, mais il était clair qu'il trouvait étrange que le Prophète se rende au cimetière :

« Grand-père, que vas-tu faire au cimetière par un temps pareil, a-t-il dit, tu l'as vu en rêve ? »

Le Prophète n'a pas répondu ; quelques minutes plus tard seulement, il a demandé :

« Monsieur, ne pourriez-vous pas aller un peu plus vite ?

– Pourquoi ? Tu es pressé ?

– Oui, je suis pressé.

– Pour quelle raison ? Là où tu vas il n'y a pas de risque de manquer son rendez-vous.

– C'est possible.

– Il n'y a pas de “c'est possible” : celui qui t'attend n'a pas d'autre choix.

– Dois-je rendre des comptes parce que je veux aller rapidement sur la tombe de ma femme ? », a dit le Prophète, puis, s'adossant au siège, il a corrigé sa casquette Lénine et il a pensé qu'il ne fallait pas donner de place aux chauffeurs de taxi dans le futur système socialiste parce qu'ils allaient lasser les gens en fourrant leur nez partout. Il s'est dit : « Moi j'appelle cela du fascisme. Le fascisme n'est plus une doctrine politique, il a commencé à s'infiltrer dans tous les comportements humains, même dans les conversations les plus banales et les lumpens en sont les meilleurs suppôts. » Du coin de l'œil il a regardé les épaules du chauffeur et ses cheveux gras se tortillant sur la nuque, il a cherché à prononcer une parole de poids qui ne réduise pas sa pensée, mais aucune phrase appropriée n'est venue à son esprit ; quand le chauffeur a arrêté la voiture et lui a dit : « Réveille-toi grand-père, on y est arrivé à ton cimetière », il n'avait pas trouvé autre chose à dire que « Le fascisme est en train de se développer grâce aux lumpens ». Il a rapidement repris ses esprits et il est descendu, sans dire un seul mot, puis il a marché en direction de la porte du cimetière.

« Eh ! grand-père ! Et le prix de la course ? » a dit le chauffeur.

Le Prophète s'est arrêté, il a cherché le portefeuille dans les poches du vêtement de Nazim. Il ne l'avait pas pris. Il s'est inquiété un moment de ce qu'il allait faire quand il s'est rappelé la liasse d'un million et demi qu'il avait reçue du bouquiniste. Il a sorti un billet vert de dix mille, il l'a tendu au chauffeur qui le regardait d'un air moqueur.

« Tu n'as pas de monnaie ? lui a-t-il dit. À qui pourrais-je demander la monnaie de dix mille dans ce lieu désert ? »

Le Prophète n'a pas voulu prolonger l'affaire :

« C'est bon, ça va ! Garde la monnaie, a-t-il dit.

– Comment ça, grand-père ? Il s'agit de dix mille livres, a dit le chauffeur. J'attends ici ? Pour le retour ?

– Non, non, ça va, ce n'est pas la peine ! Je ne suis pas parti avec l'intention de rentrer ensuite ! » a lancé aussitôt le Prophète et il est entré d'un pas ferme dans le cimetière.

Le cimetière, contrairement aux rues, était totalement couvert d'une neige sale et molle. Où qu'il marchât, son pied s'enfonçait de plusieurs centimètres dans la neige et laissait une trace de boue rouge. Aussi, dès les premiers pas, non seulement les mocassins tout fins de Nazim, mais aussi les jambes de son pantalon étaient couverts de boue. Il ne s'en est pas rendu compte de même qu'il n'a pas prêté attention au froid humide qui enveloppait ses pieds. À une époque, craignant de déranger Féridé quand il pensait à sa fille ou à son petit-fils devant sa tombe, il lui arrivait de repartir dès son arrivée à la porte du cimetière. Alors qu'aujourd'hui, il arrivait devant Féridé en s'identifiant à son petit-fils, dont il était persuadé de la qualité de révolutionnaire et avec la ferme décision de s'engager dans la lutte. Selon son habitude, il est resté un moment, tel quel, au pied de la tombe de Féridé, mais cette fois, fier de sa tenue de jeune révolutionnaire, il a toussé comme s'il voulait annoncer sa venue, puis, tout en visualisant intérieurement les photos de Nazim parues dans les journaux, il s'est agenouillé au pied de la tombe en disant: «Féridé, je poursuivrai les actions révolutionnaires de Nazim là où il les a laissées, et je ferai même mieux parce que je n'ai pas l'intention de me contenter d'actions individuelles. Dans ce but, j'ai vendu tous les livres, j'ai tout abandonné.» Il s'est arrêté de parler et, les yeux sur la tombe couverte de neige, il a attendu un acquiescement, une réponse. Ni acquiescement ni réponse ne sont venus; tout au contraire, il a perçu une question dont il n'a pas pu distinguer si elle venait de Féridé ou de lui-même: «Comment comptes-tu procéder?»

«Comment veux-tu que ce soit?» a-t-il dit. Il a senti son visage rougir: il y avait une seule réponse à la question. En fait il avait parlé l'air de savoir comment démarrer l'action, comment la réaliser, il avait parlé comme si Féridé était forcément au courant, or maintenant face à elle, il saisissait qu'il ne savait pas comment, où, quand, avec qui il allait entamer cette aventure. L'air d'attendre une réponse de sa part, il a répété «Comment veux-tu que ce soit?». Alors ont défilé devant ses yeux plein de cavaliers en colback et, tandis qu'il se propulsait en avant, presque en volant, sur un cheval blanc avec la casquette de Nazim sur la tête, ses vêtements sur le dos et son revolver à la main, il a eu l'impression d'être soudain touché par une balle au milieu du front et de tomber sur la neige. Il a soupiré songeant qu'il allait endurer les pires souffrances en n'étant pas enterré là, au côté de Féridé, après avoir été touché au front et avoir succombé. Sans ressentir le moindre frisson, au contraire, il a regardé autour de lui d'un œil attentif. Des étrangers, très probablement des bourgeois, avaient rempli tout l'espace autour de Féridé, ils ne lui avaient pas laissé de place. Il était injuste que Féridé reste là, au milieu de bourgeois, et que lui ne puisse pas reposer auprès d'elle, il fallait changer cela. Sachant qu'on ne pouvait pas retirer autant de morts du cimetière, il ne restait plus qu'une seule solution: enlever Féridé d'ici et faire en sorte qu'elle soit enterrée dans le cimetière révolutionnaire qui allait être créé. Cette pensée l'a apaisé un instant. Cependant, en s'imaginant concrètement ce qu'il avait pensé, il a eu l'impression soudaine que son corps se disloquait et devenait un tas d'os dans un linceul troué, il a tenté de se retenir sur le marbre de la tombe de Féridé, ce qu'il a réussi, mais juste après, il s'est écroulé au pied de la tombe comme un tas d'os.

Un peu plus tard, tandis que le gardien du cimetière, un petit bonhomme, tentait de le remettre sur pied en le tenant sous les bras, le Prophète, le regard vide, ressentant un bruit effrayant dans tout son être, ne distinguait pas son corps, ni ses mouvements, de ceux du gardien. Mais après avoir avancé quelques instants au bras de celui-ci, tout en traînant des pieds, il s'est arrêté brutalement :

« Que se passe-t-il ? Où m'emmenez-vous ? Vous n'avez pas le droit ! » a-t-il dit.

« Où veux-tu que ce soit ? Je t'emmène dans ma cahute », a dit le gardien du cimetière. « Tu vas te réchauffer, recouvrer tes esprits et on va un peu te nettoyer. »

Malgré toute la douceur de la réponse, le Prophète a été saisi par la crainte, il a pris le cimetière pour un lieu d'interrogatoire et de torture où les hommes étaient capables de tout :

« Depuis quand le poste de police s'appelle-t-il une cahute ? » a-t-il demandé.

Le gardien a été étonné ; alors qu'il s'en occupait si bien, il a trouvé injuste qu'il le confonde avec les policiers, mais, s'agissant d'un homme de la main de qui il avait pris beaucoup de bakchich, il avait largement tendance à pardonner ses erreurs : il ne devait pas savoir ce qu'il disait, il devait appréhender les choses différemment de la réalité. Il n'a pas jugé utile de répondre. Le serrant solidement par la taille, il l'a conduit jusqu'à sa cahute. Là, il a apporté une chaise en bois noircie par la saleté devant le poêle en fer-blanc qui crépitait au milieu de la pièce et il lui a dit : « Je t'en prie, assieds-toi, grand-père. »

Le Prophète s'est assis sans résister, mais, en voyant la théière brûlante sur le poêle, il était maintenant certain d'avoir été conduit au poste. Cependant il avait si froid que, d'instinct, il a approché ses mains du poêle ; quand le gardien du cimetière lui a proposé de retirer ses habits afin de les sécher, il n'a pas hésité à se relever en s'appuyant sur ses genoux et à retirer son imper. Mais quand il lui a dit : « Retire tes souliers, ils sont couverts de boue », il a répondu « Non, c'est impossible. » Il a pensé qu'il voulait l'empêcher de fuir et il a rajouté : « C'est absolument impossible. » Cependant le gardien paraissait très décidé et tout en disant « En quoi c'est impossible ? », il lui a retiré ses mocassins et ses chaussettes. Ensuite, il a tâté les jambes de son pantalon et il a murmuré : « Il est bon à tordre », puis, il a relevé la tête et il a dit : « Allez, grand-père, retire ce pantalon qu'on le sèche correctement. » Déshabiller les gens devait être leur nouvelle façon de neutraliser les révolutionnaires qu'ils avaient arrêtés et se montrer prévenant et bienveillant à leur égard, se présenter à eux le visage souriant, devait être la dernière méthode de torture des fascistes, méthode qui atteignait l'ultime degré du sarcasme. Le Prophète, malgré le bruit qu'il percevait dans sa tête, malgré son corps engourdi, a voulu se dégager et résister : « Non, Non ! » a-t-il dit. Mais l'homme ne l'écoutait pas. Il souriait, disait quelque chose, tournait autour de lui, desserrait sa ceinture, le redressait en le tenant par les épaules, baissait son pantalon, le rasseyait à nouveau en tirant vers le bas les jambes du pantalon. Tout cela, il le faisait si vite que la tête du Prophète tournait incroyablement ; finalement, se retrouvant à moitié nu, il s'est mis à frissonner jusqu'à la moelle et, pour ne pas tomber, il s'est retenu à l'ennemi qui souriait face à lui. Son ennemi lui a dit de s'asseoir, il a posé une vieille couverture sur ses genoux, il a pris des socques en bois près du mur et les lui a enfilées aux pieds, puis il a rempli un verre de thé provenant de la théière qui sifflait sur le poêle et il le lui a donné. Le Prophète, sans oublier pour autant que ce thé provenait de l'ennemi, a commencé à le boire lentement, avec plaisir. Cependant, dès les premières gorgées, une faiblesse insurmontable lui est tombée dessus, il commençait à ne plus pouvoir discerner la personne et les objets en face. Finalement, il n'a pas résisté et il s'est laissé aller : le bruit émis par le verre vide se brisant sur le béton après avoir glissé de sa main et le cri du gardien disant « Grand-père ! Grand-père ! » a franchi difficilement la frontière de sa conscience. Ensuite il s'est senti maintenu sous les aisselles et traîné quelque part. Dans un ultime effort, il a entrouvert les yeux et a bredouillé: «Ce serait dans le thé que...?», mais il n'a pas pu terminer sa phrase. Une fois étendu sur un lit et recouvert d'un plaid, il a tenté de se redresser pour échapper à une forte odeur de pourri qui s'exhalait subitement, mais sa tête est retombée sur l'oreiller: il s'est demandé si c'était un supplice ou bien le cachot et puis tout s'est effacé, une fois encore.

Une ou deux heures après, quand il a ouvert les yeux et a aperçu juste au-dessus de lui une ampoule nue qui scintillait, il a pensé qu'il se trouvait dans une cellule, entre les mains de l'ennemi; il s'est palpé calmement: ses mains n'étaient pas attachées et le petit revolver se trouvait encore dans la poche intérieure de sa veste. Son cœur s'est mis à battre de joie: l'ennemi une fois encore n'avait fait qu'à moitié son travail, cela signifiait qu'il y avait un espoir de se libérer: «*Pan !/Pppan !... / Pppppan !!!... / trois balles de tirées*»: les gardiens, sans comprendre ce qui leur arrivait, allaient s'entasser au sol comme des sacs et lui s'en irait, tranquillement. Il a pris dans sa main droite le revolver de sa poche intérieure et lentement, sans se faire remarquer, comme s'il s'agitait dans son sommeil, il a ouvert la sécurité. Il a attendu un peu, puis prenant appui sur sa main gauche, il s'est redressé rapidement. Si en cet instant un civil ou un officiel s'était trouvé face à lui, il est fort probable que trois balles auraient fusé. Cependant il n'y avait rien devant lui si ce n'était un coffret vert destiné au Coran tout en haut du mur et au-dessous, la photo en couleur d'une équipe de foot, découpée dans un journal; elle était entourée d'une série de photos de femmes à moitié nues, elles aussi venant des journaux. Aussi avait-on davantage l'impression de se trouver dans un cimetière de culs que dans une cellule. Sur les autres murs, étaient accrochés à des clous de toutes tailles, des serviettes, des chiffons, du linge de corps, des chaussettes, des chemises, des vestes et des pantalons. Le Prophète a aperçu au milieu de tout ça son imper et son pantalon tout propres. Ensuite, observant son entourage avec une plus grande attention, il a vu qu'une théière chauffait à gros bouillons sur le poêle, qu'au pied du poêle se trouvaient ses mocassins décrottés et que, sur le dossier d'une chaise en bois plutôt sale, ses chaussettes, lavées, étaient en train de sécher, et il a remis le revolver dans sa poche. Mais, en ce qui concernait l'endroit où il se trouvait, il n'était pas encore parvenu à une certitude.

À ce moment-là, il a perçu un bruit d'eau et, juste après, il a vu s'ouvrir la porte étroite et basse qui se trouvait sur le côté : un homme au teint très mat, large d'épaules, est entré, il était en train de refermer son pantalon ; sa taille minuscule et ses moustaches très noires, longues et abondantes, créaient une impression de déséquilibre assez frappante. Tous ses doutes quant au lieu où il se trouvait se sont effacés. Il a souri au gardien du cimetière. Ce dernier a répondu à son sourire par une expression de joie :

« Ah ! Bravo ! a-t-il crié. Tu vas bien, grand-père, en dormant ton visage a pris des couleurs. Mais tu m'as fait très peur. Dans quel état tu étais ! Tu tombais pour un rien. Tu as pris froid ou quoi ? Veux-tu du thé ?

– Avec plaisir », a dit le Prophète et il s'est remis à sourire.

Le gardien a pris la théière qui vibrait sur le poêle et a rempli de thé un verre à raies rouges ; après avoir posé le verre sur la chaise, il a ajouté exactement quatre cuillerées à thé de sucre en poudre, il a mélangé le tout et tendu le verre au Prophète. On ne pouvait pas dire que c'était du bon thé, il avait davantage une odeur d'herbe et il était très sucré. Tout de même, après que la première gorgée toute chaude eut traversé son gosier, le Prophète a ressenti un plaisir inexplicable. Il a sorti une Marlboro du paquet qui était dans sa poche et il l'a allumée, ensuite il en a tendu une au gardien. Le goût de la cigarette s'ajoutant au plaisir du thé, il a ressenti un intense sentiment de bien-être. Son âme de poète a repris le dessus, il a pensé : « C'est mon premier jour au cimetière, si c'est toujours comme ça, si l'on peut toujours trouver du thé, des cigarettes et des gens du peuple, l'autre monde n'est certainement pas un mauvais lieu. » L'idée d'un autre monde où l'on pourrait rencontrer des gens et où il y aurait à boire et à manger lui a rappelé ce qu'il pensait au pied de la tombe de Féridé et, comme s'il poursuivait une conversation entamée depuis longtemps, il a dit :

« Que va-t-il se passer pour ma tombe, monsieur ? Ne pourrait-on pas trouver pour moi une petite place auprès de ma femme ? »

Le gardien n'a pas eu l'air étonné, au contraire, il a pris aussitôt un air de personne compétente et responsable :

« Ah, grand-père, c'est très difficile, a-t-il dit, le cimetière est surchargé : on ne peut rien faire.

– Mais moi je veux être enterré auprès de ma femme. N'est-ce pas mon droit ?

– Oh, tu sais, grand-père, une fois qu'on est mort...

– Mais je ne suis pas encore mort, moi, je vis, et c'est pendant que je vis que je désire cela, a dit le Prophète. Je le veux en tant que citoyen vivant. N'est-ce pas mon droit ?

– Si, grand-père, si, mais regarde le cimetière ! Tu as bien vu. Des quatre côtés de la tombe de ta dame, c'est rempli à ras bord. Tu aurais dû y penser avant.

– Ça veut dire que j'aurais dû mourir avant ?

– Non, grand-père, ce n'est pas ce que j'ai voulu dire », a dit le gardien. Il a réfléchi un moment, puis soudain il a demandé : « Cela fait combien de temps que ta dame est morte ? Cela fait plus de cinq ans ? »

Le Prophète a soupiré :

« Plusieurs fois cinq ans ! a-t-il murmuré.

– Et alors, que ferais-tu d'une autre tombe ? Ils t'enterreront là, c'est-à-dire dans la tombe de ta dame. »

Les yeux du Prophète se sont mis à briller :

« C'est possible une chose pareille ? a-t-il demandé à brûle-pourpoint.

– Bien sûr que c'est possible. La religion ne l'interdit pas : tu te feras enterrer dans la tombe de ta dame.

– Je ne savais pas ! Si c'est possible, c'est bien, très bien, même incroyablement bien », a dit le Prophète. Laissant sur la chaise son verre de thé vide, il a allumé à nouveau une Marlboro et il en a redonné une au gardien. « Après cette bonne nouvelle, je boirais bien un autre thé s'il en reste, a-t-il ajouté.

– S'il en reste ? Bien sûr que oui, grand-père, je suis originaire d'Ashkalé ! »

La chaleur du thé s'est répandue en lui comme un bonheur.

« Merci, mon ami : la boisson est bonne et la nouvelle aussi », a-t-il dit.

Le gardien a souri. Lui aussi paraissait heureux.

« Ça fait combien de temps que ta dame est morte ?

– Plus de quarante ans.

– Ah ! Elle était très jeune alors !

– Oui, elle est jeune», a dit le Prophète et il a soupiré. «Les morts restent jeunes.

– Tu as raison, grand-père.»

Ils se sont tus tous les deux, mais le Prophète ressentait depuis un certain temps une douce et chaleureuse envie de faire pipi, il a été obligé de rompre le silence:

«Mon ami, avez-vous des cabinets ici?

– Pardon? Ah! Tu veux dire les toilettes? C'est là», a dit le gardien en montrant la porte étroite et basse sur le côté.

Le Prophète a franchi la porte en se courbant en deux; bien qu'il se fût habitué à l'odeur lourde et âcre de la cahute, les émanations de matières fécales et d'urine du lieu l'ont pris à la gorge; cependant, lui, le poète proche du peuple, s'est efforcé de supporter cette odeur et il a grimpé sur les deux montants, en forme de pieds, recouverts d'une pellicule jaune, puis il a uriné longuement en direction du large trou qui lui faisait face. Un instant, il s'est demandé où allait tout ça. Il a frissonné comme si un vent froid avait soufflé. Ce frisson lui a insufflé l'idée de s'en aller: en sortant des toilettes, il a caressé l'épaule du gardien en lui souriant amicalement et il a dit:

«Mon ami, je dois partir à présent.

– D'accord, grand-père: tes habits sont secs», a dit le gardien.

Le Prophète s'est assis sur la chaise et a enfilé lentement son pantalon, ses chaussettes et ses chaussures qui avaient été nettoyés et séchés et il a mis son imper bleu ainsi que sa casquette Lénine, ensuite, il a sorti de sa poche un billet de dix mille qu'il a voulu fourrer dans la paume du gardien. Mais celui-ci a refusé l'argent comme s'il lui avait brûlé la main.

«Tu es devenu fou, grand-père! C'est un billet de dix mille! lui a-t-il dit.

– Je sais ce que je fais», a dit le Prophète, il a glissé l'argent dans la poche du gardien. «Allez, porte-toi bien, merci pour ce que tu as fait pour moi, particulièrement pour les dernières informations que tu m'as données.»

En sortant, il a été étonné: il faisait très sombre, des lumières de toutes les couleurs brillaient sur les deux rives du Bosphore. Il a murmuré: «On dirait que c'est la fête: la ville semble ne plus être sous le joug du fascisme de ce dernier quart de siècle!» Depuis qu'il avait appris du gardien du cimetière qu'il pourrait être enterré dans la tombe de Féridé, il regardait les événements de manière plus optimiste : si le socialisme signifiait électrification, cela impliquait que la révolution avait commencé depuis longtemps et que, peut-être en cet instant, les forces révolutionnaires, abandonnant les discours, étaient passées à l'action et que rien ne les arrêterait, conformément au processus historique. Il s'est dit : « Elles vont surgir *avec les montagnes et les vagues, avec des vagues comme les montagnes et des montagnes comme les vagues...* » Comment ? Cela, il n'était pas en mesure de le préciser, mais il saisissait qu'elles surgiraient soudain des quatre coins de la terre, de manière très puissante et que lui-même serait au premier rang de cette armée de révolutionnaires qui débouleraient de toutes parts. Il s'est dit : « Ou bien ils me trouveront, ou bien c'est moi qui les trouverai. Une chose est sûre, je ne dois pas perdre de temps ». Réalisant de nouveau à la seconde ce qui lui traversait l'esprit, il a enfoncé un peu plus sa casquette et il a accéléré le pas sous la neige tombant à gros flocons. Une fois sorti du cimetière, il a commencé à descendre une pente sinueuse couverte d'une couche de neige très dure. Au loin la ville brillait, mais cette pente était très sombre et surtout déserte. On voyait seulement de temps en temps passer des chiens à la queue leu leu, ils avaient l'air de glisser sur la neige. Il a murmuré : « *Où vont les chiens, dites-vous, hommes peu attentifs ? Ils vont à leurs affaires.* » Il a songé que ces chiens qui glissaient sans relâche éveillaient la même impression que celle exprimée par le poète français. Il a pensé aussi que, même s'il avait vendu tous ses livres, c'était tout de même l'écriture qui expliquait au mieux la réalité ; c'était pour cela que Nazim qui savait que vivre « *était une chose très sérieuse* » avait dit *« lis,/écris,/change,/crie,/appelle !/ prends ton souffle de toutes tes forces... »*. Après la révolution, les alphabets de tous les enfants du monde devraient commencer par ces vers. Pendant un temps, il s'est laissé bercer par ce rêve, ensuite, il est revenu à la réalité : il a trouvé honteux pour l'humanité, mais optimiste pour la révolution, qu'à part lui et les chiens, il n'y ait personne dans les rues à cette heure qui ne pouvait être jugée tardive ; les bourgeois s'étaient peut-être retranchés tôt dans leurs cavernes par crainte de ce qui allait leur tomber sur la tête. Comme si lui-même menait une vie par monts et par vaux, il a murmuré: «Ils sont comme ça, ces gens-là, ils se retirent toujours dans leurs coins. Aucun ne ressemble à mon ami d'Ashkalé, ils ont peur de tout, terriblement peur. Alors il ne faut pas s'étonner que le fascisme se soit propagé sur terre jusqu'à ce jour: bourgeois équivaut à égoïsme et égoïsme à fascisme.»

Au bout du compte, il s'est retrouvé dans une rue plutôt large. Là non plus, il n'y avait personne; il y avait cependant quelques voitures qui passaient: elles faisaient gicler de la boue des deux côtés jusqu'à hauteur d'homme. Elles-mêmes étaient couvertes de boue. On aurait dit qu'elles cherchaient à fuir une grande catastrophe plutôt qu'à se rendre quelque part. Quant au fait que certaines allaient d'un côté et les autres du côté opposé, cela pouvait être le signe de leur confusion et de leur désespoir. Soudain il a été pris par un sentiment de malaise; oubliant qu'il était un révolutionnaire, il a voulu faire partie des fuyards. Durant plus de dix minutes, le cœur battant à tout rompre, il s'est mis à faire un signe de la main pour tenter de faire arrêter une de ces voitures qui allaient si vite, mais elles ne s'arrêtaient pas. Les hommes, les mains sur le volant, les yeux vers le lointain, étaient assis comme des momies et ne tournaient jamais leur tête. À un moment où les voitures se sont faites plus rares, il est passé sur le trottoir d'en face, en faisant gicler la boue lui aussi. Pendant plusieurs minutes, désireux de s'éloigner au plus vite de ce lieu désert, il a refait signe aux voitures qui passaient. Finalement un taxi s'est arrêté. Le chauffeur coiffé d'une casquette a ouvert la porte en disant: «Grand-père, nettoie d'abord la saleté avant de monter, tu t'es transformé en bonhomme de neige.» Le Prophète s'est secoué, puis s'est installé. «Va tout droit», a-t-il dit. Le chauffeur a avancé tout droit, en même temps que ceux qui fuyaient la catastrophe. De temps en temps, aux croisements, il demandait: «À gauche ou à droite?» Le Prophète bien qu'ayant tendance à dire sans arrêt «À gauche» a pensé, processus historique oblige, que le «Tout droit» correspondait à «la gauche», il s'est donc contenté de dire «Tout droit, tout droit». Cependant, une fois arrivé dans une rue où les vitrines brillaient de tous feux et où quelques personnes marchaient sur les trottoirs, il a dit «Je descends là», comme s'il était arrivé au point de destination de l'Histoire. Non seulement il ne savait pas où il était descendu, mais il avait l'impression d'être arrivé dans une ville étrangère. Les vitrines des deux côtés de la rue montraient qu'il s'agissait d'un quartier bourgeois ; au moins, il se trouvait dans un endroit où il y avait des gens et pour la révolution, si elle devait se faire, il fallait des bourgeois face à lui.

Bien que la neige tombât toujours aussi dense, les gens sur les trottoirs contemplaient les vitrines et marchaient sans se presser, comme s'ils n'étaient pas au courant de quoi que ce soit. Lui aussi s'est mis à marcher de la même manière. Il s'est rappelé alors le temps, des années auparavant, où Féridé et lui marchaient dans la rue, bras dessus bras dessous. Les rues, les avenues, les places étaient pour eux des endroits à parcourir vite pour aller d'un point à un autre : ils les traversaient presque sans rien observer, et les vitrines étaient vraiment les dernières choses qu'ils regardaient ; s'il leur arrivait d'y jeter un œil parfois, c'était pour voir les signes répugnants de l'univers bourgeois hostile ; en résumé, ils ne ressemblaient en rien à ces gens. Toutefois, après avoir marché un moment, le Prophète les a presque jalousés : ils avançaient toujours derrière le facile, toujours derrière le connu, ils cherchaient des choses accessibles en tendant les mains, pour cette raison ils restaient loin des véritables nostalgies, des véritables tourments. Quant à lui, même si l'issue était certaine, il était en train de marcher dans un espace terriblement confus et dangereux ; il ne détenait à présent aucun autre appui, mis à part son instinct, son expérience et sa conscience révolutionnaire. Bien que très utiles, ils n'étaient pas toujours suffisants. Ainsi, en réalisant à la seconde ce qui lui traversait l'esprit, il s'était retrouvé au milieu des gens, des bourgeois ou des prolétaires, mais il doutait que ce fût l'endroit où il aurait dû être à ce moment-là, aussi n'était-il pas sûr d'y rencontrer des révolutionnaires. Ce lieu semblait une montagne élevée, l'extrémité du monde, le point où la révolution n'est regardée que de très loin : une fois arrivé au sommet, un autre univers s'ouvrait aussitôt, la limite de l'extrême se retrouvait encore repoussée. Ainsi, bien qu'il réalisât instantanément ce qui lui traversait l'esprit, le Prophète se retrouvait finalement toujours au même endroit, toujours à son point de départ. S'il y avait une chose sûre, c'était qu'il avait tout quitté et qu'il ne retournerait pas en arrière, quel qu'en soit le prix.

Il s'est arrêté dans le renfoncement d'une porte pour se demander quoi faire.

À ce moment-là, un jeune homme vêtu d'une parka verte s'est approché de lui à pas timides, il s'est arrêté, il lui a fourré un papier dans sa paume en cherchant à ne pas se faire voir des passants et il s'est éloigné en vitesse. Le Prophète a failli s'évanouir de joie en sentant le papier entre ses doigts ; il a pressé sa main restée libre sur son cœur, et ses yeux se sont soudainement humidifiés. Ensuite, dominant son enthousiasme et entrouvrant les yeux, il a vu, quelques pas plus loin, le jeune homme prendre le bras d'une jeune fille vêtue d'un blue-jean et d'une parka identique à la sienne. Ils s'éloignaient à grands pas ; il a murmuré : « Maintenant c'est bon » et il a marché derrière le jeune homme et la jeune fille. Étant donné qu'ils avançaient rapidement, sans s'arrêter, et qu'ils ne tentaient pas de donner à d'autres leurs papiers, ces jeunes n'étaient pas sortis pour distribuer des tracts à des bourgeois, ils lui avaient transmis une information spécialement pour lui, ils étaient donc en relation avec Nazim et ils savaient qui était Rahmi Seunmèze. « Alors cela veut dire que l'organisation de Nazim est réellement très puissante ! » a-t-il murmuré. Il a hésité un instant entre se mettre à lire aussitôt le papier glissé dans ses mains ou bien courir derrière le jeune homme et la jeune fille pour obtenir directement des informations. Ensuite, il a pensé que même si une rencontre en face à face pouvait s'avérer nécessaire, il fallait d'abord lire le papier, l'organisation l'ayant voulu ainsi ; le jeune homme et son amie ayant tourné à gauche, il s'est arrêté devant une vitrine et il a ouvert soigneusement le papier. C'était un tract à grand tirage, du moins en apparence et il ne s'adressait pas à lui directement, Rahmi Seunmèze, le poète révolutionnaire, le grand-père de Nazim ; par ailleurs, il répétait les formules d'usage telles que « Lutte jusqu'à la libération », « Mort au fascisme », « Liberté au peuple ». Il a regretté de ne pas avoir couru derrière les deux jeunes. Il en a quand même conclu qu'il ne fallait pas être trop pessimiste : premièrement, ce tract attestait que la lutte continuait. Deuxièmement, même si cela ne lui était pas adressé directement, il s'adressait à toutes les forces révolutionnaires de la nation, que ce soit l'ouvrier, l'intellectuel ou l'étudiant. Il confirmait que les forces fascistes étaient en train de jouer leur dernier atout devant l'accélération des actions révolutionnaires armées dans toutes les régions rurales et urbaines et qu'elles allaient être aisément et rapidement renversées. Troisièmement et c'était le plus important, le fait que ces jeunes aient donné ce tract à lui et non pas à quelqu'un d'autre, laissait supposer que Nazim avait mis son nez dans cette affaire : son petit-fils, qui était un précautionneux dans la mesure où il donnait à ses correspondances révolutionnaires l'apparence de lettres d'amour licencieuses, avait donné l'allure d'un tract ordinaire à une information qu'il voulait lui faire parvenir. Maintenant tout le problème était de décoder correctement ce tract.

Ainsi, il se retrouvait une fois de plus au point initial, mais il avait une immense nuit devant lui durant laquelle, même si les soldats de Nazim ne le retrouvaient pas, il pourrait résoudre en partie l'énigme et agir en conséquence. De toute façon, étant donné que le passage à l'action paraissait sûr et que la mort, qu'on le veuille ou non, se retrouvait à l'ordre du jour, il s'est dit qu'il serait utile, au préalable, de régler d'une manière ou d'une autre la question de la tombe. Se mettant au bord du trottoir, il a recommencé à agiter sa main pour héler un taxi. Au bout du compte, l'un d'entre eux a fini par s'arrêter devant lui. Après s'être secoué, il est entré dedans et s'est assis :

« Je vais à la poste, la poste ouverte la plus proche », a-t-il dit.

Une fois arrivé dans ce lieu où il entrait pour la première fois de sa vie, il est resté debout, un crayon à la main, devant un papier qu'il avait demandé au guichet. Ensuite, dans l'emplacement prévu à cet effet, il a écrit le nom de Féhmi Gulmèze et celui de sa société la plus connue ; dans la partie réservée au contenu de la dépêche, il a écrit : « À ma mort, fais-moi enterrer dans la tombe de Féridé. Ceci est ma dernière volonté ». Il a tendu le télégramme ainsi qu'un billet de dix mille à l'homme du guichet et il est sorti sans prendre le reçu ni la monnaie. Il a marché un moment sans savoir où il allait. Il a senti le froid gagner son visage, ses mains et ses pieds. Il s'est dit : « Il faut maintenant que je m'asseye dans un endroit chaud pour comprendre ce tract. » Cependant il n'a pas trouvé de lieu où s'asseoir autour de lui. Il a pensé rentrer chez lui. Mais sachant qu'il avait envoyé ce télégramme, c'était désormais impossible : Féhmi Gulmèze pourrait empêcher son projet. Il s'est dit : « Je dois trouver un autre endroit. » À force de marcher, il se trouvait maintenant dans une rue sombre, assez déserte : on ne voyait pas un seul taxi. Par chance, il a aperçu sur le trottoir en face un couple de gens âgés qui se tenaient mutuellement et tentaient de marcher sans tomber. Fou de joie, il a couru vers eux :

« Excusez-moi, monsieur dame : j'ai perdu mon chemin : où puis-je trouver l'arrêt du tramway ? a-t-il dit.

– L'arrêt du tramway ?

– Oui, l'arrêt du tramway. C'est de quel côté ? »

L'homme et la femme ont examiné le Prophète d'un air étonné. Ensuite l'homme, tout en poussant du coude le bras de la femme, s'est remis à marcher en disant : « Ce n'est ni le lieu ni le moment de se ficher de la tête des gens. » Le Prophète les a regardés partir d'un air totalement éberlué et il a murmuré : « Quels gens bizarres ces gens-là, ils croient qu'on se fiche d'eux quand on demande son chemin ! Je le trouverai moi-même, mon chemin ! » Il n'a pas eu besoin de le chercher longtemps : après avoir un tout petit peu marché, il s'est retrouvé dans l'avenue éclairée qu'il avait quittée peu de temps auparavant. À l'entrée d'un carrefour il a entendu un chauffeur de dolmoush[1] crier « Taksim ! Une place pour Taksim ! Une ! » Il a pensé que peut-être c'était particulièrement lui qu'il attendait. De loin, il a fait signe au chauffeur en disant : « J'arrive ! J'arrive ! »

À Taksim, le temps avait tourné à la tempête. Mais le Prophète s'est senti plus fort du fait d'être arrivé dans un endroit connu et de s'être sérieusement réchauffé dans le dolmoush. Sans savoir pourquoi, mais d'un pas résolu, il s'est dirigé vers les marches du jardin de Taksim. Ses pieds s'enfonçaient dans la neige jusqu'aux chevilles et le jardin était désert et obscur, il est quand même monté jusqu'à la dernière marche. Sa casquette Lénine sur la tête, les revolvers dans la poche et dans le sac, il est resté pendant un moment debout et immobile et il a regardé vers le bas. Ici ou là, des gens marchaient sous la neige, à pas rapides. On les voyait régulièrement presser le

1. Taxi collectif.

pas en direction des taxis qui passaient de temps à autre à petite vitesse. Ensuite, ils s'arrêtaient pour les regarder partir. Le Prophète ne se rappelait pas avoir vu une seule fois cette place aussi déserte et silencieuse. Mais il se rappelait très bien les jours où elle était remplie au point de ne pas pouvoir faire deux pas et où il y résonnait les voix exaltées venues des haut-parleurs placés aux quatre côtés. Il s'est dit que ces temps-là étaient les plus représentatifs de la place Taksim. Certes, les gens qu'il avait vus sur cette place étaient toujours des bourgeois, mais tout de même, c'était magnifique d'y voir des dizaines de milliers de personnes s'enthousiasmer en écoutant un seul homme. Quand il y serait prononcé des vérités encore plus importantes, encore plus indéniables, ils s'enthousiasmeraient davantage, forcément. Pour cette raison, il était plutôt triste de voir du haut des marches cette place couverte par la neige et non pas par des torrents humains alors qu'il avait dans sa poche son tract «Lutte jusqu'à la libération». Il s'est dit «Est-ce que par hasard j'entame cette entreprise au mauvais moment? 14 juillet 1789, 24 octobre 1917, 1er octobre 1949: il semble que les grandes révolutions se soient davantage réalisées en été ou à l'automne.» Mais il était absurde de s'attarder à des considérations comme l'hiver, la neige ou le froid sachant que Nazim se trouvait en prison, qu'il avait les revolvers sur lui et que le pays se trouvait sous la botte fasciste. Descendant lentement les marches, il s'est dirigé vers la rue Istiklal. Tandis qu'il s'évertuait à avancer sous la tempête, il avait le sentiment, tout en sachant qu'il n'y avait personne derrière lui, de marcher en tête d'un cortège.

V

Il y avait longtemps que le Prophète n'était pas allé à Beyoglu. Ce centre attrayant de ses années de jeunesse s'était lentement effacé de sa vie. Il n'allait pas souvent sur cette rive et quand il s'y rendait pour l'enterrement d'un penseur ou d'un écrivain, il venait à Shishli ou Nishantash en dolmoush et, après avoir été à la mosquée de Shishli ou de Teshvikiyé, il retournait aussitôt à Uskudar. En bref, le Beyoglu, qui à une époque lui manquait dès qu'il n'y était pas allé deux jours de suite, ne prenait plus beaucoup de place même dans ses souvenirs. Mais, au moment où il pensait à cela, il s'est revu sortant du Passage aux Fleurs un soir enneigé comme celui-là ; ils marchaient, lui et Féridé, bras dessus bras dessous dans la rue Istiklal. Féridé, avec son enthousiasme habituel, s'était mise à critiquer certaines opinions émises ce soir-là, elle avait même expliqué où s'était trompé un jeune auteur qui s'était clairement moqué des idées du Prophète et ce dernier, comme il le faisait toujours, s'était penché vers elle pour ne pas manquer un seul mot. À ce moment-là, Féridé parlait à voix si haute que les passants s'arrêtaient pour les regarder. Le Prophète a soudain ralenti son pas, il a tenté de se rappeler le nom du jeune écrivain qui cette nuit-là cherchait à se moquer de ses opinions révolutionnaires et il a murmuré : « J'y suis, c'était Marouf ! Il se moquait de tout et de tous. C'était quand même un garçon sympathique. Qui sait ce qu'il est devenu à présent. » Peut-être que lui aussi était mort comme un grand nombre de ses amis. Une certitude demeurait : il ne faisait pas partie des gens connus et il n'avait pas été emprisonné, comme lui. « Tout cela revient au même, s'est-il dit, c'est l'histoire de l'œuf et de la poule. » Il a jeté un œil autour de lui : il y avait plus de monde qu'aux endroits où il était auparavant, et puis les gens ici n'avaient pas l'air de fuir l'ennemi, ils marchaient à pas lents et mesurés. Mais ces personnes de la rue Istiklal n'étaient pas celles de sa jeunesse, distinguées, vêtues de couleurs sombres, en chapeau de feutre. Si l'on fait exception des femmes masculines et des hommes efféminés, outrageusement maquillés et bizarrement vêtus qui passaient de temps en temps par groupes de deux ou trois avec l'air d'en vouloir au monde entier, c'étaient tous des hommes en casquette, vêtus pauvrement ; ils étaient peu soignés, pas rasés, mais ils marchaient d'un pas confiant comme s'ils se promenaient à Tophané[1] : on aurait dit que la classe ouvrière avait libéré Beyoglu de ses

1. Quartier populaire d'Istanbul située en contrebas de Taksim.

bourgeois. La présence de petits groupes de trois ou quatre qui discutaient dans certains renfoncements de portes laissaient penser que quelque chose se tramait tout autour. Le Prophète a tâté le tract qui se trouvait dans sa poche. Pour mieux observer son environnement et pour respirer un peu, il s'est arrêté lui aussi dans le renfoncement d'une porte. Il a voulu allumer une cigarette, mais le paquet de Marlboro de sa poche était vide. Le froissant dans ses mains, il l'a jeté à terre. Juste à ce moment-là, peut-être un hasard, peut-être le résultat d'une orchestration menée par Nazim Seunmèze, un jeune garçon a surgi devant lui et s'est mis à crier : « Marlboro ! Marlboro ! Marlboro ! »

« Viens par là ! » a dit le Prophète.

L'enfant, qui était bossu, s'est approché lentement :

« Tu veux des Marlboro, papy ?

– Oui.

– Combien de paquets ?

– Deux. »

Le garçon s'est penché, il a relevé la jambe de son pantalon et il a sorti deux paquets de Marlboro de l'intérieur de sa chaussette, ensuite, il a indiqué le montant à payer. Le Prophète a tendu un billet de dix mille, puis il a ouvert l'un des paquets d'où il a pris une cigarette. Après, il a prêté attention à sa monnaie : sait-on jamais, peut-être y aurait-il un mot glissé entre les billets. Son espoir fut déçu, mais tout de même, quand le garçon lui a dit : « Eh ! ça va, papy, tu as suffisamment de munitions maintenant », il a pensé que cela pouvait être une allusion substantielle. Il a répondu en disant :

« Eh oui, mon ami, les cigarettes aussi ça peut être une munition dans certains cas ! »

Il a voulu allumer sa cigarette, mais son briquet n'a pas marché.

« Tu as tes munitions, mais tu n'as pas d'amorce, tiens voilà mon feu », a dit le garçon.

Le Prophète en se penchant pour allumer sa cigarette a soudain pris peur :

« Ah ! Mais tu n'es pas un enfant ! » a-t-il dit.

Effectivement ; malgré la hauteur de sa voix, c'était un bossu imberbe, au visage largement ridé, qui de surcroît louchait, il a souri d'un air moqueur en disant :

« Est-ce que quelqu'un t'a dit que j'étais un enfant, tonton ? » Puis, comme s'il voulait montrer qu'il n'était pas fâché par son observation, il a ajouté : « Dix pas plus loin, à droite, il y a un vendeur de gaz : fais-lui remplir ton briquet ! »

« Quelque chose va sûrement se passer ce soir, sinon pourquoi cet homme ressemblerait à un enfant ? » a pensé le Prophète, puis il l'a remercié et, la cigarette au bec, il a marché en comptant ses pas. En voyant exactement dix pas plus loin, sur la droite, dans l'embrasure d'une porte, reluire un appareil pour remplir les briquets de gaz, il a failli crier de joie : tout semblait avoir été calculé et défini à l'avance, jusqu'au moindre détail ; ces tenues bizarres, ces visages peinturlurés, et même cette neige persistante, tout, vraiment tout, menait à ce but annoncé dans le tract glissé dans sa paume quelques heures auparavant ; ils lui montraient le chemin à suivre pas à pas, tout au moins depuis le moment où il avait quitté le cimetière jusqu'à maintenant. Aussi a-t-il regardé d'un œil plus attentif l'homme qui était assis derrière son appareil à gaz : celui-ci avait relevé le col de son manteau et abaissé sa casquette sur ses yeux ; ses moustaches denses cachaient totalement sa bouche. « Un soldat inconnu de la révolution », a pensé le Prophète qui, riant de joie intérieurement, a tendu son briquet, mais, tandis que l'homme se redressait les mains appuyées sur les genoux, il a suivi, avec un étonnement fait de tressaillement, ses mouvements et, comme si cette chose impossible qui se réalisait devait avoir un sens précis, il a bégayé « Mais... mais... mais vous êtes aussi grand que moi ».

« Notre grandeur n'est qu'une grandeur de taille, grand-père ! » a dit le vendeur de gaz et il a commencé à retirer la vis du briquet qu'il tenait entre ses mains.

Le Prophète a perçu cela aussi comme une réponse significative et il s'est mis à observer l'homme dans ses moindres mouvements : si c'était un soldat de la révolution comme il le croyait, il avait vraiment été bien choisi : il n'y avait rien à dire quant à sa stature, sa tenue, sa façon de parler, ses paroles totalement neutres et ses comportements ; s'il se trompait, si ce n'était pas un soldat de la révolution, mais un lumpen rêvant de tirer son épingle du jeu en remplissant de gaz les briquets des bourgeois, il fallait le considérer comme une perte à ne pas mésestimer du point de vue de la révolution. Mais il n'y croyait pas. Un peu aussi dans l'idée de donner davantage d'informations sur sa propre situation, il a voulu tester l'homme qui remplissait le briquet :

« Pourquoi remplissez-vous de gaz ? » a-t-il demandé.

L'homme l'a regardé droit dans les yeux en répondant :

« Tu m'as dit de remplir, grand-père, alors on remplit. Il ne fallait pas le remplir ?

– Vous n'avez pas pu trouver un travail plus adapté à votre stature ? C'est cela que je voulais demander.

– Pourquoi ? Tu n'aimes pas ce métier, grand-père ? Ça rapporte pas mal. En plus je vends des billets de loterie. Tu en veux un ? Peut-être vas-tu gagner le gros lot.

– Non, je ne cherche pas à gagner le gros lot », a dit le Prophète ; ensuite, tandis qu'il payait ce qu'il devait, espérant obtenir une réponse à la question qui lui trottait dans la tête, il a demandé : « On peut manger ensemble quelque chose de chaud ? »

Le vendeur de gaz a eu un haut-le-corps ; faisant un pas en arrière, il a examiné le Prophète de la tête aux pieds : on rencontrait fréquemment dans cette rue des hommes en quête d'hommes qui étaient aussi étrangement vêtus et certains l'avaient accosté, il ne pouvait pas le nier ; mais il n'avait jamais vu un homme aussi grand que lui et aussi âgé chercher un homme ; répugné, il a renfrogné son visage tout en disant :

« Non, je n'ai pas d'accointance avec ce genre de pratiques. »

Le Prophète n'a pas insisté, mais il s'est un peu énervé : cet homme disant qu'il n'avait pas d'accointance avec ce genre de pratiques était donc au courant des préparatifs pour la révolution ; or, il se contentait de prolonger son état de lumpen en quête de magot en remplissant de gaz les briquets dans l'embrasure d'une porte alors que, grand comme il était, il pourrait prendre place parmi les soldats inconnus de la révolution. « Le système est en ruine, a-t-il grommelé, le système bourgeois est en ruine ! »

Entre-temps la proposition qu'il avait faite au vendeur de gaz de manger « quelque chose de chaud » lui a rappelé qu'il n'avait rien mangé depuis le matin : son estomac, comme s'il attendait une telle occasion, a commencé à lui faire mal. Le Prophète a eu soudain envie d'une omelette bien chaude, mais pas de n'importe laquelle : il voulait une omelette pleine de piments, accompagnée d'une bière pression bien fraîche sur une petite table en marbre dans une taverne tout en longueur à laquelle on accédait en montant trois marches. Durant sa première année universitaire, le soir, en sortant du cinéma, Féhmi Gulmèze et lui-même entraient toujours dans cette taverne-là ; ils commandaient une bière et une omelette : si la chance était avec eux, ils pouvaient voir de près un certain nombre d'acteurs de théâtre. Il se rappelait le nom de la taverne et celui de la rue, mais il ne réussissait pas à savoir où était la rue par rapport à l'endroit où il se trouvait à présent. Alors, il a marché lentement en direction de Galatasaray en déchiffrant les noms des rues et des magasins plus que les visages des gens. Dès les premiers pas, il a frissonné en se demandant s'il était vraiment dans la rue Istiklal : sur tous les magasins on voyait scintiller des noms étrangers de toutes les couleurs, on avait l'impression de se trouver dans un autre pays et les noms turcs, rares, au lieu de diminuer cette impression, l'augmentaient soit du fait de leur rareté soit parce qu'ils étaient écrits de manière étrangère comme « Tombiche[1] ». Le Prophète s'est dit que cela pouvait être un changement de forme, une tromperie, pour embobiner l'ennemi au seuil de la révolution. Mais à l'évidence, le sentiment créé par tous ces noms étrangers suscitait un malaise effrayant qui s'installait comme un poids sur son cœur. Dominé par ce malaise, le Prophète est passé sur le trottoir d'en face et il est reparti en direction de Taksim. C'était pareil, tout avait changé, tout lui était devenu étranger. Mais par quel miracle, on ne sait pas, ils n'avaient pas changé le nom de la rue où se trouvait le restaurateur spécialiste en omelettes. Plein d'espoir, il a emprunté cette rue : certes, elle avait gardé le même nom, cependant elle ne ressemblait pas à l'ancienne et la taverne n'existait plus. Il n'a tout de même pas perdu espoir ; pensant avoir pu oublier son emplacement, il a poursuivi sa marche. La rue devenait de plus en plus déserte. De temps à autre, il apercevait un homme seul ou une femme seule qui avançait en rasant les murs et disparaissait

1. Ce mot signifiant « grassouillet » s'écrit en turc avec un « s cédille » à la place du « che ».

rapidement de sa vue. Le Prophète avait l'impression que tous ces gens allaient au même endroit et, ce qui est plus étrange, il croyait qu'ils le suivaient alors qu'ils allaient dans le sens contraire ; pour cette raison, il pensait être au bon endroit au bon moment et devoir continuer dans ce sens, qu'il trouve ou non sa taverne.

Finalement, il a aperçu un attroupement d'hommes bizarrement vêtus qui se tenaient devant une porte surmontée d'une lumière rouge. L'un d'eux, nanti de grandes et abondantes moustaches, portait une veste courte de couleur rouge, un pantalon bouffant noir et un fez sur la tête ; il s'est approché du Prophète en courant comme s'il fuyait les temps obscurs de l'Histoire et il l'a pris par le bras de manière familière en disant : « Allez, monsieur, entrez, nous avons un bon programme ; il reste peu de places, dépêchez-vous ! » et, presque en le traînant, il l'a amené auprès des autres hommes, sous la lumière. Sachant qu'eux aussi portaient une veste courte, un pantalon bouffant, un fez et de grosses moustaches, il ne pourrait avoir aucun rapport avec eux. Certes, outre que dans cette soirée extraordinaire où toutes choses et tout un chacun avaient changé d'aspect, il était impossible de prévoir ce qui se cachait derrière les apparences, et qu'il était fort probable qu'ils allaient le conduire au bon endroit vu qu'ils avaient surgi devant lui et l'avaient pris par le bras, son estomac criait famine : aussi a-t-il pensé que ce serait une erreur de refuser la proposition de l'homme au fez. Il lui a demandé :

« Auriez-vous aussi quelque chose à manger ? De l'omelette par exemple ?

– Oui, monsieur, on trouve de tout ! Il suffit d'avoir de l'argent !

– Pour l'argent, il n'y a pas de souci.

– Alors entrez, mon bon monsieur, entrez donc ! » a dit l'homme au fez et, sans lui lâcher le bras, il l'a fait entrer par une porte cossue. Après avoir franchi une autre porte, il l'a amené dans un coin exigu, éclairé par une faible lumière rouge. « Il fait chaud à l'intérieur, je vais prendre votre pardessus ainsi que la casquette et le sac », a-t-il dit. Après avoir pris sa casquette, il l'a tendue à une femme très maquillée qui souriait derrière un comptoir tarabiscoté situé sur la droite. Ensuite, il l'a aidé à retirer son imper et il lui a demandé : « Et votre sac ?

– Non, je ne peux pas le donner.

– Comme vous voulez», a dit l'homme et il est reparti par une autre porte.

Le Prophète s'est retrouvé dans une pièce fort sombre où s'entendait, dans le moindre recoin, une musique à faire tourner la tête ; devant lui, à moins de deux mètres, une femme boulotte presque entièrement nue, les mains sur la tête, faisait glisser son cou d'une épaule à l'autre sans bouger son corps, comme si elle bravait toutes les lois de la nature. Une fois que les darboukas et les mandolines se sont emballées, elle s'est mise à faire tressauter son ventre à toute vitesse en le secouant comme si elle voulait le détacher du corps ; derrière la femme, en contrebas, des hommes, tous vêtus d'une veste lamée noire et d'une chemise rose, extirpaient des sons déchirants de leurs violons, leurs clarinettes, et de leurs tambours de basques ; autour d'eux, sur de petites tables, des hommes à grosses moustaches, bien nourris, la bouche ouverte, suivaient les trémoussements du ventre qui cherchait à se détacher du corps.

Un garçon, vêtu d'une veste identique à celle des musiciens, s'est posté devant lui en disant :

« Bienvenu, monsieur, vous désirez une omelette je crois. Est-ce que je vous apporte un whisky en attendant ? »

Le Prophète s'apprêtait à répondre quand il a été pris d'un éternuement violent venant presque du fin fond des poumons ; sans qu'il ait eu le temps de porter sa main à sa bouche, un morceau s'est échappé comme un projectile de sa gorge et s'est collé sur le ventre de la femme. Le Prophète s'est senti rougir, il a baissé la tête et il a porté le mouchoir de Nazim à sa bouche ; il a éternué plusieurs fois de suite et ce n'est qu'après s'être rincé la bouche avec quelques gorgées du whisky apporté par le garçon qu'il a pu s'apaiser. Il a pris une profonde inspiration et il a regardé autour de lui d'un air honteux, il s'est aperçu que la femme qui faisait la danse du ventre était maintenant couchée par terre, sur le dos, et qu'elle répétait au sol les mouvements qu'elle avait faits debout, il en est resté à la fois ébahi et honteux, comme s'il en était la cause ; il a pensé s'en aller sans même attendre son omelette, mais il se sentait affaibli et très fatigué, comme s'il s'était totalement vidé en éternuant, et puis il voulait vraiment savoir s'il y avait sous ces apparences grossières et étranges un certain nombre d'éléments qui le conduiraient vers ses amis révolutionnaires. Il voulait savoir aussi s'il avait été pris par le bras et entraîné dans ce lieu étrange parce qu'il était un poète ayant voué son cœur à la révolution de ce pays ou au moins parce qu'il était le grand-père de Nazim Seunmèze. En murmurant « À-Dieu-vat ! » il a avalé d'un coup son whisky. Il a pensé qu'il y avait peut-être une explication concernant ce lieu dans le tract qu'on lui avait donné, il a voulu le relire encore une fois, mais juste à ce moment-là, le garçon a apporté l'omelette en disant :

« Voici monsieur, le cuisinier l'a préparée spécialement pour vous, parce qu'on n'en mange pas souvent ici. »

Le Prophète a remercié le garçon qui ne l'a pas lâché pour autant : il a examiné longuement sa tenue comme s'il tentait de déchiffrer un code, ensuite, avec un sourire à peine respectueux, il lui a demandé : « Prenez-vous votre omelette avec du whisky ou voulez-vous une autre boisson, monsieur ? »

Le Prophète, heureux d'avoir finalement obtenu son omelette, a souri :

« De la bière », a-t-il dit, ensuite, comme s'il était obligé d'en expliquer la raison, il a ajouté : « C'est un souvenir.

– Bien monsieur, tout de suite.

– Et puis… je veux une autre omelette.

– À vos ordres, monsieur. »

Le Prophète, sans remarquer les regards étonnés autour de lui, a englouti les deux omelettes et récuré son assiette avec le pain. Il s'est dit : « Ces omelettes m'ont fait du bien, je me sens mieux » et il a appelé le garçon en disant :

« Une omelette de plus.

– Monsieur, ne risquez pas de le prendre mal, surtout. Nous n'avons pas que ça à manger.

– Apportes-en donc, au point où j'en suis, rien ne peut m'arriver de pire. »

Le Prophète a terminé en vitesse sa troisième omelette, puis il s'est mis à observer son entourage en cherchant à donner un sens à tout ça : sur scène, un homme à veste rouge, cheveux blonds et sourcils noirs, un énorme micro à la main, chantait en se trémoussant ; de temps à autre, il interrompait sa chanson et obligeait les auditeurs à battre des mains ou à chanter avec lui. Mais la chanson était d'une telle vulgarité que le Prophète, répugné, a pris un air renfrogné; même si on se trouvait très loin des prévisions de Marx au plan économique, il était clair que l'on s'approchait du dernier stade de la dégénérescence question goût; il s'est dit: «Nazim a donc bien fait de passer à l'action sans attendre les signes économiques». Juste à ce moment-là, le chanteur aux cheveux blonds et sourcils noirs qui finissait sa chanson l'a salué avec des mouvements exagérés. Ensuite, le sourire jusqu'aux oreilles, il a désigné le Prophète des deux mains à la fois en disant: «Très chers spectateurs, je dédie la chanson que je vais chanter maintenant en votre honorable présence, à ce séduisant monsieur qui se trouve devant moi.» Après avoir tapoté le micro, il a commencé à chanter. Le Prophète, instinctivement, a repris son air renfrogné, il a pensé qu'entendre des chansons si vulgaires et si sirupeuses dans un pays où a grandi un poète comme Nazim était le signe d'un effondrement terrifiant, et que dédier l'une d'entre elles à un poète contemporain dans la lignée de Nazim s'apparentait à de la moquerie: il s'est demandé s'il n'était pas tombé entre les mains de l'ennemi. Mais, vers le milieu de la chanson, ayant l'impression de discerner un vers issu des poèmes de Nazim, il s'est soudain senti mieux et il a prêté l'oreille: le chanteur a répété une fois encore le même vers; il s'est senti réconforté comme si un énorme poids lui avait été ôté des épaules: il n'avait plus aucun doute sur le fait d'être arrivé sur le lieu de l'avenir, il se trouvait parmi les révolutionnaires, la révolution était très proche. Apaisé, il a appréhendé de manière plus bienveillante les chansons qu'il écoutait avec tant de répugnance peu avant. Ces chansons n'étaient sans doute pas si vulgaires et si prétentieuses dans la mesure où les chanteurs faisaient des emprunts au grand Nazim et les introduisaient dans leurs propres poèmes; on pouvait même dire, en y réfléchissant un peu, que ces chansons, exactement comme les chansons populaires, provenaient de la source inépuisable de «*ceux qui ignorent les livres et n'ont appris que de la terre*». Il a souri et il a levé son verre en direction du chanteur aux cheveux blonds et aux sourcils noirs, qui n'a pas laissé sans réponse sa marque de convivialité et, sa chanson aussitôt achevée, s'est approché de lui en passant par-derrière. En se penchant vers lui, de façon difficilement explicable, mais à la fois de face et des deux côtés, il lui a dit :

« Bonjour, je m'appelle Attila, puis-je m'asseoir ?

– Je vous en prie », a dit le Prophète.

Le chanteur a pris une chaise et s'est assis en face de lui. Il a commandé à boire au garçon qui s'était aussitôt approché, puis, souriant d'une façon étrange, il a longuement examiné le Prophète.

« Ah, s'est-il écrié, tes yeux sont verts. Crois-moi, mon cher maître, j'adore les yeux verts. »

Le Prophète n'appréciait guère d'être à tu et à toi avec quelqu'un, ni qu'on parle de son physique, cependant le mot « maître » confirmait ses impressions et il s'est dit que la meilleure attitude à adopter était de prolonger la conversation en laissant de côté les petits détails.

Entre-temps, Attila avait pris sa main et commencé à la caresser.

« Tu as les mains gelées ! Tu es frigorifié ! » a-t-il susurré. Ensuite il lui a fait un clin d'œil en souriant. « Et ils t'ont fait un œil au beurre noir ! Mais dis-moi, après qui ou après quoi as-tu couru dans ce froid avec ces habits si chics ? »

Le Prophète, étonné et un peu gêné, et cependant décidé à aller jusqu'au bout de cette affaire, s'est contenté de sourire.

« Oui, après qui courais-tu ? » a répété Attila et il lui a serré davantage la main. « Ou alors c'était quelqu'un qui courait après toi ? » a-t-il murmuré. « Tu es si séduisant qu'en fait cela ne m'étonnerait pas. Est-ce qu'on t'a déjà dit que tu étais séduisant ? »

« Oui, parfois, a dit le Prophète, mais ce n'était pas ça mon problème. »

Attila a écarquillé les yeux d'étonnement.

« Ah bon ? a-t-il dit, ce n'était pas ça ton problème ? C'était quoi alors ? »

Le Prophète après s'être dit : « Comme s'il ne le savait pas ! », a pensé que cette affaire avait suffisamment duré quelles que fussent les exigences de la situation et il s'est penché en direction d'Attila en murmurant :

« La révolution ! »

Attila a eu un mouvement de retrait :

« Ah bon ! Mon Dieu, mon Dieu ! » a-t-il dit, et il a regardé le Prophète comme s'il voulait une explication.

Toutefois, avant que le Prophète ait eu le temps de dire quoi que ce soit, une femme rondelette, vêtue de façon clinquante, s'est campée devant eux en disant: «Regardez-moi ces deux-là: comme ils vont bien ensemble, on dirait deux tourtereaux!» Ensuite elle s'est penchée vers Attila et lui a demandé: «Alors, mon sucre, qu'est-ce que tu mijotes de beau comme ça?» Attila lui a répondu: «Parle correctement: notre maître est un révolutionnaire.» Alors, elle s'est installée à la table en disant: «Ah? C'est bien!» et elle a appelé le garçon: «Djévat, apporte-moi un cocktail, j'ai la gorge sèche.»

Regardant la femme, le Prophète a pensé qu'elle pouvait être celle qui se tortillait sur scène quand il est entré, il s'est mis à rougir et il a baissé la tête. Mais, au même moment, trois autres femmes tout aussi rondes et tout aussi maquillées, leurs doigts, leurs poignets, leurs oreilles et leurs cous couverts de bijoux tape-à-l'œil, se sont installées à la table et ont commandé chacune un cocktail. Il s'est dit qu'il s'était peut-être trompé: bien que leurs habits fussent de couleurs très différentes, on aurait dit plusieurs exemplaires de la même femme, elles pouvaient toutes être ou ne pas être celle qu'il avait vue en entrant. Quoi qu'il en soit, Attila l'a empêché de se fatiguer davantage la tête avec cette question: il les lui a présentées, chacune à son tour, avec des phrases et des manières ampoulées: l'une était chanteuse, l'autre danseuse, en tout cas elles étaient toutes passées à la télévision et elles étaient toutes des artistes dont la renommée avait franchi les frontières du pays. Les boissons sont arrivées et Attila ainsi que les femmes ont choqué leurs coupes contre le verre de bière à moitié vide du Prophète en disant «Santé». Le Prophète a fait de même et il a englouti sa bière. Mais quand Attila a dit «Écoutez, les filles, sachez-le: ces coupes sont les premières et les dernières offertes par notre maître, il n'a plus l'âge d'apaiser toute notre soif», le Prophète s'est souvenu de la révolution et il a acquiescé en disant: «Oui, c'est vrai, même si je le voulais ce serait impossible. Je dois d'abord penser à la révolution.

– Vous voyez, notre maître est un véritable révolutionnaire», a lancé Attila tout en faisant un léger clin d'œil.

La première venue s'est alors mise à regarder le Prophète avec un intérêt évident:

« Étant donné qu'un monsieur riche et distingué comme vous ne cache pas qu'il est révolutionnaire, la révolution doit être une belle chose, a-t-elle dit. C'est comme l'autre soir, il y avait un charmant garçon ici ; nous nous sommes assis et nous avons bu quelques verres en discutant agréablement, il s'appelait Devrim[1]. Vu qu'ils avaient appelé Devrim un garçon si séduisant et si distingué, je lui ai dit que la révolution devait être une bien belle chose. Le jeune m'a alors dit de laisser tomber tout ça maintenant ; il devait dire ça par modestie. N'ai-je pas raison, maître ? »

Le Prophète a souri et il a répondu :

« Vous avez raison, madame, la révolution est le seul espoir de l'humanité.

– C'est bien vrai ! a-t-elle poursuivi. À la télévision, tous les jours que Dieu fait, ils incriminent les révolutionnaires ; moi je ne les crois plus désormais. En plus si c'étaient des personnes de confiance est-ce qu'ils exhiberaient comme ils le font des filles aussi squelettiques en les prétendant chanteuses ? Est-ce que je me trompe, maître ? »

Le Prophète a toussoté et il a commencé à chercher une réponse à la question, mais une autre femme a pris la parole :

« Les révolutionnaires sont peut-être des gens bien, mais il n'y a pas qu'eux, dit-elle, ils parlent aussi d'anarchistes, de marxistes, de terroristes, de communistes, de factions, de documents, de toutes sortes de choses quoi. Est-ce que ce sont tous les mêmes ? Dans ce cas, pourquoi ont-ils tant de noms différents ? Sinon, s'il ne s'agit pas des mêmes, pourquoi disent-ils le contraire ? Nous on est incultes, on ne comprend pas. Est-ce que vous pouvez nous expliquer tout ça, maître ? »

Le Prophète a songé qu'il était peut-être en train de passer un examen ; il s'est redressé, il a toussé, puis il a dit :

« C'est une très bonne question ». Ensuite, il s'est arrêté un moment et il a murmuré : « Je ne sais pas par où je pourrais commencer ».

La femme en bleu, qui se trouvait sur sa droite, a jeté son bras sur son épaule et lui a caressé sa barbe du bout des doigts en disant :

« Commence où tu veux, mon beau maître.

---

1. Signifie « Révolution » en turc.

– S'il faut résumer brièvement le sujet, je dois avant tout préciser quelque chose, a commencé le Prophète, puis il s'est remis à tousser. Je dois préciser avant tout qu'en cet instant, nous sommes en train de vivre le stade monopolistique de l'Histoire ; à un tel stade se produit un soulèvement enthousiaste et tous ces hommes dont vous avez parlé accompagnent ce mouvement ; cependant n'étant pas du genre à mélanger les torchons et les serviettes, je dirais que les anarchistes par exemple… »

La femme qui avait entamé le sujet lui a coupé la parole :

« Maître, pardonne-moi, mais je n'ai rien compris.

– Ah bon ! Vraiment vous n'avez rien compris ?

– Dieu m'en est témoin, je n'ai rien compris !

– Ah là là ! Que vient faire Dieu dans tout ça ? » s'est dit le Prophète en levant les yeux au plafond. Une fois de plus, il s'apercevait que comprendre le peuple, c'était une chose, mais que descendre à son niveau, c'était autre chose. Le plus grand problème résidait là probablement : même si la classe bourgeoise restait toujours liée au peuple par le cordon ombilical, qu'on le veuille ou non, elle était coupée de lui au niveau du cordon mental, car elle avait lutté pour maintenir le peuple dans l'obscurité du Moyen Âge. Cependant, il ne fallait pas lui tourner le dos, au peuple, sous prétexte qu'il restait ignorant et conservateur, il fallait chercher à le comprendre et lui montrer où se trouvait son intérêt. Alors le Prophète, comme si seule son élocution rapide était responsable de leur incompréhension, a recommencé à expliquer en s'arrêtant à chaque mot : il a dit que Marx avait signifié clairement comment la révolution prolétarienne allait se réaliser ; il a dit aussi que les personnes qui ne supportaient pas la souffrance du peuple prenaient les armes pour accélérer le processus sachant qu'on ignorait quand la révolution se réaliserait exactement, et qu'au bout du compte tout cela finirait de la même façon ; il a dit qu'il existait différentes interprétations quant à la manière d'utiliser les armes et qu'on ne pouvait pas nécessairement parler de perversion ; il a dit qu'il fallait juger noble et juste la lutte de la jeune génération sachant que l'Histoire ne cessait d'avancer et que chaque génération avait une approche personnelle, en revanche, il ne fallait pas attacher trop d'importance aux dénominations sans fondements théoriques telles que «anarchiste» ou «terroriste» souvent utilisées par les fascistes. Finalement, quand il a demandé si maintenant il avait bien expliqué, il ne doutait pas un seul instant qu'il obtiendrait de chacun une réponse positive, mais la dame qui avait abordé le sujet a répondu à sa question par une question:

«Donc anarchistes, marxistes, terroristes ou communistes, cela veut dire la même chose?

– Non, je l'ai expliqué: ils donnent par erreur les noms d'anarchistes et de terroristes aux communistes», a lancé le Prophète. «Les anarchistes ont toujours été des destructeurs, des agitateurs, des perturbateurs de l'ordre. La plupart des terroristes tuent sans sourciller. Vous comprenez? Ils veulent rabaisser les communistes en les traitant de terroristes et d'anarchistes.»

Attila s'est mêlé à la conversation:

«Mais, maître, n'avez-vous pas dit que les communistes voulaient détruire le système et que pour le détruire plus vite ils prenaient les armes?»

Le Prophète, qui s'était sérieusement ranimé, a trouvé aussitôt la réponse à la question: oui, les communistes avaient pris les armes, oui, il leur arrivait de tuer des innocents; mais, c'était un leurre de parler d'hommes innocents avant la révolution; de plus, ils agissaient ainsi de façon transitoire et leur but était noble. Cependant la femme qui avait entamé la discussion ne voyait pas du tout la différence entre les deux. Elle a demandé:

«Alors, maître, lesquels volent les banques? Les anarchistes ou les marxistes? Ou sinon, est-ce que ce sont eux les communistes?»

Le Prophète faillit perdre patience, il a élevé la voix:

«Ceux qui ont commis des actes terroristes de façon transitoire afin d'anticiper la révolution prolétaire et dont le comportement se rapproche apparemment de celui des anarchistes sont en fait des communistes. Je parle du point de vue théorique.»

La femme a entrouvert les bras d'un air désespéré:

«Eh voilà, maintenant c'est le mot de prolétaire qui nous tombe dessus», a-t-elle murmuré.

Alors que le Prophète pensait que la situation de cette femme était sans espoir, Attila a repris sa main dans sa paume et s'est mis à la caresser, ensuite il l'a regardé droit dans les yeux et lui a dit:

«Maître, nous parlons en théorie, je sais, mais je commence à perdre le fil moi aussi. Selon vous les anarchistes ne sont pas des communistes; mais toujours d'après vous les communistes sont à la fois anarchistes et terroristes.»

La femme qui ne cessait de poser des questions a acquiescé en disant:

«Oui, moi aussi j'ai compris ça.»

Le Prophète a secoué la tête d'un air désespéré et s'est mis à grommeler:

«Vous comprenez mal ce que je dis, vous mélangez les différents concepts.

– C'est possible, je suis une femme simple. Et la faction, maître, c'est qui alors? C'est elle que craignent le plus les propriétaires de Djihangir[1]. Personne ne veut louer sa maison à l'un de ses membres.»

Le Prophète ne s'attendait pas à une telle question: son ignorance était si évidente qu'il s'est contenté de sourire d'un air compatissant. Mais Attila n'a pas fait preuve de la même compassion, il a éreinté la femme en disant: «Ma pauvre, quelle ignorance.» Celle-ci a alors réagi vertement et une discussion animée a commencé: plusieurs personnes se sont mises à parler en même temps; tandis que certaines appelaient leur partenaire à la raison, d'autres criaient ou faisaient référence soit à la télévision soit à un client, à un voisin ou encore au «maître», la conversation ne cessait de se prolonger.

«Écoutez-moi, les filles, arrêtons de discuter, a dit Attila, de toute façon nous n'arriverons à aucun résultat. De la même manière que notre maître ne connaît pas la danse du ventre, de même nous n'avons pas ses connaissances parce que nous ne sommes pas des révolutionnaires comme lui.»

«Et pour quelle raison? a lancé une femme. Les révolutionnaires sortent d'une école? Ils reçoivent des cours?»

Une autre a répondu en disant:

«Bien sûr, ma petite Éda. Je l'ai entendu l'autre jour à la télévision: ils sortent de l'université.

1. Quartier huppé d'Istanbul, proche de Taksim.

– Je ne savais pas qu'il y avait une faculté de la révolution à l'université.

– Bien sûr qu'il n'y en a pas.

– Et alors ?

– Alors quoi ?

– Alors notre maître ne vient pas de l'école de la révolution.

– Qu'est-ce que cela fait ?

– Ce que ça fait ? Ça fait qu'il n'est pas sorti de l'école de la révolution, mais qu'il est tout de même révolutionnaire. »

Attila, une fois encore, a repris la main du Prophète et, tout en le regardant droit dans les yeux comme s'il voulait l'engloutir, il lui a dit :

« Maître, puis-je vous demander quelle est votre véritable profession ?

– Je suis poète, a dit le Prophète.

– Vous voyez, il est poète ; cela veut dire qu'il n'est pas révolutionnaire. »

Ne pas être considéré comme un révolutionnaire n'a pas du tout plu au Prophète. Mais il n'était pas impossible que ces joyeux drilles camouflent quelque chose derrière leurs paroles. Il s'est senti obligé de participer au débat pour corriger leur erreur et aussi pour comprendre leurs desseins secrets, s'ils en avaient.

« Mao et Hô Chi Minh étaient aussi des poètes », a-t-il dit.

Les femmes l'ont regardé d'un air stupéfait comme s'il parlait le chinois. Attila a voulu les éclairer :

« Notre maître veut dire qu'être révolutionnaire est une question de cerveau. Ainsi, les poètes peuvent être révolutionnaires, mais vous, pour que vous compreniez ce qu'est la révolution, il faudrait que vous ingurgitiez des litres d'huile de foie de morue. N'est-ce pas, mon beau maître ? »

Le Prophète n'a pas aimé non plus cette explication. Dégageant sa main de celle d'Attila, il a pris son verre de bière et il a bu quelques gorgées.

« Dans un sens, vous avez peut-être raison, a-t-il dit. Pour comprendre la théorie révolutionnaire, il faut connaître l'Histoire, l'économie, la philosophie, les sciences sociales et même les mathématiques ; mais vous avez un peu tort aussi, parce que d'un point de vue pratique la révolution nous concerne tous; la révolution signifie la libération pour nous tous et tous nous... »

À ce moment-là est apparu un homme bedonnant, de forte stature, dont la douzaine de cheveux, partis de la nuque pour faire quelques tours sur le sommet du crâne, était collée au sommet du front. Il a crié : « Mais, c'est notre Prophète ça ! Mais oui, c'est bien le Prophète ! Je l'ai reconnu dès que je l'ai vu ! Le Prophète ! Ce n'est pas croyable ! » Le Prophète est resté suffoqué. Mais chacun, Attila en tête, s'était mis debout les mains croisées sur le ventre ; chacun, les yeux exorbités, regardait tour à tour et le Prophète et le nouveau venu. Ce dernier ne faisait même pas attention à eux ; il a tourné autour de la table, il a relevé le Prophète en le prenant par le bras, il l'a enlacé avec enthousiasme, il l'a embrassé sur les joues et ensuite, reculant de deux pas, il l'a examiné des pieds à la tête.

« Eh bien, le Prophète, regarde-moi ça ! Dès que je t'ai vu, je t'ai reconnu ! a-t-il dit. Même dans cette tenue, je t'ai reconnu ! Au fait, c'est quoi cet accoutrement ? Tu sors d'un défilé ? Ou aurais-tu délaissé ta condition de prophète ces derniers temps ? Et qu'est-il arrivé à ton œil ? »

Le Prophète le regardait d'un air éberlué, mais il n'a pas pu s'abstenir de répondre à la dernière question en disant :

« Un petit cadeau du fascisme.

– Un petit cadeau du fascisme ? Qu'est-ce que cela signifie ? »

Le Prophète allait s'expliquer quand Attila est intervenu une fois de plus en disant :

« Le fascisme a été pris d'un élan de générosité, il a distribué aux révolutionnaires un cadeau de nouvel an ! Parce que notre maître est révolutionnaire. »

Le visage de l'homme s'est renfrogné : il ne voulait pas écouter Attila, il voulait parler :

« Je sais, je sais, a-t-il dit, c'est un révolutionnaire, un soldat inconnu de la lutte, plus avancé que son défunt père et plus rétrograde que son fils à naître. » Il a de nouveau enlacé et embrassé le Prophète, puis soudain il a froncé les sourcils : « Mais tu as une drôle de tête ! Serais-tu malade ? » a-t-il demandé. Le prenant par le bras, il l'a fait s'asseoir et lui-même s'est assis en face de lui. Ensuite il a regardé les personnes rassemblées autour d'eux et il a hurlé en disant : « Eh ! Quelle bande de truffes vous êtes ! Un ami de quarante ans arrive ici et vous tentez de le rouler ! Même lui ! Et comment ? Trois omelettes, deux bières, un whisky et plusieurs cocktails. Une note telle que moi-même j'en ai été étonné. Je me suis dit que j'allais venir voir qui était ce connard qui mangeait des omelettes ici ; et qui est-ce que je vois ? Notre Prophète ! Me faire ça ! À moi ! »

Un serveur, tout aussi déplumé que lui, s'est mêlé à la discussion :

« Nous ne savions pas, patron ! a-t-il dit.

– Vous ne saviez pas ! a hurlé l'homme. Alors en plus, vous auriez pu le rouler en connaissance de cause ! » et il lui a mis la note dans la main après l'avoir déchirée. « Allez, ne restez pas là, dressez-lui une belle table ! En l'honneur du Prophète ! » Il a demandé aux autres de s'asseoir, puis, comme s'il se parlait à lui-même, il a dit : « Regardez-moi ça ! Même dans mes rêves, je n'y aurais pas cru : après tant d'années, à cette heure tardive, voir face à moi le Prophète avec un œil tout violet et vêtu comme le dernier des snobs ! En plus dans mon propre bar ! Ce n'est pas croyable ! » Soudain il a fixé le Prophète et lui a demandé : « Pourquoi tu ne dis rien ? On est fâché ou bien tu ne m'as pas reconnu ? »

Le Prophète a secoué la tête en disant :

« Je suis désolé, mais je n'arrive pas à me rappeler. » Il avait la réputation de se souvenir, pour toujours, de tout ce qu'il lisait ou voyait, pourtant il lui semblait impossible d'avoir pu rencontrer auparavant ce brave bonhomme tout bedonnant ; en plus, quand cet homme l'avait pris par le bras pour le relever, sa tête avait terriblement tourné et elle tournait encore. Il l'a regardé une fois de plus. « Non, je n'arrive pas à me rappeler », a-t-il répété, puis il a pensé que cet homme costaud était peut-être la personne qui lui apporterait les explications qu'il attendait, qu'il avait peut-être fourré quelque chose dans sa poche quand il l'avait enlacé : son cœur alors a commencé à battre à grands coups.

L'homme s'est mis à hurler :

« Voilà bien ce monde misérable ! Tu fais de quelqu'un un prophète, mais lui ne se rappelle pas de toi ! » Ensuite il s'est mis à ricaner. « Ah là là ! Quels beaux jours c'étaient ! Qu'est-ce qu'on avait ri cette nuit-là ! » a-t-il poursuivi. « Il est vrai que tu avais d'abord été un peu vexé, mais finalement même Féridé avait aimé. » Il s'est tourné vers ceux qui se trouvaient à table. « Oui, c'est moi qui ai fait de cet homme un prophète, j'ai été le premier à reconnaître sa souveraineté. Mais, vous voyez, il ne m'a même pas reconnu ! »

Le Prophète a commencé à sourire :

« Maintenant je te reconnais, tu es Marouf, Marouf le Guignol, a-t-il dit. Il a pensé que lui aussi, avec son costume bleu marine à raies blanches verticales, sa chemise de soie rayée bleue et son énorme épingle à cravate à tête de perle, avait peut-être changé de tenue pour la révolution, mais aussitôt après son visage a pris un air soucieux : alors qu'il espérait retrouver ici les révolutionnaires, c'était peut-être un piège. Il a froncé les sourcils et il lui a demandé : « C'est Féhmi qui t'envoie ? »

Le Guignol est resté éberlué :

« Féhmi ? Quel Féhmi ? Ah ! J'ai compris ! Tu parles de Féhmi Gulmèze. Tu es devenu fou ou quoi, mon cher Prophète ? Tu crois que Féhmi Gulmèze descendrait à mon niveau ? À une époque, je l'ai appelé peut-être cent fois, j'ai laissé mon adresse, mon numéro, il n'a même pas répondu au téléphone. Pourtant cela aurait pu nous être utile à tous les deux. On aurait établi de bonnes relations de travail et il aurait profité de mes filles.

– Tes filles ? Quelles filles ?

– De quelles filles à ton avis ? Tu ne sais pas ?

– D'où le saurais-je ?

– C'est vrai ça, d'où le saurais-tu ? Tu es un Prophète toi ! Mais ces choses-là, tout le monde les connaît. Les grands hommes d'affaires reçoivent des gens importants et ces gens, du fait qu'ils travaillent beaucoup dans la journée, doivent s'amuser beaucoup la nuit. Pour cette raison ils doivent avoir des filles propres à leur disposition. Ça c'est un travail de professionnel.

– Et alors toi tu es devenu un spécialiste dans ce genre d'affaires ?

– Pas tout à fait. Mais j'ai mes intermédiaires. Moi j'établis les contacts avec les grandes sociétés et eux leur fournissent en l'instant leurs besoins en femmes. »

Le Prophète a froissé son visage de répugnance :

« C'est la décomposition du système bourgeois.

– Que faire, mon cher ami ? Certains, comme Féhmi Gulmèze, s'en sortent sans préjudice, ils retombent sur leurs pieds, d'autres, histoire de prendre leur part du magot, fourrent leur nez jusque dans la merde. C'est ce que j'ai fait, j'ai fourni aux patrons des boissons, des cigarettes, du caviar de contrebande, des filles, j'ai ouvert des restaurants, des bars, des hôtels et finalement j'ai empoché le magot.

– Tout le monde disait que tu deviendrais un bon philosophe. »

Le Guignol a ri en faisant tressauter sa bedaine :

« Toi, est-ce que tu as vu, après tant d'années, un seul philosophe dans ce pays ? » a-t-il dit, ensuite il a ajouté, toujours en riant : « En plus ce travail nécessite pas mal de connaissances philosophiques, il exige de la raison et de la finesse. Qui sait, peut-être ai-je vite prospéré parce que je m'y entendais en philosophie ! » et il a regardé le Prophète droit dans les yeux.

Le Prophète a pensé « Oui, il a probablement changé lui aussi de tenue et d'identité. Mais pourquoi a-t-il choisi celles-là ? » Il s'est tu.

Attila est alors intervenu :

« Patron, on dit que vous êtes "papa", c'est bien vrai ?

– Oui, c'est vrai, a dit le Guignol, je suis père de quatre enfants, chacun d'une femme différente. »

Une des femmes de la table a crié :

« Quel étalon, ce patron ! », et non contente de cela, elle a applaudi avec enthousiasme.

Les autres aussi ont participé aux applaudissements, mais le Prophète, lui, a levé les yeux au plafond et a soupiré profondément. Une fois de plus il comprenait que Nazim avait à cent pour cent raison de passer à l'action sans attendre que tous les moyens de production se réunissent entre les mains d'une poignée de privilégiés, parce qu'il était visible que retarder la révolution ne pouvait aboutir qu'à la dégénérescence des hommes et propager même les microbes de la maladie jusqu'à la révolution. Ainsi le Guignol, lui qui dans sa jeunesse éblouissait tout le monde par sa vivacité d'esprit, l'ami qui avait surnommé Sarikiz le duffle-coat de Féridé, s'il ne jouait pas la comédie, était totalement pourri et vil, un véritable dégénéré : il vendait des femmes aux patrons. Tout cela prenait son origine dans la dégradation du système bourgeois durant la pré-révolution, il n'était donc pas question de se fâcher contre lui, mais il avait pitié. Il l'a dévisagé d'un air compatissant :

« Et alors, tu es satisfait de cela ? » a-t-il demandé.

Le Guignol a éclaté de rire à nouveau :

« Quelle question ! a-t-il dit. Si j'en suis satisfait ? Crois-tu, mon cher Prophète, que j'ai le temps de me fatiguer la tête avec ce genre de questions ? Moi, je me contente de poursuivre mon travail, de le poursuivre et de l'agrandir, exactement comme ton Féhmi Gulmèze ! On vit dans une telle époque ! Ce n'est pas comme tu crois. Chacun fait lui-même sa propre révolution. Je ne peux pas dire qu'il n'y a pas des moments où je suis dégoûté de tout, cependant plus je suis dégoûté plus j'aime mon travail, parce que j'ai l'impression que chacun, quel qu'il soit, me prend en exemple, imite ce que je fais. »

« Ton travail qui consiste à trouver des femmes ?

– Oui, à trouver des femmes ou plus exactement le proxénétisme !

– Pourquoi ?

– Que veux-tu que j'en sache ! À toi de comprendre, avec ta sensibilité de poète révolutionnaire », a dit le Guignol et il a bu une gorgée de son whisky. « Une chose est sûre, rien à présent n'est comme dans notre jeunesse, tout est pourri et le pire, c'est qu'on en est arrivé au point où le plus grand but est la pourriture. À une époque, ils n'arrêtaient pas de dire qu'on allait devenir une petite Amérique, maintenant ils ont franchi un pas de plus et ils veulent être une petite Arabie saoudite. »

Attila avec une naïveté factice a demandé :

« Ah bon ! Ils veulent changer le nom de la Turquie ?

– Oh ! Ça va ! Tu te mets à faire de l'humour maintenant, a dit le Guignol. Mais on ne peut pas dire qu'il n'y a pas une part de vérité dans ta question. Oui, c'est vrai, ils veulent le changer, d'ici peu nous serons l'Amérique saoudite. »

Le Prophète a apprécié la réponse de son ami, mais en tant que poète des années quarante chargé d'apporter aux masses l'espoir des beaux jours à venir, il se devait de s'opposer à cette vision trop pessimiste :

« D'ici peu, la révolution arrêtera cette escalade, a-t-il dit.
– Ah, bon ! Quelle révolution ? »
Le Prophète a tâté son sac du bout du pied :
« La révolution par les armes, a-t-il répondu. Voilà pourquoi nous devons être un soutien pour les jeunes révolutionnaires.
– Tu te moques de moi ou quoi, le Prophète ? » a lancé le Guignol. « Ainsi, d'après toi, on doit tout abandonner et mettre tous nos espoirs dans les enfants ? S'associer à eux ? Prendre des noms de code ? Laisse tomber ! À mon avis, il est préférable de se fier aux prévisions de ton Marx : au moins tu restes assis à attendre au lieu de tuer des innocents. Mais si ces gamins, au nom des principes de Marx, ont commencé à décharger leurs armes sur ceux qui leur faisaient face, tu es un peu coupable, mon ami : tu t'es vite défilé dans ce boulot, tu n'as pas joué ton rôle de prophète !
– Je n'ai jamais abandonné ma condition de révolutionnaire », a dit le Prophète.
Attila s'est à nouveau immiscé dans la conversation :
« Vous avez vu ? Notre maître n'a pas cessé d'œuvrer pour la révolution », a-t-il dit.
Le Guignol s'est énervé :
« Eh ! Ça va, Attila, tu vas me faire faire un malheur : tu nous prends un peu trop la tête ce soir ! » a-t-il dit ; ensuite, il s'est de nouveau tourné vers le Prophète et lui a demandé : « Écris-tu encore des poèmes ?
– Pas vraiment, a dit le Prophète ; toi qui es philosophe, tu sais fort bien que tout est une question d'époque ou plutôt une question de génération. À présent je... »
Il allait expliquer qu'à présent il avait définitivement mis les voiles, qu'en tant que poète, il saisissait les orientations de son époque, et qu'il avait pris la route pour entreprendre la révolution armée, mais Attila, s'immisçant une fois de plus, a demandé à son patron s'ils allaient écouter ou non quelques vers du séduisant poète. Le patron, qui avait déjà englouti au moins trois whiskies depuis qu'il s'était assis à la table, a apprécié cette proposition. « Allez, oui, récite-nous quelques vers ! » a-t-il entonné. Les femmes l'ont soutenu. Devant tant de demandes, le Prophète a été obligé de se plier. Cependant, il a préféré dire des poèmes de Nazim et non

pas un des siens : il a récité l'un après l'autre : *L'orchestre*, *Pieds nus*, *Peut-être moi*, *Une douloureuse liberté*, puis il est passé à *La plus drôle des créatures*. Tandis qu'il en disait les derniers vers,

> *« Et si nous sommes affamés, épuisés, couverts de sang,*
> *et pressés comme le grain pour donner notre vin*
> *c'est de ta faute*
> *j'ai peine à le dire mais*
> *c'est grandement ta faute, mon frère ! »*

son regard n'a cessé de fixer les yeux du Guignol. Ce dernier avait-il été vexé ou sinon en avait-il assez d'écouter plusieurs poèmes à la suite, nul ne le sait, toujours est-il qu'il a appelé le serveur chauve et lui a dit :

« Eh ! crâne d'œuf ! Arrête de regarder comme ça, béat comme un âne, apporte-nous donc des fruits ! Varions les plaisirs, nous avons fatigué le Prophète. »

Le Prophète s'est enflammé :

« Ce sont des poèmes révolutionnaires, mon cher, ils ne fatiguent pas », a-t-il répondu.

Attila, comme s'il attendait cette parole, a crié :

« Puisque c'est comme ça, allez, tous ensemble : Vive la révolution ! »

Alors toutes les femmes ont crié en chœur :

« Vive la révolution ! »

Les yeux du Prophète se sont remplis de larmes : il a trouvé cela vraiment plaisant de voir ces êtres ignorants, voire dégénérés, dont les vies paraissaient vouées à divertir les bourgeois, s'enthousiasmer avec quelques poèmes de Nazim et s'avérer capables de crier : « Vive la révolution ! » en cette époque où le gouvernement répressif partait à la chasse des révolutionnaires. Il a voulu signifier cela au Guignol. Mais celui-ci a désigné du doigt quatre hommes vêtus de costumes bleu marine à rayures blanches qui se tenaient au garde-à-vous quelques mètres plus loin, chacun avec un bagage bien rembourré à la main :

« Mon ami, je te demande une permission d'une demi-heure, je vais encaisser ces gens et on se voit ensuite, a-t-il dit.

– Bien sûr que l'on se verra», a dit le Prophète. Les allures militaires des quatre hommes avaient très nettement réveillé un espoir chez lui, il a ajouté : « J'attendrai patiemment ton retour. » Cependant, au bout d'un moment, il a été saisi d'un sommeil incontrôlable, comme cela lui était arrivé dans la cahute du cimetière, il a posé machinalement sa tête sur la table et s'est aussitôt assoupi.

Ceux qui étaient attablés avec lui l'ont observé un temps, mi-étonnés mi-moqueurs. Mais quand le Prophète s'est mis à ronfler fortement, l'étonnement et la moquerie de leurs regards se sont mués en une sorte de tressaillement, ils en sont restés bouches bées. Finalement une femme vêtue de rose a rompu le silence :

« Le pauvre, il est profondément endormi. Le mieux serait de l'allonger sur la banquette. »

Attila, cinq femmes et quelques serveurs ont tenu le Prophète à la fois aux pieds, à la tête, à la taille et sous les aisselles et ils l'ont emmené jusqu'à la banquette ; après l'avoir allongé sur le dos, ils ont apporté une chaise pour poser ses pieds qui pendaient dans le vide. Le Prophète n'a pas dit un mot. Son ronflement s'était arrêté. Seulement, quand la chaise a été mise sous ses pieds, il s'est mis à gémir : « Mon sac, où est mon sac ? »

La femme en rose est allée chercher le sac et l'a posé à ses pieds en disant : « Voilà ton sac, mon beau maître. » Elle a songé : « Le pauvre. » Ensuite, tout en pensant qu'il ne serait pas à l'aise de cette façon, elle s'est installée sur la banquette et elle a pris la tête du Prophète sur ses genoux. « C'est mieux comme cela ! Partez, allez manger vos fruits ! » a-t-elle dit à ses amis. Avec sa tenue lamée rose et ses bracelets en or aux bras, elle faisait penser à une vieille femme en couches faisant dormir sur ses genoux un bébé géant. Quand le Guignol est revenu après avoir fait les comptes, le Prophète était toujours sur les genoux de la femme en rose et il dormait comme un ange. Attila a porté son doigt sur ses lèvres, en susurrant :

« Chuttt ! Notre Prophète dort ! »

Le Guignol n'a pas répondu, il n'a même pas esquissé un sourire ; il s'est penché sur son ami et l'a observé longuement. « Pauvre Prophète ! Il doit avoir de grands soucis ! La trace de coup de poing sur son œil en est la preuve. Et cette tenue de clown, on se demande où il l'a trouvée ! » a-t-il murmuré. Après s'être redressé, il s'est retourné vers Attila en disant : « Tu te moques, mais le Prophète était vraiment un jeune de valeur, c'était un poète très doué, en plus un puits de sciences. Et il était si séduisant ! Dès que les femmes le voyaient, elles tremblaient comme si elles avaient reçu un choc électrique. J'ai rarement rencontré quelqu'un d'aussi attirant.

– Et il l'est toujours, n'est-ce pas patron ?

– Oui, il l'est toujours », a dit Marouf le Guignol et il a soupiré. « Toi tu t'y entends bien dans ces choses-là, mais tu n'as pas vu sa jeunesse. Ce Prophète ne peut même pas être le grand-père du Prophète de ma jeunesse. »

Attila s'est tourné vers ses voisins :

« Notre patron a une âme de poète, ce soir », a-t-il dit.

Le Guignol a fait comme s'il n'avait rien entendu, il s'est agenouillé à terre, a caressé les cheveux blancs du Prophète, puis soudain l'a pris par les épaules et s'est mis à le secouer, il l'a appelé en disant : « Le Prophète ! Rahmi ! Rahmi ! » Le Prophète a légèrement entrouvert les yeux pour les refermer aussitôt et il a enfoui son nez dans l'énorme poitrine de la femme en rose tout en bredouillant quelque chose. Le Guignol a eu l'impression de distinguer : « *Héraclite ! Héraclite ! Est-il possible de mettre l'eau courante sous serrure...* » Il s'est alors redressé.

« J'ai eu à un moment la chair de poule à l'idée qu'il puisse mourir maintenant. Imaginez ! Cela fait tant d'années que nous ne nous sommes pas vus, peut-être même avions-nous mutuellement oublié notre existence et puis le voilà qui surgit au milieu de la nuit, dans mon bar, qu'il se pâme sur les genoux d'une de mes filles ! C'est incroyable ! N'est-ce pas ?

– Oui, patron, c'est incroyablement beau, a lancé Attila. Vous avez vraiment une âme de poète ce soir ! »

Le Guignol a souri :

« Bon, alors revenons à la réalité, a-t-il dit, qu'allons-nous faire maintenant de ce Prophète endormi ?

– Ce que vous voulez patron, a dit Attila. Si vous voulez, il peut se pâmer dans les bras d'une des filles de votre bar, comme vous venez de le dire. Mais tout de même, ici ce n'est pas un lieu pour un prophète. »

Le Guignol s'est irrité comme si cette proposition était déjà une réalité :

« Non ! non ! a-t-il lancé. Moi, je veux l'aider ; s'il a un souci, je veux trouver une solution. Demain, quand on aura la tête claire, je parlerai avec lui. Mais je veux auparavant qu'il passe une belle nuit. »

Pour la première fois, un des hommes en costume bleu marine s'est mêlé à la conversation :

« C'est bien, mais comment faire, patron ? Ce pauvre bonhomme n'a vraiment plus aucun ressort. On ne peut rien faire d'autre que de le transporter et l'étendre sur un lit », a-t-il dit, puis réalisant qu'il était allé un peu loin il a ajouté : « Tout au moins pour cette nuit. »

Le Guignol a réfléchi un moment :

« Non, je ne suis pas de cet avis, répondit-il. Emmenez-le tout de suite là-haut, à l'hôtel et couchez-le dans ma chambre. Trouvez Méryèm [1], où qu'elle soit et dites-lui que si elle n'accomplit pas bien son travail je ne veux plus la voir ! C'est compris ? »

Un autre homme en costume bleu s'en est mêlé à son tour :

« Vous voulez dire, patron, que Méryèm peut réveiller un mort ?

– Elle en est capable, elle le réveillera ! a dit le Guignol. Allez ! il est très tard : dépêchez-vous ! »

Les serveurs se sont empressés d'obéir. Prenant le Prophète sous les bras et sous les jambes, ils se sont dirigés vers la porte. La femme en rose a crié : « Vous oubliez son sac ! Prenez son sac ! »

VI

Le Prophète, en tant que véritable matérialiste, avait toujours dédaigné les rêves, mais cette fois, alors qu'il s'apprêtait à passer du rêve à la conscience, il a soudain renoncé et il n'a pas ouvert les

1. L'équivalent de « Marie » en français.

yeux : cette main qui se posait, puis repartait, telle une « souris volante » sur les différentes parties de son corps n'aurait pu être que celle de Féridé : elle était sur le point de lui faire revivre la jouissance qu'il avait ressentie une fois, une seule fois dans sa vie ; cette fois encore, comme lors de cette fameuse nuit, sans ouvrir les yeux, il s'est laissé aller sous l'harmonie de cette main qui allait et venait sur son corps. Après que la main a folâtré un bon moment sur son ventre, sur ses fesses, sur des endroits qu'il croyait devenus insensibles depuis longtemps, mais qu'il sentait revivre maintenant avec un agréable étonnement, le corps de Féridé s'est insinué, le Prophète a ressenti le contact incomparable de ses mains et de chacune des parties de son corps contre le sien ; il s'est dit « Je suis en train de vivre un rêve dans un rêve ! Qu'est-ce que cela pourrait être d'autre ? » Ensuite, rassuré par le fait de se trouver dans les profondeurs du rêve, il s'est retourné ; aussitôt retourné, son corps, presque instinctivement, s'est uni, en commençant par le point le plus sensible, avec le corps qui se trouvait sur lui. Bien qu'ayant les yeux fermement clos, il lui a semblé qu'il glissait dans une blancheur infinie, il a ressenti un plaisir identique à celui ressenti des années auparavant. Ce plaisir, comme autrefois, s'est propagé dans tout son corps jusqu'à son sang, jusqu'à sa moelle, jusqu'à l'extrémité de ses doigts et la racine de ses cheveux, il a inondé tous les pores de son être comme une eau qui s'écoule depuis Héraclite. Quasiment ensorcelé, sans bouger, sans respirer, comme s'il écoutait une mélodie incomparable, il a perçu les vibrations du plaisir qui, naissant au plus profond de son corps, transformaient tout ce qu'il éprouvait ou rêvait en ce plaisir même ; ensuite, tandis que la mélodie évoluait gracieusement, cherchant à participer comme il pouvait à cette incomparable harmonie, tel un simple auditeur, imperceptiblement, timidement, il remuait sa tête et ses jambes pour prendre part lui aussi au mouvement. Alors, exactement comme au cours de cette nuit inoubliable, il a senti que les mains ne se contentaient pas de se poser sur ses fesses pour repartir ensuite tels des oiseaux, elles restaient manifestement plus longuement là où elles se posaient ; elles ne se bornaient pas seulement à le toucher, elles empoignaient avec volupté les endroits qu'elles touchaient ; alors que les lèvres parcouraient timidement, en vitesse, ses joues, son cou, ses épaules, il a eu la sensation que son corps percevait déjà le paradis terrestre qui, selon ses croyances, ferait suite à la dictature du prolétariat; ensuite, de façon soudaine, mû par un instinct tenace venu des profondeurs de l'être, tout en restant enlacé, il a changé de position; on aurait dit qu'il voulait extirper en l'instant une nostalgie vieille de quarante années; de toutes ses forces il a enlacé ce corps et il a collé ses lèvres sur les siennes, une vieille habitude lui ayant permis de les trouver sans chercher; leurs mouvements se sont accélérés et, ensuite, à la seconde où le plaisir a atteint son sommet, son corps a eu un profond soubresaut: quelque part quelque chose s'était cassé, et le plaisir même, s'il ne s'était pas totalement effacé, avait perdu de sa densité. Le Prophète se tenait maintenant immobile, envahi par un sentiment de bien-être infini; et sentir glisser doucement sur le côté le corps qui se trouvait sur lui n'a pas troublé son bien-être. Mais, sait-on jamais, dans le doute, il n'a pas ouvert les yeux; empli de ce sentiment de bien-être infini, alors qu'un léger bruit d'eau parvenait jusqu'à ses oreilles, il a glissé vers les profondeurs du sommeil.

Un peu après, en refaisant surface, il ressentait encore, même très affaiblie, la palpitation laissée dans son corps suite à son étreinte avec Féridé; c'est pourquoi il ne voulait pas ouvrir les yeux; toutefois, elle est devenue de plus en plus imprécise et même, ce qui est pire, elle a commencé à se transformer en son contraire, à dégénérer de plus en plus comme si elle voulait démentir que l'Histoire nous menait toujours vers le plus beau et vers le mieux. Finalement, il a ressenti une lourdeur effrayante qui le tirait vers le bas, vers les entrailles de la terre; d'instinct il a voulu se redresser, mais il a compris qu'il était faible au point de ne pas pouvoir non seulement se relever, mais aussi s'exprimer. «Qu'est-ce qui m'arrive? Suis-je en train de mourir?» s'est-il dit; au même instant, comme s'il voulait apporter une réponse positive à sa question, un poids effrayant qui lui liait pieds et mains s'est acheminé jusqu'à son gosier sous la forme d'un liquide brûlant liquéfiant tout sur son passage. Le Prophète a voulu endiguer cette vague en bloquant fermement sa bouche, mais quand elle a traversé sa gorge, sa bouche s'est ouverte automatiquement; bien qu'il fût couché sur le dos, cette chose, qu'il ne connaissait pas et ne cherchait pas à comprendre, a commencé à s'écouler par vagues : il ne savait pas si elle était constituée de ce qu'elle liquéfiait ou d'autre chose. Faisant un effort surhumain, il a tourné sa tête sur le côté vers le bord du lit, ensuite son corps a suivi ; le flot s'est alors follement précipité, il a cru que tout l'intérieur de son corps allait se vider après s'être transformé en un liquide corrosif, collant et immonde et qu'en quelques secondes il ne resterait de son être rien d'autre qu'une enveloppe vide toute fripée. « Je meurs, oui je meurs », s'est-il dit, ensuite, alors qu'il était près de perdre même son sentiment d'impuissance et de lourdeur, il s'est rendu compte que le monde s'inondait de lumière et que la main qui effleurait son corps en rêve cherchait à relever sa tête et à la poser sur l'oreiller, il a murmuré « Féridé » et il a ouvert les yeux. D'abord il n'a rien vu, ensuite, il a commencé à distinguer sous la lumière, comme une fleur qui s'entrouvrait, le visage d'une femme ; il a pensé qu'il s'agissait de Féridé et il a cherché à se relever ; mais en voyant devant ses yeux un visage paré de longs cheveux, noirs et raides, il a reposé de nouveau sa tête sur l'oreiller : ce n'était pas Féridé. Une fille qu'il n'avait jamais vue nulle part ni à aucun moment, était là à lui sourire, mais elle était si proche, si belle, si pure, si fraîche, elle était si nue qu'elle semblait être née de l'étreinte de ses rêves. Quoi qu'il en soit, le Prophète oublia sa déception. Il oublia aussi le goût de cuivre amer de sa bouche et le liquide immonde qu'était devenu son corps : il l'a regardée avec amour, ensuite, il a pensé qu'il voyait peut-être un nouveau rêve, que ce visage pur et souriant qui se penchait sur lui pourrait s'effacer à tout instant. Aussi, quand la fille a rapproché son visage et lui a demandé avec un lointain accent villageois : « Alors, est-ce que tu te sens mieux ? », il a été étonné comme s'il se trouvait devant un miracle ; rassemblant toutes ses forces, il a bredouillé :

« Qui êtes-vous ? Que faites-vous chez moi ?

– Je m'appelle Méryèm, a dit la fille. C'est mon patron qui m'envoie. »

Le Prophète a cru encore rêver :

« Ton patron ? Quel patron ? » a-t-il demandé. « Vous parlez de Féhmi ?

– Non, de monsieur Marouf ! C'est ton ami, n'est-ce pas ? » a dit la fille, ensuite, sans attendre la réponse du Prophète, elle s'est levée et elle s'est dirigée vers une porte en verre d'où elle est revenue avec une serviette blanche. Elle s'est postée devant lui la serviette à la main ; bien qu'elle fût nue comme un nouveau-né, elle souriait avec un calme inconcevable, comme si la nudité était l'état le plus naturel, comme si elle n'avait jamais porté de vêtement, comme si elle n'avait encore jamais mangé, ni jamais bu ; le Prophète a eu l'impression que les mots qu'elle venait de lui dire étaient les tout premiers qu'elle prononçait. Tandis qu'une fois arrivée au bout du lit, elle lui essuyait le cou, le menton, la bouche avec la serviette blanche qu'elle tenait entre ses mains, tandis qu'elle retirait le drap du dessous, tandis qu'elle changeait son oreiller en relevant doucement sa tête, il semblait au Prophète qu'elle le faisait pour la première fois.

« Et maintenant, comment ça va ? a-t-elle demandé.

– Je vais très bien, j'ai seulement un peu la nausée », a dit le Prophète.

Méryèm a souri de nouveau :

« Je dois avoir un médicament », a-t-elle dit ; elle a fouillé dans son sac qui se trouvait sur une des tables de nuit, elle a pris le verre d'eau sur l'autre et elle s'est rassise au bord du lit. D'une main elle a relevé la tête du Prophète, de l'autre elle lui a mis la pilule dans sa bouche et ensuite elle l'a fait boire. « Ces médicaments coupent radicalement les nausées. Maintenant je vais éteindre les lumières et tu vas dormir un peu », a-t-elle dit.

Le Prophète ne désirait pas autre chose, mais une fois la lumière éteinte, quand Méryèm est entrée dans son lit en l'enlaçant vigoureusement par-derrière et qu'elle lui a dit : « Tu as aussi un peu de fièvre », il a frissonné jusqu'à la moelle : sa nudité n'avait rien de surprenant ; il n'était pas si étrange non plus qu'elle l'enlace, qu'elle s'intéresse à sa santé ou qu'elle se glisse près de lui sachant qu'il n'y avait pas d'autre lit dans la pièce, mais comprenant que lui aussi était tout nu, il a frissonné en ressentant son tendre corps contre le sien. Ensuite, il a remarqué que les sensations procurées par la main, les seins, les jambes de Méryèm ressemblaient quasiment à celles de son rêve ; si le rêve n'était pas en train de se poursuivre, il était clair qu'il se trouvait au milieu d'un jeu effrayant. Il a cherché à se dégager des bras de Méryèm et à rejoindre le bord du lit, mais Méryèm ne l'a pas laissé, elle lui a dit : « Tu vas tomber du lit et en plus, cet endroit-là est mouillé » et elle l'a tiré vers elle. Elle a ajouté : « Et puis il est tout à fait stupide de me fuir après tout ce que nous avons fait… »

Le Prophète s'est alors redressé soudainement et s'est assis :

« Après tout ce que nous avons fait ? Qu'est-ce que nous avons donc fait ? » a-t-il bégayé.

Méryèm, dans le noir, a caressé sa barbe en disant :

« Nous n'avons rien fait de mal : nous sommes seulement devenus mari et femme.

– Mari et femme ? Qu'est-ce que cela veut dire ?

– Qu'est-ce que cela pourrait vouloir dire ? Nous avons tout simplement couché ensemble.

– Mais moi je dormais », a gémi le Prophète et il a repoussé la main de Méryèm qui maintenant caressait ses épaules. « Pourquoi avez-vous fait cela ? Qui vous l'a demandé ?

– Monsieur Marouf.

– On ne peut pas faire des choses pareilles sous prétexte que monsieur Marouf l'a dit ! N'avez-vous pas honte ? Vous savez comment on appelle ça ?

– Je sais, on dit que c'est de la prostitution, mais c'est mon travail et en plus il est impossible de ne pas obéir à monsieur Marouf », a dit Méryèm. Ensuite, n'ayant plus sommeil et heureuse de parler avec ce vieil homme, elle est partie dans de nombreuses considérations : non, elle ne pouvait vraiment pas blesser son patron ; en plus, étant donné qu'il lui avait fait savoir que si elle n'accomplissait pas bien son travail elle ne devait plus apparaître devant ses yeux, qu'elle le veuille ou non, il lui fallait le faire : elle ne voulait pas retourner à son ancienne vie de misère. Certes, sa vie actuelle ne lui plaisait pas : qui pourrait vouloir divertir des soûlots jusqu'au matin ? Mais la prostitution était bien préférable à la pauvreté et en plus monsieur Marouf lui disait que, si elle serrait les dents quelques années, elle pourrait se construire un univers conséquent et abandonner cette vie. Ce n'était pas faux, elle avait déjà mis pas mal d'argent de côté sans oublier les bracelets, les bagues, les boucles d'oreilles et le boire et le manger !

« Ce Marouf est vraiment abject ! » a hurlé le Prophète. Ensuite, comme si ce cri avait emporté toutes ses forces, il a de nouveau posé sa tête sur l'oreiller.

Méryèm s'est allongée à côté de lui et elle a tiré la couverture jusqu'à son menton :

« Non, pas du tout, tu fais erreur : monsieur Marouf est quelqu'un de très bien », a-t-elle dit ; du moins il était injuste de l'accuser de l'avoir habituée à la prostitution : ce travail rapportait beaucoup d'argent. Comme elle l'avait déjà dit, elle n'appréciait pas ce travail et parfois elle rencontrait des hommes auxquels elle préférerait donner trois fois plus que ce qu'elle recevait juste pour s'en débarrasser, mais tous les hommes n'étaient pas répugnants à ce point et puis elle avait l'impression maintenant que tant de dégoût venait peut-être de son ignorance et qu'avec le bon partenaire, ce travail pouvait s'avérer une très belle chose, comme cette nuit par exemple.

« Effrayant, c'est effrayant ! » a murmuré ou plus exactement gémi le Prophète : il voyait comme le summum de la dégénérescence capitaliste le fait qu'une fille, aussi belle et aussi jeune, en arrive au point de pouvoir apprécier une vie aussi immonde. « Effrayant, effrayant, c'est effrayant », a-t-il répété.

Méryèm n'a rien dit, seulement, l'air de vouloir démontrer sa vision des choses par ses actes, elle a baladé un petit moment sa main sur les fesses du Prophète, ensuite, devant l'absence de réaction, elle l'a retirée et elle s'est repliée à l'autre bout du lit. À dire vrai, pour la première fois elle pensait que faire l'amour « si l'on tombe sur le bon partenaire » pouvait être fort agréable. Au début, le Prophète lui avait semblé repoussant, comme tous les autres ; sa barbe blanche et son ronflement incessant donnant l'impression qu'il se faisait égorger lui avaient même soulevé l'estomac. Pourtant, après avoir entamé sa mission, ce combat singulier et quasiment désespéré pour s'accoupler, au contraire de ses expériences précédentes, lui avait permis de sentir quelque chose se réveiller en elle : le flux de son sang s'était accéléré, ses inspirations s'étaient rapprochées ; même l'acharnement qu'elle avait mis pour le réveiller lui avait donné un plaisir jamais ressenti jusqu'à ce jour. Cette énergie venait-elle totalement d'elle ou sinon de la satisfaction de voir la sensualité renaître dans ce corps fané, fatigué et anesthésié? Elle ne le savait pas. Finalement, en unissant son corps à celui du Prophète, elle avait trouvé sans réfléchir, d'instinct, les mouvements, les effleurements les plus adaptés dans cet accouplement à la fois solitaire et partagé, elle avait eu la certitude qu'elle goûtait au plus grand plaisir de sa vie, et mieux encore, qu'elle vivait son plus grand bonheur, sa plus grande joie. Maintenant son être débordait du même bonheur. Jusqu'à ce jour elle n'avait pas pu le trouver dans aucun autre acte d'amour, aussi lui semblait-il que cela ne dépendait pas d'elle; tout, sa joie, son bonheur, son plaisir venait de ce vieil homme, il devait avoir une particularité extraordinaire. Voilà pourquoi, même en nettoyant les traces de vomi collées à sa barbe, elle le regardait avec un amour et une gratitude infinis. Elle ne cessait de penser: «Ah! Mon Dieu! Quel bel homme, vraiment quel bel homme!» Soudain elle s'est redressée, enthousiaste, une fois de plus elle l'a dévisagé longuement sous la pâle lumière venant de la fenêtre, puis repensant à la même chose, elle l'a subitement enlacé, avec force:

«Tu dis effrayant, mais pourquoi serait-ce donc effrayant?» a-t-elle chuchoté. «Même les oiseaux, même les mouches le font.»

Le Prophète, qui était sur le point de sombrer dans le sommeil, s'est énervé: non seulement elle l'empêchait de dormir, mais en plus, elle persistait dans la dégénérescence:

«Je ne suis pas une mouche», a-t-il grommelé. «Et je n'ai dit à personne de m'envoyer une fille. Je n'avais jamais trompé ma femme et à cause de vous je l'ai fait.»

Méryèm a brusquement frissonné:

«Ah! bon! Tu es marié?

– Oui, comme vous le dites, je suis marié», a dit le Prophète.

Méryèm, l'air coupable, a ajouté d'une voix tremblante:

«Je ne savais pas, pardonne mon erreur.» Ensuite, la faute qu'elle portait lui a paru trop lourde et elle a voulu s'en débarrasser. Elle a demandé: «Alors pourquoi as-tu laissé ta dame pour venir ici?

– Elle est morte, a dit le Prophète.

– Je ne savais pas, pardonne-moi, mes condoléances», a bégayé Méryèm. Elle a pensé que monsieur Marouf l'avait envoyée pour faire oublier à cet homme la douleur de sa femme, elle a voulu changer de sujet: «Si ce n'est pas impoli de vous le demander, quelle est votre profession? a-t-elle demandé.

– Je suis poète, a dit le Prophète.

– Vu que tu es l'ami de monsieur Marouf, cela doit rapporter beaucoup, a dit Méryèm. Mais tu es plutôt âgé: tu n'es pas encore à la retraite?»

Le Prophète n'a pas su quoi dire face à cette question naïve et il a pensé que cela même était une raison suffisante pour détruire le système bourgeois.

«Le métier de poète ne connaît pas la retraite, il dure toute la vie, a-t-il dit, exactement comme la révolution.

– Révolution, c'était l'ancien nom de notre rue, ensuite elle a été rebaptisée Évolution, mais les habitants du quartier depuis toujours l'appellent la rue Baytar Ahmet bey, a dit Méryèm. Donc, il n'y a pas de retraite dans ton métier?

– Non, il n'y en a pas.

– Je n'aimerais pas ça. Moi, je veux être vite à la retraite. Je le serai d'ailleurs. Je rends grâce à monsieur Marouf, il me dit de ne pas m'en faire sur ce sujet.»

Le Prophète n'a pas répondu: de quoi pouvait-on donc parler avec une femme si ignorante? Et puis il avait commencé à être en colère contre elle: aussi ignorante soit-elle, quand on est belle au point de pouvoir être un symbole de pureté, le fait de songer à la retraite de la prostitution lui semblait impardonnable. Chagriné de partager le lit avec une telle femme, il a soupiré profondément.

«Tu n'arrives pas à dormir?» a demandé Méryèm et elle a caressé ses cheveux. «Tu l'aimais beaucoup ta dame?»

Le Prophète s'est fortement fâché:

«Oui, je l'aimais beaucoup. Ça vous déplaît?» a-t-il dit. «Je l'aimais beaucoup, mais à cause de vous, je l'ai trompée.

– Ah! Tonton, là tu exagères», a dit Méryèm et elle a de nouveau caressé ses cheveux. «Tu es un homme et tous les hommes font ça.

– Moi non!» a dit le Prophète.

Mais le ton de sa voix était faible: l'observation de Méryèm lui avait rappelé les relations de son petit-fils avec les filles: elles se succédaient les unes aux autres, mais toutes ces filles n'avaient pas empêché Nazim d'être un véritable révolutionnaire : il était le plus grand révolutionnaire de sa génération. Est-ce que cela aussi était une question de génération ? Il s'apprêtait à dire oui quand il s'est rappelé soudain le grand Nazim : un grand nombre de femmes s'étaient succédé dans sa vie aussi, donc cela ne pouvait pas être une question de génération. Il s'agissait alors d'un cas personnel, uniquement lié à Féridé : le fait d'avoir couché avec cette femme le blessait en tant qu'individu et non en tant que révolutionnaire. Apaisé, il a pris une longue inspiration. Ensuite, il s'est rappelé les épouses successives de Mao et puis il s'est souvenu que Hugo, durant la Commune, c'est-à-dire à un âge très avancé, prenait dans son lit la première femme venue : peu s'en est fallu qu'il interprétât le fait d'avoir couché cette nuit avec une femme au visage si pur, dans une chambre inconnue, comme une preuve de la justesse du chemin qu'il avait emprunté. Un sentiment de sérénité a parcouru tout son être de même qu'une envie de dormir irrépressible :

« Ma fille, j'aurai quelque chose à vous demander, a-t-il dit.

– Oui, vas-y.

– Pouvez-vous me réveiller tôt demain matin ?

– D'accord, je te réveillerai », a dit Méryèm et elle a souri en voyant pointer à travers la fenêtre les premières lumières du matin : s'il voulait arriver à temps quelque part, il lui suffisait de se lever maintenant. Ayant accompli ce qu'on attendait d'elle, elle pouvait repartir tranquillement. Elle n'avait pourtant pas le cœur à laisser ce vieil homme. Elle s'est penchée doucement sur lui : il dormait les bras le long du corps et la bouche entrouverte, il faisait davantage penser à un mort. « Le pauvre ! » a murmuré Méryèm, « Il a en plus à moitié perdu la raison ! ». Alors elle s'est étendue à côté du Prophète et elle a tiré la couverture jusqu'à sa poitrine ; elle s'est endormie sans tarder. Ayant déjà passé une nuit blanche la nuit précédente, elle aurait pu dormir toute la journée si on l'avait laissée tranquille. Mais, au moment le plus doux de son sommeil, le téléphone a sonné : monsieur Marouf la priait d'empêcher son hôte de partir tant que lui-même ne serait pas arrivé à l'hôtel ; ensuite il lui a demandé si elle s'était acquittée de la tâche qui lui était impartie :

« Oui, je l'ai accomplie, a dit Méryèm.
– C'était comment ? C'était bien au moins ?
– Oui, c'était très bien.
– Bravo ! a crié Marouf, bravo à tous les deux ! Mais d'abord au Prophète !
Méryèm a presque failli lâcher le combiné :
– Pardon ? Pardon ? a-t-elle bredouillé.
– Mais d'abord au Prophète ! Que disaient nos ancêtres : quand l'outil fonctionne, on félicite la main…
– Ce n'est pas ça que je veux savoir. Ton ami… cet homme séduisant… tu l'appelles le Prophète ?
– Oui, c'est ça : le Prophète !
– Comment ça "le Prophète" ?
– Comment veux-tu que ce soit ! Le Prophète ! Un prophète quoi ! Un super-prophète ! »
Cette fois-ci, Méryèm a vraiment lâché le combiné, mais elle ne s'en est même pas rendu compte. Elle se croyait dans un rêve ; elle s'est postée devant le Prophète qui ronflait maintenant de façon effrayante et elle a murmuré : « Mon Dieu, il ne manquait plus que ça ! » Elle se rappelait ce qu'on lui avait raconté dans son enfance au sujet du ciel, de l'enfer, des prophètes, de Dieu et de tout le bataclan et plus elle se le rappelait plus ses poils se hérissaient. De toute façon elle était sur la mauvaise voie ; depuis plusieurs mois, presque chaque nuit, elle commettait un péché, elle le savait, cependant elle le faisait de façon temporaire, pour se libérer de la pauvreté ; tôt ou tard son péché lui serait pardonné. Mais en entraînant dans le péché un grand prophète, il était sûr qu'elle avait fermé de ses propres mains les portes du ciel. Ses yeux se sont remplis de larmes, elle s'est dit qu'elle avait un bien sombre destin. Elle a pensé réveiller l'homme et lui baiser les pieds. Lui pardonnerait-il ? Il ressemblait à un prophète très gentil, très doux. Elle s'est approchée de la tête du Prophète, toute nue, comme si c'était un symbole concret de son péché et elle a mis sa main sur son front pour le réveiller, mais il brûlait comme le feu, alors elle y a renoncé : de toute façon un prophète ne pouvait pas changer ce que Dieu voyait d'en haut. Elle s'est dit : « Maudit soit ce monsieur Marouf. » Ensuite, sous la lumière pâle qui s'infiltrait par la fenêtre, elle a fixé des yeux le visage du

Prophète, elle a pensé qu'elle était la principale coupable : elle aurait dû comprendre ! Elle aurait dû comprendre en raison de cette barbe, de ce visage, de ces mains, elle aurait dû comprendre en raison de cette beauté physique, de cette taille ; si elle n'avait toujours pas compris, elle aurait dû comprendre en raison de la puissance incroyable de cet homme, même dans son sommeil, en raison du plaisir incomparable ressenti entre ses bras alors que jusqu'à cette nuit les hommes qui se pendaient à son cou n'avaient fait que l'écœurer. Elle a murmuré : « Homme béni ! » et ensuite, sans réfléchir, elle s'est penchée sur lui et a embrassé doucement son visage. Elle a vu le Prophète bouger sous l'effet de cet effleurement, elle l'a entendu murmurer : « Dès le petit matin. » Elle s'est dit intérieurement : « Homme béni ! Comme si le matin n'était pas arrivé depuis longtemps ! Il doit avoir du souci, de grands soucis : importantes sont les peines des gens importants. » En vérité sa propre peine n'était pas moindre : après avoir posé ses lèvres sur son visage, le plaisir qu'elle avait éprouvé en faisant l'amour avec lui se réveillait encore. Et il y avait bien pire : elle éprouvait du plaisir en revivant cette sensation ; si notre Seigneur d'en haut lui demandait : « Le referais-tu », elle ne pensait pas qu'elle lui dirait « Non ». Cependant, en y réfléchissant un peu, elle s'est dit, pleine d'espoir, que ceci n'était pas forcément mauvais signe : elle avait ressenti un tel plaisir, et, ce qui est le plus important, le Prophète, particulièrement vers la fin, avait participé de façon si active à cet acte, que tout ça n'était peut-être pas une si mauvaise chose, du moins c'était pardonnable ; si Dieu ne voulait pas faire du Prophète un pécheur, il était dans l'obligation de lui pardonner ce péché. Ensuite, peu à peu, elle s'est mise à rêver à moitié : le corps encore empreint du bien-être procuré par la jouissance, elle a cru trouver un moyen de faire perdurer ce plaisir tout en se faisant pardonner son péché : elle pouvait être sa femme, son esclave ici-bas et dans l'au-delà de façon à rencontrer le paradis sur terre. Une fois devenue sa dévouée, sa servante, elle pouvait être lavée de tous ses péchés : qui sait ? Peut-être l'était-elle déjà ? Sinon, aurait-elle pu retirer tant de plaisir d'avoir fait l'amour avec lui ? Elle s'est mise à soupirer d'aise.

À ce moment-là, le Prophète s'est remis à ronfler, on aurait dit qu'il se faisait égorger. Méryèm s'est demandé s'il était en train de mourir. De peur, elle s'est penchée sur lui et elle a proféré la Chaada[1]; après avoir lu trois «grâce à Dieu», elle a soufflé[2] sur le visage du Prophète. Le Prophète a bougé sa tête et son ronflement a diminué. «Homme béni! Il a aussitôt entendu ma prière!» s'est-elle dit intérieurement et pour raffermir la santé du Prophète, elle en a prononcé une nouvelle. Le Prophète y a répondu par des divagations agitées et presque ininterrompues. Méryèm, croyant qu'il voulait raconter quelque chose, a approché son oreille de ses lèvres, elle n'a rien pu distinguer dans ce délire hormis les noms de Féridé et de Nazim. «Pauvre homme! Il est clair qu'il réclame son fils et sa fille: s'il s'en va sans les voir, ce sera désolant», s'est-elle dit. Mais depuis l'instant où elle avait rêvé d'être l'épouse du Prophète, son espoir ne faisait que s'accroître: dans un élan d'optimisme, avant de quitter ce lit pour retourner dans le sien, elle s'est rappelé les paroles régulièrement prononcées par monsieur Marouf: «Ah! Méryèm! Tu réveillerais un mort! Ta place est au paradis»; inspirée par cette parole, elle est retournée dans le lit et, comme si elle voulait empêcher le Prophète de passer au-delà de la ligne sans retour, elle l'a enlacé fermement par-derrière et d'une main, elle a appuyé exactement là où le cœur bat. Elle s'est consolée en pensant qu'il n'était pas possible que son cœur s'arrête tant qu'il était dans sa main. Pleine de confiance, elle s'est endormie sans attendre. Ensuite, dans son sommeil, elle a entendu qu'on frappait à la porte, avec insistance et qu'une voix inconnue ne cessait de répéter: «Mademoiselle Méryèm, Mademoiselle Méryem!» Elle a lentement ouvert les yeux et, comme la voix persistait, elle s'est levée tranquillement; après avoir revêtu son déshabillé rose, elle a ouvert la porte. Un jeune homme à grandes moustaches, vêtu de noir, lui a dit avec un sourire moqueur:

«Vous dormez encore, Mademoiselle Méryèm?»

Méryèm d'instinct a refermé son déshabillé:

«Et alors?» a-t-elle dit. «En quoi mon sommeil concerne les serveurs?»

---

1. Profession de foi de l'Islam.

2. Selon la croyance musulmane il faut souffler après avoir récité une prière pour l'envoyer vers les âmes.

L'homme s'est alors ressaisi :

« Non, il ne s'agit pas de cela, a-t-il répondu. Le patron s'inquiétait, c'est lui qui m'a envoyé. Il m'a dit d'aller voir si Mademoiselle Méryèm avait besoin de quelque chose.

– Bon ! Apporte-moi un petit déjeuner alors. Une soupe chaude aussi. Et que le pain soit grillé », a dit Méryèm et elle a claqué la porte ; en retournant vers le lit, elle a vu que le Prophète la suivait des yeux, alors, d'un ton incroyablement doux et aimable, très différent du précédent, elle a dit : « Bonjour, mon cher monsieur, comment ça va ? Est-ce que tu te sens mieux ? »

Le Prophète a baissé les yeux.

« Je veux aller aux toilettes, mais je n'en ai pas la force, a-t-il répondu.

– Je vais t'y emmener », a dit Méryèm et elle est aussitôt venue près de lui, le tenant sous les aisselles, elle l'a aidé à se redresser, ensuite, le prenant par le bras, elle l'a conduit aux toilettes.

Le Prophète a fermé la porte, mais soudain sa tête s'est mise à tourner ; pour ne pas tomber il s'est adossé à la cloison et a attendu un moment, puis, se tenant au mur, il a avancé jusqu'aux toilettes, sa tête continuait de tourner, il n'a pas trouvé d'autre idée que de faire pipi comme les femmes, en s'asseyant. C'est ce qu'il a fait : il a uriné longtemps. En urinant, ses yeux se sont dirigés vers ses pieds : il avait toujours ses chaussettes. Il lui a paru étrange et honteux d'avoir toujours ses chaussettes aux pieds alors qu'il était totalement nu ; comme si tout se transformait en son contraire, un froid de glace venu de ses chaussettes s'est répandu dans son corps, il a commencé à trembler, il s'est penché pour retirer ses chaussettes, mais sa tête continuait à tourner et ses dents claquaient, alors il a voulu se lever et ce fut sans succès. Il a pensé qu'en étant totalement nu, il allait geler sur place et que tout était fini. Mais Méryèm, ne le voyant pas revenir, est entrée.

« Ah ! Mon Dieu ! Que t'arrive-t-il ? » a-t-elle crié. « Tu es blanc comme un linge, tu trembles, tu es frigorifié ! Ah ! mon Dieu, la fenêtre était ouverte ! Tu te gèles ainsi tout nu ! » Alors, le prenant sous les aisselles, elle l'a mené jusqu'au lit où elle l'a couché. Ensuite, en un tour de main, elle a retiré son déshabillé et s'est allongée à côté de lui. Employant toutes ses forces, elle lui a enlacé la taille, elle a promené ses jambes sur les siennes et elle a empoigné fermement l'endroit où les battements de son cœur se faisaient sentir.

Le Prophète n'a pas résisté. Quand son tremblement a diminué, il a frissonné en s'apercevant que cette proximité se transformait en une forme de plaisir. « Tout est limpide », a-t-il murmuré. C'était vrai, tout était limpide, visible : lui et la fille étaient tout nus et en plus, Méryèm avait allumé toutes les lampes, car elle s'ennuyait en l'attendant si bien que la pièce brillait comme s'il y avait au moins trois cents bougies d'allumées, mais la tête du Prophète était dans une telle confusion qu'il était incapable de percevoir ce que signifiait ce « tout ». Soudain, il a tourné son visage vers Méryèm :

« Qu'avons-nous donc fait ? » a-t-il demandé.

Méryèm a souri :

« Nous sommes devenus mari et femme », a-t-elle dit.

Il n'y avait pas la moindre affectation dans sa voix, elle pensait cette fois que c'était une explication valable, apaisante et rassurante. Le Prophète, sans doute influencé par la réponse, a apparenté les caresses de Méryèm à celles de Féridé. Ensuite il s'en est voulu, considérant comme de l'égarement le fait d'établir un quelconque rapprochement entre le corps de Féridé et celui d'une femme dépravée, mais son contact était si plaisant qu'au lieu de chercher à s'échapper des bras de Méryèm, il a eu recours aux explications dont il avait l'habitude face à toutes les bizarreries qu'il n'arrivait pas à assimiler dans son esprit : « Voilà encore l'une des contradictions effrayantes de la pré-révolution », a-t-il murmuré, « la période de transition… ».

« Pardon, tu as dit quelque chose ?

– Je dis que durant cette période de transition précédant la révolution… »

C'est alors que quelqu'un a frappé. Méryèm, sans écouter la réponse à sa question, a revêtu son déshabillé et couru vers la porte. Elle est revenue avec un plateau dans les mains. Après l'avoir rapidement posé sur la table de nuit, elle a redressé le Prophète en arrangeant derrière son dos tous les oreillers qui se trouvaient là et, s'installant elle-même au bout du lit, elle a pris à la main un bol et une cuillère et elle a souri :

« Notre soupe toute chaude est arrivée », a-t-elle dit. Après avoir plongé la cuillère dans le bol, elle l'a dirigée vers sa bouche et elle a soufflé dessus plusieurs fois, puis elle l'a portée à la bouche du Prophète en disant : « Allez, buvons notre soupe ».

Le Prophète, sachant que de toute façon il vivait une période de transition, n'a pas cherché à résister, il a ouvert la bouche comme un enfant sage. C'était peut-être la première fois depuis cinquante ans qu'il mangeait de la soupe à son petit déjeuner, mais il a perçu la chaleur de la soupe qui se répandait dans sa bouche comme un plaisir identique aux effleurements de Féridé ou de Méryèm, aussi a-t-il gentiment ouvert sa bouche devant toutes les cuillerées qui ont suivi. Chaque fois que Méryèm approchait la cuillère, son déshabillé s'entrouvrait et un sein se découvrait totalement, mais elle ne s'en préoccupait pas. Elle semblait habituée à la nudité, ou plus exactement, elle semblait ne pas connaître d'autre état que la nudité. Au moment où elle a pris du bout des doigts et mis dans sa bouche un vermicelle resté collé à sa barbe, la présomption du Prophète était devenue une quasi-certitude : elle venait de venir au monde et ce vermicelle porté à sa bouche était sa première nourriture. Voilà comment il ressentait les choses. Même s'il l'avait lu chez Nazim ou chez Marx, il aurait eu du mal à croire qu'une telle femme puisse réveiller de tels sentiments chez un révolutionnaire, mais la vie pouvait offrir à l'homme des beautés inattendues, même durant les jours les plus douloureux de l'avant-révolution. Le repas s'est achevé comme un double banquet.

« Parfait, la voilà finie ! » a dit Méryèm. « Je fais venir une autre soupe ? »

Pour la première fois le Prophète a souri :

« Non merci, a-t-il dit. En plus je dois partir maintenant. »

Il semblait que cette soupe lui avait apporté non seulement des sensations romantiques, mais aussi de la force et de la confiance. Cependant Méryèm s'est fâchée :

« Où iras-tu dans cet état ? » a-t-elle lancé aussitôt. « Tu es malade, tu brûles comme le feu !

– Je dois y aller », a dit le Prophète et pendant un très court instant, il a posé sa main sur celle de Méryèm. « Vos mains sont fraîches et douces, belles comme tout ce qui vous appartient, mais je dois y aller, a-t-il ajouté. Les hommes ont besoin de moi. »

Méryèm a examiné longuement le Prophète en se disant : « Ah ! Mon Dieu ! Quel bel homme ! En plus à cet âge ! La lumière est descendue sur lui ! Ce n'est pas pour rien qu'il est devenu prophète ! » Elle a pensé qu'elle pourrait passer toute sa vie auprès de lui, à lui faire manger sa soupe, à balayer sa maison, à recoudre ses habits, l'idée de se séparer de lui l'a fait frissonner ; elle a pris ses mains et l'a regardé droit dans les yeux :

« En quoi les hommes ont-ils besoin de toi ? Le monde est dans un tel état que si Dieu lui-même venait, il ne pourrait plus remettre les gens sur le droit chemin. Tu crois donc qu'en claquant des doigts tu les ramèneras sur le chemin de Dieu ? » a-t-elle dit.

Le Prophète n'aimait pas le terme de Dieu, mais cette fois-ci il lui a plu.

« En quelque sorte, oui, a-t-il répondu.

– Ils ont vécu tant d'années sans Dieu, ils ne vont pas mourir s'ils vivent ainsi un ou deux jours de plus ! »

Le Prophète a soupiré :

« Ils ne vivent pas en fait, a-t-il dit. Ou plus exactement, moi je n'appelle pas ça la vraie vie. Par exemple, les hommes de notre Marouf, ces hommes que j'ai connus hier soir, ce chanteur, ces femmes…

– Laisse tomber ces misérables ! Ils sont tous sans foi ni loi, a lancé Méryèm. Il ne s'agit pas seulement de toi, même notre grand prophète Mahomet ne pourrait les ramener vers le droit chemin. »

Le Prophète a souri d'un air compatissant :

« Je n'ai pas la même opinion sur ce sujet, a-t-il dit. Certes, ils ne connaissent rien de la terminologie révolutionnaire et leur conscience de classe n'est pas développée, ils mélangent tout, mais il est injuste de les accuser parce que les classes dominantes leur ont toujours caché la vérité. Hier soir, je suis descendu à leur niveau en employant une langue révolutionnaire simple et concrète et j'ai remarqué qu'ils comprenaient bien les vérités. »

Méryèm n'a pas compris grand-chose de toutes ces paroles, mais elle s'est efforcée de ne pas le montrer :

« À vrai dire, je suis étonnée que ces hommes t'aient compris ! a-t-elle dit.

– Non, il n'y a rien d'étonnant », a répondu le Prophète et il a souri de nouveau d'un air compatissant. « La révolution, comment pourrais-je dire, la révolution, c'est comme un soleil. Oui, c'est ça, un soleil, et nous ne savons pas qu'il s'appelle soleil. Si vous le désignez du doigt et si vous leur apprenez que cette lumière perçue est un soleil, ils vous comprendront. Cependant, il faut leur expliquer clairement que la révolution est le soleil pas encore levé de l'histoire de l'humanité.

– Si tu le dis, cela doit être vrai, a dit Méryèm. Tu racontes si bien ! Tu racontes même mieux que monsieur Marouf. Lui aussi parle bien, n'est-ce pas ? »

Le Prophète ne s'est pas attardé sur cette deuxième observation :

« Quand commencera la courte période de transition appelée la dictature du prolétariat, le soleil sera levé, a-t-il poursuivi.

– C'est-à-dire que les hommes auront gagné leur paradis, c'est ça ? »

Le Prophète s'est irrité et d'une voix dure il a dit :

« Le paradis n'existe pas.

– Si tu dis qu'il n'existe pas, il n'existe pas : c'est toi qui sais le mieux ces choses, a répondu Méryèm, puis elle a baissé la tête. Mais si tu veux savoir ce que je pense, ramener les infidèles sur le chemin de Dieu demandera beaucoup de temps ; je veux dire que cela ne changera rien si tu as un ou deux jours de retard.

– Oui, ça c'est vrai, a approuvé le Prophète. Nous savons aussi que le trio "bourgeois, bureaucrate, capitaliste" cherche à empêcher cette évolution de toutes ses forces. Voilà pourquoi je dis que la seule voie est la voie de Nazim.

– Tu as dit Nazim ? Quel Nazim ?

– Dans un certain sens, les deux à la fois.

– Comment les deux ? Nazim et Devrim ? »

Le visage du Prophète s'est renfrogné :

« Vous aussi vous mélangez tout, a-t-il murmuré.

– Bon, bon, je me tais, a lancé Méryèm. Donc la seule voie est celle de Nazim, disais-tu…

– Laissons tomber, ce sujet est trop compliqué pour vous », a dit le Prophète, mais en voyant que Méryèm, peinée, avait baissé la tête, il a regretté de l'avoir prise de haut. Il a demandé : « Et vous ? Vous n'avez pas pris votre petit déjeuner ?

– J'ai totalement oublié, a dit Méryèm, tu parlais si bien, comme un livre. »

Le Prophète a été touché par ces mots, il a songé qu'il avait été injuste à son égard : il était naturel qu'une telle fille ne comprenne pas la pensée révolutionnaire, cela ne voulait pas dire qu'elle ne comprenait rien à rien. Soudain il a eu envie de lui raconter sa vie, il a eu envie de poser sa tête sur ses genoux et de lui raconter sa mère, son père, Féridé, Féhmi, Zarifé, l'autre Féridé, Nazim, en résumé, lui raconter toute sa vie en commençant depuis le début. Si elle lui avait dit « Allez », il aurait aussitôt commencé ; mais maintenant Méryèm était en train de beurrer sa première tartine. Il l'a observée un moment, il s'est rappelé l'enfance de sa fille et à nouveau il a été ému. Ensuite, Méryèm a commencé à s'habiller et il a continué à l'observer comme s'il observait une petite fille. Mais le fait de la voir s'habiller lui a rappelé sa propre nudité.

« Quelle heure est-il ? » a-t-il demandé.

Méryèm a regardé la montre qui paraissait un jouet à son poignet, et ensuite, sans penser aux conséquences de son acte, elle a dit :

« Exactement deux heures et demie. »

Le Prophète, jetant la couverture qui était sur lui, a sauté aussitôt de son lit ; d'instinct sa main s'est posée devant lui :

« Ma fille, pouvez-vous sortir un moment ? » a-t-il dit, « je vais m'habiller...

– C'est bon, habille-toi, a dit Méryèm, s'habiller n'est pas impoli ! Je vais t'aider : ton pyjama est dans ton sac ?

– Quel pyjama ? Je vais sortir.

– Sortir ? Que feras-tu dehors en plein hiver à cette heure-là ?

– Il n'y a pas d'heure pour la révolution, a dit le Prophète. Je vous en prie, sortez un moment afin que je m'habille.

– Si je te laisse, monsieur Marouf va me tuer : non, c'est impossible, je ne t'abandonnerai pour rien au monde », a dit Méryèm ; elle voulait endiguer ses élans en faisant montre de tout son charme, « Mais si tu désires tout de même t'habiller, laisse-moi t'aider : si c'est un péché, que ce soit le mien, de toute façon, ce qui a eu lieu a eu lieu. »

Le Prophète avait commencé à en avoir assez de rester debout, de plus il ne voulait pas paraître plus réactionnaire que ne l'était cette fille; il a enfilé lentement son slip, son maillot de corps, sa chemise, ses chaussettes et son pantalon que lui tendait Méryèm, puis il a mis sa fine cravate et enfilé sa veste à raies orange. Méryèm a exprimé combien elle le trouvait chic et séduisant, mais elle a ajouté :

« Tu es tout pâle, tu ne peux pas sortir dans cet état. Le mieux serait d'attendre un petit moment l'arrivée du patron : si tu veux à tout prix partir, il te conduira là où tu veux.

– C'est impossible, je suis déjà très en retard », a dit le Prophète, puis, revêtant sa casquette Lénine et son imperméable, il a accroché son sac à l'épaule et il a tendu la main : « Allez, au revoir, en attendant des jours encore meilleurs. »

Méryèm prenant sa main l'a portée à sa bouche et à son front, mais elle ne l'a pas lâchée, elle l'a regardé droit dans les yeux :

« Ne t'en va pas, je t'en prie, reste encore un peu, a-t-elle supplié.

– Je ne peux pas rester », a murmuré le Prophète, mais à ce moment-là, il a senti dans sa main le tract qu'on lui avait fourré dans l'entrebâillement d'une porte, alors sans rien dire, s'asseyant sur un fauteuil devant la fenêtre, il l'a lu deux fois de suite : il n'en a toujours pas tiré une quelconque certitude, cependant il a jugé bien significatif le fait que ce tract évoquât des luttes rurales dans trois espaces différents. Abandonnant le tract sur la table basse en face de lui, il s'est levé et a marché en direction de la porte.

« Ne t'en va pas, je t'en prie, ne t'en va pas », a imploré Méryèm.

Le Prophète sentait déjà ses jambes trembler, mais il a résisté quand même :

« Je dois m'en aller », a-t-il dit.

Alors Méryèm lui a enlacé la taille et elle a posé sa tête sur sa poitrine en disant :

« Dans ce cas, je viens avec toi, je m'occuperai de toi parce que tu es malade. Accorde-moi au moins cela afin que je reste quelques jours auprès de toi.

– Non, c'est impossible : ce n'est pas un travail de femme », a répondu le Prophète et il s'est dégagé des bras de Méryèm. Au même moment il a perçu comme un voile noir devant ses yeux et il a eu l'impression de tomber; il s'est alors arrêté un instant en se demandant s'il ne ferait pas mieux d'écouter les paroles de Méryèm, mais il était responsable vis-à-vis des hommes et particulièrement vis-à-vis de Nazim. «Allez, porte-toi bien» a-t-il dit et il a ouvert la porte; une main sur le mur, une main sur la bandoulière de son sac, à pas tremblants, il a marché en direction des escaliers.

Méryèm l'a regardé partir tout attristée: «Dommage! Quel dommage!» a-t-elle dit: peut-être allait-il s'écrouler dans la neige avant même d'avoir fait dix pas, mais elle ne pouvait pas recourir à la force pour retenir un si grand prophète!

VII

À peine après avoir franchi la porte de l'hôtel, de nouveau, un voile noir s'est posé sur les yeux du Prophète; pour ne pas tomber il est resté un moment debout en s'appuyant au mur. Cependant, la conscience de s'être donné pour but de réaliser à la seconde ce qui lui traversait l'esprit et de se trouver au seuil de la plus grande action de sa vie lui a permis de recouvrer une force inattendue en faisant de l'incroyable froidure du temps un remède saisissant, aussi efficace qu'amer. Il a enfoncé un peu plus sa casquette Lénine, il a relevé le col de son imper et une main dans la poche, l'autre sur la bandoulière de son Samsonite, il a marché d'un pas ferme en direction de l'avenue. La rue était presque déserte par rapport à d'habitude: de temps à autre une voiture passait, elle faisait gicler la neige à hauteur d'homme; les gens marchaient difficilement sur le trottoir à cause de la neige, ils se tenaient au mur ou s'agrippaient à leurs cannes. Le Prophète, débordant d'une force inattendue, avançait à pas rapides, sans se tenir à quoi que ce soit. Il regardait avec mépris les gens qu'il croisait, munis de leurs écharpes, de leurs gants et de leurs pantalons épais, il maugréait entre ses dents «Espèces de bourgeois!». Pour s'éloigner au plus vite de ces créatures peinant à tenir sur leurs jambes, il a souhaité se rendre en un lieu plus digne de sa femme, de son petit-fils, de ses poèmes et de son combat. Au moment où il s'apprêtait à héler un taxi, il s'est rappelé que ces derniers jours, comme les bourgeois, il n'avait pas quitté les taxis et qu'il donnait sans cesse aux chauffeurs l'argent destiné à la révolution. Il s'est dit: «Irai-je en taxi au combat? Non bien sûr, notre lutte est celle du peuple, on recourra aux moyens de transport empruntés par le peuple.» Pendant un temps il a regardé la route et il a murmuré: «C'est étrange! Il n'y a ni tramway, ni bus.» Et il s'est remis à marcher. Le fait de ne pas voir un seul tramway à Taksim ne l'étonnait plus non plus[1], mais il s'est senti réconforté en voyant les autobus alignés les uns derrière les autres. Il s'est dirigé vers l'arrêt. En voyant écrit «Éminenu» sur le premier autobus, il s'est dit «C'est bon»: il trouverait là-bas des gens du peuple pour lui et des bourgeois contre lui; il est monté sans hésiter. Après avoir grimpé la marche, il a tenté d'avancer jusqu'au fond sans prêter attention à l'odeur pesante et âcre qui le prenait à la gorge. Un jeune homme à casquette, assis sur l'un des sièges latéraux, l'a tiré par la manche en disant «Allez, tonton, assieds-toi» et il s'est levé de sa place. Le Prophète a examiné le jeune homme d'un air éberlué, comme s'il rencontrait cette situation pour la première fois de sa vie; en voyant son visage jaune, son cou filiforme et ses yeux éteints, il a eu la sensation qu'il était plus faible, plus fatigué, voire plus âgé que lui. «Non vous, asseyez-vous!» a-t-il dit, mais le jeune homme s'étant éloigné sans même répondre, il a fini par s'asseoir. L'odeur qui l'avait saisi en entrant s'était amplifiée; maintenant qu'il était assis, non seulement elle lui coupait le souffle, mais, après avoir imprégné comme une chose collante son menton, son nez et ses joues, elle se propageait du cou vers le bas et envahissait la totalité de son corps: tiède et visqueuse, elle lui donnait la nausée. S'il tendait l'oreille, peut-être même allait-il pouvoir entendre sa voix. Il a fermé les yeux et il a écouté: cela devait être une odeur de sueur accumulée année après

1. À cette époque, il n'y a plus de tramway à Istanbul.

année et qui avait commencé à fondre dans l'air chaud et humide de l'autobus. Quoi qu'il en soit, même si l'on considérait les grandes contradictions de la prérévolution, il était incroyable que l'homme, soi-disant la créature supérieure de l'univers, soit à l'origine d'une chose si répugnante. D'instinct il a tourné la tête vers l'arrière en direction de la fenêtre et il a entrouvert les paupières ; il a vu que l'odeur effrayante coulait à flots, de haut en bas, sous la forme d'une eau sale. Il a soupiré d'un air désespéré et il s'est retourné vers l'avant. Maintenant l'autobus était encore plus plein. Malgré ses tentatives pour rassembler ses pieds et les replier vers l'arrière, les gens qui cherchaient à avancer ou à s'installer quelque part trouvaient toujours le moyen d'écraser les fins mocassins de Nazim avec leurs chaussures boueuses. On aurait dit qu'ils le faisaient exprès. « Que ces gens sont bizarres ! » s'est-il dit. Certains portaient des manteaux, d'autres des vestes ou encore des parkas, mais, comme s'ils s'étaient donné le mot, aucun ne les avait boutonnés, si bien que les pans de leurs vêtements lui effleuraient sans arrêt le visage et amplifiaient l'odeur effrayante qui lui coupait le souffle. Il a tenté de se recroqueviller un peu plus, de pencher la tête vers l'avant, de repousser du dos de la main ces vêtements, mais c'était comme si ces hommes avaient pour mission de promener leurs vêtements sales sur son visage : quoi qu'il fît, c'était inutile. Finalement il a renoncé, il a entrepris d'analyser ces gens qu'il se préparait à libérer grâce à la révolution armée. Les braguettes de leurs pantalons sales, boueux et froissés, étaient toutes visibles comme si elles avaient été fabriquées spécialement comme ça et la plupart étaient à moitié ouvertes si bien qu'on apercevait leurs culottes sales. « Que ces gens sont bizarres ! » s'est-il dit et il a relevé les yeux. Il a vu des corps petits, courbés, tordus, des cous maigrelets surmontés de visages pâles, ternes, difformes, malades, avec des barbes ou des moustaches envahissantes, il a frissonné jusqu'à la moelle : c'est comme si ces hommes avaient été affublés de masques réunissant d'un coup la puanteur, la saleté, la laideur et la misère. Sous leurs masques, ils donnaient l'impression de sortir d'un immense cataclysme, d'un séisme par exemple. S'ils ne portaient pas tous un masque, en tout cas ils avaient tous été embarqués dans un jeu effrayant. Le Prophète a serré les dents comme si une douleur lui avait frappé la poitrine. « Oh ! les cyniques, oh ! les lâches ! Et ils osent dire qu'ils dirigent ce pays et même qu'ils l'ont sauvé ! Minables, affreux menteurs ! » s'est-il dit. Il n'a pas pu regarder plus longuement ces hommes misérables et il a fermé les yeux. Ils ont eu beau lui marcher sur les pieds, cogner ses genoux, sa tête ou son épaule, il a résisté pour ne pas ouvrir les yeux et il est resté le nez enfoui dans sa paume. Ensuite les mouvements se sont amplifiés, un froid de glace l'a traversé de bas en haut et il a entendu quelqu'un crier « On est arrivé, grand-père : c'est le dernier arrêt ! », il a bien été obligé d'ouvrir les yeux. Il a vu, quelques pas au-delà, le chauffeur d'autobus qui le toisait d'un air moqueur. Pour ne pas se retrouver obligé de parler avec lui, il a rapidement repris ses esprits et il s'est précipité pour descendre sans réaliser ce à quoi il allait faire face : outre le fait qu'un vent glacé, chargé de neige, fouettait son visage et était prêt d'emporter sa casquette Lénine, c'était un lieu qu'il voyait pour la première fois. Il s'est dit « Que se passe-t-il ? Suis-je en train de rêver ? S'il s'agit bien du dernier arrêt, je devrais être à Éminenu, or il est impossible qu'Éminenu ait changé à ce point ! » Il est alors retourné vers l'autobus dont il venait de descendre. Il a frappé du poing la porte de devant qui se trouvait maintenant fermée, le chauffeur l'a ouverte et a regardé d'un air étonné le Prophète qui s'est mis à crier : « Sur votre autobus il est écrit Éminenu, qu'est-ce que c'est que cet Éminenu ?

– Quel Éminenu, grand-père ! Ici c'est Lévènt, a dit le chauffeur.

– Pourtant c'est écrit Éminenu.

– Oui, sûr ! Mais c'est écrit aussi Lévènt.

– Bien ! Et comment est-on arrivé ici ?

– D'où tu es grand-père ?

– Je suis d'Istanbul. Comment est-on arrivé ici ?

– On vient d'Éminenu ! Tu as pris l'autobus dans le mauvais sens. »

Le Prophète a fait comme s'il avait compris :

« Bon et qu'est-ce que je fais maintenant ?

– Si tu es d'accord pour attendre un quart d'heure, tu peux repartir vers Éminenu en montant de nouveau dans cet autobus. »

Le Prophète a hésité un instant, mais il n'a pas eu le courage de refaire un voyage dans le même autobus, entouré de la même odeur suintante : « Non, je vous remercie », a-t-il dit et il s'est mis à marcher. Il se retrouvait obligé de prendre le taxi ; il ne fallait toutefois pas exagérer les choses : il montait dans un taxi non pas pour se promener comme un bourgeois, mais pour mener à bien la révolution prolétarienne. Cependant, influencé par l'embarras éprouvé quand il était à Beyoglu, il a voulu diminuer ne serait-ce qu'un peu les dépenses et quand le chauffeur de taxi lui a demandé : « Où va-t-on, grand-père ? », il a répondu : « À Istanbul, enfin je veux dire Karakeuy. »

Après s'être assis et adossé au fauteuil, il a soupiré d'aise : l'intérieur du taxi était chaud et il ne sentait pas comme l'autobus. Mais après que la voiture a démarré, tandis qu'il regardait par la fenêtre, le malaise ressenti dans l'autobus s'est de nouveau abattu sur lui : l'obscurité, précipitée par les nuages noirs, ne cessait de croître et descendait presque jusqu'aux toits ; des deux côtés, la route était couverte de boue, il y avait des montagnes de poubelles et des tas de neige sale, on distinguait aussi des portes et des fenêtres entassées les unes sur les autres avec, derrière, des maisons en ruines, totalement éventrées ; au milieu de tout cela, quelques personnes vêtues étrangement et d'énormes machines jaunes, rappelant les monstres d'un univers cauchemardesque, lui procuraient une impression de destruction ou de séisme au point de laisser dans l'ombre la peur et le dégoût ressentis dans l'autobus. « Une ville morte » a-t-il murmuré.

« Que dis-tu, tonton ? a demandé le chauffeur.

– Rien, a dit le Prophète, je n'ai rien dit.

– Pourtant tu as marmonné quelque chose.

– Je parlais tout seul, j'ai dit : une ville morte.

– Tu dis vrai, tonton. C'est tout à fait juste, Istanbul est une ville morte. Et nous, tels des chacals, nous ne cessons d'en ronger le cadavre. Ils n'arrivent pas à l'enterrer, il n'y a même pas de tombeau.

– Ce chauffeur est un poète », s'est dit le Prophète et il s'est lancé à son tour.

« Si, il y en a, a-t-il dit, cette ville est son propre tombeau. »

Le chauffeur s'est retourné un instant :

« Je t'aime bien, tonton. Tu es un caïd. Je mets ma main au feu que tu es pour Fénerbatché. N'est-ce pas, hein ?

– Oui, je suis pour Fénerbatché [1].
– Super ! Que penses-tu de la situation de l'équipe ?
– L'équipe ? Quelle équipe ?
– Mais voyons, tonton, de quelle équipe est-on en train de parler ? De celle de Fénerbatché bien sûr ! Elle s'écroule cette année.
– Ah bon ? Je ne savais pas. Je ne m'y suis jamais intéressé.
– Comment ça ! Tu me dis que tu es pour Fénerbatché et ensuite tu dis que tu ne t'y intéresses pas. C'est avec des gens comme toi que l'équipe en arrive là : septième de la ligue ! »

Le Prophète a baissé la tête en disant :

« Je ne savais pas, je suis désolé.
– Tu as beau t'excuser, je suis déçu, a dit le chauffeur. À partir du moment où tu ne t'intéresses pas à l'équipe, tu aurais beau être un roi, cela ne servirait à rien !
– Que se passerait-il si je m'y intéressais ? Que puis-je faire pour l'équipe ?
– Ne peux-tu pas prier ?
– Je ne prie jamais pour quoi que ce soit, mon ami », a dit le Prophète.

Là-dessus, les deux se sont tus, on aurait dit que le silence de mort de la ville s'était précipité sur eux. Le Prophète a vu alors défiler devant ses yeux les minutes qu'il avait passées au pied de la tombe de Féridé, mais seulement en images. Aussi quand le chauffeur a soudain dit : « On est arrivé, tonton ! À quel endroit de Karakeuy descends-tu ? », il a d'abord été étonné de ne pas se trouver au pied de la tombe de Féridé et ensuite d'être arrivé si vite à Karakeuy. Après avoir dit « ici », il est descendu et a marché en direction du quai.

Il s'est senti plutôt rassuré de se retrouver au bout du compte dans un endroit connu. Cependant, après avoir vu ces rues boueuses et tous ces hommes qui se dirigeaient en vitesse vers le port en se poussant, il s'est énervé quand un jeune homme, qui le croisait, a heurté son sac : il était clair que tous ces gens, de façon égoïste et animale, donc inconsciente, couraient pour rentrer chez eux

1. Fénerbatché est aussi le nom d'un quartier d'Istanbul sur la rive asiatique, comme Uskudar.

retrouver leur conjoint et leurs chaussons ; leur monde était uniquement constitué des lieux que leurs pieds foulaient ou que leurs yeux voyaient, ils n'imaginaient pas un seul instant ceux qui étaient en prison comme Nazim ou ceux qui étaient définitivement partis de chez eux comme lui. Il s'est dit : « L'univers bourgeois est un cimetière froid et obscur. » Le bizarre dans cette affaire c'est que, tout en ayant choisi une autre route, il avançait dans ce cimetière dans la même direction que la plupart. Après être entré dans le port derrière eux et avec eux, il a passé le tourniquet. Après l'avoir franchi, il a hésité un instant. Où devait-il aller ? Les soldats de Nazim n'étaient pas encore apparus pour lui dire ce qu'il fallait faire et à quel endroit se rendre, ils le laissaient agir selon sa propre perception, sa propre volonté. Or, juste à ce moment-là, il a vu écrit sur sa gauche en énormes lettres « Haydar-Pacha[1] ». « Ah là là ! Comment n'y ai-je pas pensé ? » s'est-il dit : le tract que le jeune homme à la parka avait coincé dans sa paume parlait par trois fois de guerre rurale et *Paysages humains*, comme on le sait, débutait à Haydar-Pacha. Le fait qu'il n'ait gardé que ce livre parmi tant d'autres était peut-être le signe d'un destin social. Veillant à réaliser aussitôt ce qui lui traversait l'esprit, il a marché d'un pas résolu vers le port en direction d'Haydar-Pacha.

Est-ce que les hommes de la ville morte fuyaient leur cimetière malgré l'obscurité et le vent ? Toujours est-il que le bateau menant à Haydar-Pacha était aussi plein à craquer que l'autobus qui l'avait conduit à Lévènt et la même odeur pesante et âcre, là aussi, le prenait à la gorge. Cette odeur ne serait-elle pas alors l'odeur de ce cimetière infini, de cette ville morte où fourmillaient non pas des hommes mais des vers ? Serait-ce pour cela qu'elle enveloppait l'homme quel que soit l'endroit où il se trouvât ? Il était clair pourtant que tous ces hommes présents dans le bateau pour Haydar-Pacha n'avaient pas l'idée de fuir ou du moins ils n'en avaient pas la force : ils attendaient, entassés sur les sièges ou dans les couloirs, ils étaient presque les uns sur les autres. Le Prophète est descendu tout en bas, on aurait dit un malade trempé de sueur qui entrait dans

1. Gare d'Istanbul située sur la rive asiatique.

son lit. Il y avait moins de monde, chacun était assis, il restait même des places vides. Il s'est installé dans le coin le plus sombre et il a regardé son entourage d'un air effrayé. Les voyageurs, malgré la chaleur et l'odeur de sueur putride, n'avaient pas retiré leurs casquettes ni leurs manteaux, la plupart avaient relevé leurs cols. Étaient-ils privés de leurs sens ? Le fait d'avoir toujours froid, qu'il fasse chaud ou non, était-il lié au dérèglement du système de la période précédant la révolution ou cela venait-il d'autre chose ? Il était difficile de trancher. Le Prophète n'a pas cherché à le savoir. Il a remarqué que les deux hommes d'âge moyen assis sur la banquette en face avaient interrompu leur conversation pour l'examiner. Ils ne l'ont pas regardé longtemps, ils ont juste jeté un coup d'œil comme ça et ensuite se penchant l'un vers l'autre, ils se sont mis à chuchoter, puis à rire. Le Prophète a très bien perçu leur ricanement. Il a regardé ces hommes non pas comme des gens qu'il fallait libérer, mais des gens contre lesquels il fallait lutter. « D'après ce que je constate, les révolutionnaires sont encore mal perçus dans ce pays », s'est-il dit et, prenant un air méprisant, il s'est adossé à son siège et a allumé une cigarette, ensuite, il a recommencé à examiner son entourage. Il a vu une très vieille femme accompagnée d'un très vieil homme ; ils se tenaient main dans la main ; ses yeux sont restés fixés sur ces deux mains fripées, aux veines apparentes, couvertes de taches de rouille. « Pauvre humanité » s'est-il dit en lui-même. Pourquoi pauvre ? Jugeait-il incongru que des personnes âgées se tiennent main dans la main du fait qu'il avait aimé une femme toujours jeune attendu qu'elle était morte et qu'il avait passé la nuit dernière avec une femme venant de naître ? Il n'a pas cherché à savoir, car en raison du temps peut-être ou de la fatigue, qu'en sait-on, il a été gagné par le sommeil ; d'instinct il s'est adossé à la banquette et il a enfoncé sa casquette Lénine sur ses yeux, « Je m'endors une fois de plus », s'est-il dit, puis toutes les pensées se sont effacées de son esprit, ses yeux se sont spontanément fermés.

Au moment où il les a rouverts, les hommes d'en face qui se moquaient de lui, le couple âgé et tous les autres étaient partis ; un homme brun avec une longue barbe, vêtu d'une chemise blanche et portant à la main un plateau plein de verres de thé vides, l'observait en riant. « Mon bon monsieur, si je ne me trompe pas tu es monté à

Karakeuy or cela fait trois fois qu'on arrive à Haydar-Pacha, tu ne descends toujours pas ? » a-t-il dit. Le Prophète sans dire un mot s'est levé et a marché en direction de l'escalier. Au moment où il posait son pied sur la première marche, l'homme l'a interpellé de dos : « Eh ! Mon bonhomme ! Attends une minute : n'est-ce pas ton sac ? » Le Prophète a senti son visage rougir comme si Marx et Lénine le regardaient d'en haut ; retournant aussitôt sur ses pas, il a pris son sac et, envahi par la honte d'avoir oublié les revolvers dans un coin du bateau, il a monté péniblement les marches et il a songé que cette tâche dépassait probablement ses capacités. Mais en arrivant sur le port devant les larges marches de la gare d'Haydar-Pacha éclairée par une pâle lumière électrique, il a repris confiance comme si toutes ses attentes se confirmaient et il a murmuré d'une voix convaincue :

« À la gare d'Haydar-Pacha
au printemps 1941
à quinze heures.
sur les escaliers, du soleil
de la fatigue
et de l'effervescence. »

Il n'était pas quinze heures, il n'y avait pas de soleil non plus, mais la gare d'Haydar-Pacha et les escaliers dont parlait Nazim étaient bien à leur place, donc cela voulait dire que tout fonctionnait comme il fallait. L'espace était sombre, il n'y avait pas de soleil sur les escaliers d'Haydar-Pacha, mais la révolution allait changer cela : il suffisait de se plonger dans la lutte et d'accepter la mort, et c'est pour cela que le Prophète était là.

« Les bourgeois
nous invitent à la lutte
nous acceptons l'invitation ! »

a-t-il dit en grimpant les marches à pas décidés.

Toutefois quand il a lu sur les guichets « Express anatolien », « Express du Bosphore » « Train bleu » ou « Express du Sud », bien que tout à fait décidé en ce qui concernait la lutte, il était indécis quant à l'endroit où la commencer : il était certain qu'il fallait la démarrer dans un espace rural, donc partir d'Haydar-Pacha, mais où ? Avec quel train ? Une fois de plus, il devait prendre lui-même la décision. Il s'est retiré dans un coin et il a réfléchi : sachant que tous les trains de cette gare partaient vers l'est, il n'avait plus qu'à décider si c'était vers le nord-est, le sud-est ou le centre-est. Mais sachant qu'il n'y avait pas d'« Express du Nord » ni d'« Express d'Anatolie centrale », il ne lui restait qu'un seul choix : le sud. Il s'est donc dirigé vers le guichet de l'Express du Sud et d'une voix affirmée il a demandé : « Un billet de troisième classe pour le dernier arrêt » ; voyant que le préposé, au lieu de lui donner son billet, le regardait d'un air hébété, il a répété : « Un billet de troisième classe pour le dernier arrêt. » Il était en train de penser : « Pour le peuple, avec le peuple, comme Mehmetçik Mehmet. » Le préposé du guichet lui a tendu le billet en disant qu'il partait dans une demi-heure ; l'expression d'hébétude de son visage ne s'était toujours pas effacée : il semblait ne pas croire que le Prophète allait monter dans ce train. Mais le Prophète, une fois de plus, a marché d'un pas résolu ; bien que de toute sa vie il n'ait jamais quitté Istanbul, il a trouvé facilement l'Express du Sud et il est monté dans l'un des wagons de troisième classe ; longeant le couloir, il a cherché une place où s'asseoir.

Dans les compartiments, les hommes, couverts de leurs casquettes et les femmes, coiffées de leurs foulards, avaient déjà déballé leurs casse-croûte et se remplissaient l'estomac avec tout ce que l'on peut imaginer : des œufs durs, des boulettes, des feuilletés, du poulet... Certains dormaient déjà. Dans l'un d'eux, des militaires entonnaient des airs populaires. Dans le dernier, il a aperçu une place vide près de la fenêtre. Il s'est aussitôt assis, il a pris son sac sur ses genoux, il a retiré sa casquette Lénine et l'a posée sur son sac, puis, s'adossant au siège, il a pris une profonde inspiration.

Face à lui, un jeune homme vêtu d'une parka verte lisait *La République* comme s'il tenait tête au monde. À côté de lui, était assise une dame qui semblait âgée, dans la mesure où il pouvait s'en rendre compte à partir d'un petit rectangle comprenant ses yeux, un nez ramolli et un front minuscule, le tout entouré d'un foulard à carreaux ; à côté d'elle, il y avait une femme jeune qui portait aussi un foulard à carreaux, cependant celui-là laissait voir un rectangle plus important ; elle ne cessait de remettre dans la bouche du bébé couché sur ses genoux la tétine qu'il faisait tomber à tout instant, sans omettre de l'essuyer auparavant avec l'extrémité de son foulard. À ses côtés, un garçon de trois ou quatre ans, revêtu d'un pull-over épais, d'un pantalon de pyjama à fleurs et portant des bottes en caoutchouc, mangeait en la faisant dégouliner une énorme pomme, et passait son temps à se lever. Tout au fond, un homme d'un âge certain, coiffé d'une calotte, était assis le pied gauche sous ses fesses et, comme s'il était seul dans le wagon, les yeux au plafond, égrenait un chapelet de quatre-vingt-dix-neuf « grains » ; à côté de lui, trois hommes en costume et cravate rayés poursuivaient une discussion enflammée où chacune des phrases comportait un ou plusieurs nombres. Toutefois, quand le Prophète est entré, les trois hommes aussi bien que le jeune à la parka, les femmes et le garçon qui mangeait une pomme, l'ont regardé d'un air ébahi. L'homme à la calotte, lui, a porté la main tenant le chapelet contre sa poitrine et il a dit :

« Bonjour.

– Bonjour, monsieur, a dit le Prophète.

– Où allez-vous ?

– Au dernier arrêt.

– C'est quoi le dernier arrêt ?

– L'endroit où le train s'arrête en dernier.

– C'est quoi l'endroit où il s'arrête en dernier ? »

Le Prophète ne savait pas, il a sorti son billet de sa poche et il a regardé.

« Kourtalane », a-t-il dit.

L'homme à la calotte a fait alors ce que les autres avaient fait depuis le début : il a dévisagé le Prophète de la tête aux pieds :

« Tu es un touriste ? » a-t-il demandé.

« Non, je ne suis pas touriste », a dit le Prophète. Il s'est dit : « Cet homme semble vouloir tout me demander. C'est un agent ou quoi ? »

Mais l'homme à la calotte n'a pas posé d'autre question, il a retiré son pied gauche de dessous ses fesses pour y mettre son pied droit, puis levant à nouveau les yeux au plafond, il s'est replongé dans son égrenage de chapelet.

Quelques minutes après, le train s'est ébranlé lentement. Le voyage ayant vraiment commencé, le Prophète s'est dit qu'il fallait être prêt à tout et prendre toutes ses dispositions : d'abord il a tâté son sac et ensuite la liasse de billets ainsi que le petit revolver de la poche intérieure de sa veste. Puis il a allumé une Marlboro en se disant : « C'est bizarre, je n'ai quasiment pas fumé aujourd'hui. Féhmi l'ayant fait, si je le voulais, je pourrais peut-être arrêter ! » Aussitôt après il s'est étonné de ce qu'un poète en route pour la révolution se prenne la tête avec de petits problèmes, exactement comme ces gens ordinaires qui se trouvaient autour de lui. Ses voisins, entre-temps, avaient haussé le ton, ils alignaient nombres sur nombres, chacun d'eux étant suivi du mot dollar ou mark ou livre. Il était clair que, pour eux, chaque chose se définissait avec son prix : ils savaient tout, combien de marks valait tel terrain, telle voiture et combien de livres valaient tant de marks. Le premier a énuméré les prix des appareils électriques fabriqués par l'usine où il travaillait à Stuttgart, le deuxième a entrepris de comparer minutieusement le coût des différentes voitures en commençant par les Mercedes, le troisième a évoqué à combien lui étaient revenus les maisons et les terrains qu'il avait achetés dans différents coins de la Turquie, le deuxième a ensuite ramené le sujet sur les voitures en disant : « D'après moi, il faut toujours préférer Ford, personne ne peut mieux le savoir que moi, car j'y travaille. » « Ce sont donc eux les prolétaires ! » a pensé le Prophète et du coin de l'œil, il s'est mis à les observer, mais, tout en sachant qu'ils étaient ouvriers, il n'a aimé ni leurs discussions ni leurs visages, il a même éprouvé une sorte de dégoût avec la sensation que l'odeur lourde et gluante qui l'avait poursuivi dans l'autobus et dans le bateau provenait de ce genre de bonshommes. Il s'est dit : « Ce sont des lumpens, tout le monde n'a pas la capacité d'être un véritable prolétaire : il faut s'y atteler dès le plus jeune âge et l'entretenir en permanence. » Il a tourné la tête en direction de la fenêtre.

La vitre embuée, à travers laquelle on voyait défiler à toute vitesse les lumières, l'a mené du concret à l'abstrait, de l'observation à la réflexion : il a eu honte d'éprouver tant de dégoût pour ces hommes ; en tant que socialiste, il fallait considérer les gens, y compris les lumpens, dans leur ensemble, sous un angle social, il ne fallait donc pas leur en vouloir de leurs défauts individuels : il était clair que ces hommes vivaient et pensaient comme des bourgeois, mais ce n'était pas leur faute ; les forces souveraines de la société prérévolutionnaire les avaient corrompus, elles leur avaient fait oublier leur conscience de classe. Voilà ce qui était effrayant. Pour échapper à ces pensées sombres, ses yeux ont recherché d'instinct le bébé. La jeune femme l'avait fait asseoir sur ses genoux, elle lui avait donné un horrible baigneur en plastique : l'enfant l'avait plié avec ses deux mains et il rongeait sa tête, comme un anthropophage. Le Prophète a frissonné comme si le bébé grignotait sa propre tête : du fait de la hargne avec laquelle il rongeait la tête du baigneur en plastique, cet enfant lui a semblé beaucoup plus âgé que la fille qui lui faisait boire sa soupe dans l'hôtel de Marouf cinq ou six heures auparavant. En se remémorant la pureté lumineuse du visage de Méryèm, de ses mains, de ses seins et de tout ce qui faisait partie d'elle, quelque chose lui a fait mal à l'intérieur ; pour la première fois depuis qu'il avait quitté l'hôtel, il se demandait s'il n'avait pas eu tort de ne pas l'emmener avec lui.

Pendant ce temps-là le petit garçon avait fini sa pomme. Après s'être essuyé les mains sur la jupe de sa mère, il a commencé à déambuler dans le compartiment. Soudain il s'est collé au Prophète, il a saisi la bandoulière et il a commencé à la tirer, il a failli faire tomber le sac. Le Prophète s'y est accroché fermement tout en repoussant l'enfant du coude. La vieille femme a dit durement : « Kénane, viens ici ! Ne dérange pas le monsieur. » L'enfant s'en contrefichait et il a mis son doigt dans l'anneau entre la bandoulière et le sac. La mère l'a tenu par son pull-over et l'a tiré pour lui administrer une claque sur la nuque. L'enfant s'est mis à chouiner comme un enfant gâté. Le Prophète a ressenti un étrange dégoût en voyant le visage renfrogné de l'enfant et sa bouche grande ouverte sous l'effet des pleurs ; il en a oublié ce qu'il était en train de penser et il s'est replongé dans le concret. Il s'est dit : « Quel horrible enfant ! Comme il paraît vieux ! » En fait, il ne s'agissait pas seulement du petit enfant, tout le monde était laid et vieux dans ce compartiment. Tous ces gens avec leurs pensées dans leurs têtes, leurs vêtements sur leurs dos, leurs comportements, leurs visages semblaient pourris jusqu'à la moelle au milieu de cette odeur de sueur étouffante, collante et humide. Dans cette situation, il n'y avait qu'une seule chose à dire : ce compartiment, bien que ce fût un compartiment de troisième classe, ne ressemblait en rien à ceux de *Paysages humains*. Le train, après avoir râlé un moment, s'est arrêté bruyamment. « Pendik ! Pendik ! Pendik ! » s'est mise à crier une voix venue de l'extérieur. Il y a très longtemps, un jour d'hiver, lui et Féridé avaient pris un train de banlieue pour se rendre à Pendik. Ils étaient allés jusqu'à la mer en passant par des rues très étroites entourées de maisons en bois ; une fois arrivés près du rivage, ils avaient mangé du poisson et bu du raki dans un restaurant. Le Prophète s'est alors mis à essuyer avec sa main la buée sur la vitre et il a regardé à l'extérieur comme s'il allait pouvoir voir des traces de ce fameux jour. Il n'a rien vu hormis quelques lumières pâles et quelques ombres humaines, ici ou là. Ensuite, tandis que le train se remettait en branle, lentement, il a fermé les yeux et il a murmuré, comme s'il faisait une remarque : « *Le train de 15 : 45 a quitté Pendik.* » Il a entendu une voix dire : « Pardon ? », mais il n'a pas imaginé que cette question pouvait lui être adressée. De toute façon, il ne voulait pas entrer en relation avec les gens de ce wagon. Gardant les yeux fermés, il a tendu l'oreille pour percevoir le bruit des roues, il l'a écouté un moment en l'accouplant aux syllabes des vers : « *Petit Mehmet, Mehmet, Petit Mehmet, Mehmet !* » comme le faisait d'instinct la majorité des gens de gauche ; ensuite, il a hoché la tête, comme s'il était en train de discuter avec quelqu'un, puis il a dit : « Non, cela ne va pas ! » Nombre de gens lui avaient dit combien ces vers évoquaient de façon vivante le bruit des roues du train et lui aussi, l'ayant testé bien des fois, était resté émerveillé par la ressemblance. Mais aujourd'hui, au seuil de la révolution, les vers immortels de Nazim ne convenaient pas au bruit des roues du train, du moins à celui de l'Express du Sud. Entrouvrant ses paupières, il a regardé par la fenêtre. La vitre était toujours embuée. On voyait de temps à autre apparaître, puis disparaître une fenêtre allumée ; de certaines s'échappait une lumière bleutée plus brillante laissant deviner que des gens regardaient la télévision ; à certains moments, le train semblait ralentir et l'on apercevait des cafés sous une lumière tamisée où des hommes, rassemblés autour des tables, ignorant la révolution et la lutte des classes, jouaient au *pichpirik*[1], au valet noir ou au cinquante et un. Le Prophète a refermé les yeux et à nouveau tendu l'oreille pour percevoir le bruit des roues, il l'a écouté comme s'il contenait le secret de tout ; ensuite, une sorte de lumière dense a traversé son esprit, il a commencé à murmurer :

« Trrrroum
trrroum
trrroum
trak tiki tak !
je veux
me mécaniser ! »

Un bonheur douillet s'est répandu dans son être : Nazim avait écrit ces vers à partir du bruit des roues du train ou peut-être que les roues avaient été influencées par les vers de Nazim ! Quoi qu'il en soit, les roues récitaient ces vers, en plus elles le disaient très bien : Nazim était un homme qui connaissait la langue des machines et la véritable nostalgie de l'homme. Lui-même, en tant que poète qui avait toujours eu plus de considération pour le marteau que pour la faucille, n'avait-il pas éprouvé la même nostalgie, le même besoin ? Il l'avait ressenti, sans aucun doute. Mais cette fois, en percevant ces bruits de roues, il réalisait que sa nostalgie était en train de se transformer fondamentalement en la force d'une machine : il s'est redressé, il s'est tenu tout droit, il s'est senti devenir de plus en plus fort, de plus en plus décidé, comme jamais depuis des années. Doué de cette force, il a gonflé ses muscles et il a récité les célèbres vers de Nazim :

« Je trouverai un remède souverain
et je deviendrai un homme serein
en me mettant deux hélices par-derrière
et une turbine dans les viscères ! »

1. Jeu de cartes très renommé appelé plus communément « Pichti ».

Sa main d'instinct s'est posée sur son coccyx et, bien qu'il n'ait touché que son coccyx, il a gonflé la poitrine comme s'il possédait déjà deux hélices par-derrière. Refermant à nouveau les yeux, il a murmuré une fois encore les vers de Nazim :

« Trrrroum
Trrroum
Trrroum
Trak tiki tak ! »

Soudain, il a entendu la porte du compartiment s'ouvrir bruyamment et une voix hurler en disant : « Vos papiers d'identité s'il vous plaît ! » On aurait dit qu'elle voulait étouffer le refrain révolutionnaire des roues. Il a ouvert ses yeux et il a aperçu deux policiers à la porte : le premier avait les mains vides et l'autre, qui se trouvait derrière, avait le doigt sur la détente de son automatique ; le Prophète a aussitôt porté sa main sur le petit revolver de sa poche et il l'a saisi fermement. Ensuite, il s'est mis à observer attentivement les deux hommes : tandis que le policier au revolver restait figé derrière, le premier a examiné chacun, y compris le bébé qui, à présent, mâchouillait sa tétine en rêve ; il a commencé à prendre l'une après l'autre les pièces d'identité des voyageurs et à les regarder longuement, ensuite il s'est avancé d'un pas et a fixé du regard le Prophète en disant :

« Monsieur, votre carte d'identité. »

Il a cherché dans ses poches :

« Je n'ai pas plis ma calte d'identité, je suis désolé, a-t-il dit.

– Pourquoi donc ? Serait-elle trop vieille ? »

Le Prophète a saisi la moquerie, mais il ne s'y est pas attardé, il s'est contenté de dire :

« Je l'ai oubliée.

– Comment ça, mon bon monsieur ! a dit le policier, à quelle époque vivez-vous ! Sort-on sans pièce d'identité par les temps qui courent ! »

Le lumpen qui travaillait à Stuttgart a pris la parole :

« Non, on ne sort pas sans l'avoir avec soi. On ne va même pas dans l'épicerie du coin sans pièce d'identité. »

Le policier n'a rien répondu, mais il a regardé le bonhomme d'un air contrarié, ensuite il s'est retourné de nouveau vers le Prophète :

« J'accepte pour cette fois-ci, mais ne t'avise pas de recommencer. Tu as compris ? » a-t-il dit.

« J'ai compris, merci », a dit le Prophète. Il a pris ensuite une profonde inspiration et il a songé que pour la première fois de sa vie il avait eu peur d'être arrêté et que c'était à juste titre : à vrai dire, sachant qu'il était en route pour déclencher la révolution, il ne voulait pas retarder l'action pour une raison stupide. « Ça aussi on l'a surmonté » s'est-il dit. Mais quand le policier a ajouté : « Et maintenant regardons les bagages », il s'est senti mal : là il n'y avait plus de porte de sortie ! Sa main est repartie dans la poche intérieure de sa veste et discrètement, il a ouvert la sécurité de son revolver. « S'ils s'avisent d'ouvrir mon sac, je les tue tous les deux, il n'y a pas d'autre solution ! » s'est-il dit intérieurement et, le cœur battant, il a commencé à attendre. Il n'avait jamais été favorable au fait de tuer ; s'il devait le faire, ce n'était pas dans un train comme ça, mais au cœur du combat qu'il voudrait le faire, mais il n'était pas question, sous prétexte de ne pas tuer, de retourner en arrière alors qu'il se trouvait au seuil de l'action.

Le policier a d'abord fait ouvrir le sac du jeune homme à parka, il a étudié un à un chacun des livres qui s'y trouvaient : apparemment, le but essentiel du jeune homme était d'apprendre l'anglais. Ensuite ce fut le tour des valises fabriquées en Allemagne, toutes identiques, qui appartenaient aux hommes assis à côté du Prophète. Sous les yeux ébahis de chacun, hormis ceux du Prophète et du bébé qui tétait dans son rêve, en sont sortis des radios, des appareils à cassettes, des cassettes, des jouets, des sèche-cheveux, des pulls, des chemises, des blousons, tous de fabrication allemande, et au milieu de tout ça des vêtements de femme, en particulier de minuscules culottes multicolores avec des dessins dessus. Le policier, prenant l'une d'entre elles, l'a étirée des deux mains : sur la culotte il y avait un dessin, en couleur, grandeur nature, de la chose qu'elle était censée cacher. Le policier a dégluti plusieurs fois avant de diriger son regard vers l'homme qui tenait la valise sur ses genoux :

« C'est quoi ça ?

– "*Unterhose*".
– Qu'est-ce que cela veut dire ?
– Un slip, une culotte quoi. »
Le policier a pointé son doigt sur le point principal du dessin :
« Ça j'avais compris, mais là, de quoi s'agit-il ?
– Il s'agit d'un dessin. »
Le policier a renfrogné son visage et a ajouté, l'air dégoûté : « Honteux, c'est totalement honteux » et il a reposé la culotte ; ensuite il a fait ouvrir le sac de la mère du bébé. Cette fois-ci, en sont sortis des culottes et des soutiens-gorge de grande taille, tous délavés et toute une quantité de couches. Le policier a eu l'air de trouver impoli de dénicher de telles choses et, comme pour la culotte à dessin, il a de nouveau renfrogné son visage. Puis il a dit : « Referme, allez, referme » et il s'est dirigé vers la porte. Juste au moment où il s'apprêtait à sortir, l'homme à la calotte lui a demandé :
« Monsieur, y a-t-il à nouveau des événements ou quoi ? Les anarchistes causent-ils encore des problèmes ?
– Non, on a reçu des ordres.
– Des ordres ? Au sujet de quoi alors ?
– D'après ce que j'ai compris, un fou se serait échappé de l'asile.
– Il est dangereux ? »
Le policier a souri en disant :
« On n'en sait rien, mais il ferait un mètre quatre-vingt-dix et il aurait des arrières solides. » Ensuite il s'est dirigé vers la porte.
Mais cette fois-ci c'est la vieille femme qui l'a interpellé :
« Alors pourquoi as-tu mis sens dessus dessous nos affaires, mon garçon ? »
Le policier a secoué la tête d'un air agacé :
« Ma petite dame, si nous l'avons fait c'est qu'on a nos raisons. Allez, bon voyage », a-t-il dit et il est sorti.
Le Prophète a pris une profonde inspiration. Le policier n'aurait pas parlé d'« asile » et de « fou », il était près de croire que c'était lui qu'on cherchait. Un des lumpens assis de l'autre côté de la banquette a confirmé cette impression :
« Ils n'ont pas fouillé le grand-père, mais selon moi ils auraient dû commencer par lui, c'est le seul d'entre nous qui paraît louche. » Il s'est alors penché en avant et il a examiné le Prophète d'un

regard moqueur, ensuite, il s'est retourné vers ses amis et il a ajouté : « Regardez-le donc, je vous en supplie : s'agit-il d'un vieil homme affublé d'une tenue de jeune homme ou d'un jeune homme qui porte un masque de vieillard ? En plus, il mesure au moins un mètre quatre-vingt-dix ; et puis il n'a pas de pièce d'identité et il prononce mal les "r", exactement comme les giaours. Vous n'êtes pas d'accord ? »

Ses amis ont tous opiné de la tête. Le lumpen, non content de tout ça, s'est tourné vers le Prophète :

« N'est-ce pas, grand-père ? »

Le Prophète s'est contenté de regarder l'homme avec mépris. Il a pensé que les policiers qui n'avaient pas éprouvé le besoin de lui faire ouvrir son sac étaient bien plus humains, bien plus sensés que ces hommes et que peut-être ils avaient fait exprès de ne pas lui faire ouvrir son sac. Ensuite, confiant, car sachant l'Histoire de son côté, il a sorti de son sac *Paysages humains*, ce livre qu'il connaissait quasiment par cœur du début à la fin. L'ouvrant à la première page, il s'est mis à le lire devant les yeux ouverts comme des calots du jeune homme à la parka. Mais alors qu'il était encore plongé dans le livre et que le train approchait d'Izmit, la porte s'est de nouveau ouverte bruyamment. Sans refermer son livre, il a tourné la tête pour regarder qui entrait : c'était un jeune homme de petite taille, tenant à la main un panier plein de sucreries emballées dans du papier blanc avec quelque chose d'écrit en rouge. Ce dernier a toisé un instant les gens du compartiment et il a dit « Pichmaniyés, Pichmaniyés ! Pichmaniyés d'Izmit ! » Personne n'étant intéressé, il est parti sans refermer la porte. Le lumpen du fond a repoussé la porte en appuyant son pied sur la poignée. Mais après lui, toute une série de vendeurs de Pichmaniyé ont défilé les uns à la suite des autres : tenant une ou deux boîtes à la main droite et un énorme panier au bras gauche, ils ouvraient sans arrêt la porte en criant « Pichmaniyés[1] ! Pichmaniyés ! Pichmaniyés d'Izmit ! »

Le Prophète n'en avait jamais mangé, il en avait entendu parler, mais il n'avait jamais imaginé qu'on en fabriquait tant : on aurait

1. Confiserie à base de sucre, farine et beurre en forme de filaments.

dit que dans cette région, chacun, enfants, jeunes ou vieux, avait abandonné son activité pour vendre des Pichmaniyés. Il y avait tant de vendeurs qu'il était impossible de traverser le couloir. Cependant, bizarrement, leurs paniers étaient tous pleins, personne ne semblait désireux d'acheter des Pichmaniyés. Il devait s'agir d'un événement exceptionnel, sinon il était incompréhensible que par ce temps et à cette heure tardive de la nuit, tant d'hommes soient sur les routes pour écouler un produit qui ne se vendait pas. Nazim n'en parlait pas dans son œuvre. Quoi qu'il en soit, ce système méritait d'être détruit, son incompréhensibilité en était déjà une raison suffisante. Se désintéressant de ce système vacillant, il a tenté à nouveau d'imaginer la société de l'après-révolution : chaque chose aurait un seul visage, une seule forme, une seule direction, chaque chose serait claire, pure, immaculée, limpide, chaque chose serait très belle. Il a murmuré : « Elle ressemblera à cette fille » et il a eu l'impression de voir le regard de Méryèm posé sur lui, de voir ses épaules nues, ses petits seins, son nombril et il s'est senti ébranlé. Allait-il la revoir une fois encore ? Il n'y avait pas eu de place dans sa vie pour une autre femme que Féridé, il n'y en aurait pas après ; pour cela, quand il retournerait à Istanbul, après la révolution par exemple, il ne serait même pas question de la chercher. Mais à dire vrai il aurait été bien content de la revoir, de regarder son visage comme on regarde un beau dessin. Qui sait, peut-être allait-il la rencontrer, la vie était remplie de hasards de ce genre ! Alors il l'a vue, elle portait les lunettes et le duffle-coat de Féridé et elle se tenait devant sa tombe, au cimetière de Kupludjé : « J'ai l'impression que je rêve ou que je déraille », s'est-il dit. Il a voulu reprendre ses esprits et abandonner ces rêves absurdes pour faire le point sur la situation et s'attarder sur les détails de la lutte. Aussi a-t-il jugé opportun d'étudier d'un œil attentif le tract fourré dans sa paume la veille au soir.

Il a commencé à fouiller ses poches, mais finalement il a renoncé : la circulation des vendeurs de Pichmaniyés s'était intensifiée à un tel point qu'il lui serait impossible de comprendre ce qu'il lisait. D'autant que l'homme à la calotte demandait à chaque vendeur qui ouvrait la porte : « Elles sont fraîches ? » Avait-il décidé, envers et contre tout, d'acheter des Pichmaniyés ? Toujours est-il qu'il ne se contentait pas de la réponse positive qui lui était faite, il prenait une boîte dans le panier et il la tournait dans tous les sens, comme s'il voulait avoir une réponse de la part de la boîte ; ensuite, il lisait ce qui était écrit dessus, il la portait à son nez pour la sentir, puis, sans rien dire, il la reposait dans le panier. Le Prophète a fini par s'énerver ; il a songé un instant mettre fin à cette stupidité en disant : « Mon frère, achète un paquet si tu en veux, mais si tu n'en veux pas, ne fais pas moisir inutilement ces gens à côté de nous ! » Finalement, il est arrivé à la conclusion qu'il serait préférable de sortir prendre l'air et de se balader un peu dans le couloir plutôt que de se quereller avec les gens pour de si petits détails. Il est donc sorti, sans oublier de prendre ses précautions, c'est-à-dire en emportant son sac sur l'épaule. Dans le couloir, la situation était encore pire : il était impossible de faire un pas entre les vendeurs et les paniers. Il s'est senti étouffer, il a marmonné : « Ce train est insupportable, il y a de quoi mourir. » À ce moment-là, le contrôleur passait. Il a fait poinçonner son billet.

Il a demandé : « Monsieur, quand est-ce qu'on arrive à Kourtalane ?

– Après-demain. »

Le Prophète est retourné à sa place profondément attristé comme s'il avait appris que la tentative révolutionnaire s'était soldée par un échec : il ne pouvait pas supporter ce train durant deux jours et même s'il le supportait, il ne lui resterait pas suffisamment de force à l'arrivée pour entreprendre la lutte. Par ailleurs, Kourtalane[1] avait une connotation fasciste, et puis deux jours, c'était beaucoup trop long pour la révolution. Il a alors pris une décision : il allait descendre à la prochaine gare. Quoi qu'il en soit, le pays ainsi que le peuple étaient les mêmes, il se rappelait avoir lu dans le tract que la guerre « était partout dans le pays ». Du dos de la main il a effacé la buée de la vitre et il a regardé dehors : la neige s'était remise à tomber, mais les lumières devenaient de plus en plus fréquentes. Sans tarder, le train a ralenti. Le Prophète a revêtu sa casquette, il a pris son sac et il s'est levé. Pour comprendre de quel côté il devait descendre, il a de nouveau regardé dehors, mais, en voyant un

1. En traduction littérale Kourtalane signifie *Le Domaine des loups*.

énorme Ali Fouat Pacha[1] écrit en noir sur le mur blanc, il a changé d'avis et il s'est rassis, il a décidé de descendre à la station suivante : il allait participer à une lutte populaire, il ne voulait certainement pas voir s'y mêler des noms de pachas ou autres. Il ne mésestimait absolument pas le pacha qui avait donné son nom à cette gare ni la guerre qu'il avait entreprise, au contraire, il avait toujours montré du respect pour cette lutte, mais elle était différente de celle qu'il allait mener aujourd'hui ; il s'est dit :

« Rome était une nécessité,
Elle est venue, puis elle a disparu. »

Mais sa voix était un peu forte. Le jeune homme à la parka a brutalement ouvert les yeux :

« Pardon, vous avez dit quelque chose ? a-t-il demandé.

– Rome était une nécessité, a répété le Prophète.

– Rome ? Pour quelle raison ? Pourquoi une nécessité ?

– Parce que l'Histoire le voulait ainsi. Ce n'est pas difficile à imaginer », a dit le Prophète, et ensuite, comme s'il voulait regarder l'au-delà de chaque chose, il a dirigé son regard sur la vitre embuée du compartiment et il a murmuré : « Je pense, donc je suis. Je suis au combat. » Puis, adaptant ces derniers mots au bruit des roues du train, il n'a cessé de se les répéter intérieurement comme s'il lisait un poème de Nazim Hikmet : « Je suis au combat. Je suis au combat. Je suis au combat. » À force de répéter ces quatre petits mots, il a non seulement repris confiance en lui, mais, bizarrement, il s'est senti plus robuste, plus fort, comme si l'homme qui le matin même allait difficilement aux toilettes était quelqu'un d'autre. Il ne pouvait plus rester en place, comme si l'on avait introduit dans son ventre une turbine de soixante-dix chevaux. Les vendeurs de Pichmaniyés ne le dérangeaient plus, il a même pensé que c'étaient très certainement des révolutionnaires qui avaient changé de tenue et qui, à la demande de Nazim, s'étaient rassemblés

1. Il a participé aux côtés d'Atatürk à la guerre de libération nationale menée par ce dernier suite à la chute de l'empire ottoman et à la défaite lors de la Première Guerre mondiale.

ici pour le suivre. Si sa supposition était juste, il était vraiment absurde d'attendre que le train atteigne Kourtalane pour entamer la révolution. Il s'est dit « Les révolutionnaires sont là et les policiers n'ont pas ouvert mon sac pour ne pas aller à l'encontre de l'écoulement de l'Histoire », aussi a-t-il commencé à être impatient de descendre au plus vite : il regardait dehors en permanence, essuyant un petit bout de la vitre aussitôt qu'elle s'embuait ; bien que ne sachant même pas le nom de l'endroit où il allait descendre, il était comme un enfant qui rentre chez lui après une longue séparation : chaque fois que le train lui semblait ralentir, il se redressait et endossait son sac, mais quand le train, au lieu de s'arrêter, reprenait de la vitesse, il se rasseyait en poussant un soupir de déception et il regardait de nouveau par la fenêtre en guettant l'apparition des lumières. À un moment, juste à l'endroit où la buée de la vitre était effacée, il a eu l'impression que Méryèm le regardait, derrière les lunettes de Féridé, et juste après, il a cru voir Féridé trembler sous la neige. Elle portait le déshabillé de Méryèm qu'elle fermait solidement de la main droite tandis qu'elle tendait l'autre main vers lui à travers la vitre. D'instinct il a tendu ses mains vers la fenêtre, mais tout s'est effacé. Il est resté figé : « J'ai dû m'assoupir », s'est-il dit. Il était naturel qu'il se soit assoupi : dans le compartiment, tout le monde dormait, et l'homme à la calotte ainsi que l'un des Allemands ronflaient incroyablement. Il a murmuré « Peu importe ».

À ce moment-là, il a eu l'impression que le train commençait à ralentir. Essuyant de nouveau la buée avec sa main, il a regardé dehors : il n'a pas vu une seule lumière. Pourtant le train a continué à ralentir et, comme s'il n'avait plus de force, s'est arrêté en gémissant. Le Prophète s'est redressé aussitôt, il a mis son sac sur l'épaule, il a abaissé sa casquette jusqu'au niveau des yeux et il s'est dirigé vers la porte. L'homme à la calotte a ouvert les yeux et lui a demandé :

« Qu'est-ce qui se passe ? Tu descends ou quoi ?

– Oui, je descends, bon voyage, a dit le Prophète.

– Ne devais-tu pas aller à Kourtalane ?

– J'ai changé d'avis.

– Et là, où est-on ?

– Je ne sais pas.

– Si tu ne sais pas, pourquoi descends-tu ?
– Il faut savoir affronter ce que l'on ignore. »

L'homme à la calotte est resté bouche bée, mais le Prophète n'a pas du tout été surpris par son étonnement : les bourgeois sont soit étonnés par les poètes soit fâchés contre eux, il n'y a pas de juste milieu. Lançant un « Au revoir », il est sorti du compartiment, il a traversé rapidement le couloir qui était à présent totalement vide et il a ouvert la porte du wagon : un froid de glace l'a frappé au visage, mais, sans hésiter, il a sauté dans la neige avec ses mocassins tout fins. Commençant à chanceler, il a pris appui sur ses mains, ce qui lui a évité de tomber la face contre terre ; ensuite, il s'est retourné d'instinct vers le train : avant même qu'il ait eu le temps de se redresser, celui-ci avait commencé à s'éloigner en grondant, secouant tout sur son passage. On aurait dit qu'il s'était arrêté seulement pour lui.

VIII

Après que le train s'est éloigné, le Prophète s'est retrouvé dans une obscurité profonde ; clignant des yeux, il a tenté de sonder l'environnement, sans succès : il n'y avait aucune lumière et ni habitation, ni arbre. Il n'a pas réussi à savoir s'il était descendu à une gare ou bien dans un endroit désert où pour une raison quelconque le train avait dû s'arrêter un court instant. Il s'est dit « Eh bien, Rahmi Seunmèze, il faut savoir affronter ce que l'on ignore. » Il n'était certes pas obligatoire de descendre à une gare, et même on pouvait penser que c'était un inconvénient sur le plan tactique, toutefois, il n'était pas très confortable de s'enfoncer jusqu'aux genoux dès sa descente du train et de tomber ensuite sur les mains. En plus, il avait déjà l'impression que la chaleur aigre du compartiment quittait peu à peu son visage et ses mains et que tout son corps se réfrigérait. La neige fouettait son visage. Cependant, en tant que révolutionnaire digne de ce nom, il ne voulait pas s'affoler. Laissant derrière lui la voie de chemin de fer, il a commencé à marcher lentement. Après quinze ou vingt pas, ses yeux se sont habitués à l'obscurité et il a aperçu un bâtiment encore plus sombre que cette obscurité. Il s'est alors senti rassuré, il s'est dit: «Il s'agit bien d'une gare, seulement les lumières sont éteintes.» Accélérant son pas, il est arrivé devant le bâtiment. Il s'agissait apparemment d'une petite construction en pierres, mais la porte et les fenêtres étaient closes, il n'y avait même pas une bougie allumée à l'intérieur. Tandis qu'il se trouvait devant la porte, il s'est retourné et il a aperçu un banc couvert de neige; il s'est dit: «C'est certainement une gare, une gare abandonnée. Pourquoi l'ont-ils abandonnée?» Après avoir balayé de la main une partie de la neige qui recouvrait le banc, il s'est assis dessus. Dans l'idée de reprendre ses esprits avant de décider quoi faire, il a sorti une Marlboro qu'il a allumée en la mettant à l'intérieur de son imper, mais la Marlboro était très amère: après quelques bouffées, il l'a jetée. Il a de nouveau observé l'environnement et son regard s'est longuement arrêté sur la sombre bâtisse, il a murmuré: «Comme Tolstoï, à la gare d'Astapovo...» Au même moment, il s'est rappelé Stepan Trofimovitch, le vieux héros des *Possédés,* parti à l'aventure. Mais, aussitôt après, sa propre observation l'a énervé: il n'avait rien à voir avec ces gens-là. L'un avait fui ses mensonges et l'autre sa femme, alors que lui il était là pour agir en vue de détruire un système mensonger. Quant à la façon de le faire, les choses étaient claires: Nazim Seunmèze avait concrètement donné l'exemple et le tract qu'on lui avait fait parvenir la veille au soir expliquait clairement la méthode: il fallait entreprendre la révolution armée dans «la totalité du pays» en commençant par les zones rurales. Eh bien voilà, il se trouvait dans le pays, dans une zone rurale, il avait deux revolvers tout neufs, il savait en tant qu'ancien lieutenant utiliser ces revolvers et sa stratégie était une stratégie de marxiste-léniniste. «Que faut-il de plus?» s'est-il dit. Cependant, alors qu'il désirait chercher ce qu'il pouvait y avoir d'autre, sa pensée a changé de direction: il s'est rappelé le poste de police et le gardien préparant du tilleul qui l'avait appelé «mon colonel». Était-ce en raison de son apparence ou est-ce que ce gardien savait déjà quelque chose? Alors un éclair lui a traversé l'esprit : si le gardien savait tout cela d'avance, le jeune homme à la parka qui était assis en face de lui dans le train et qui l'écoutait avec respect et attention n'était pas assis là par hasard : il s'agissait fort probablement du jeune homme qui, la veille au soir, lui avait apporté le tract de Nazim Seunmèze ; il avait certainement attendu de lui un mot ou un petit signe. Le Prophète a regretté ne pas s'y être intéressé davantage : s'il avait noué des relations avec ce garçon, tout serait peut-être plus clair et plus sûr. Il a tourné son regard du côté où il était descendu du train et, sans penser à rien, sans pouvoir penser à rien, il est resté ainsi un long moment ; il a soupiré profondément et il a résumé sa situation à l'aide des vers de Nazim :

« *La flèche a jailli de l'arc !*
L'étape est loin,
Très loin,
Très !
Et de la cible nulle trace !... »

Il a de nouveau soupiré, puis il a baissé la tête. Comme le Christ sur la croix, il a été saisi un instant par le désespoir ; il s'est dit « Je ne devais pas descendre du train ». Alors, juste en cet instant, il a vu tout à côté de lui un chien plus sombre que l'obscurité, mais dont les yeux brillaient comme deux braises ; saisi d'une joie incomparable, il a dit « Et toi d'où sors-tu donc ? ».

Le Prophète, en tant que révolutionnaire, aimait les hommes ; quant aux animaux, il ne les appréciait que dans la mesure où ils étaient utiles à l'homme. Il pensait par exemple que le chien était bien quand il protégeait le mouton du loup, mais atroce quand il attendait à la porte du maître ; mis à part cela, aucune de leurs particularités ne l'intéressait. Pour la première fois de sa vie, il s'est mis à caresser la tête d'un chien et quand celui-ci s'est laissé faire tranquillement et s'est fourré entre ses genoux, il a pensé que cette approche amicale devait avoir un sens et que ce chien était peut-être un informateur. Il lui a demandé : « Alors dis-moi, mon ami, où va-t-on maintenant ? Dans quelle direction ? » Voyant ensuite que le chien dressait la tête et le regardait avec l'air de lui poser la même question, il a voulu formuler son interrogation de façon plus concrète :

«Où doit-on aller, que devons-nous faire? Oui, que faire? Tout est là, mon ami. *Que faire,* c'est le nom d'un livre très important, un livre de Lénine.» Puis il a de nouveau caressé la tête du chien et, comme s'il voulait prouver ses connaissances révolutionnaires, il a ajouté «Vladimir Ilitch Lénine, Simbirsk 1870-Moscou 1924; une vie courte, mais bien remplie». Le chien est resté indifférent devant ces explications, mais le nom de Lénine a suffi pour que le Prophète fasse preuve de détermination: «Allez, en route, on y va!» a-t-il dit, histoire de mettre aussitôt sa décision à exécution. Il s'est redressé, puis s'est levé et d'un pas ferme et décidé, dans la mesure où le permettaient ses mocassins ainsi que la neige, il a commencé à marcher comme bon lui semblait. La neige, avec le vent, le fouettait au visage, il a abaissé un peu plus sa casquette Lénine et il a dit à haute voix: «Nous nous souviendrons plus tard de cette neige et de ce vent comme d'un souvenir très beau et glorieux. Imagine! *L'épaule dévêtue/les mains nues/sans cheval ni voiture...*» Mais, aussitôt après, il a eu le sentiment d'être à nouveau totalement seul, comme s'il se parlait à lui-même; il s'est arrêté et a regardé derrière lui. En effet, le chien se tenait toujours devant le banc. Il lui a dit: «Alors, mon ami, tu ne viens pas? Allez, je t'attends!» Le chien n'a même pas remué d'un poil. «Bon d'accord, alors je m'en vais seul!» a dit le Prophète et il a recommencé à marcher énergiquement, mais en vérité, il aurait aimé marcher avec le chien; avec ce vent, cette neige, cette obscurité infinie, il aurait voulu partager avec quelqu'un, quel qu'il soit, fort ou faible, ce frisson qui était en train de le parcourir de la peau jusqu'à la moelle.

Une fois de plus, Il s'est rappelé la proposition de Méryèm. Il a souri. La pauvre, elle ne savait pas quelle sorte de voyage allait accomplir l'homme derrière lequel elle désirait partir. Si elle voulait se libérer de sa vie honteuse et poursuivre une vie paisible et pure à l'image de son visage, en suivant un homme vieux mais honnête, elle avait raison; ce n'est qu'auprès d'un combattant révolutionnaire qu'elle pouvait trouver cette pureté; si elle voulait se jeter dans cette aventure par attirance pour lui, elle déraisonnait: rien n'avait de sens juste avant la révolution et après la révolution, cela n'allait pas se passer comme elle l'imaginait. C'était une minuscule petite bonne femme, elle ne pouvait pas s'accorder avec un poète révolutionnaire et par-dessus le marché aucune femme ne pouvait prendre la place de Féridé dans sa vie : il était condamné à la solitude. Lui, il voulait des camarades révolutionnaires, et eux, on aurait dit qu'ils étaient enfouis dans les profondeurs de la terre.

Le temps avait tourné à la tempête. Le froid semblait n'atteindre que ses doigts, car ses mains et ses pieds devenaient de plus en plus engourdis à chaque minute et, à chaque minute, le Prophète se sentait de plus en plus à l'aise, de plus en plus libre. Il a précipité son pas comme s'il avait fixé deux hélices à ses pieds et il a marché où bon lui semblait.

Si soudain il n'avait pas vu au loin, sur la ligne où se rejoignent le ciel et la terre, l'ombre d'un homme, il aurait peut-être marché comme cela jusqu'à Istanbul ou jusqu'à Kourtalane, mais il s'est arrêté et oubliant que quelques minutes avant il souffrait de l'absence de camarades révolutionnaires, il s'est dit : « Que fait cet homme par ici ? » comme si lui seul pouvait marcher ainsi sous la neige au cœur de l'obscurité ; il a éprouvé un léger chagrin et il a senti que son cœur commençait à battre plus vite. Toutefois, il a songé qu'il fallait voir d'un œil positif cette rencontre fortuite : si cet homme était un ami, il allait devenir son allié et, dans le cas contraire, il allait le combattre, tout cela valait mieux que cette marche solitaire. Il s'est rappelé le jeune homme à la parka qui lui avait apporté l'autre soir le tract de Nazim Seunmèze et qui, monté dans le train avant lui, lisait *La République* sans craindre quiconque : la démarche de l'ombre ressemblait exactement à la sienne. Après avoir sorti son petit revolver de la poche pour faire face à toute éventualité, il a commencé à crier de toutes ses forces : « Ohé, l'ami ! » L'ombre s'était-elle aussi mécanisée ou quoi, il n'y avait pas eu le moindre changement dans son allure. Alors il a commencé à courir vers elle jusqu'à épuiser son souffle et il s'est arrêté de nouveau ; portant la main à sa bouche, il a répété « Ohé, l'ami ! ». L'ombre n'a toujours pas entendu, ou elle a fait semblant de ne pas entendre. Le Prophète a réagi tout à fait naturellement ; il s'est dit « Suis-je bête ! Nous sommes en lutte, il ne va pas répondre à tout appel qui lui est adressé ». Il avait fait une année de service militaire, il aurait dû y penser avant : les combattants ont l'habitude d'utiliser entre eux des mots de passe ainsi que des codes. Il était fort dommage que ceux qui avaient préparé le tract ne les aient pas notifiés. Il était clair que la présence de Nazim en prison embrouillait les affaires. Le Prophète a tout de même recommencé à courir. L'ombre ne changeant pas d'allure, il n'a pas tardé à diminuer largement l'écart.

Ainsi, bien qu'il fût toujours une ombre, il a commencé à distinguer déjà les traits extérieurs de l'homme qui se trouvait devant lui : il portait, exactement comme lui, une casquette Lénine et exactement comme lui un sac Samsonite à l'épaule gauche ainsi qu'un petit revolver à la main droite. Il a failli crier de joie. Tant de ressemblance ne pouvait pas être un hasard : cet homme était un des leurs, c'était un soldat de la révolution. Il n'avait pas entrepris tant de route pour rien, la révolution était prête à démarrer. « Camarade, hé, Camarade ! » a-t-il émis de toutes ses forces. Le soldat de la révolution, cette fois, devait entendre sa voix, pourtant sa démarche régulière ne changeait toujours pas. Le Prophète a pensé qu'il s'agissait peut-être d'un commandant. Rassemblant toutes ses forces, il a recommencé à courir, mais, alors qu'il s'en était considérablement rapproché, l'ombre s'est effacée d'un coup. Le Prophète s'est dit : « Non, c'est impossible. C'était un rêve alors ? » Il a ralenti son pas, il s'est tâté ici ou là : non il ne rêvait pas, cependant l'entourage était si plat que, malgré l'obscurité, il était impossible pour cet homme de se cacher. Le Prophète en avait assez et il a commencé à avoir peur, mais, en y réfléchissant, il s'est dit qu'il n'avait aucune raison de sombrer dans le désespoir : « Je sais maintenant avec certitude dans quelle direction je dois aller, ce n'est pas négligeable. »

Au même moment, à sa gauche, tout à côté de lui, il a entendu un bruit de pas ; il a pris peur et il a tourné la tête : ce n'était pas possible, l'homme qui, quelques minutes avant, se trouvait à au moins cinquante mètres, marchait maintenant à ses côtés ! Après l'avoir examiné des pieds à la tête, il a crié « Mais c'est Nazim ! C'est notre Nazim ». Il l'a réexaminé longuement : il n'arrivait pas à comprendre pourquoi il n'avait pas réagi à son cri, ni pourquoi il ne lui parlait pas, mais il lui était impossible de confondre avec quiconque son petit-fils qu'il connaissait depuis tant d'années : cela voulait dire qu'il avait fait le mur et qu'il était sorti, il était revenu pour remplir son devoir.

« Nazim, c'est toi ? » a-t-il dit en chuchotant.

Nazim ne s'est pas arrêté, il n'a pas eu un instant d'hésitation, il n'a même pas tourné la tête pour le regarder ; il s'est contenté de dire :

« Dans un certain sens, oui. »

Le Prophète a ressenti un léger pincement au cœur : que se passait-il ? Nazim allait-il, là aussi, en période de lutte, le regarder de haut comme il le faisait à la maison ? Allait-il encore se moquer de lui ? Il avait affronté tant de dangers pour un homme de son âge qu'il n'a pas pu se retenir de lui demander :

« Nazim, mon fils, pourquoi te comportes-tu si froidement à mon égard ? Ai-je fait une erreur ?

– Non, grand-père, a dit Nazim, non, tu n'as fait aucune erreur. Mais nous sommes en lutte, tu le sais : dans la guerre il n'y a pas de place pour les sentiments.

– Cela n'a rien à voir avec la sentimentalité ! Pourquoi as-tu répondu “dans un certain sens” quand je t'ai demandé “Nazim, c'est toi” ?

– En guerre on utilise toujours des noms de code, c'est pour cette raison, grand-père. »

En entendant ces mots, le Prophète s'est senti si heureux, si apaisé qu'il aurait bien embrassé Nazim s'il n'avait pas craint de se comporter avec sentimentalité dans cette période de lutte. Certes, il avait pris la route de manière très décidée, pourtant il doutait encore d'être sur la bonne voie : Nazim non seulement confirmait la justesse de ses intuitions, mais en plus il effaçait tous ses doutes : il était indubitablement sur la bonne voie. Et le plus important demeurait dans le fait que sa présence prouvait qu'ils achèveraient leur tâche avec succès : si Nazim avait réussi à échapper à toute une série de policiers malgré ses mains menottées dans le dos, cela signifiait clairement que tout avait été très bien organisé et que la révolution allait nécessairement se réaliser. Assurément, la présence d'un leader comme Nazim le plaçait au second plan et, peut-être même que, tenant compte de son âge, on n'allait pas lui donner la permission de participer à la lutte armée, on allait tout au plus l'autoriser à être un spectateur ou un témoin, mais il n'y avait pas de quoi s'attrister : il n'avait jamais été du genre à s'impliquer dans les plus hautes fonctions et être témoin était quelque chose de noble. Même si certains comme Mao et Hô Chi Minh avaient fait les deux à la fois, la règle générale voulait que le héros gagne la lutte et que le poète chante la lutte durement gagnée. Au moins, il allait pouvoir écrire une nouvelle *Épopée de la Guerre d'indépendance*, lui, le poète le plus proche du dernier héros. Son nom, aujourd'hui oublié, allait de nouveau être entendu sans qu'il lui soit nécessaire de coucher en prison ne serait-ce qu'un seul jour.

Tout en pensant à cela, le Prophète avait ralenti son pas, il était resté en arrière de Nazim. Ce dernier s'est arrêté et, pour la première fois, il a tourné son visage vers lui :

« Allez, grand-père, marche, a-t-il dit comme si c'était un ordre. Tu es un révolutionnaire expérimenté, tu sais très bien que la révolution ne peut attendre.

– Je sais, je sais, j'arrive », a dit le Prophète et il l'a rejoint en courant ; il s'est penché à l'oreille de Nazim : « Tu sais, j'avais pris un billet pour Kourtalane, pour le dernier arrêt, a-t-il ajouté.

– C'est ici le dernier arrêt, grand-père, a dit Nazim.

– On est à Kourtalane ?

– Je n'ai pas parlé de Kourtalane, j'ai parlé du dernier arrêt. »

Le Prophète s'est senti rougir.

« J'ai compris, mon cher Nazim, ou du moins j'en ai l'impression », a-t-il dit.

Alors Nazim a brusquement saisi son bras et il l'a serré de façon mystérieuse.

« Mon nom de code est Rahmi, a-t-il chuchoté.

– Rahmi ? Rahmi ? a bégayé le Prophète et il a regardé son petit-fils d'un air hébété. Rahmi ? D'où sors-tu ce nom poussiéreux ? N'as-tu pas trouvé d'autre nom de code que le nom pourri de ton grand-père ?

– Grand-père, tu es un grand poète et en plus tu m'as appris ce qu'était la révolution ; pour payer ma dette, j'ai choisi de porter ton nom. C'est pour moi un grand honneur. »

Le Prophète s'est de nouveau senti rougir.

« N'exagères-tu pas un peu ? » a-t-il dit en baissant la tête. « En plus tu sais fort bien que nous sommes surtout redevables à Féridé Seunmèze.

– De toute façon, je ne pouvais pas prendre pour nom de code un nom de femme, grand-père.

– Oui, c'est vrai, a dit le Prophète, et il s'est mis à réfléchir un moment. «Mais tu sais aussi que personne ne me considère comme un poète.

– Ce n'est rien! Un jour, qu'ils le veuillent ou non, ils comprendront qu'ils se sont trompés; tu fais partie du "troisième nouveau[1]", tu appartiens au futur!»

Les yeux du Prophète se sont mis à briller.

«Alors… alors, a-t-il bredouillé, alors moi, je vais prendre ton nom pour nom de code, je vais m'appeler Nazim, ainsi cela fera l'équilibre.

– D'accord, c'est comme tu veux.

– Je te remercie.»

Ils ont marché un moment sans parler, ils se sont contentés d'écouter le grondement du vent; ensuite le Prophète a ralenti son pas: «Que cette vie est étrange!» a-t-il murmuré. «Nous avons vécu tant d'années dans la même maison; mais pour nous connaître mutuellement il fallait que nous prenions la route de Kourtalane!

– Non, grand-père, tu te trompes: je te connais depuis des années.

– Je l'ignorais. Totalement. Jusqu'à il y a quelques jours, je ne pouvais pas imaginer un seul instant que tu puisses être un révolutionnaire», a dit le Prophète. Puis il a tourné sa tête en direction de son petit-fils et il est resté pétrifié sur place: Nazim était entouré d'un anneau de lumière éblouissant à l'intérieur duquel il souriait en faisant un clin d'œil. Il a hurlé: «Nazim!»

«Grand-père, je t'ai dit que mon nom de code était Rahmi, a dit Nazim.

– Bon, d'accord: Rahmi! Mais je ne comprends pas: d'où sort cette lumière? La nuit s'est transformée en jour. Vient-elle de toi? Dis-le-moi!

– Non, grand-père. Cette lumière sort de toi, mais elle se reflète sur moi tout à fait comme ton marxisme. Ne le remarques-tu pas?»

1. Le second nouveau était un mouvement littéraire des années 50.

Le Prophète était totalement éberlué : s'il n'avait pas su quel combattant révolutionnaire était Nazim, il aurait pensé qu'il se moquait de lui. Mais à ce moment-là, il s'est aperçu que son petit-fils portait la même casquette, le même imperméable, la même veste, le même pantalon et les mêmes mocassins que lui, il tenait à la main le même revolver et portait sur l'épaule le même sac ; une fois de plus il a été étonné :

« Je ne comprends pas, je ne comprends pas : toutes nos affaires... » a-t-il bredouillé.

« Oui, c'est vrai, nous sommes habillés pareils ; regarde cet imperméable, il ressemble à peu près à ton Chopin...

– Oui, c'est vrai », a murmuré le Prophète et il a regardé longuement l'imperméable de Nazim. On dirait le même. « Nazim, mon fils, qu'est-ce que cela signifie ? Allons-nous donc amorcer la révolution ensemble ? Je croyais que... »

Nazim, cette fois, cerné de son anneau de lumière, a froncé les sourcils ; en insistant sur ses mots, il a parlé d'une voix confiante qui ne lassait place à aucun doute :

« Non, grand-père, nous n'allons pas démarrer la révolution ensemble, toi seul tu vas la commencer, parce que c'est toi le prolétaire : dans ton enfance, tu as été apprenti ferronnier, tu as manié le soufflet, tu as brandi le marteau. Moi, je me contenterai de te suivre, je viendrai derrière toi. Qui sait, peut-être que plus tard j'écrirai l'épopée de cette révolution.

– Comment serait-ce possible, tu détestais ne serait-ce que lire des poèmes !

– Oui, mais j'en ai beaucoup écouté, tu le sais bien, j'ai grandi avec tes poèmes révolutionnaires. »

Le Prophète a secoué la tête :

« Non, Nazim, non, mon fils, je suis trop vieux pour ça, a-t-il dit du fond du cœur. En plus, c'est toi qui as tout fait. Toutes les actions armées. Les journaux l'ont écrit. Tu es le leader. Tu as fait mûrir le fruit, c'est ton droit de le cueillir. Regarde, tout est à toi, des vêtements que je porte jusqu'au revolver qui est dans ma main !

– Oui, mais c'est toi qui m'as élevé, a lancé Nazim, qui m'as appris que le paradis se trouvait sur terre. Parce que tu savais qu'il se trouvait ici-bas. Tu n'as pas escaladé les montagnes, tu es descendu en plaine. Tu es le dernier prophète de notre temps, grand-père. Tu es le plus grand, il n'y en a pas de plus grand ! »

Le Prophète s'est senti à la fois honteux et satisfait, cependant, il ne voulait vraiment pas prendre la place de son petit-fils, il pensait que celui-ci devait nécessairement se trouver en tête pour assurer la réussite de la révolution.

« Mais, Nazim... », a-t-il commencé.

Nazim lui a aussitôt coupé la parole :

« Grand-père, fais attention s'il te plaît aux mots que tu vas prononcer, a-t-il dit. Mon nom de code est Rahmi. Tu dois te plier aux règles.

– Je sais, je sais. Là je dis Nazim parce qu'on est en tête-à-tête.

– Non, grand-père, nous ne sommes pas seuls : ici nous sommes face à l'Histoire. »

Le Prophète a souri. Se trouver face à l'Histoire en présence de son petit-fils l'a comblé de joie ; la théorie se vérifiait, il n'avait jamais ressenti tant de confiance en lui au cours de sa vie :

« Si nous sommes face à l'Histoire, alors je parle en la prenant pour témoin, a-t-il lancé. Il m'est impossible d'admettre une idée aussi absurde, j'ajoute même qu'elle n'est pas très compatible avec l'esprit révolutionnaire.

– Grand-père, comment peux-tu dire cela ?

– Je le dis ! Admettons que tu sois décidé à te laisser diriger par quelqu'un de plus âgé, de plus expérimenté ; admettons que tu veuilles que cette personne âgée et expérimentée soit un poète. Mais dans ce pays, il y a d'autres poètes. Des poètes qui sont allés en prison, qui ont subi la torture, qui ont souffert parce qu'ils étaient révolutionnaires. Pourquoi n'as-tu pas choisi l'un d'entre eux ? Pourquoi donc ?

– Eux ont été magnifiés par ce qui leur a été fait, tandis que toi tu l'as été par ce que tu as fait, grand-père.

– Qu'ai-je donc fait ?

– Tu as fait ce que fait un poète prolétaire, tu as inséré dans le corps d'une femme toute la théorie révolutionnaire. »

Le Prophète s'est de nouveau étonné :

« Rahmi mon fils d'où sais-tu tout cela ? » a-t-il demandé.

– Je sais tout ce qui te concerne, grand-père : l'action révolutionnaire signifie aussi un peu reconnaître les mérites.

– Je ne comprends toujours pas, a dit le Prophète en soupirant. Même si tu négliges ceux qui se pavanent pour avoir été emprisonnés une semaine tout au long de leur vie, tu ne peux pas oblitérer d'un coup les poètes emprisonnés durant des années. »

Nazim a fait un signe de la main d'un air énervé :

« Il n'y a pas de règle comme quoi, pour être un poète révolutionnaire, il faut à tout prix entrer en prison, grand-père. Le sujet est clos à présent », a-t-il dit.

Le Prophète a cligné des yeux, comme ébloui par la lumière autour de Nazim et par l'avenir qui l'attendait, et il a baissé la tête.

« Bon, bon, comme tu veux, a-t-il dit. Mais je crois que savoir qui va diriger ne résout pas tous les problèmes : que ce soit toi ou moi qui passe en tête, peu importe, mais comment à nous deux pourrons-nous réussir la révolution ? Où sont les autres combattants, les poètes ou les prolétaires ou les deux à la fois ? Je ne vois personne d'autre que nous dans les alentours. Ne doivent-ils pas aussi participer à la lutte ? Où sont tous ces révolutionnaires, ceux des revues, des livres, des discours, des journaux, des universités ? »

Nazim a lâché un tel éclat de rire que l'anneau de lumière qui l'entourait a fortement ondulé.

« Autant te le dire franchement : ces extraordinaires révolutionnaires, ces théoriciens clamant ce qu'ils vont faire alors qu'ils en sont incapables, sont partis dans de très belles voitures », a-t-il dit.

Le Prophète, stupéfait, lui a demandé :

« Rahmi, mon fils, c'est quoi ces voitures ? Que veux-tu dire ? »

Nazim a de nouveau ri en disant :

« La plupart se sont rangés du côté des maîtres et les autres sont morts ou bien en prison.

– Bon et les prolétaires alors, a bredouillé le Prophète. Ces héros du prolétariat turc ? Que sont-ils devenus ?

– Ces hommes héroïques balaient les rues en Allemagne, en Hollande ou en Belgique et quand ils viennent ici avec leurs belles voitures, ils se donnent des airs de patrons.

– Je comprends, tu parles des lumpens, mais ceux qui sont restés ici, c'est-à-dire les véritables prolétaires turcs ?

– Ah, eux ? Si tu t'avises de les appeler des prolétaires, ils te tombent dessus en disant : “Comment peux-tu traiter de prolétaire le noble travailleur turc ?” Ils peuvent même te traîner en justice.

– Mais le fait qu'ils ignorent la terminologie marxiste ne les empêche d'être des révolutionnaires.

– Ces gens-là, Père Nazim, ne regardent que l'argent qui passe entre leurs mains.

– Alors comment va-t-on se sortir de cette affaire ? » a dit le Prophète ; se faire appeler Père Nazim l'avait empli de joie mais il n'arrivait pas à vaincre son chagrin. Il a fixé Nazim d'un regard soucieux. « Oui, comment va-t-on se sortir de cette affaire ? » a-t-il répété. « Comment va-t-on gagner cette lutte ? »

Nazim a souri :

« Tout dépend de toi, grand-père, a-t-il dit. Grâce à toi ceux qui sont partis vont revenir et les captifs vont sortir.

– D'accord, mais comment ?

– Tu verras, cela sera très simple, grand-père, cela va presque se faire automatiquement. Il suffit de marcher tout droit. Tout droit, vers Istanbul.

– Vers Istanbul ?

– Vers Istanbul.

– Mais on en vient.

– Peu importe.

– On va y aller à pied ?

– Oui, grand-père, pourquoi pas ? De toute façon tu marches très bien. Tu sembles mécanisé, comme si chacun de tes ongles était devenu un crochet ferreux de la force de mille buffles. Je suis fier quand je suis avec toi. Marche devant, les poètes vont devant. En plus, les vieux combattants ne meurent pas.

– Bon, c'est comme tu veux », a dit le Prophète et il a pressé le pas. Il s'est dit : « Qu'arrive-t-il à ce garçon, je ne comprends pas, pendant des années il m'a méprisé et maintenant il dit qu'il est fier de moi. Est-ce moi qui ai entrepris tant d'actions armées ? » À présent il ne résistait plus ; il n'a plus posé de question, il s'est contenté de marcher devant. Est-ce que cela venait de la chaleur de la lumière de Nazim ? Toujours est-il qu'il ne ressentait plus le froid, ni le froid ni autre chose, toute son existence se résumait au mouvement monotone de ses pieds. D'ailleurs Nazim ne disait rien à présent qui puisse nécessiter l'utilisation de sa conscience, il se contentait de dire de temps à autre, quand ses pas ralentissaient : « Marche, grand-père, ne t'arrête pas, ne ralentis pas, tu sais que cette route est sans retour. » Il a marché un long moment comme cela, quand soudain, un nom lui a envahi l'esprit : Marie-Madeleine, Marie-Madeleine, Marie-Madeleine ; il n'arrivait pas à arracher ce nom étrange de son esprit ni à trouver qui portait ce nom et quand, où, dans quel livre ou quel poème il l'avait rencontré. Finalement il n'a pas pu s'empêcher de poser la question :

« Rahmi, mon fils, as-tu entendu parler de quelqu'un qui s'appellerait Marie-Madeleine ?

– Oui, j'en ai entendu parler, Père Nazim. Marie-Madeleine est une femme.

– Ah bon ! Et qui est cette femme, le sais-tu ?

– Je ne sais pas. Et toi, tu le sais ?

– Non, je ne sais pas.

– Alors, dans ce cas oublie ; ne songe qu'à marcher. Si tu marches vite, tu oublieras. »

Cela s'est passé vraiment comme Nazim l'avait dit : après avoir résisté un temps, Marie-Madeleine a fini par lui sortir de la tête. Cependant, comme si cela pouvait avoir un lien, l'aventure de la nuit passée lui a envahi l'esprit ; il s'est senti rougir, il a tenté de l'arracher de ses pensées, mais sans succès ; au contraire il a commencé à ressentir un besoin irrépressible de la raconter à Nazim, finalement il a été vaincu par son envie :

« Rahmi, mon fils, j'ai fait une très mauvaise chose la nuit dernière », a-t-il dit.

Nazim a ri :

« Non, grand-père, tu n'as rien fait de mal, tu as fait quelque chose de très bien.

– Tu ne sais pas ce que j'ai fait pourtant.

– Si, je sais : tu as couché avec une très belle femme qui s'appelle Méryèm.

– Mais, mais », a bégayé le Prophète, et il est resté éberlué, ne sachant pas quoi dire.

« Il n'y a pas de mais qui compte, Père Nazim, tu as réellement fait quelque chose de bien et heureusement que tu l'as fait.

– Mais, Rahmi, tu sais bien que je suis toujours resté fidèle à ta grand-mère, a gémi le Prophète, et en plus il n'était pas question d'amour dans cette histoire. »

Nazim a de nouveau éclaté de rire :

« Grand-père, excuse-moi, mais tu commences à vraiment délirer.

– Pourquoi dis-tu que je délire ? a lancé le Prophète. Tu penses que l'amour n'a aucune importance ? »

Cette fois Nazim n'a pas ri ; il s'est arrêté et il a réfléchi en fronçant les sourcils comme s'il allait dire quelque chose de très important :

« Père Nazim, moi je crois que, pour l'amour, il faut que les relations de production changent ; là nous attend le véritable amour, celui qui est lié à la révolution.

– Mais pour ton âge, il y a déjà eu de nombreuses femmes qui sont entrées dans ta vie.

– Oui, beaucoup, mais sans amour. La femme est la récompense du révolutionnaire, un point c'est tout. Le mieux est de clore le sujet et d'être attentifs à notre marche.

– Bon d'accord, n'en parlons plus, a dit le Prophète et il a de nouveau accéléré le pas, mais un moment après, il a cessé d'entendre le bruit de pas de son petit-fils, il a craint que ce dernier l'ait laissé et soit parti.

« Rahmi, où es-tu ? » a-t-il crié.

« Je suis là, grand-père, je suis derrière toi, a répondu Nazim. Ne t'arrête pas, marche, nous sommes en retard : il est presque trois heures. »

Le Prophète s'est remis à marcher et si bien que Nazim n'a pas pu s'empêcher de manifester son admiration : « Bravo grand-père, un grand bravo ! Tu marches mieux que moi », a-t-il dit et il s'est tu ; il est clair qu'il préférait davantage marcher plutôt que parler. Mais de nouveau quelque chose a envahi l'esprit du Prophète :

« Rahmi, si je te pose une question stupide, vas-tu te mettre en colère ? a-t-il demandé.

– Non, grand-père, je ne me fâcherai pas, a dit Nazim.

– Eh bien voilà : y avait-il un petit fer à cheval sur la porte d'entrée de chez nous ?

– Je ne sais pas, grand-père, je n'ai jamais vu de fer à cheval au-dessus de notre porte d'entrée. Pourquoi me poses-tu cette question ?

– Parce que le fer à cheval existait déjà avant ma naissance, c'est pour cela. Je ne l'avais jamais remarqué, et toi non plus. Durant des années nous n'avons pas remarqué ce petit fer à cheval ?

– C'est possible. Quelle importance cela a-t-il ?

– Eh bien je me demande si nous sommes si indifférents que cela aux choses de ce monde ? Ce fer à cheval, malgré nos principes, nous l'avons toujours laissé là.

– Non, Rahmi Seunmèze, non, vieux maître, nous ne l'avons pas vu parce que nos yeux et notre cerveau étaient toujours tournés vers le peuple.

– Tu penses que c'est pour cela ?

– Bien sûr.

– Mais, mais », a murmuré le Prophète, il a dégluti, il a hésité un instant, et soudain il a fixé les yeux sur ceux de Nazim en disant : « Le journal écrivait que tu tirais sur des gens du peuple, sur des innocents.

– Ne tiens pas compte de ce journal, grand-père, a dit Nazim en souriant d'une manière angélique. Ce journal écrit des mensonges ; tu sais aussi bien que moi que rien n'est plus absurde que de parler d'hommes innocents avant la révolution.

– Tu veux dire alors que tout le monde est coupable ?

– Je dis que personne n'est innocent.

– Alors si personne n'est innocent, il faut tuer tout le monde ?

– Non, grand-père, non, vieux maître, a lancé Nazim en souriant encore de manière angélique, d'ailleurs nous ne pourrions pas, mais il est de notre devoir de supprimer le plus de coupables possible.

Le Prophète s'est arrêté d'un coup.

« Mais si tout le monde est coupable, cela veut dire que nous aussi nous le sommes, et à force de tuer nous le serons d'autant plus, on doit donc d'abord nous tuer, a-t-il dit. La notion de thèse, antithèse, synthèse n'implique-t-elle pas cela ?

– Non, Père Nazim, tu te trompes ; en tuant nous diminuons le nombre de coupables et plus nous diminuons le nombre de coupables plus nous nous purifions.

– Mais comment choisirons-nous les personnes à tuer ? Selon l'importance et le nombre d'actes coupables ? »

Nazim a encore éclaté de rire.

« Tu aurais pu comprendre en partant de ce que tu lisais dans les journaux, a-t-il dit. Si nous nous étions mis à tuer selon l'importance et le nombre d'actes coupables, nous aurions non seulement perdu inutilement du temps à nous fatiguer la tête sur la notion de culpabilité, mais aussi mis notre vie et notre action en danger. Nous choisissons nos coupables selon le degré de facilité pour les tuer.

– Mais alors cette action n'est plus révolutionnaire marxiste », a lancé le Prophète et, comme s'il voulait empêcher un acte coupable, il a attrapé Nazim par le poignet. « Oui, ce n'est plus une action révolutionnaire marxiste, mais une entreprise terroriste et anarchiste. Pourtant, si l'Histoire avance, cela ne doit pas se passer de cette manière. »

Nazim a dégagé son poignet de la main du Prophète :

« Tout est une question d'interprétation, grand-père, ou, selon ton expression, une question de génération, a-t-il dit. L'action révolutionnaire de ta génération s'évaluait d'après la torture infligée, le temps en prison, c'est-à-dire en fonction de l'oppression subie ; celle de ma génération s'évalue d'après l'oppression qu'elle fait subir, c'est-à-dire avec le nombre de coupables qu'elle tue. Maintenant comprends-tu ? »

Le Prophète a hoché la tête en disant :

« Je ne pense pas avoir totalement compris.

– Tant pis, ne te prends pas la tête avec ça. Consacre-toi à ta marche : *le front haut, l'écharpe rouge au vent, pas à pas,* mais avec hâte et non pas avec lenteur, comme dans le poème.

– D'où connais-tu ce poème ?

– Je connais tout ce que tu connais, grand-père. Allez, accélère un peu ! »

Le Prophète a pressé un peu plus le pas, il marchait sans parler, à en perdre haleine. Un moment après, en face de lui, très loin, il a vu une ligne lumineuse intense qui s'étendait d'un bout à l'autre de l'horizon. Il s'est dit : « Sommes-nous en train d'arriver devant les lignes ennemies ? C'est bien, mais cette lumière est incroyablement forte, elle est encore plus brillante que celle de Nazim. Comment les forces sombres peuvent-elles briller ainsi ? » Sans ralentir son pas, mais oubliant d'utiliser le nom de code en raison du trouble engendré par cette lumière intense, il a demandé à Nazim :

« Nazim, mon fils, c'est quoi cette lumière ?

– Il s'agit du soleil, grand-père. »

Le Prophète s'est arrêté brutalement en disant :

« Comment est-ce possible ! Le soleil n'est-il pas rond ? On nous l'a enseigné en primaire.

– Tu as raison grand-père, c'est ainsi qu'on enseigne dans les écoles bourgeoises, parce qu'ils veulent faire ressembler tout à eux-mêmes. Tu peux tout de même le faire devenir rond, si tu veux ; après t'en être emparé, tu peux le façonner à ta guise.

– Je croyais qu'il s'agissait d'une métaphore quand on parlait de la conquête du soleil.

– Non, grand-père, tu te trompes à ce sujet : ce n'est pas une métaphore, c'est la réalité », a dit Nazim et ensuite, d'une voix retentissante, il a prononcé les vers de Nazim :

« C'est la ruée
La ruée vers le soleil !
Nous allons conquérir le soleil
la conquête du soleil est là proche ! »

Les yeux du Prophète se sont remplis de larmes, sa poitrine s'est gonflée d'orgueil : il n'avait jamais rencontré quelqu'un récitant aussi bien ce poème. Et puis il a été convaincu par son contenu, par le fait que le soleil pourrait être conquis. Mais il y avait d'abord des problèmes concrets à résoudre, il fallait en parler :

« Bien, mais comment allons-nous faire ? » a-t-il demandé. « Comment allons-nous conquérir le soleil ? N'y a-t-il pas d'ennemis face à nous ?

– Il y en a, mais en utilisant nos qualités de révolutionnaires nous allons les rendre inactifs. Tu vas voir, cela va être très facile. Toi, occupe-toi de marcher ! »

Le Prophète s'est remis à marcher. À force de marcher en direction de la lumière intense il a commencé à distinguer un certain nombre de formes, de remous. Il ne comprenait pas bien de quoi il s'agissait. Mais plus il s'approchait, plus cela se précisait : des maisonnettes en bois, sombres, de un ou deux étages ; aux fenêtres des géraniums, des pélargoniums dans des pots de toutes tailles ; à l'arrière des pins nains, des figuiers, des grenadiers et des enfants qui jouaient dans les rues pavées. « Mais, mais... Non, c'est impossible ! » a-t-il bégayé. C'était impossible, ces enfants, il les connaissait tous, il y avait même Féhmi qui montrait ses billes aux autres, il faillit le héler. Mais il est soudain resté pétrifié, là où il était : l'Histoire devait aller toujours de l'avant, elle était sans retour et pourtant ces visions, si elles n'étaient pas toutes des illusions, appartenaient au passé. Qu'est-ce que cela signifiait ? L'Histoire reculait-elle ? Étaient-ce encore les bourgeois qui gagnaient la lutte ? Mais Nazim sembla saisir ce qui lui traversait l'esprit, il lui dit :

« Ce lieu que tu entrevois est le point de départ, plus loin il y a une petite Amérique avec des villas en béton et des immeubles de soixante-dix-sept étages ; la petite Amérique, tu le sais, c'est notre plus grand rêve. Ici, vois-tu, il ne s'agit que d'un petit coin du paradis terrestre. En même temps un symbole. Tu as compris, nous atteignons le bout de l'enfer. Nous nous trouvons à présent devant les portes du ciel. Ne t'arrête pas, marche !

– Bon, bon, je marche ! » a dit le Prophète.

Sachant que Nazim avait certifié que ce beau coin était le paradis terrestre, il s'est senti apaisé, même si ces gens, ces maisons, ces rues semblaient aller dans le sens contraire de l'Histoire. Aussi a-t-il commencé à presque courir, il a voulu atteindre au plus vite ce foyer de lumière ; mais l'ombre d'un homme s'est soudain dessinée : un homme de forte stature, vêtu comme les préposés de la poste, a dirigé vers lui le canon de son automatique en criant :

« Arrête, c'est interdit ! »

Le Prophète s'est arrêté d'instinct, mais, au même moment, la voix grave de Nazim lui a résonné dans les oreilles :

« Allez, grand-père, entre en action ! Utilise ton arme ! Si tu veux conquérir le soleil, tu dois descendre ce type : c'est le seul obstacle qui te reste ! »

Le Prophète gardait en permanence le petit revolver dans sa main. Habitué à obtempérer à tout désir de Nazim, son doigt s'est posé sur la détente, quand il s'est soudain rendu compte que l'homme qu'il croyait être un préposé des postes était en réalité le policier du poste de police qui était assis à une petite table et tapait avec un seul doigt sur sa Remington. Il a tremblé des pieds à la tête et s'est retourné en direction de Nazim en disant :

« Rahmi, mon fils, je crains de ne pas pouvoir faire ce que tu m'as dit, cet homme est notre commissaire. C'est un garçon très bien, un véritable enfant d'Anatolie. Que de fois il m'a offert du tilleul. Non, je ne peux pas le tuer, il ne s'agit que d'un pauvre sous-fifre. »

Nazim a froncé les sourcils et a marmonné :

« Grand-père, je te l'ai déjà dit, on tue d'abord les plus faciles, c'est-à-dire les subordonnés. » Ensuite, adoucissant sa voix, il a ajouté : « En plus, je ne crois pas que ce type soit ce "pivert" dont tu parles. Regarde encore ! »

Le Prophète a regardé à nouveau : c'était lui, c'était le commissaire, ou bien il lui ressemblait beaucoup, mais il avait le visage d'un enfant de douze ans et sa moustache semblait un postiche. Pris de chagrin, il a secoué la tête :

« Même si ce n'est pas lui, je ne peux pas le faire, a-t-il dit. Son visage ressemble à celui d'un enfant. D'un enfant sans péché. N'est-ce pas ton avis ?

– Non, grand-père, non vieux maître ! » a hurlé la voix de Nazim. « Nous sommes des révolutionnaires armés : pour nous il n'y a pas d'hommes sans péché, tu le sais. De plus, tu ne peux pas faire la révolution sans verser de sang.

– Mais, Nazim...

– Grand-père, je t'en supplie, ne perdons pas de temps maintenant avec des discussions absurdes, a grommelé Nazim, en plus, de quoi pourrait-on discuter ? Si nous sommes en enfer, cela veut dire que nous sommes tous des pécheurs ; aurais-tu peur par hasard ? Tu sais aussi fort bien qu'il est inutile d'avoir peur à l'heure de la mort.

– Mon cher Rahmi, d'où sors-tu cette histoire de peur ? » a lancé le Prophète. « Je n'ai pas peur, je suis ton grand-père. Ensuite tu sais ce que le poète dit : On ne peut pas nous anéantir en nous tuant.

Nazim a souri, il a caressé l'épaule du Prophète en disant :

« Pardonne-moi, mais là tu te trompes, ce n'est pas nous qui serons anéantis, ce sont eux ; tu peux donc tuer ce type le cœur léger ; allez, on est en retard.

– Mais, Nazim, il s'agit d'un enfant, un enfant, a bégayé le Prophète, un enfant, exactement comme… »

Nazim s'est brutalement énervé, il a hurlé :

« Grand-père, nous avions parlé de lutter jusqu'à la libération ! Eh bien, nous sommes à l'aube de la libération ! Appuie sur la détente ! Ne pense pas au reste ! N'oublie pas que, si nous sommes des révolutionnaires, nous sommes obligés de faire nos preuves. »

Le Prophète a baissé la tête :

« Rahmi, mon fils, tu ne crois pas que tu exagères un peu ? » a-t-il dit. « Ne fais-tu pas une erreur en nous plaçant ainsi au premier plan ? Que dit notre maître Nazim, le sais-tu ? "*le rôle historique de l'individu est clair. Il ne peut pas changer la direction du flux. Il peut juste en accélérer ou en ralentir la vitesse ; c'est tout*". »

Nazim a souri d'un air entendu :

« Je sais, grand-père, je sais, a-t-il dit. Mais toujours dans le même livre *Somadeva*, ne dit-il pas : "*La fin de l'Histoire sera incroyablement belle, de cela je suis convaincu.*" Allez, appuie sur cette détente ! »

Le Prophète a résisté à nouveau :

« Tu as certainement raison, mais quoi qu'il en soit, il m'est très difficile de tuer un homme, a-t-il dit. J'ai toujours cru que la révolution était du côté de la vie. Si cela est faux, quelle différence reste-t-il alors entre le fasciste et le révolutionnaire ?

– Tu es toujours sous l'influence de livres démodés, voilà pourquoi tu parles de cette façon, grand-père !

– Non, je pense que je suis davantage sous l'influence de Féridé que sous celle des livres. Tu sais ce qu'elle disait à ce sujet ?

– Oui, je sais, elle disait : "La révolution c'est vivre", mais elle n'a jamais dit que la révolution c'était de ne pas tuer. N'est-ce pas ?

– Oui, c'est vrai.

– Eh bien pourquoi continues-tu à parler alors ? Oui, la révolution signifie vivre, mais pour vivre en tant que révolutionnaire il faut tuer ; nous appelons cela la révolution permanente, grand-père. Allez, tue ce type à présent !

– Cela signifie qu'après la révolution, on passera notre temps à tuer des gens ?

– Non, grand-père, nous ne sommes plus au temps de Joseph Vissarionovitch, c'est le dernier ! C'est toi qui tireras la dernière balle et tu passeras à la postérité en tant qu'homme ayant tiré la dernière balle. Mais maintenant décide-toi ; l'Histoire ne s'arrête pas, tu le sais ! » Avec cette dernière parole, Nazim a supprimé tous les doutes du Prophète, qui croyait lui aussi au processus irréversible de l'Histoire :

« Oui, l'Histoire ne s'arrête pas ! » a-t-il acquiescé et il a pointé son revolver en direction de l'enfant aux grosses moustaches, ensuite il a visé et, en fermant les yeux, il a appuyé sur la détente. Au même moment, il a entendu non seulement une explosion effrayante, mais aussi un cri qui faisait penser à un aboiement de chien. Il a ouvert les yeux : c'était étrange, alors qu'il espérait conquérir le soleil, tout n'était qu'obscurité profonde, il ne voyait même plus Nazim. Lui, révolutionnaire depuis tant d'années, ne pouvait pas baisser la tête devant une telle situation : « Obscurité, je te mettrai en morceaux ! » a-t-il marmonné entre ses dents et il a de nouveau appuyé sur la détente, et encore, et encore, et encore. Ensuite, sans comprendre s'il se trouvait dans l'obscurité, dans la lumière, ou à la frontière entre les deux, il s'est écroulé comme un arbre.

Addenda

S'il était un véritable roman et non pas une « biographie » déguisée en roman, pour des raisons que le lecteur connaît très bien, ce livre aurait pu se terminer ici. Et les romanciers, qui aiment les fins marquantes, auraient même achevé leur récit après le premier « Il s'est écroulé comme un arbre » et ils auraient ignoré les cinq derniers jours du Prophète. Mais ce genre de soucis n'a pas lieu d'être ici et nous voulons donner de courtes informations sur ce qui est arrivé après la deuxième chute du Prophète.

D'après nos recherches, les faits se sont déroulés de la façon résumée ci-dessous.

*

* *

Un certain nombre de paysans qui avaient sauté de leur lit après avoir entendu les six coups de feu durant leur plus profond sommeil ont attendu un moment chez eux, remplis de peur et de stupéfaction. Ensuite ils sont sortis peu à peu sur le seuil de leurs maisons et se sont rassemblés en quelques points précis. Ils ont discuté pour savoir d'où avaient pu venir les coups de feu. Chacun a mis son grain de sel comme si c'était chose facile à savoir. Pourtant, ils se sont tous mis d'accord sur le fait que les coups de feu venaient de très près et qu'il n'y avait plus de danger, attendu qu'on n'entendait plus un bruit. Se munissant de leurs torches, ils ont décidé d'explorer les environs en se divisant en groupes de sept à huit personnes. Moins d'un quart d'heure après, un groupe dont faisait partie le maire a trouvé un homme immense, à moitié enterré, revêtu d'un imperméable léger et d'une casquette bizarre. Il était couché sur le ventre et il y avait un pistolet un peu éloigné de sa main droite qui était tendue vers l'avant. Ils ont d'abord pensé que quelqu'un avait jeté le pistolet et s'était enfui après avoir tiré sur lui. Ils n'ont pas imaginé que cet homme puisse être vivant sachant qu'ils avaient entendu exactement six coups de feu. C'est pourquoi ils ont agi lentement ; ils ont même pensé qu'il serait préférable de laisser le mort là où il était et d'appeler les gendarmes. Cependant un des paysans, qui avait fait son service militaire dans la santé, s'est décidé à prendre le pouls de l'étranger et, après avoir poussé un cri rempli d'étonnement et de joie, il a dit : « L'homme vit ! » Les autres n'ont pas vraiment voulu le croire, mais ils ont tout de même conduit à la salle communale du village l'étranger en le tenant sous les aisselles et par les jambes.

Après avoir retiré son imper, sa veste, son pantalon, ses mocassins et ses chaussettes complètement gelés et l'avoir couché sur le divan à côté du poêle à bois, ils sont demeurés stupéfaits : il n'y avait pas la moindre trace de sang ! Leur étonnement a atteint son paroxysme après avoir observé d'un œil plus attentif ses vêtements, sa taille ainsi que son aspect : son corps débordait du divan et son beau visage tout à fait singulier ne ressemblait en rien à ceux qu'ils voyaient tous les jours. Ils ont pensé que cet homme devait être un espion qui s'était égaré. Un villageois rentré au pays après avoir travaillé de longues années en Allemagne, s'est penché sur son oreille et lui a dit : « Wer bist du? Woher kommst du? Wohin gehst du? » *Mais il n'a obtenu aucune réponse, aucune réaction à ces questions à résonances métaphysiques. Un autre paysan a évoqué l'éventualité de jeter un œil sur le sac et les poches de l'étranger en attendant la venue des gendarmes. Aussi, après une légère résistance de la part du maire, le sac et les poches ont été minutieusement passés en revue. Quand sont sortis du sac un deuxième revolver au moins trois fois plus gros que le premier et un livre lourd comme une brique et, de la poche intérieure de sa veste, une liasse de billets de dix mille, ils ne savaient plus où ils en étaient. Cependant la liasse de billets n'a pas tardé à faire son effet : ils ont aussitôt placé une chaise sous les pieds de l'étranger qui flottaient hors du divan, puis ils ont apporté un matelas, une couverture, un coussin, des draps propres et ensuite, ayant retiré son linge de corps mouillé et l'ayant revêtu de la chemise de corps et du caleçon long du plus grand des villageois, ils l'ont couché « comme un homme » selon l'expression d'un vieux villageois. Le maire a rappelé le gendarme et lui a demandé d'agir vite afin de faire venir un médecin. Ce qui fut aussitôt fait : le chef des gendarmes du poste le plus proche a pris sur lui de réveiller à quatre heures et demie du matin le sous-préfet. Il a dit au téléphone : « Il ressemble davantage à un géant, monsieur, on dirait qu'il vient de l'espace », puis, après avoir parlé de l'argent, des deux revolvers et du livre de Nazim Hikmet, il a achevé en disant : « Pour l'instant, monsieur, nous n'avons pas remarqué de document concernant une quelconque faction. » La nouvelle est alors parvenue jusqu'à Féhmi Gulmèze qui cherchait son ami depuis plus de trente heures et qui, chaque fois qu'il téléphonait à ses amis impliqués dans l'histoire, ne pouvait pas se retenir de dire d'un ton plutôt dur : « Eh bien mes amis, si vous n'arrivez pas à trouver durant tout ce temps un homme de un mètre quatre-vingt-dix, comment allez-vous trouver les vrais coupables ? » Féhmi Gulmèze, tout en n'étant pas sûr que le géant trouvé à demi mort dans l'un des villages les plus déserts de Sakarya était l'homme qu'il cherchait, a pris la décision de se mettre en route aussitôt. Il s'est fait accompagner de ses deux médecins favoris.*

Leur présence était inutile si l'on se réfère au diagnostic du jeune médecin amené grâce aux efforts particuliers du sergent chef. Celui-ci, après avoir entrouvert les paupières du malade et jeté un rapide coup d'œil, s'est exprimé très rapidement : « Cela fait longtemps qu'il a sombré dans un coma profond, je ne crois pas qu'il puisse en sortir. » Et personne de l'entourage n'avait émis un doute quelconque quant à la justesse de ce diagnostic. Mais, lorsque, bien longtemps après le lever du jour, à exactement onze heures trente-deux selon les dires du maire, la magnifique voiture de Féhmi Gulmèze, d'une taille plus de deux fois supérieure à celle d'une voiture normale, est entrée dans le village, la façon dont elle est arrivée, la vitesse avec laquelle Féhmi Gulmèze en est sorti et la manière dont il s'est précipité dans la salle commune du village ont convaincu les villageois que cet homme était capable, s'il le voulait, d'arracher des griffes d'Azrail un malade dans le coma ; un des témoins a résumé la pensée de chacun en disant « Cet homme réveillerait même un mort ». Aussi, quand il est entré dans la pièce devenue opaque à cause de la fumée de cigarettes et qu'il a crié : « Ouvrez ces fenêtres et que ceux qui n'ont rien à faire sortent ! », tout le monde, excepté le sergent chef et le jeune médecin, s'est dispersé comme une volée de moineaux.

Pourtant, s'ils étaient restés là, ils auraient vu que cet homme très riche, dont la renommée s'était répandue jusque dans leur village, n'était pas aussi fort qu'ils le pensaient : après que les médecins ont relevé la couverture à fleurs, Féhmi Gulmèze n'a pas pu retenir ses larmes en voyant le Prophète étendu de tout son long revêtu d'un caleçon long jauni et d'une chemise rayée de paysan. Il s'est accroupi sur le kilim et il a posé sa main sur le front de son ami, il a embrassé ses joues et s'est mis à crier : « Rahmi ! Rahmi ! Le Prophète ! » Cela n'a pas cessé jusqu'au moment où l'un des médecins a dit « Monsieur, si vous le permettez nous allons jeter un coup d'œil ».

Les médecins, après avoir examiné le Prophète de la tête aux pieds sous les regards admiratifs de ceux qui étaient présents, ont secoué la tête sans espoir. Ensuite l'un d'eux lui a fait une piqûre dans le bras. Le Prophète a eu un tressaillement involontaire et a entrouvert légèrement les yeux pour les refermer aussitôt après.

L'autre médecin s'est approché du sergent chef qui se tenait révérencieusement debout à l'arrière et lui a demandé :

« Pouvez-vous me dire, commandant, à quelle heure exactement vous avez trouvé le malade ? Combien de temps est-il resté sous la neige ? Il est très important que nous le sachions. »

Le sergent chef a répondu :

« Ce n'est malheureusement pas nous qui l'avons trouvé, professeur, ce sont les villageois. Nous n'avons fait que les enquêtes et les observations. D'après celles-ci, ce monsieur aurait sauté du train à... »

Le médecin lui a aussitôt coupé la parole en disant :

« Sauté du train ? C'est impossible ! Un homme de cet âge ne peut pas sauter du train. »

Le sergent chef a hoché la tête et a répondu :

« Je ne peux pas savoir, professeur, il a aussi bien pu tomber. Cependant, d'après le billet qui se trouvait dans sa poche, ce monsieur a dû quitter le train entre minuit et minuit et demie non loin du village. Il s'est assis un moment sur une pierre plate qui se trouve face à un bâtiment abandonné situé à vingt ou trente mètres du chemin de fer.

– Ensuite ?

– Ensuite, environ cent mètres plus loin, il a tourné en rond en formant un cercle d'environ soixante-dix mètres de diamètre. Les traces de pas sont si nombreuses qu'il l'a fait, disons, quarante, voire cinquante fois. »

Féhmi Gulmèze, comme tout le monde, avait commencé à écouter le dialogue du médecin avec le sergent chef :

« Je n'arrive pas à comprendre, dit-il. Pourquoi a-t-il marché comme ça dans cette tempête ?

– Ça, je ne peux pas le savoir, monsieur, a dit le sergent chef, mais s'il avait marché environ cent cinquante mètres au-delà de ce cercle, il serait arrivé au village. Cependant il n'y est pas parvenu, il a continué à tourner toujours au même endroit. Ensuite, il a tiré six coups de feu, espérant sans doute que quelqu'un lui viendrait en aide. »

Féhmi Gulmèze a essuyé ses yeux et il a murmuré :

« Il n'a cessé de tourner dans son propre périmètre comme il l'a fait toute sa vie. » Puis, haussant la voix, il a demandé : « N'est-il pas possible que ce soit quelqu'un d'autre qui ait tiré ? »

Le sergent chef a secoué la tête sans espoir et il a dit :

« Je ne crois pas, monsieur ; nous n'avons vu aucune autre trace dans la neige.

– Il est fou ce type, complètement fou ! » a murmuré Féhmi Gulmèze et, s'approchant du bord du divan il a pris les mains du Prophète entre les siennes.

Le médecin, après avoir attendu un moment, a repris son interrogatoire là où il l'avait laissé :

« Bon. Dans quel état ont-ils trouvé le malade et à quelle heure ?

– Ils l'ont trouvé couché sur le ventre entre trois heures et demie et quatre heures, professeur. Il était alors presque totalement couvert de neige et tout ce qui se trouvait sur lui était gelé à en craquer. »

Le médecin, sans pouvoir se retenir, a souri en disant :

« C'est difficile à croire, mais si cet homme a pu rester vivant après tout ça, il n'est pas impossible qu'il sorte du coma. »

Le jeune médecin acquiesça :

« C'est tout à fait vrai, professeur. »

Le grand médecin n'a pas entendu ou a fait semblant de ne pas entendre. Il est retourné au chevet du Prophète ; il a de nouveau rouvert ses paupières et examiné longuement, puis, sans éprouver le besoin de donner des explications, même à Féhmi Gulmèze, il lui a fait une autre piqûre dans le bras. Le Prophète a eu alors une réaction plus nette : il a gémi, entrouvert ses yeux, puis d'une voix imperceptible il a murmuré : « Nazim, Nazim, je n'arrive pas à te voir, Nazim ! »

Féhmi Gulmèze s'est penché à son oreille en lui disant :

« Je te l'amènerai, je te le promets. »

On n'arrivait pas à savoir si le Prophète avait ou non entendu, mais il n'a cessé de délirer à propos de Nazim. Féhmi Gulmèze lui a répété toujours la même phrase, obstinément. Les médecins lui ont dit que ses efforts étaient inutiles, mais il a persisté dans son obstination en disant « avec lui on ne sait jamais ». Et c'était vrai, car finalement le Prophète a donné raison à son ami. Il a murmuré :

« Mais nous étions ensemble juste avant.

– Où ça ? demanda Féhmi Gulmèze.

– Là-bas. Il m'a laissé la gloire de tuer le dernier ennemi. »

Féhmi regarda tristement son ami en disant :

« On le voit bien. »

Au même moment il s'est passé quelque chose d'inattendu pour les médecins et Féhmi Gulmèze : le Prophète a entrouvert les yeux, il a regardé son ami et il lui a dit, presque en souriant :

« C'est toi, Féhmi ? Je t'ai vu tout à l'heure. Tu avais beaucoup de billes. »

Les yeux de Féhmi Gulmèze se sont remplis de larmes, il a murmuré : « Il délire », puis il s'est penché sur lui en disant :

« Ah bon ? Et maintenant comment vas-tu ? »

L'expression d'un sourire s'est dessinée sur le visage du Prophète qui a dit :

« J'ai peur, mon ami, je suis en train de mourir. Ce n'est pas

facile, j'ai marché de Kourtalane à Uskudar. Mais tout s'est passé comme je le voulais. J'ai finalement vu Uskudar avant de mourir : je partirai en ayant réussi à réaliser mon rêve.

– Il délire, a dit Féhmi Gulmèze, il a vécu toute sa vie à Uskudar et maintenant il parle d'avoir vu Uskudar avant de mourir. »

Les médecins ont dit que le malade devait se reposer et qu'il ne fallait pas essayer de parler avec lui. Mais au moment où Féhmi s'apprêtait à se lever, le Prophète lui a demandé « Où es-tu Féhmi ? ». Ce dernier s'est rapproché à nouveau du divan en disant :

« Je suis là, je suis à côté de toi.

– Féhmi, est-ce que tu connais mon nom de code ? lui demanda le Prophète.

– Tu as un nom de code, a dit Féhmi. C'est quoi ?

– Mon nom de code est Nazim.

– Bien, c'est très bien ! Mais essaie de dormir un peu », a dit Féhmi Gulmèze.

Ensuite il a répété plusieurs fois cette phrase, mais cela n'a servi à rien : le Prophète, avec une force dont on ignorait l'origine, a commencé à expliquer pourquoi Nazim avait pris Rahmi pour nom de code, pourquoi il lui avait confié la mission de réaliser la révolution. Il a raconté de façon confuse et découpée, mais à certains endroits jusqu'aux moindres détails, son étrange voyage en train, sa marche depuis Kourtalane jusqu'à Istanbul sous la neige et le moment où il avait dirigé son pistolet vers l'enfant nanti d'une grosse fausse moustache sous la lumière propagée par Nazim Seunmèze dont le nom de code était Rahmi.

« Nous parlerons de tout cela plus tard. Repose-toi un peu maintenant, essaie de dormir ! » a dit Féhmi Gulmèze.

Mais il n'a toujours pas réussi à se faire entendre. Le Prophète s'est remis à parler :

« Féhmi, mon ami, je ne veux pas que quiconque de mon nouveau milieu te fasse du tort. »

Féhmi Gulmèze s'est mis à sourire malgré lui :

« Merci, lui a-t-il répondu.

– Mais mon pouvoir a des limites, a poursuivi le Prophète, pour que je puisse t'aider, tu dois dire que tu es communiste et que tu l'as toujours été. »

Féhmi Gulmèze a pensé : « Voilà qu'il recommence à délirer ». Il n'a pas dit un mot. Mais le Prophète a tenu bon :

« Dis-le, je t'en supplie, dis-le !

– D'accord, mon ami, si c'est nécessaire, je le dirai.

– Qu'est-ce que cela signifie "Si c'est nécessaire" ? Bien sûr que c'est nécessaire ! »

Féhmi Gulmèze a souri et a murmuré :

« Oui, je suis communiste.

– Je n'ai pas bien entendu, dis-le à haute voix. »

À ce moment-là, devant les yeux écarquillés de ceux qui étaient présents, Féhmi Gulmèze, le grand capitaliste, presque en criant et en plus deux fois de suite, a répété :

« Je suis communiste et je l'ai toujours été.

– Merci, a dit le Prophète, je me sens soulagé. »

Ce soulagement s'est clairement manifesté sur son visage, mais il a duré très peu de temps : outre le fait qu'il ne parlait pas et ne répondait à aucune question, des tics déformaient sa figure de façon répétée. Les médecins lui ont fait une piqûre de plus, mais sans succès : le Prophète, revêtu de sa chemise rayée de paysan, avec sa barbe blanche clairsemée et son visage jauni, allongé de tout son long comme un « vieux » Jésus, faisait durer un râle effrayant. À un moment, un léger rayon de soleil a transpercé les nuages noirs : c'était la première fois depuis des jours. Entré par la fenêtre, il divisait exactement en deux le visage du Prophète. Celui-ci, dans un effort ultime surgi des profondeurs, a ouvert ses yeux et a murmuré :

« Un peu plus de lumière. »

Ensuite, comme s'il cherchait « un peu plus de lumière », il a relevé les yeux vers le haut jusqu'à ne plus voir dehors, et il est resté ainsi, pour toujours... Les médecins ont alors tiré la couverture à fleurs pour recouvrir sa tête et ils ont voulu chasser Féhmi Gulmèze de la pièce ou tout au moins l'éloigner du chevet du Prophète.

Féhmi Gulmèze s'est alors mis à crier :

« Non, non ! Laissez-moi seul ! »

Pendant au moins une heure, personne n'a pu entrer dans la salle communale. Ceux qui regardaient par le trou de la serrure et par la fenêtre ont vu que Féhmi Gulmèze, l'air pétrifié, restait assis sans bouger au chevet de son ami. Du point de vue des médecins, ce n'était pas une bonne chose : c'était un vieux monsieur malgré tout, il devait se reposer, dormir, même si c'était sous l'emprise des médicaments, mais personne n'avait le courage de le lui dire, ils n'osaient même pas entrer dans la pièce. Cependant, un coup de fil venu d'Istanbul les y a obligés : selon la nouvelle qui leur était parvenue, le petit-fils de monsieur Rahmi Seunmèze était mort à environ trois heures du matin après s'être jeté par la fenêtre de la pièce où il était écroué.

« C'est impossible ! Trop, c'est trop ! C'est impossible ! Pourquoi m'ont-ils fait cela à moi ! », s'est mis à crier Féhmi Gulmèze.

Il a ressenti comme un acte ennemi directement dirigé contre lui le fait que le petit-fils du Prophète meure sur le béton mouillé les chaînes au pied, exactement au moment où son ami tirait des coups de feu dans le vide ; ce sentiment ressemblait à celui qu'il avait éprouvé en voyant son ami revêtu du linge de pauvres villageois mourir dans une petite salle communale. Aussi a-t-il violemment critiqué devant le sous-préfet venu lui adresser ses condoléances ces « cervelles d'oiseaux qui abandonnaient leur travail pour tourmenter des enfants ». Ensuite, quand les gendarmes ont évoqué l'idée de faire un rapport concernant l'argent et les pistolets sortis de la poche et du sac du prophète, il a hurlé en disant « Messieurs, arrêtez vos stupidités ! Au nom de mon ami je laisse l'argent à l'école de ce village ! Quant aux pistolets, vous ferez comme si vous les aviez trouvés dans un terrain vague. Si vous avez peur de prendre ces responsabilités, appelez quelqu'un de plus compétent afin que je discute avec lui ! » Mais le sous-préfet ayant approuvé sa proposition, il s'est calmé.

Pendant que le sergent chef, sur le pas de la porte, disait en tournant la tête de part et d'autre « Je croyais que c'étaient les généraux qui gouvernaient ce pays, or je m'aperçois que ce sont les riches qui se proclament communistes », la proposition soumise par Féhmi Gulmèze a été adoptée à l'unanimité. De plus, ressentie comme un effort accompli pour éviter d'amplifier l'événement, elle a été perçue comme une preuve de tempérance. Féhmi Gulmèze ne s'est pourtant pas contenté de cette proposition : le lendemain il a envisagé d'organiser une cérémonie d'enterrement grandiose, mais seulement pour son ami car cela prendrait trop de temps de récupérer le corps de son petit-fils en raison des refus obstinés des personnes concernées. Trois jours de suite, en son propre nom, mais aussi au nom de ses sociétés ou de ses banques, il a fait passer des quantités d'annonces dans les journaux stipulant que « Rahmi Seunmèze, un des poètes les plus avant-gardistes de la génération des années 40, venait de fermer les yeux dans de tristes conditions qui laissaient perplexe », il a fait savoir qu'il ne voyait aucune objection à ce que de vraies fleurs soient envoyées à son enterrement qui devait se dérouler à la mosquée de Teshvikiyé. En outre, il a mis fin à une dissociation effrayante qui avait duré durant des années, en ajoutant le nom du Prophète entre parenthèses sous le nom de Rahmi Seunmèze. Quant à l'endroit où il allait être enterré, le Prophète l'avait lui-même clairement précisé dans le télégramme qu'il lui avait envoyé avant de prendre la route.

*
* *

Les annonces de Féhmi Gulmèze ont suscité un grand intérêt que ce soit dans les milieux professionnels, politiques ou artistiques. L'histoire du petit-fils du poète oublié s'ajoutant à l'événement, chacun y est allé de ses hypothèses selon ses propres tendances. Certains ont prétendu que le Prophète était le cerveau invisible des actions terroristes soutenues par un richissime, certains ont dit qu'il avait été tué en obéissant aux ordres donnés par son petit-fils, certains ont pensé qu'un grand patron désireux d'inclure la gauche dans son monopole comme il le faisait pour tout cherchait à profiter personnellement de la mort d'un fou en lui donnant un air de mystère. Il y a même eu des intellectuels de gauche qui ont émis l'idée que seuls des industriels éclairés et aimant leur pays comme Féhmi Gulmèze pourraient assurer la libération du pays. Quoi qu'il en soit, l'affirmation, dans les annonces de décès passées par Féhmi Gulmèze, que Rahmi Seunmèze était un des poètes de la génération 40, la présence de la phrase « tristes conditions qui laissaient perplexe » et celle du nom de Nazim Seunmèze dont il était dit qu'il s'était jeté par la fenêtre, ont été perçues comme une façon de tenir tête au gouvernement. Finalement, bien que certains vieux fusils aient grogné en disant « Faire partie des poètes primordiaux de la génération 40 vaut donc si peu ? », et bien qu'il ait été annoncé qu'« aucun écrivain turc ne participerait à cette cérémonie » suite au fait que Féhmi Gulmèze avait opposé son refus à la proposition d'organiser ensemble la cérémonie faite par un petit écrivailleur qui prétendait que tout ce qui dans ce pays concernait les lettres devait passer par lui sous prétexte qu'il avait dirigé une petite revue dans le temps, le Prophète a été réellement enterré avec une cérémonie majestueuse.

La cour de la mosquée de Teshvikiyé était tellement remplie de gens et de gerbes de fleurs qu'une épingle jetée en l'air n'aurait même pas pu toucher le sol. Il n'y avait pas seulement les représentants des différentes entreprises de Féhmi Gulmèze, ou encore la direction générale et les multiples succursales de la banque où le Prophète avait travaillé à une époque qui avaient envoyé des gerbes, il y avait de nombreux hommes d'affaires, petits ou grands, qui avaient peu de liens avec la banque ou avec les sociétés de Féhmi Gulmèze, mais qui estimaient que les gouvernements étaient temporaires tandis que les relations d'affaires étaient permanentes : bien que voyant le nom de Rahmi Seunmèze pour la première fois dans les annonces de décès, ils avaient non seulement fait envoyer des quantités de fleurs afin de soutenir ce grand homme qui faisait visiblement de cette cérémonie une question d'honneur, mais ils s'étaient aussi rendus à la mosquée de Teshvikiyé dans des voitures majestueuses et ils avaient fait la queue devant Féhmi Gulmèze pour lui adresser leurs condoléances. De la même manière, excepté l'écrivain à qui l'on avait refusé la proposition d'organiser une cérémonie commune, il était clair que tous les poètes, écrivains, jeunes ou vieux, habitant Istanbul avaient considéré comme un devoir de participer à cet enterrement rebelle. Finalement, si l'on considère que les curieux qui étaient attroupés tout autour étaient des gens du peuple, on peut dire que cette majestueuse cérémonie d'enterrement offrait réellement, en abolissant durant deux heures tous les conflits de classe, une vision vivante et colorée du paradis terrestre dont le Prophète avait toujours rêvé depuis des années.

Cependant, chacun, dans cette foule réconciliée, cherchait le Prophète et s'attendait chaque minute à le voir apparaître tranquillement avec une photo jaunie à la main et une cigarette au bec dont la cendre était prête à tomber.

Dans cette immense foule, la seule personne qui ne se mêlait à aucun groupe, qui ne se rangeait dans aucune classe, était Méryèm qui avait partagé l'avant-dernière nuit du Prophète alors qu'il traversait ce monde. Elle s'était vêtue de la tenue qu'elle portait avant de devenir « Fille de joie » ; sa beauté incomparable était totalement occultée avec son foulard délavé sur la tête, son vieux manteau sur le dos et ses yeux gonflés par les pleurs, mais même de cela elle se fichait : elle se tenait pour responsable de la mort du Prophète du fait qu'elle ne l'avait pas empêché de sortir de l'hôtel malgré le ferme avertissement de son patron ; elle pleurait silencieusement en regardant le cercueil dont elle n'arrivait pas à s'approcher à cause de la foule. Elle est restée ainsi jusqu'au cimetière : elle a toujours suivi de loin le cercueil. Mais, trois jours après la cérémonie, elle a fait quelque chose que personne n'a fait, même pas Féhmi Gulmèze : avec l'idée de lire la fatiha au pied de la tombe du Prophète et de pleurer de toutes les larmes de son corps, elle s'est rendue au cimetière. Elle espérait que grâce aux innombrables fleurs entassées dessus, elle trouverait facilement la tombe. Toutefois, à l'endroit où, selon elle, le Prophète avait été enterré, elle n'a pas vu de fleurs, ni de tombe à son nom. Certes, il y en avait une assez récente, mais il s'y trouvait un nom de femme et on comprenait que cette femme n'était pas encore morte.

« Mon Dieu, qu'est-il arrivé à cet homme ? Est-il monté au ciel ? », a-t-elle murmuré, puis, elle s'est assise au pied de la tombe de la femme non morte et longtemps elle a pleuré.

Cet ouvrage a été imprimé par la
SOCIÉTÉ NOUVELLE FIRMIN-DIDOT
Mesnil-sur-l'Estrée
pour le compte des Éditions du Rocher
en février 2006

Éditions du Rocher
28, rue Comte-Félix-Gastaldi
Monaco

Imprimé en France

Dépôt légal : mars 2006
CNE Section commerce et industrie Monaco : 19023
N° d'impression : 78270